Kristina Lagom

ZWEITE Chance
AUF FINNISCH

PLÖTZLICH IST ES *Liebe*

ROMAN

Bibliografische Information der Deutschen Nationalbibliothek:
Die Deutsche Nationalbibliothek verzeichnet diese Publikation in der
Deutschen Nationalbibliografie; detaillierte bibliografische Daten sind im
Internet über dnb.dnb.de abrufbar.

1. Auflage 01.2021
Copyright © 2021 Kristina Lagom
Covergestaltung: S. Renner
Coverabbildungen AdobeStock: Grigory Bruev, fotoru, FreeProd,
nblxer, photographyfirm, prapann; iStockphoto.com: © licsiren,
Andrei Monkovskii
Lektorat: Katharina Strzoda, www.lektorat-lieblingswort.de
Herstellung und Verlag: BoD – Books on Demand, Norderstedt
ISBN: 978-3-7526-8498-8

Alle Rechte vorbehalten. Nachdruck, auch auszugsweise, nur mit
schriftlicher Genehmigung der Autorin. Elektronische und sonstige
Vervielfältigung, Übersetzung, Verbreitung und öffentliche
Zugänglichmachung sind unzulässig.
Alle Inhalte – Personen und Handlungen – sind frei erfunden. Eventuelle
Ähnlichkeiten mit lebenden oder verstorbenen Personen sind zufällig und
nicht beabsichtigt. Markennamen und Warenzeichen, die in diesem Buch
verwendet werden, sind Eigentum ihrer rechtmäßigen Eigentümer.

Kontakt: info@kristinalagom.de, Instagram: @kristina_lagom

Kristina Lagom

Du hast nur eine Chance auf ein Leben,
das dich glücklich macht.
Nutze sie!

Prolog

Suvi

Mein Puls raste. Schmerz durchzuckte mich. Kein körperlicher, sondern dieser seelische. Jener, den Worte auslösen konnten. Schmerz, der einen von innen heraus auffraß und der einen klein machte.

»Hey, bist du okay?«

Ich sah hinauf in die graublauen Augen meines besten Freundes, die mir so vertraut waren, wie meine eigenen. Jo überragte mich um mindestens einen Kopf und ich musste meinen in den Nacken legen, um ihm ins Gesicht zu sehen. Der frische Oktoberwind ließ mich frösteln und die dunklen Wolken am Himmel passten zur bedrückten Stimmung, die ich nach den Hänseleien meiner Mitschüler empfand.

Mit dem Fuß schob ich die Steinchen des Kiesweges hin und her und nickte. »Aber du, du hast was abbekommen«, wisperte ich und deutete auf den Cut in Jos Augenbraue, aus dem ein Rinnsal Blut über seine Schläfe lief.

»Halb so schlimm.« Mein bester Freund betastete vorsichtig sein Gesicht und wischte mit dem Ärmel seiner Jacke darüber. »Ich wünschte, ich wäre schneller da gewesen.« Schmerz flackerte in seinen Augen auf, in denen zu viel Ernsthaftigkeit für einen Sechzehnjährigen lag. »Geht's dir wirklich gut?« Prüfend betrachtete mich Jo von oben bis unten.

Wieder nickte ich. »Sie haben mich nicht angefasst«, sagte

ich, um ihn zu beruhigen, und konnte zusehen, wie seine Kiefermuskeln sich anspannten.

»Das will ich ihnen auch geraten haben!«, presste er durch seine zusammengebissenen Zähne hindurch, streckte den Arm aus und strich mir sanft eine der roten Haarsträhnen aus dem Gesicht. Die Geste fühlte sich komisch an. Sie verursachte ein enormes Kribbeln in meinem Bauch, das gleichzeitig aufregend und verwirrend war. Diese Art der Nähe überforderte mich völlig. So sehr, dass ich mich abwandte. Von meinem Handgelenk zog ich ein Haargummi und band mir einen Zopf. Ich liebte und verfluchte die roten Haare gleichermaßen. Immer wieder machten sie mich zur Zielscheibe für die Hänseleien meiner Mitschüler. Genauso wie die blasse Haut mit den Sommersprossen. Seit ich klein war, hatten andere Kinder mich als Punchingball benutzt, lästerten oder lachten. Alle, bis auf Jo. Schon auf dem Spielplatz hatte er sich schützend vor mich gestellt und mit seiner Plastikschippe verteidigt – damals war ich vier Jahre und er sechs. Seitdem hatte sich nichts geändert – nur dass er heute ab und an die Fäuste nahm, anstatt Sandspielzeug.

Schon immer war ich anders gewesen. Meine Kleidung abgetragen, Second Hand und nicht aus den angesagten Läden in der Stadt. Ich trug Cordhosen mit abgewetzten Knien, altbackene Blusen und eine große unförmige Brille. Meine Eltern gaben mir keine Süßigkeiten mit, wenn ich zum Spielen ging, oder unternahmen am Wochenende etwas mit mir. Ich wusste nicht einmal, wann wir zuletzt als Familie zusammen an einem Tisch gesessen hatten. Mama litt, seit ich mich erinnerte, unter dieser alles verschlingenden Traurigkeit und Papa ertränkte seinen Kummer darüber regelmäßig im Schnaps. Beide waren so mit sich selbst beschäftigt, dass sie mich dabei völlig vergaßen.

»Kommst du noch mit zu uns?« Jo trat vor mir von einem

Fuß auf den anderen. »Mum hat sicher das Essen fertig.«

»Nee, lass mal, heute nicht«, wich ich ihm aus. »Ich muss nach Hause.«

Nachdenklich zog Jo die verletzte Augenbraue in die Stirn und presste die Lippen aufeinander. Bestimmt tat der Riss doch weh, und er gab es nur nicht zu. »Bist du sicher?«, hakte er skeptisch nach.

Er und seine Familie waren die einzigen, die genau über meine Situation Bescheid wussten. Aus diesem Grunde war ich in den letzten zehn Jahren öfter bei ihnen zu Gast gewesen, als ich zählen konnte. Seine Eltern, Großeltern und Schwestern waren nett. Sie alle bohrten nicht nach, warum ich ständig Hunger hatte und abends versuchte, Zeit zu schinden, um nicht nach Hause zu müssen. Wie selbstverständlich stellte Ylva – Jos Mutter – auch mir immer einen Teller auf den Tisch. Bei den Arlandas fühlte ich mich wohl, was nicht zuletzt daran lag, dass ich von allen so akzeptiert wurde, wie ich war.

Bei jedem Abschied umarmte mich Ylva und drückte mich fest an ihren üppigen Busen und flüsterte: »Pass auf dich auf, Kulta.« Kulta ... Goldschatz. Auch wenn ich mich nicht wie einer fühlte, genoss ich diese Momente und das warme Gefühl, dass die Zeit mit Jos Familie in mir auslöste. Am liebsten wollte ich einfach für immer dortbleiben.

Aber ich wusste, dass das nicht möglich war. Weil ich nicht ihre Tochter war. Sondern nur ein Mädchen, ohne echte Wurzeln, das sich die meiste Zeit über wünschte, unsichtbar zu sein, um den Hänseleien der anderen Menschen zu entkommen. Doch es war mir nicht vergönnt. Die Leute hackten auf mir herum und es war ihnen egal, wie es mir dabei ging.

»Was machst du heute noch?«, versuchte ich, Jo abzulenken.

Er zuckte mit den Schultern. »Mein Schlagzeug vermöbeln.

Wir proben noch mit der Band.« Er fuhr sich durch die Haare und grinste schief. Erst jetzt sah ich, dass auch seine Fingerknöchel etwas abbekommen hatten. Erschrocken riss ich die Augen auf.

»Deine Finger bluten, Jo.« Gerade als ich mir die Verletzung genauer ansehen wollte, zog er die Hand zurück.

»Ach, das ist nichts, Muru. Mach dir keine Sorgen um mich.« Er hatte gut reden. Jo war mein bester Freund, Seelenverwandter, Fels in der Brandung, Beschützer, ... mein Jo eben. Da war es doch verständlich, dass ich mich um ihn sorgte.

Beim erneuten Blick in sein Gesicht begann mein Bauch nervös zu flattern. Jedes Detail an ihm war mir vertraut. Die dunklen Sprenkel in seinen hellen Augen, das kleine Muttermal auf seiner Stirn, die feine Narbe an seiner Oberlippe. Selbst den Rest seines Körpers hatte ich schon gesehen, wenn Ylva uns Kinder früher zusammen in die Badewanne gesteckt hatte. Okay, das war eine ganze Weile her. Aber seit einiger Zeit, da überkam mich dieses merkwürdige Gefühl, wann immer ich ihn traf. In den Momenten, in denen er mir so intensiv in die Augen sah, als wolle er in meine Seele blicken. Dann klopfte mir das Herz bis zum Hals, die Hände wurden schwitzig und in meinem Innern, da kribbelte es, als hätte ich eine Armada Schmetterlinge verschluckt. Es war kaum auszuhalten.

»Dann gehe ich jetzt mal.« Obwohl ich nicht nach Hause wollte, ergriff ich die Flucht.

Jo rieb sich über den Nacken. »Bist du wirklich sicher, dass du nicht mehr mitkommen möchtest?« Er streckte die Hand nach mir aus und berührte federleicht meine Wange. Die zarte Berührung löste ein Prickeln aus, das sich rasend schnell auf meiner Haut ausbreitete.

»Ich bin mir sicher«, antwortete ich mit fester Stimme und

wich zurück. Auch wenn ich alles andere war als das. Am liebsten wäre ich immer mit Jo zusammen, anstatt in meinem kargen Zimmer zu sitzen und darauf zu warten, dass die Nacht anbrach und dann ein neuer Tag. Ein Weiterer, auf dem Weg bis zum Erwachsenwerden.

Gern hätte ich Jo gesagt, wie sehr er mich durcheinanderbrachte und dass er diese neuen Empfindungen in mir auslöste, die mir bisher fremd waren. Aber ich war zu schüchtern und traute mich nicht. Das, was ich empfand, fühlte sich wie verknallt sein an, oder zumindest so, wie ich mir das vorstellte. Was wusste ich mit meinen vierzehn Jahren schon darüber? Ich hatte keinen Schimmer davon, wie es war, verliebt zu sein. Und Jo und ich, wir waren Freunde. Unvorstellbar, dass ausgerechnet er – ein Junge, der cool und stark war – mehr von mir wollte als Freundschaft. Von einem Mädchen, wie mir. Nein, ausgeschlossen. Das war nicht möglich, deshalb schwieg ich.

Jo

Wütend trat ich gegen die Mülltonne, die vor unserer Haustür stand und die daraufhin scheppernd ein Stück zurückflog. Nicht nur die Tatsache, dass meine beste Freundin Suvi einmal mehr von ihren Mitschülern attackiert worden war, brachte mich zur Weißglut. Auch, dass ich allein nach Hause gehen musste, frustrierte mich. Ohne sie!

»Um Himmels willen, Jo!« Meine Mutter stürmte durch die Tür. »Was ist denn los? Du bist verletzt, Schatz.« Sie streckte die Hand nach meinem Gesicht aus, aber ich wich zurück.

»Ach, lass mich«, reagierte ich ungehalten.

»Joakim Arlanda!« Mum stemmte die Fäuste in die Hüften. »Raus mit der Sprache, was ist passiert?«

Niemand nannte mich Joakim, wirklich nicht. Außer Mum, wenn sie ihren Worten Nachdruck verleihen wollte und keinen Widerspruch duldete. Ich liebte sie. Genauso wie den Rest meiner Familie. Aber manchmal ...

»Suvi?«, fragte sie mit sorgenvoller Stimme und sofort wallte wieder die Wut in mir auf. Ich nickte.

»Was ist diesmal passiert?«

Meine Hände ballten sich automatisch zu Fäusten, als ich mich daran erinnerte. »Diese Idioten haben sie auf dem Heimweg abgefangen und eingekesselt. Sie behauptet, sie hätten sie nicht angefasst, aber ich habe gesehen, dass sie sie hin- und hergeschubst haben und mit ...« Ich musste schlucken. »... mit wirklich hässlichen Worten beschimpft haben.« Tränen der Wut traten in meine Augen, die ich mit aller Macht zurückdrängte. Ich war sechzehn Jahre alt und ein Kerl. Rumheulen war echt uncool. Wenn es jedoch um Suvi ging, dann hatte ich mich nicht unter Kontrolle.

»Es war gut, dass du da warst und sie verteidigt hast, Schatz, aber du darfst dich nicht immer prügeln.« Mum legte ihre Hand an meine Wange und begutachtete die aufgeplatzte Augenbraue. Die Wunde tat weh und die aufgescheuerten Fingerknöchel brannten. »Gewalt ist keine Lösung! Und man löst Probleme nicht mit den Fäusten.«

»Aber ich kann doch nicht zusehen«, erwiderte ich verzweifelt. »Diese Idioten sollen sie in Ruhe lassen. Suvi hat keinem was getan.«

»Ich weiß, Großer, ich weiß.« Mum machte sich Sorgen, das sah ich in ihren Augen. Um mich. Und um meine Freundin. Sie mochte Suvi, das war kein Geheimnis. Nicht ohne Grund sorgte Mum dafür, dass sie zumindest immer mal wieder eine warme Mahlzeit in den Magen bekam. Und ein Geschenk zum Geburtstag und zu Weihnachten.

»Nur weil sie klein und schüchtern ist und nicht so coole Klamotten trägt! Das ist doch unfair!« Diese Ungerechtigkeit hielt ich fast nicht aus.

»Natürlich ist es das«, stimmte Mum mir zu. »Es gibt Menschen, die suchen sich Schwächere aus, und ärgern sie, damit sie sich selbst besser, größer und stärker fühlen. Das ist nicht richtig und so etwas tut man nicht. Aber im Grunde sind diejenigen, die das nötig haben, die armen Seelen. Sie haben scheinbar nichts anderes in ihrem Leben, dass ihnen ein gutes Gefühl gibt. In Ordnung ist es natürlich trotzdem nicht!«

Sie legte einen Arm um meine Taille und zog mich mit sich ins Haus. Kurz darauf saß ich auf dem Badewannenrand und der Geruch nach Desinfektionsmittel hing in der Luft. Zischend stieß ich den Atem aus, als Mum meine Wunden säuberte.

»Halt still, Schatz.« Ich biss die Zähne zusammen. »Und versprich mir, dass du dich nicht wieder prügelst.«

Ein Muskel in meinem Kiefer zuckte. »Das kann ich nicht, Mum. Ich muss sie beschützen. Wenn ich es nicht tue, dann tut es niemand.« Auch ihre Eltern nicht ...

Anstatt mir weiter den Kopf zurechtzurücken, legte sich ein liebevolles Lächeln auf die Gesichtszüge meiner Mutter. »Dann versprich mir, dass du auf euch beide aufpasst, okay?« Ich nickte. Mir war es vollkommen egal, wenn ich etwas abbekam. Die Hauptsache war, dass Suvi nichts passierte. Nicht mehr als ohnehin schon. Ich konnte nur erahnen, was die ständigen Hänseleien und Angriffe in ihrem Innern anrichteten, zusätzlich zu dieser verkorksten Situation bei ihr zuhause, die sie mehr belastete, als sie offen zugab. Dabei war dieses Mädchen etwas ganz Besonderes. Sie war warmherzig, klug, talentiert und ... hübsch. Wobei das eine absolute Untertreibung war. Wunderschön traf es viel eher. Die roten Haare, die im Kontrast zu ihrer hellen Haut standen und die sich unglaublich weich anfühlten. Erst vorhin hatte ich das wieder bemerkt, als ich ihr eine Strähne hinters Ohr gestrichen hatte. Die Sommersprossen auf ihrer Stupsnase waren total süß und bei ihrem Lächeln – verflixt! Schon wieder passierte es. Immer häufiger fiel mir in der letzten Zeit auf, wie ich beim Gedanken an meine beste Freundin ins Schwärmen geriet. Ständig ertappte ich mich dabei, dass ich sie berühren wollte und ihre Nähe suchte. Mehr als sonst. Diese Gefühle verwirrten mich. Genauso, wie es mich verunsicherte, dass sie jedes Mal zurückwich, wenn ich einen Versuch wagte, ihr meine Zuneigung zu zeigen.

»Lade Suvi doch fürs Wochenende zu uns ein, hm? Sie gehört doch sowieso schon zur Familie.«

»Hm? Ja, okay ... ich ...«, stammelte ich.

»Schön.« Mum schien zum Glück nichts von meinem inneren Aufruhr bemerkt zu haben.

Suvi gehörte zu unserer Familie, seit wir uns als Kinder auf dem Spielplatz angefreundet, und ich sie das erste Mal gegen die größeren Jungs verteidigt hatte. Sie war all die Jahre neben meinen beiden richtigen Schwestern, wie eine weitere Schwester für mich gewesen.

Was zur Hölle hatte sich jetzt geändert? Und weshalb konnte ich diese Gefühle nicht wieder abstellen, schließlich schien Suvi nicht so zu empfinden wie ich. Warum sollte sie sonst vor mir zurückweichen? Ich würde mich noch total zum Affen machen. Oder schlimmer, unsere Freundschaft zerstören und das war wirklich das Letzte, das ich wollte. Suvi brauchte einen echten Freund und der war ich. Für immer.

Ich stürmte nach draußen in die Garage neben dem Haus, wo außer meinem Schlagzeug auch ein paar Trainingsgeräte standen. An der Hantelbank und dem Boxsack powerte ich mich regelmäßig aus. Erst als meine Oberarme wie Feuer brannten, und der Gedankentornado im Kopf so langsam abebbte, beendete ich das Workout und wartete auf meine Kumpels Alec und Nik, damit wir mit der Bandprobe loslegen konnten. Wir mussten üben, schließlich wollten wir reich und berühmt werden. Deshalb steckten wir all unsere Freizeit und Aufmerksamkeit in die Musik. Dass sie mir ebenfalls half mit meinen Emotionen klarzukommen, machte das Ganze perfekt. Suvi war dennoch der letzte Gedanke, als ich an diesem Abend müde ins Bett fiel.

Beste Freunde

Siebzehn Jahre später

Suvi

»Du willst was?«, fragte ich und hoffte, nicht so fassungslos zu klingen, wie ich mich fühlte.

Jo stand mit dem Rücken zu mir und sah aus dem Fenster meiner kleinen Wohnung hinaus auf die morgendlichen Straßen von Jyväskylä. Die Augustsonne schien ihm ins Gesicht. »Ich möchte Miriam einen Antrag machen«, wiederholte er mit seiner tiefen Stimme, die regelmäßig dafür sorgte, dass ein Schauer über meine Wirbelsäule rieselte.

Verdammt, warum hatte ich mich beim ersten Mal nicht einfach nur verhört? Er wollte sie heiraten. Die Managerin seiner Band *Tangorillaz*. Die Frau mit den teuersten Designerklamotten. Mit dem schicken Porsche. Und dem eiskalten Blick für Menschen, die sie verachtete. So wie mich.

Miriam. Seine Freundin seit ... ja, seit wann eigentlich? Ein paar Wochen?

»Ist es dafür nicht noch etwas zu früh?«, wagte ich einen vorsichtigen Einwand und schob mir die Brille auf der Nase zurecht. »Ihr seid doch erst so kurz zusammen.«

Ruckartig drehte er sich zu mir herum. »Ja, und?«

Ich zog die Knie nach oben und schlang meine Arme darum. Das weiche Sofa kam mir in diesem Moment genauso unbequem vor wie diese Situation.

Heute Morgen hatte Jo unangemeldet und völlig unerwartet vor meiner Tür gestanden. Übernächtigt – nach einer langen Nacht im Studio und mehr als drei Stunden Autofahrt – und mit einem Blick, der mir ein ungutes Gefühl in der Magengegend beschert hatte. Jetzt wusste ich auch warum. Mit nahezu allem hatte ich gerechnet. Damit nicht. Nicht mit einem Heiratsantrag. Mein Herz schmerzte.

Dummes Ding, schimpfte ich in Gedanken. Schließlich war sie nicht die erste Frau, mit der ich Jo in den letzten Jahren zusammen gesehen hatte. Vor allem, seit er unsere Heimatstadt verlassen hatte, um in Helsinki mit seiner Band berühmt zu werden. Allerdings war es ihm mit keiner der Damen bisher so ernst gewesen. Vermutlich machte das den entscheidenden Unterschied. *Ausgerechnet mit ihr!*, schoss mir wieder durch den Kopf. Wie in den letzten Monaten sagte ich es jedoch nicht laut. Jo hatte diese Frau gewählt, kannte sie besser und es stand mir nicht zu, sie vor ihm schlecht zu machen.

»Also, hilfst du mir?«

»Mhm.« Ohne verstanden zu haben, was er gefragt hatte, nickte ich wie aus Reflex, und sah ihn blinzelnd an.

»Ich wusste, dass ich mich auf dich verlassen kann, Suvi.« Er ließ sich neben mir auf das Sofa fallen. »Ich wusste, du lässt mich nicht im Stich.«

Mist, wozu hatte ich gerade zugestimmt? Ein ungutes Gefühl beschlich mich. »Ähm, wobei nochmal genau?«, hakte ich vorsichtig nach. Irgendetwas sagte mir, den entscheidenden Teil verpasst zu haben, und geradewegs in ein Desaster zu schlittern.

»Na, beim Heiratsantrag. Im Ernst, ich habe keine Ahnung von sowas. Und bei Miriam reicht ein Ring und ein ›*Willst du mich heiraten?*‹ nicht. Da muss es schon etwas Außergewöhnliches sein. Und da kommst du ins Spiel. Du bist doch die mit der großen und unerschöpflichen Fantasie. Und du bist eine hoffnungslose Romantikerin.«

»Okay, aber ...« Mein Mund blieb offen stehen, während in meinem Kopf ein einziges Wort wie ein Warnzeichen aufleuchtete: *Nein!*

Niemals. Never ever. Unter keinen Umständen. Ich hatte in den vergangenen Jahren vieles ertragen, ausgeblendet und heruntergeschluckt. All seine One-Night-Stands und Affären. Hatte das hinbekommen, weil ich wusste, dass die Frauen ihm im Grunde genommen nichts bedeuteten.

Aber ihm bei einem Heiratsantrag helfen?

Mir blieb die Luft weg. Und der Würgereiz in meiner Kehle war unerträglich.

»Du bist einfach die beste beste Freundin, die man sich wünschen kann, Suvi.« Jo umarmte mich und zog mich beinahe auf seinen Schoß. Meine ein Meter siebenundsechzig verschwanden fast vollständig in seinen Armen, als er mich an seine breite Brust drückte.

Atmen, Suvi!, befahl ich mir selbst, merkte aber schon im nächsten Moment, wie blöd diese Idee war. Denn jetzt inhalierte ich den mir so vertrauten Geruch von Jos Aftershave und der Lederjacke, die er bei seiner Ankunft getragen hatte.

Die *beste beste Freundin* ... ja, scheiße. Genau das war das Problem. Mehr war ich nicht für ihn. Um keine Missverständnisse aufkommen zu lassen, die beste Freundin zu sein, war toll. Jo war auch mein bester Freund. Der Mensch, auf den ich immer hatte zählen können. Der für mich da war, trotz seiner Berühmtheit mit der Band *Tangorillaz*, wo er die Drums spielte, und trotz der knapp dreihundert Kilometer, die zwischen uns lagen, wenn er in seiner neuen Heimat Helsinki war.

Unsere Verbindung war nie abgerissen, obwohl wir nur selten

Zeit miteinander verbracht hatten, seit die *Tangorillaz* die Charts stürmten. Wir hielten uns auf dem Laufenden, indem wir telefonierten oder skypten.

Ich erinnerte mich noch an den Tag, an dem Jo mir gesagt hatte, dass er wegziehen würde, als wäre es gestern geschehen. An das Gefühl des dicken Kratzers, den mein Herz bekommen hatte und an die Angst, die mir die Kehle zuschnürte. Das Alleinsein hatte mich auf eine harte Probe gestellt und mein achtzehnjähriges Ich hatte sich gefühlt, als hätte man ihr einen Teil ihrer selbst genommen. Jo hatte mir entsetzlich gefehlt. Ich hatte ihn so sehr vermisst, dass ich gedacht hatte, es nicht zu überleben. Niemand außer meinem Tagebuch wusste davon, aber seit dem vierzehnten Lebensjahr war ich in den gutaussehenden Kerl mit den ausdrucksstarken Augen verliebt. Genauso lange hatte ich alles dafür getan, diese Gefühle zu verbergen. Aus Angst, unsere Freundschaft zu zerstören. Und aus Rücksicht vor seinen Träumen der großen Karriere und seinem Wunsch nach Freiheit. Aber vor allem, weil ich nicht glaubte, dass Jo auch etwas für mich empfinden könnte, das über Freundschaft hinausging. Da ich es nicht für möglich hielt, dass ich es wert sein könnte, dass er mich liebt.

Die beste beste Freundin, das war es, was ich war. Nicht die Frau, mit der man sich Liebe, eine Familie, ein ganzes Leben vorstellen konnte. All das, was ich mir in unendlich vielen Träumen ausgemalt hatte.

»Suvi?« Jos Stimme holte mich zurück ins Hier und Jetzt und ich bemerkte, dass ich mich an ihn klammerte, wie eine Ertrinkende. Hastig ließ ich ihn los und rückte ein Stück von ihm ab, spürte, wie meine blasse Haut rot anlief. Na toll, auch das noch.

Jo

»Was sagen Alec und Nik zu deinem Vorhaben?«, wollte Suvi wissen. »Können die dir nicht helfen?«

Ich schnaubte. Meine beiden Kumpel und Bandkollegen hielten so ziemlich gar nichts von der Beziehung zu unserer Managerin Miriam und würden wahrscheinlich mit aller Macht versuchen, eine Hochzeit zu verhindern, anstatt mir zu helfen. Die Jungs waren, neben Suvi, meine ältesten Freunde, aber in diesem Punkt hatte ich wenig Unterstützung zu erwarten, das war sicher. Aus dem Grund hatte ich ihnen bis jetzt auch noch nichts von meinen Plänen erzählt.

»Keine Chance«, antwortete ich deshalb. »Ich brauche dich, Suvi.«

Meine Freundin blickte mich mit ihren blauen Augen durch die großen Brillengläser an. Normalerweise trug sie Kontaktlinsen, aber heute fiel mir einmal mehr auf, wie gut ihr auch diese Brille stand. Früher hatten die Kinder sie deswegen gehänselt und ich nahm an, dass sie aus diesem Grund irgendwann auf Linsen umgestiegen war. Es tat mir immer noch in der Seele weh, wenn ich an all die Torturen dachte, die sie durchgemacht hatte.

»Warum guckst du mich so komisch an?« Verwundert runzelte Suvi die Stirn. »Habe ich irgendwas im Gesicht?«

»Was? Nein!« Hektisch schüttelte ich den Kopf. »Ich war nur in Gedanken. Es ist nichts.«

Sie nickte und tippte sich mit dem Zeigefinger gegen die Nasenspitze. Das tat sie immer, wenn sie nachdachte. Erneut stutzte ich. Obwohl wir uns seit dem Erfolg der *Tangorillaz* wirklich nur selten sahen, kannte ich diese Frau in- und auswendig. Jede Geste war mir vertraut. Wir konnten gemeinsam lachen, aber auch schweigen, ohne, dass es unangenehm wurde.

Mit Suvi war alles leicht. Weil sie so unaufgeregt echt war. Ich starrte auf meine Hände und die Tattoos, die sich von dort auf die Arme und weiter über Schultern Brust und Rücken zogen. Vor vielen Jahren hatte ich damit angefangen, mir Tinte unter die Haut stechen zu lassen, und bis heute war ich Stammkunde bei Rasmus – dem Tätowierer meines Vertrauens.

»Ist das Tattoo da neu?«, fragte Suvi just in diesem Moment und deutete mit dem Finger auf das Motiv oberhalb des T-Shirt-Kragens. Es war unheimlich, wie oft wir an die gleichen Dinge dachten.

Ich zog den Stoff ein wenig nach unten. »Ja, eine kleine Erweiterung des ursprünglichen Bildes.« Meine Lippen verzogen sich zu einem Lächeln. »Dass dir das aufgefallen ist ...«

Sie zuckte mit den Achseln, leichte Röte überzog ihre Wangen.

»Also, um nochmal zurückzukommen, zum eigentlichen Grund deines Auftauchens hier ...«

»Der Antrag.«

Kurz verzog sich ihr Gesicht, als hätte sie in eine Zitrone gebissen. Dann hatte sie sich wieder im Griff. Trotzdem war es mir nicht ergangen. Aber bevor ich dazu kam, die Situation zu hinterfragen, sprach sie schon weiter.

»Ja, genau. Was hast du dir denn vorgestellt?«

Überfordert sah ich sie an. »Um ehrlich zu sein, gar nichts. Du kennst mich, Su, ich bin null kreativ. Deshalb bin ich doch hier. Alle Hoffnungen liegen in dir.« Mein Tonfall wurde flehend.

»Ich könnte dir aus der Buchhandlung einen Ratgeber über Hochzeiten mitbringen«, überlegte sie laut. »Oder, du buchst einen richtigen Wedding Planner. Machen die auch Heiratsanträge?«

»Du willst mir nicht helfen, oder?«, resigniert ließ ich die

Schultern hängen und stützte das Gesicht in meine Hände. Nach vierundzwanzig Stunden ohne Schlaf, weil wir mit der Band im Studio gestanden hatten, um die neue Platte aufzunehmen, war ich auf einmal so dermaßen müde. Dazu kam die Fahrt mit Nik hierher, auf der ich damit beschäftigt gewesen war, seinen Fragen zu meiner Beziehung auszuweichen. Der Kerl konnte echt eine verfluchte Nervensäge sein, dabei hatte er mit seinem eigenen Leben, und den Gefühlen für seine Freundin Hanna, genug zu tun. Unbewusst hatte er seine Finger so zielstrebig in jede nur mögliche Wunde gelegt. Aber wie sollte er das auch wissen? Schließlich machte ich seit Jahren allen etwas vor. Inklusive mir selbst. Fuck.

Ich spürte Suvis zarte Hand auf meinem Oberarm. »Natürlich helfe ich dir, Jo«, sagte sie mit sanfter Stimme.

»Wirklich?« Ich drehte den Kopf zu ihr herum.

Sie lächelte. »Wirklich.«

Suvi

Ich musste verrückt sein. Lebensmüde. Völlig übergeschnappt. Und definitiv masochistisch veranlagt. Wie sollte ich Jo dabei helfen, einen Heiratsantrag vorzubereiten, wenn jede Faser in mir sich gegen die Vorstellung sträubte? Dagegen, dass diese andere Frau all das bekam, wovon ich schon mehr als mein halbes Leben lang träumte. Ausgerechnet Miriam, die mich immer ansah, als wäre ich so willkommen wie eine lästige Fliege oder ein Pickel auf ihrer Nase.

Vor ein paar Wochen erst hatte ich mich erneut davon überzeugen können, dass wir so überhaupt nicht auf einer Wellenlänge lagen. Dass diese Frau nicht nur das Gegenteil von mir war, sondern vermutlich zu einer völlig anderen Spezies Mensch gehörte. Miriam hatte eindrucksvoll bewiesen, warum Nik – Gitarrist der Band – sie *Miss Eisklotz* nannte, ohne, dass sie es mitbekam. Im Ernst, ich begann zu frösteln beim Gedanken an ihren Auftritt im Backstagebereich des Clubs, in dem die *Tangorillaz* ihr Comeback gefeiert hatten. Kein Wunder, dass Miriam es mit ihrem Gezeter geschafft hatte, Lilly und Alec an diesem Abend auseinanderzubringen.

Wie konnte es sein, dass Jo sich gerade in diese Frau verliebt hatte?

Mein Freund glich auf der Bühne zwar einer animalischen Naturgewalt, doch fernab der Scheinwerfer war er liebevoll und sensibel. Wenn er auf sein Schlagzeug eindrosch, dann konnte man förmlich das Testosteron um ihn herumfliegen sehen, und ich stand drauf. Das, was mich sonst bei Männern ängstigte, machte Jo nur attraktiver. Diese voluminösen Oberarme, die breiten Schultern, die Tattoos und nicht zuletzt der Bart. Für jeden Außenstehenden musste Jo der Inbegriff eines Bad Boys sein, und auf viele wirkte er mit Sicherheit abschreckend oder einschüchternd. Aber ich kannte ihn. Wusste, was sich unter all den Muskeln, der Tinte und der harten Schale verbarg – das weichste Herz, das man sich vorstellen konnte. Genau das verschenkte er nun an Miriam. Was für eine Verschwendung!

»Wo bist du nur wieder mit deinen Gedanken, Muru?«, holte Jo mich zurück in die Realität. Er gähnte herzhaft und streckte sich neben mir. Dabei rutschte ihm das Hemd nach oben und offenbarte seinen Bauchnabel sowie die Haut oberhalb des Bundes seiner schwarzen Jeans. Hastig wandte ich den Blick ab. Das war nicht für meine Augen bestimmt, verdammt. »Du bist und bleibst eine Träumerin.«

»Ich denke über deinen Antrag nach«, log ich. »Vorhin hast du meine kreativen Fähigkeiten noch gelobt.«

Er beugte sich zu mir herüber und zog mich an seine Seite. Meine Wange landete an seiner Brust und ich spürte die Muskeln unter dem Stoff seines Shirts. Wie oft hatten wir bereits so zusammengesessen? Hier auf der Couch und früher in Jos Jugendzimmer. Wenn wir einen Film angesehen hatten oder er mich mal wieder trösten und aufbauen musste. Unzählige Male. Seine Arme waren mir vertraut, genau wie sein Geruch und seine Berührungen. Jos Finger glitten träge über meinen Oberarm und er ahnte nichts von dem Sturm, den er in mir auslöste. Weil ich ihn immer vor ihm verborgen hielt.

»Du bist die beste, Su«, murmelte er und küsste meinen Scheitel. Mit der Zeit wurden seine Bewegungen langsamer und schließlich lag seine Hand nur noch schwer auf mir. Er atmete gleichmäßig und ich riskierte einen Blick hinauf. Wand mich dann vorsichtig aus seiner Umarmung und betrachtete den schlafenden Riesen. Zu gern hätte ich mit den Fingern seine Gesichtszüge nachgezeichnet oder sie durch die dunkelblonden Haare gleiten lassen, die oben lang und an den Seiten raspelkurz waren. Stattdessen stand ich leise auf, schlich ins Bad und machte mich für die Arbeit in meinem Buchladen fertig. Ich war schon viel zu spät dran, wie mir die Wanduhr verraten hatte. Beim Blick in den Spiegel fiel mir der Anhänger auf, der an einer feinen silbernen Kette um meinen Hals hing. Eine Sonne, die Jo mir zum achtzehnten Geburtstag geschenkt hatte, mit den Worten: »Weil du genauso strahlst wie die Sonne.«

Jo

Mit schmerzendem Rücken schlug ich die Augen wieder auf und brauchte einen Moment, um mich zu orientieren. Suvis Sofa. Ihre kleine Wohnung mitten in Jyväskylä über der Buchhandlung, die sie vor ein paar Jahren von meinem Großvater übernommen hatte. Noch heute beglückwünschte ich ihn gedanklich dafür, dass er Suvi dieses Vertrauen entgegengebracht und sie gleichzeitig ein bisschen ins kalte Wasser geworfen hatte. Endlich war sie losgeschwommen und hatte sich etwas zugetraut. Nach wie vor versteckte sie sich liebend gern hinter ihren Büchern, in die sie die meiste Zeit ihres Lebens die Nase steckte. Aber als Geschäftsfrau und Ladenbesitzerin musste sie raus aus ihrer Komfortzone. Selbstbewusst auftreten. Und sie schlug sich großartig. Ich war so unglaublich stolz auf sie. Das kleine rothaarige Mädchen, das ich auf einem Spielplatz das erste Mal gesehen hatte, war zu einer wunderschönen Frau geworden. Mit anbetungswürdigen Sommersprossen auf ihrer Stupsnase, einer schlanken Figur und blauen Augen, die an einen Winterhimmel erinnerten, von dem die Sonne herunter strahlte. Mir fiel der Kettenanhänger ein, den ich Suvi geschenkt hatte. Damals hatte sie mich ausgelacht und gesagt, sie hätte in etwa so viel mit der Sonne gemein, wie Eishockey mit Ausdruckstanz. Ihr Name bedeutete übersetzt so viel wie *Sommer* und in meinen Augen war Suvi genau das. Wärme. Licht. Ein Sonnenschein. Sie sah es nur selbst nicht. Aber ich tat es. Schon immer.

Ich lehnte den Kopf erneut gegen die Sofalehne und schloss die Augen. Der Duft von Vanille mischte sich mit dem von grünem Tee. Das war so typisch Suvi. Seufzend rieb ich mir über das Gesicht und beschloss, einen Kaffee zu kochen.

Frisch geduscht stand ich einige Zeit später bei Suvi im Laden. Der Geruch nach Büchern hing in der Luft und auch hier mischte sich dieser mit dem von grünem Tee und Vanille.

»Hey! Ausgeschlafen?«, empfing mich meine beste Freundin und winkte mir von einer Leiter aus zu.

Ich kniff die Augen zusammen und empfand augenblicklich den Drang, sie dort runterzuholen, damit ihr nichts passierte. »Würdest du dich bitte festhalten«, rief ich zu ihr hinauf, anstatt ihre Frage zu beantworten.

Sie zog eine Augenbraue nach oben. »Ich muss die Bücher einräumen, dazu brauche ich meine Hände.«

Geräuschvoll atmete ich aus und ohne darüber nachzudenken stellte ich mich an den Fuß der Leiter, um diese festzuhalten

»Ich steige jeden Tag hier hoch, Jo«, sagte Suvi, als sie nach unten kletterte und meine Brust tätschelte. »Die Leiter und ich, wir verstehen uns.«

»Witzig. Total witzig.« Den Mund zu einer Grimasse verzogen, trat ich einen Schritt zur Seite.

»Ich bin nicht witzig, Jo. Das weißt du doch. Ich bin ein Freak.«

Ich erstarrte in der Bewegung und mein Blick ruhte auf der Frau vor mir. »Bitte?«

Sie machte eine wegwerfende Handbewegung. »Ach nichts.«

Ich hielt sie am Handgelenk zurück, bevor sie ins Lager verschwinden konnte.

»Was zur Hölle?«, knurrte ich und sah auf Suvi hinunter. »Hör bitte auf, so über dich selbst zu sprechen.«

»Jo, das war ein Scherz.« Ihr Blick fiel auf die Stelle, wo ich sie festhielt.

»Es klang aber nicht wie einer, Su.« Die Augen zusammengekniffen, sah ich sie an.

Sie befreite sich aus meinem Griff und warf die Hände in die Luft. »Ja, okay. Dann war es eben keiner. Es ist doch kein Geheimnis, dass alle Welt denkt, ich sei seltsam. Du brauchst nur Nik zu fragen.«

»Nik?«

»Dein Kumpel, schon vergessen? Er braucht es nicht mal zu

sagen. Ich sehe ihm an, dass er sich jedes Mal fragt, warum du dich mit mir abgibst.«

Sollte das tatsächlich der Wahrheit entsprechen, dann würde ich Nik bei der nächstbesten Gelegenheit ordentlich die Meinung geigen. Und die kam bald, denn wir fuhren in ein paar Tagen wieder zusammen zurück nach Helsinki.

»Hör auf, die Stirn so zu runzeln, das gibt nur Falten«, mahnte Suvi lächelnd und deutete auf mein Gesicht. »Das wird deiner Zukünftigen nicht gefallen.« Sie drehte sich herum, verschwand im Lager und ließ mich grübelnd zurück.

»Ich habe dir noch etwas mitgebracht«, wechselte ich das Thema, als sie wieder im Laden auftauchte, vor allem wollte ich damit aber meine eigenen verwirrenden Gedanken vertreiben.

»Und ich habe mich schon gefragt, ob du die Schachtel nur spazieren tragen willst.« Sie grinste und automatisch grinste ich zurück. So war das zwischen uns. Leicht. Meistens zumindest.

Mit ausgestrecktem Arm hielt ich ihr die Pappschachtel entgegen.

Suvi schnappte sie sich und zappelte aufgeregt. »Welche Sorte ist es diesmal?«

»Sieh nach.« Ich zwinkerte ihr zu.

»O mein Gott«, quietschte sie. »Meerjungfrauen Cupcakes. Im Ernst? Und gleich so viele?«

Ein verlegenes Lachen stieg in meiner Kehle empor. »Ein kläglicher Bestechungsversuch, damit du mir hilfst ...«, sagte ich achselzuckend und strich mir über den Bart.

Suvi runzelte die Stirn, erwiderte jedoch nichts. Dann sah sie wieder verzückt auf die Cupcakes. »Wie hat Maila die denn hinbekommen?«

»Frag mich was Leichteres. Irgendeine neue Kreation, die sie ausprobiert hat. Du bist quasi ihr Versuchskaninchen.«

Maila besaß eine kleine Konditorei in Helsinki, in der sie Cupcakes und andere zuckerhaltige Naschereien zauberte. Suvi stand total auf diese süßen Dinger und seit ich ihr zum ersten Mal einen mitgebracht hatte, hatte sich das zu einer Art Tradition entwickelt.

»Die sind ja fast zu schade zum Essen«, seufzte Suvi, nahm eines der Törtchen, das mit allerlei Zuckerperlen, türkisfarbener Sahne und einer Meerjungfrauenschwanzflosse dekoriert war, heraus und betrachtete es von allen Seiten. »Maila ist so talentiert.« Ja, das war sie ohne Frage, auch, wenn ich dieser Art Süßkram nur wenig abgewinnen konnte. Steaks und Burger ... die gingen immer. Das Einzige, was ich mir gefallen ließ, waren Pancakes zum Frühstück.

Als das Telefon in meiner Hosentasche klingelte, wandte ich mich widerwillig von dem Anblick ab, den Suvi mir, mit den vor Aufregung roten Wangen, gerade bot.

»Ja?«, nahm ich das Gespräch ruppig an.

»Dir auch einen guten Morgen, Joakim.«

»Miriam ...«

Suvi

Über einen der hübschen Cupcakes hinweg, sah ich Jo draußen vor dem Laden auf und ab marschieren, das Telefon fest ans Ohr gepresst. Sein Gesichtsausdruck war grimmig und ständig fuhr er sich mit der Hand in den Nacken, was ein untrügliches Zeichen dafür war, dass er sich unwohl fühlte.

Nicht zum ersten Mal in der letzten Zeit fragte ich mich, was mit meinem besten Freund los war. Und heute ganz besonders. Der Heiratsantrag für seine Freundin sollte ihn strahlen lassen vor Glück. Stattdessen wirkte er total angespannt und verstimmt.

Ja, fast schon gehetzt. Irgendwas stimmte da nicht.

»Du hast ihn ja immer noch nicht gegessen.« Mit einem schiefen Lächeln auf den Lippen kam Jo zurück in den Laden und deutete auf den Cupcake in meiner Hand. »Lass mich raten, du hast dir gerade eine Geschichte mit einer kleinen Meerjungfrau ausgedacht.« Das tiefe Timbre seines Lachens, vibrierte in meinem Bauch.

»So ähnlich.« Ich lächelte zurück. »Alles okay bei dir?«

»Klar. War nur Miriam, die wissen wollte, wann ich zurückkomme.«

»Und?«

»Was und?«

»Na, wie lange bleibst du?«

»Ein paar Tage. Ich fahre mit Nik wieder zurück.«

Ich nickte. »Übernachtest du bei deinen Eltern?«

»Vermutlich.«

»Was ist das denn für eine kryptische Antwort?«

»Ich habe noch nicht mit ihnen gesprochen.«

Verwundert zog ich die Augenbrauen zusammen.

»Hast du deinen Trip hierher überhaupt geplant? Oder war das eine spontane Idee?«

»Spontan ist doch gut, oder?«

»Klar«, stimmte ich achselzuckend zu. »Du kannst auch bei mir übernachten.« Sofort biss ich mir auf die Zunge und gab mir gedanklich einen Schlag gegen den Hinterkopf. *Keine gute Idee, Suvi*, schalt ich mich selbst. Dann würde er mir womöglich noch mitten in der Nacht auf dem Weg ins Bad und nur in Shorts begegnen. Ich wollte lieber nicht darüber nachdenken, was dieser Anblick in mir auslösen würde.

»Danke, aber ich denke, ich versuche es erstmal bei meinen Eltern.«

Ich atmete tief durch. Ja, das war vermutlich das einzig Richtige.

In der Mittagspause saß ich in meiner Wohnung am Küchentisch und leckte mir gerade etwas von der türkisfarbenen Creme des Cupcakes von den Fingern, als mein Handy klingelte. Jo war zu seinen Eltern gefahren und ich wieder allein, mit dem Kopf voller Fragen und einem Magen gefüllt mit türkisfarbener Sahnecreme.

»Lilly!«, nahm ich überrascht das Gespräch an. Mit der jungen Frau aus Deutschland hatte ich jetzt nicht unbedingt gerechnet, aber ich freute mich. Seit wir uns vor einigen Wochen in meinem Laden das erste Mal begegnet waren, verband uns eine Freundschaft. Unsere Wege hatten sich immer wieder gekreuzt und wir hatten festgestellt, dass wir auf einer Wellenlänge lagen.

»Störe ich?«, wollte sie wissen. »Es klingt, als würdest du gerade essen.«

»Nein, nein. Das sind nur die Reste eines Cupcakes, den Jo mir mitgebracht hat.«

»Jo hat dir Cupcakes mitgebracht?«

»Ja. Das macht er immer, wenn er in die Heimat kommt. Kennst du die kleine Konditorei von Maila etwa noch nicht? Du musst Alec unbedingt sagen, dass er mit dir dorthin gehen soll. Ihre Kreationen sind göttlich. Aber Achtung: jeder Biss geht direkt auf die Hüften.«

»Okay«, Lilly lachte. »Ich werde Alec sagen, dass wir dort vorbeigehen müssen.«

»Schön. Wie geht's euch?«

»Uns geht es gut. Wie geht's dir?«

»Außer, dass ich kurz vor einem Zuckerschock stehe, ganz

gut.« Lieber erzählte ich Lilly erst einmal nichts von Jos Heiratsplänen, und den Gefühlen, die sie in mir auslösten. Sie schien zwar total vertrauenswürdig, aber ob sie das vor Alec geheim halten würde, wusste ich dennoch nicht.

»Das hört sich doch super an. Kommst du zu Hannas großem Fest?«

Als wir vor einiger Zeit alle bei Hanna in der Pension gewesen waren, weil ihre Tochter Mia verschwunden war, hatte ich von dem Fest erfahren und mich sehr über die Einladung gefreut. Genauso, wie darüber, dass sie und Nik zueinandergefunden hatten.

»Klar komme ich. Das lasse ich mir doch nicht entgehen.«

»Super. Und kommst du allein?«

»Allein? Wie meinst du das?«

»Na ja, ich dachte ...«, sie druckste. »Vielleicht bringst du ja eine Begleitung mit. Einen Mann. Also ...« Sie stieß kurz geräuschvoll die Luft aus. »Ich habe mich gefragt, ob es da eigentlich jemanden gibt in deinem Leben. So, jetzt ist es raus.«

Ich musste lachen. »Ich komme allein. Da gibt es niemanden, den ich mitbringen könnte.«

»Wegen Jo?«

Verwirrt runzelte ich die Stirn. Hanna hatte mich erst neulich darauf angesprochen und jetzt kam Lilly auch noch damit um die Ecke.

»Wie kommst du auf Jo?«

»Na ja, wenn man aufmerksam genug hinsieht, dann sind deine Blicke schon recht eindeutig.«

Mir wurde heiß. »Keine Ahnung, was du meinst«, wehrte ich ab.

»Ach komm schon, Suvi. Es ist doch nicht schlimm, wenn du ihn magst. Und du passt viel besser zu ihm als *M.M.*«

»*M.M?*«

»Managerin Miriam. Madame Monster. Mistige Mistkröte. Such dir was aus.«

Ein leises Lachen entschlüpfte mir, auch wenn der Gedanke an Jo und seine *Fast-Verlobte* sonst nicht besonders lustig war.

»Jo ist glücklich mit ihr«, antwortete ich.

»Glaubst du das wirklich? Auf mich macht er nicht diesen Eindruck in letzter Zeit.«

»Ganz ehrlich, das geht uns nichts an, Lilly. Das ist seine Sache und da sollten wir uns nicht einmischen.«

Meine Freundin gab einen unzufriedenen Laut von sich.

»Hör mal, ich muss wieder runter in den Laden. Wir sehen uns dann bei Hannas Fest.«

»Okay. Machs gut und bis bald.«

Ich steckte das Handy in meine hintere Hosentasche und machte mich auf den Weg nach unten, um hoffentlich noch ein paar Bücher zu verkaufen. Trotzdem spukten mir Lillys Worte den ganzen Tag im Kopf herum.

Jo

»Jo, Schatz. Was machst du denn hier? Warum hast du nicht angerufen und Bescheid gesagt, dass du kommst?« Meine Mutter breitete ihre Arme aus und wie selbstverständlich beugte ich mich hinunter, ließ mich auf die Wange küssen und von ihr umarmen.

»Es war ein eher spontaner Entschluss«, antwortete ich achselzuckend.

»Und wie bist du hergekommen? Doch wohl nicht mit dem Taxi aus Helsinki.« Tadelnd sah sie mich an.

»Natürlich nicht«, erwiderte ich lachend. Ich war nicht geizig, aber schmiss das Geld auch nicht mit vollen Händen zum Fenster hinaus, obwohl ich genug davon auf meinem Konto hatte, um Taxifahrten durchs ganze Land zu bezahlen.

»Nik hat mich mitgenommen. Er ist bei seiner Freundin.«

»Wer hätte gedacht, dass der Junge mal sesshaft wird.« Kopfschüttelnd lächelte sie.

»Mal abwarten. Noch ist es ja ganz frisch«, dämpfte ich ihre Euphorie etwas. Aber selbst für mich sah es ernst aus zwischen Nik und Hanna. Nicht zuletzt wegen ihrer Vorgeschichte und der gemeinsamen Tochter Mia.

»Und du? Warum hast du deine Freundin nicht mitgebracht?«

Ich zuckte innerlich zusammen. Es war verständlich, dass Mum danach fragte, schließlich brachten meine Schwestern Finja und Paula ihre Männer auch mit nach Hause. Aber um ehrlich zu sein, konnte ich mir Miriam in diesem Umfeld nicht vorstellen. Ich schluckte, weil mir bewusstwurde, was das bedeutete. Meine Freundin passte so gut hierher, wie eine Hyäne in einen Kaninchenstall.

»Beim nächsten Mal vielleicht«, sagte ich ausweichend und versuchte, das ungute Gefühl in meinem Innern zu vertreiben. Es nervte, denn ich hatte es doch genauso gewollt. Hatte diese Frau gewollt und das aus einem ganz bestimmten Grund.

Dem anschließenden Blick meiner Mutter wich ich aus. Auch ohne sie anzusehen wusste ich, dass sie nicht damit rechnete, dass Miriam beim nächsten Mal mit uns zusammen am Tisch sitzen würde.

»Dann komm mal rein.« Sie ging vor in den Hausflur. »Es gibt gleich Mittagessen.«

»Ich hatte gehofft, du würdest das sagen.« Ich zwinkerte ihr zu und sie knuffte mich in die Seite.

»Wie läuft es mit den Aufnahmen?«, fragte sie, während ich

ihr half, den Tisch zu decken.

»Wir sind letzte Nacht fertig geworden.« Ein Seufzen verließ meinen Mund. »Halleluja.«

»Das ist großartig. Und dann bist du gleich hierhergekommen?«

»Nik wollte sofort los«, antwortete ich. »Und ich hatte etwas mit Suvi zu besprechen.« In dem Moment, als ich die Worte aussprach, ahnte ich bereits, dass es ein Fehler war.

»Mit Suvi?« Meine Mutter sprang prompt darauf an. »Was denn?«

»Neugierig bist du gar nicht, oder?«

»Ach komm schon, Suvi gehört zur Familie, so oft wie sie früher hier bei uns war. Also, was gab es so Wichtiges, dass du gleich als Erstes bei ihr vorbeigeschaut hast?«

»Suvi soll mir bei etwas helfen«, blieb ich vage.

Meine Mutter hielt in ihrer Bewegung inne und spießte mich mit ihrem Blick förmlich auf.

»Joakim Arlanda ...«

»Mum«, jammerte ich. »Die Zeiten, dass ich dir alles erzählen muss, sind lange vorbei. Ich bin über dreißig ...« Sie schaute unverwandt weiter und es war klar, dass ich verloren hatte. »Ich möchte Miriam einen Heiratsantrag machen und ich habe Suvi gebeten, mir zu helfen«, ratterte ich herunter.

»Du hast was?« Das Entsetzen auf dem Gesicht meiner Mutter sprach Bände.

»Ich habe sie gebeten —«

»Ja, ich habe dich schon verstanden. Aber um Himmels willen, Jo!«, grätschte sie dazwischen.

Schnaubend runzelte ich die Stirn. »Sag mal, müsstest du nicht zuerst einmal ganz aus dem Häuschen sein, weil ich dir gerade gesagt habe, dass ich heiraten möchte?«

»Schatz, natürlich bin ich aus dem Häuschen, wenn mein einziger Sohn heiraten will. Aber meinst du nicht, dass du das etwas überstürzt.«

Abwehrend verschränkte ich die Arme vor der Brust. »Warum warten, wenn es passt?«

Meine Mutter setzte sich an den Tisch. »Du möchtest diese Frau also heiraten und hast Suvi gebeten, dir beim Antrag zu helfen«, wiederholte sie, als müsse sie die Worte einmal aussprechen, damit sie sie richtig verstand.

»Ja und ja«, erwiderte ich. »Suvi ist meine beste Freundin, sie ist eine Frau und dazu noch fantasievoll und romantisch. Wer, wenn nicht sie, könnte mir bei so etwas Wichtigem helfen?«

»Also, mal abgesehen davon, dass man bei dieser entscheidenden Frage keine Hilfe benötigen sollte ... ausgerechnet Suvi.« Ihr Mund verzog sich unglücklich.

»Was soll das denn heißen? Ausgerechnet Suvi?« So langsam wurde ich ungehalten. Eventuell hatte ich es im Vorfeld in Betracht gezogen, dass meine Mutter nicht vor Freude in die Luft sprang, wenn sie von dieser Hochzeit erfuhr, aber sie stellte sich fast an, als beginge ich mehrere Todsünden gleichzeitig. »Du tust so, als würde ich sonst was von Suvi verlangen.«

»Weil es so ist«, platzte es aus ihr heraus.

Was zum Henker meinte sie denn jetzt wiederum damit? »Mum, du machst mich ganz kirre. Sag endlich, was du sagen willst, und wir haben es hinter uns, okay?«

»Hast du wirklich keine Ahnung, was du da von dem Mädchen verlangst?« Eindringlich sah sie mich an. »Einen Heiratsantrag für eine andere Frau ...«

»Also erstens, ich habe sie lediglich gebeten, und sie hat zugestimmt. Und zweitens, ändert meine Hochzeit doch nichts zwischen Suvi und mir und an unserer Freundschaft, wenn es das ist, worüber du dir Sorgen machst.«

Entgeistert starrte meine Mutter mich an. »Sie ändert alles!«

Alles anders

Acht Wochen später

Suvi

Die Ladentür öffnete sich und ein Schwall kalter Luft wehte herein. Es war mittlerweile Ende Oktober und die Temperatur empfindlich gefallen. Selten kletterte sie auf über fünf Grad. Ich zog die dicke Strickjacke fester um meinen Körper zusammen, hob den Kopf und registrierte überrascht, wer gerade den Laden betreten hatte: Jos Großvater und seine Freundin Ella, die ganz nebenbei Lillys Oma war. Eine verrückte Geschichte.

»Matti! Ella! Wie schön, euch zu sehen«, rief ich und lief auf die beiden zu.

»Hallo, Liebes.« Der alte Mann umarmte mich fest und der herbe Duft des Aftershaves stieg mir in die Nase, den ich schon beinahe mein gesamtes Leben kannte. Matti war eine Art Ersatz-Opa für mich, auch wenn wir nicht miteinander verwandt waren. Er hatte nie einen Unterschied zwischen seinen *richtigen* Enkeln und mir gemacht.

»Wie geht es dir, Suvi?«, erkundigte Ella sich und musterte mich prüfend, während sie über ein paar Buchrücken strich.

»Gut.« Ich setzte ein Lächeln auf. Es war ja nicht einmal gelogen. Mein Kühlschrank war voll, ich gesund und ein Dach über dem Kopf hatte ich ebenfalls. Vermutlich sollte ich mich wirklich nicht beschweren. Außerdem durfte ich Mattis Buchhandlung führen, was mich mit Dankbarkeit erfüllte. Bücher waren mein Leben. Sie zu lesen und in immer wieder neue Welten einzutauchen, faszinierte mich. Und sie zu verkaufen und zu versuchen, für jeden Menschen die richtige Geschichte zu finden, war eine Leidenschaft. Fast genauso sehr, wie mir selbst welche auszudenken und sie aufzuschreiben. Aber das tat ich nur im Verborgenen.

»Die Tour ist zu Ende. Jo und die anderen sind wieder zurück in Helsinki. Wusstest du das?«

Ich nickte. Mein bester Freund hatte mir eine Nachricht geschickt.

»Er wird zu Ylvas Geburtstag kommen. Sie hat dich doch auch eingeladen, oder?«

»Ja«, antwortete ich zögerlich. Die Einladung hatte Jos Mum schon vor einer ganzen Weile ausgesprochen. Aber um ehrlich zu sein, überlegte ich zum ersten Mal, wie es mir gelang, mich vor einer Feier bei den Arlandas zu drücken. Ich hatte Jo versprochen, ihm bei diesem Heiratsantrag zu helfen, jetzt sobald die Tour vorbei war. In den letzten Wochen hatte ich versucht, mich mit Arbeit von dem Gedanken abzulenken. Ein paar Mal hatte ich sogar Jos Anrufe ignoriert. Weil ich nicht gewusst hatte, was ich hätte sagen sollen. Die Vorstellung, dass er mit Miriam zusammen war und wochenlang mit ihr auf Tour jeden Tag aufregende Dinge erlebte, schmerzte mein blödes Herz schon genug. Dafür brauchte ich nicht auch noch seine Stimme zu hören und seine Fragen, ob mir bereits etwas Spektakuläres eingefallen war.

»Du wirst doch kommen?«, holte Matti mich zurück ins Hier und Jetzt. »Endlich mal wieder die ganze Familie an einem Tisch.«

Ausweichend schlug ich die Augen nieder. »Eigentlich habe

ich schrecklich viel zu tun«, nuschelte ich.

Zwei Hände legten sich auf meine Schultern. Als ich aufsah, blickte ich direkt in Ellas Gesicht.

»Er wird sie nicht mitbringen, falls du das befürchtest«, sagte sie warm. Gott, war ich wirklich so leicht zu durchschauen? Hatte ich mich etwa die letzten Jahre auch so erbärmlich angestellt, wenn ich meine Gefühle versteckte? »Und so wie ich das sehe, können alle gut damit leben. Damit, dass du fortbleibst allerdings nicht.«

Matti schnaufte. »Du untertreibst, Ella, Liebling. Keiner möchte diese Frau mit am Tisch haben, man sollte die Dinge beim Namen nennen. Sie passt nicht zu uns. Und zu unserem Jungen erst recht nicht.« Er verdrehte die Augen.

Ich schmunzelte. Der *Junge* war dreiunddreißig Jahre alt, fast zwei Meter groß, tätowiert, bärtig und verdiente diesen Namen schon eine Ewigkeit nicht mehr. Aber manches änderte sich eben nie. Und irgendwie war das auch gut so. Jos Familie liebte ihn und sie hatten ihn sein gesamtes Leben lang unterstützt. Wehmut machte sich in meinem Innern breit und ließ mich frösteln. Denn auch mir hatten die Arlandas diese Unterstützung entgegengebracht – im Gegensatz zu meinen leiblichen Eltern.

»Er wird sie heiraten, Matti«, bekam ich über die Lippen, bemüht, dass meine Zähne nicht aufeinanderschlugen, weil mir aus dem Herzen heraus entsetzlich kalt war. »Ihr solltet euch darüber freuen, anstatt zu sticheln. Wir alle kennen Miriam nicht so gut wie Jo. Sie wird okay sein, wenn er sie sich ausgesucht hat.«

Unzufrieden rümpfte der alte Mann seine Nase.

»Es ist doch schön, dass er die Frau gefunden hat, mit der er alt werden möchte und mit der er glücklich ist. Er wird euch noch mehr Urenkel schenken und spätestens dann ...« Beim Blick in Ellas erschrockenes Gesicht verstummte ich.

»Glaubst du wirklich, dass er mit dieser Miriam glücklich ist?«, fragte sie.

Ich zuckte mit den Schultern. »Es scheint doch so, oder?«

»Also, nach allem, was ich bisher gehört habe, kennst du Jo am besten von allen. Und da ist dir nicht aufgefallen, wie er sich in den letzten Wochen verändert hat? Auf keinem Bild, das ich gesehen habe, hat er gelächelt. Als er das letzte Mal zu Besuch war, hat er nur das Nötigste gesprochen und einen großen Bogen um alle gemacht. Klingt das nach Glück und Freude?«

»Jo ist kein Strahlemann und auch früher hat er schon nicht mehr gesprochen als nötig.«

»Nein, Suvi, das ist nicht dasselbe. Ich mag ihn zwar noch nicht so lange kennen, aber ich bemerke, wenn jemand unglücklich ist. Das habe ich meiner eigenen Enkelin angesehen und das tue ich bei Jo. Und bei dir ganz nebenbei bemerkt auch.«

Ertappt zuckte ich zusammen.

»Und jetzt sag mir nicht, dass ich unrecht habe, das nehme ich dir nämlich nicht ab.«

»Warum seid ihr eigentlich hier?«, versuchte ich das Thema zu wechseln. »Nur, um mich zu fragen, ob ich zu Ylvas Geburtstag komme? Oder sucht ihr ein Buch?«

Matti und Ella wechselten einen unergründlichen Blick. »Wir suchen ein Buch für Ylvas Geburtstag.« Beide sahen sich suchend um.

»Und an was habt ihr gedacht? Einen Roman?«

»Du bist doch die Expertin! Über was denkst du, würde sie sich freuen?«

»Ich werde mir ein paar Gedanken dazu machen und rufe euch an, wenn ich etwas Passendes gefunden habe, okay?«

»Ach weißt du, bring es doch einfach zur Feier mit. Dann sparen wir uns eine weitere Fahrt in die Stadt.« Das Blitzen in Mattis Augen verriet mir, dass ich mit Anlauf in seine Falle getappt war und er sich diebisch darüber freute.

Ergeben seufzte ich. »Ihr habt gewonnen. Ich werde kommen und euer Buch mitbringen.«

Ellas Gesicht hellte sich auf, als hätte man ihr gerade erzählt, sie habe einen Sechser im Lotto.

»Schön!«, rief sie aus. »Dann sehen wir uns ja schon in ein paar Tagen wieder.«

Ein seltsames Kribbeln breitete sich in meinem Magen aus. Ein paar Tage, in denen ich mir unbedingt ein funktionierendes Pokerface zulegen musste. Andernfalls – so sah ich das – würde die gesamte Familie Arlanda in mir lesen wie in einem offenen Buch. Und das konnte ich nicht gebrauchen.

Jo

»Ich verstehe immer noch nicht, warum du zu dieser blöden Familienfeier musst.« Miriam verdrehte die Augen.

»Weil meine Mutter Geburtstag hat und die ganze Familie zusammenkommt. Das ist so Tradition«, antwortete ich betont ruhig und versuchte, mir den Ärger nicht anmerken zu lassen, der in mir aufstieg. Es verletzte mich, dass sie keinerlei Interesse an meiner Familie zeigte und kein Verständnis dafür hatte, wie viel diese Menschen mir bedeuteten.

»Gerade am ersten Wochenende nach der Tour. Wir könnten endlich mal wieder in Ruhe schick essen gehen, in einen Club und danach ...« Sie ließ ihre Fingernägel über meinen Brustkorb gleiten. »Sex ohne Zuhörer haben. In diesen Tourbussen ist das ja wirklich eine Zumutung.« Ihr verführerischer Augenaufschlag hätte vermutlich irgendetwas in mir auslösen sollen.

»Wir holen das nach.« Meine Stimme klang kühl.

Unzufrieden verzog Miriam ihre rot geschminkten Lippen. Dann wanderten ihre Finger unter mein Shirt und schoben es hoch. Ihre Fingerspitzen erreichten die Piercings, die durch beide Brustwarzen gestochen waren. Ich wollte sie gerade aufhalten, als sie mit schnellen Bewegungen Knopf und Reißverschluss der Jeans öffnete und vor mir in die Knie ging. Eines müsste ich mittlerweile gelernt haben. Wenn diese Frau sich etwas in den Kopf gesetzt hatte, dann nahm sie es sich. Ihre Hände waren geschickt, das konnte ich nicht leugnen. Und ihre Lippen ... scheiße, ob ich nun wollte oder nicht, das Blut rauschte von meinem Hirn geradewegs in ein anderes Körperteil.

Nach Wochen der Abstinenz vermutlich kein Wunder, versuchte ich mich, vor mir selbst zu rechtfertigen.

»Ich wusste, ich kann dich überzeugen«, hörte ich ihre Stimme, legte den Kopf in den Nacken und presste die Augenlider aufeinander. Meine Hände fanden Halt an der Arbeitsplatte aus Granit der Hightech-Küche hinter mir.

Als sich blaue Augen in meine Gedanken stahlen, Sommersprossen und ein Schwall roter Haare, musste ich trocken schlucken. Es war wie so oft in den vergangenen Jahren, wenn ich mit einer Frau intim wurde. Anfangs hatte ich gedacht, wenn ich nur oft genug Sex hatte, dann hörte es auf. Ich hatte mir die Bilder aus meinem Kopf herausvögeln wollen. Ohne Erfolg. Bis heute. Und ich fühlte mich so entsetzlich schäbig. Was war ich nur für ein gestörter Typ, der sich beim Sex seine beste Freundin vorstellte? Ich kam mir vor, wie ein Perverser.

Als Miriam von mir abließ und wieder in mein Sichtfeld kam, war mir danach, alles kurz und klein zu schlagen oder alternativ zu kotzen. Stattdessen hob ich sie auf die sündhaft teure Arbeitsplatte, zog ihren Rock nach oben und schob mich zwischen ihre Beine, um das zu beenden, was sie begonnen hatte.

»Wir sehen uns dann in ein paar Tagen«, sagte ich eine Stunde später zu Miriam, küsste sie auf die Wange und wandte mich meinem Wagen zu. Ich liebte den Volvo Kombi, weil er so praktisch und bequem war. In Alecs Sportwagen bekam ich regelmäßig Platzangst und Niks SUV war zu riesig für meinen Geschmack. Ich tätschelte das silberne Dach des Wagens. Allein für den großen Kofferraum musste man den Entwicklern einen Orden verleihen. Einer, in den mein Schlagzeug passte. Perfekter ging es doch kaum.

»Grüß deine Familie«, sagte Miriam und wir wussten beide, dass sie das nicht ernst meinte und dass ich es nicht ausrichten würde.

»Mache ich. Und du, mach dir doch einfach ein paar erholsame Tage nach der anstrengenden Tour.«

Ihre Augen weiteten sich. »Auf gar keinen Fall! Ich werde heute Abend ausgehen. In Kallio hat ein neuer Club aufgemacht.«

Natürlich. Wie hatte ich nur eine Sekunde denken können, dass diese Frau an einem Wochenende zu Hause blieb. Wahrscheinlich sollte es mich stören, wenn meine Freundin allein ausging. Miriam war gutaussehend, hatte eine Top-Figur und sie geizte nicht mit ihren Reizen. Tauchte sie irgendwo auf, wandten sich die Köpfe der Männer automatisch in ihre Richtung. Also: Vermutlich sollte es mich sogar in den Wahnsinn treiben, wenn sie unterwegs war.

»Dann viel Spaß«, erwiderte ich nüchtern und stieg in den Wagen. In meinem Innern regte sich nichts.

Sobald ich den Kombi auf die Autobahn lenkte und Helsinki hinter mir ließ, hatte ich zum ersten Mal seit zwei Monaten wieder das Gefühl, dass Nacken und Schultern sich entspannten. Und auch mein Brustkorb fühlte sich nicht länger so an, wie von einer Schraubzwinge eingespannt. Ich öffnete das Autofenster und die kalte Oktoberluft strömte herein. Der Fahrtwind prickelte auf meinen Wangen und ich atmete kleine Wölkchen aus. Als die Augen zu brennen anfingen, schloss ich das Fenster wieder. Die eisige Luft war in meine Lungen geströmt und hatte den Sauerstoff in jeder Zelle des Körpers verteilt. Nur eines hatte sie nicht geschafft: das Chaos in meinem Kopf zu sortieren.

Als das Handyklingeln ertönte, stöhnte ich auf. War es zu viel verlangt, mal drei Stunden seine Ruhe zu haben? Ich ignorierte den Anrufer und wartete, bis mich wieder nur das monotone Brummen des Motors umgab. Gerade als ich erleichtert aufseufzte, fing das blöde Ding erneut an penetrant zu bimmeln.

»Hallo?«, nahm ich das Gespräch über die Freisprecheinrichtung an.

»Jo, altes Haus!«, drang die Stimme von Alec aus dem Lautsprecher.

»Hey! Hast du etwa schon Sehnsucht nach mir? Ich dachte, nach zwei Monaten zusammen im Tourbus, gehen wir uns jetzt erstmal für eine Weile aus dem Weg.«

Mein Kumpel und Sänger unserer Band *Tangorillaz* lachte laut. »Ach komm, wir hatten doch auch jede Menge Spaß. *Playstation* zocken, Serien auf *Netflix* schauen, schmutzige Witze reißen. Es war fast wie früher.«

Ja fast. Mit dem einzigen Unterschied, dass wir mittlerweile alle in festen Händen waren und das Tourleben seine Leichtigkeit verloren hatte. Die Zeiten änderten sich, das wusste ich. Aber wenn es einem bewusst wurde, dann erforderte es Stärke, damit klarzukommen.

»Warum rufst du an?«, wollte ich von meinem Kumpel wissen. »Irgendwas bestimmtes?«

Er räusperte sich. »Eigentlich, um dich zu fragen, wie es dir geht. Du wirkst schon seit längerem so verschlossen und richtig zufrieden siehst du auch nicht aus. Ich hatte gehofft, wir würden während der Tour mal zum Reden kommen, aber der Stress ...«

Ich atmete tief durch. »Du siehst Gespenster. Es ist alles in Ordnung, wirklich.«

Er gab ein unzufriedenes Geräusch von sich. »Nimm es mir nicht übel, Bro, aber irgendwie nehme ich dir das nicht ab. Hast du Probleme? Du weißt, dass du mit mir reden kannst, oder?«

»Es ehrt dich, dass du dir Sorgen machst, Alter, aber mir geht es gut.«

»Und mit Miriam läuft auch alles gut?«

»Ja.«

»Ja? Und weiter?«

Ich lachte. »Was willst du denn jetzt hören? Ob wir ein erfülltes Sexleben haben, sie eine gute Köchin ist, oder ob sie mir die Pantoffeln ans Bett bringt?«

Alec stimmte in mein Gelächter ein.

»Eigentlich wollte ich eher wissen, ob du glücklich bist. Wir alle kennen Miriam. Sie ist eine gute Managerin, aber als Mensch ... speziell. Ich weiß, dass du ewig lang hinter ihr her warst, aber jetzt wirkst du nicht sonderlich verliebt.«

Ich schluckte den felsbrockenartigen Kloß in meinem Hals herunter. Das hieß, ich probierte es. »Das ist doch quatsch. Es ist genau, was ich will«, versuchte ich, überzeugend zu klingen. »Ich werde ihr einen Antrag machen.« In der Leitung herrschte absolute Stille. »Alec? Bist du noch dran?«

»Einen Antrag? Krasser Scheiß. Im Ernst jetzt?«

»Jap. Ich weiß nur noch nicht wie. Um Miriam zu fragen, tut's keine nullachtfünfzehn Version. Deshalb habe ich Suvi gebeten, mir zu helfen.« Meine Finger verkrampften sich ums Lenkrad.

»Suvi?« In seiner Stimme schwang Irritation mit.

Ich unterdrückte ein Stöhnen. Jetzt nicht auch noch er, bitte. Es hatte wirklich gereicht, dass Mum bei unserem letzten Aufeinandertreffen ein riesen Fass aufgemacht hatte und damit eine Lawine in meinem Innern losgetreten hatte, die nicht zu stoppen war.

Während der gesamten Tour hatten die Worte in mir keine Ruhe gegeben und immer wieder hatte ich mich dabei ertappt, wie ich Suvis Nummer wählte. Nicht, um sie zu fragen, wie sie mit den Ideen vorankam, sondern um einfach nur ihre Stimme zu hören, und weil ich wissen wollte, wie es ihr ging. Eigentlich war ich sogar froh darüber, dass wir über den Heiratsantrag kein einziges Mal gesprochen hatten – und das lag nicht allein daran, dass die Tour verdammt stressig gewesen war.

»Suvi und ich sind Freunde und als Freundin hilft sie mir. Ich weiß nicht, was ihr alle für ein Problem damit habt«, versuchte ich, Alec und mich von dieser Tatsache zu überzeugen. Besonders mich selbst.

»Ey, alles gut«, wehrte er ab. »Wenn ihr damit fein seid, bin ich es auch. Ich hätte einfach nicht gedacht, dass es dir so ernst mit Miriam ist.«

Du weißt eine ganze Menge nicht, dachte ich, schwieg jedoch.

Suvi

»O Mann.« Unzufrieden schnitt ich eine Grimasse und starrte zum zigsten Mal in den Kleiderschrank, zog Blusen und

Kleider heraus und hängte sie wieder zurück. Ich hatte einfach nichts anzuziehen. *Du gehst nur zu Ylvas Geburtstag*, mahnte ich mich selbst. *Nicht zu einem Staatsempfang und auch nicht zu einem Date.* Ich schnaubte. Meine letzte Verabredung mit einem Mann war mindestens hundert Jahre her und hatte so desaströs geendet, dass ich mich lieber nicht daran erinnerte.

Also nochmal. Ich wälzte erneut den gesamten Inhalt des Schranks durch und entschied mich für einen locker fallenden, anthrazitfarbenen Rollkragenpullover aus weicher Wolle und eine enge dunkle Jeans. Dazu würde ich graue Stiefeletten tragen und die schwarze Schiffermütze, die ich mir vor einigen Tagen in einem kleinen Laden in der Nähe gekauft hatte.

Zufrieden nickte ich mir kurz darauf im Badezimmerspiegel zu. Dieser Raum verdiente den Namen *Zimmer* nicht. Er glich eher einer kleinen Kammer, in der man gerade so viel Platz hatte, um sich einmal um die eigene Achse zu drehen – zwischen Waschbecken, Dusche und Waschmaschine. Aber hey, es gab alles, was man brauchte, und das war doch die Hauptsache. Zum Glück war die Toilette separat, sonst würde man beim Geschäftverrichten entweder mit den Füßen in der Dusche stehen, oder sich die Knie an der Waschmaschine anstoßen.

Nachdem ich meine Kontaktlinsen eingesetzt hatte, öffnete ich den Spiegelschrank und legte Make-up, Wimperntusche, ein wenig Rouge und einen nudefarbenen Lippenstift auf. Dezent, so wie ich es mochte.

An der Garderobe schlüpfte ich in meine Schuhe und einen dicken Mantel mit einer kuschligen Kapuze. Die Handschuhe steckte ich zusammen mit dem Handy in die Jackentasche, damit mir gleich auf dem Fahrrad nicht die Finger abfielen. Es war ein gutes Stück bis zu Jos Eltern und ein Auto besaß ich nicht. Für Jyväskylä reichte ein Rad definitiv aus, umweltfreundlicher war es auch, und für Strecken, die ich damit nicht zurücklegen konnte, gab es schließlich Bus oder Zug.

Zufrieden packte ich vor dem Haus die Tüte mit Ylvas Geschenken in den Fahrradkorb und machte mich auf den Weg.

»Suvi.« Jos Mum kam aus der Tür gestürzt, noch bevor ich das Rad abgestellt hatte. »Du bist doch nicht etwa mit dem Fahrrad gekommen?«

»Doch. Natürlich«, antwortete ich lachend.

»Jo hätte dich mit dem Auto abholen können. Warum ist er da nicht selbst draufgekommen?« Augenrollend kam sie mir entgegen und zog mich in eine herzliche Umarmung.

»So ein Quatsch. Ich fahre doch immer mit dem Rad. Das macht mir nichts aus.«

Ylva hielt mich ein Stück von sich weg und musterte mich eindringlich. »Na, komm erstmal rein. Es ist viel zu lange her, dass du hier bei uns warst, hm?«

Sanft, aber bestimmt schob sie mich ins Innere des Hauses und sofort umgab uns der vertraute Geruch, den ich seit meiner Kindheit mit diesem Ort verknüpft hatte. Der Duft nach gebackenem Brot mischte sich mit dem vom Kamin.

Ich nahm einen tiefen Atemzug und versuchte, mich zu wappnen. Dafür, wieder einzutauchen, in die Welt dieser wundervollen Familie, von der ich mir früher immer gewünscht hatte, dass sie meine eigene war. Ach, was sagte ich denn da? Auch heute noch fühlte es sich genauso an.

Ein wenig überfordert von diesen Empfindungen presste ich die mitgebrachte Tüte an den Körper, nachdem ich die Jacke an einen freien Haken gehängt und die Schuhe ausgezogen hatte. Der Dielenboden knarzte unter meinen Füßen, als ich Jos Mum folgte.

»Seht mal, wen ich hier habe«, rief sie fröhlich ins Wohnzimmer und augenblicklich richtete sich die Aufmerksamkeit aller Anwesenden auf mich. Automatisch zog ich den Kopf ein Stück zwischen die Schultern. Ein großes »Hallo!« brach über mir herein, als wäre ich für Jahre verschollen gewesen. Nach kurzer Überlegung fiel mir auf, dass es tatsächlich schon eine ganze Weile her war, dass ich die Arlandas das letzte Mal besucht hatte.

»Hier ist euer Buch«, überreichte ich Matti und Ella ihr Geschenk, sobald Ylva für einen Moment in der Küche verschwunden war.

Der alte Mann lachte. »Ylva wird ohnehin wissen, dass du es ausgesucht hast.«

»Was ist mit mir?« Jos Mum kam zurück und stellte eine Platte mit Piroggen auf den Tisch. Sie wandte sich mir zu und ich gab ihr mein Geschenk. »Ach Mädchen.« Ihr Gesichtsausdruck wurde weich und meine Kehle eng. »Du musst mir nichts kaufen, das weißt du doch. Dass du hier bist, ist Geschenk genug für mich.« Sie strich mir über die Wange, betrachtete dann das kleine Päckchen in ihrer Hand und schüttelte es leicht hin und her. An ihren blitzenden Augen erkannte ich, dass sie sich dennoch darüber freute. Vorsichtig wickelte sie die Box aus dem Geschenkpapier und klappte den Deckel nach oben. »Oh«, rief sie verzückt aus und hob die Schneekugel heraus, die ich vor einiger Zeit auf einem Flohmarkt gefunden hatte. »Du hast es nicht vergessen.«

»Wie könnte ich?«, sagte ich lächelnd. »Musste Jasper mittlerweile schon anbauen, damit du deine Sammlung unterkriegst?«

Ylva knuffte mich in die Seite, während Jos Vater etwas in seinen Bart grummelte. Der liebevolle Blick, den er seiner Frau zuwarf, sprach jedoch seine ganz eigene Sprache.

»Die bekommt einen Ehrenplatz«, strahlte sie und umarmte mich erneut fest.

Just in diesem Augenblick spürte ich sie, die Veränderung im Raum. Es war, als hätten sich die Schwingungen geändert. Über Ylvas Schulter hinweg sah ich zur Tür. Mit seinen knapp zwei Metern und dem breiten Kreuz füllte Jo den Türrahmen fast vollständig aus. Unsere Blicke verhakten sich für einen Moment ineinander und es schien, als hätte jemand für ein paar Sekunden die Stopptaste gedrückt.

Jo

Wie vom sprichwörtlichen Blitz getroffen stand ich in der Tür zum Wohnzimmer meiner Eltern und starrte Suvi in die Augen, als sähe ich sie heute zum ersten Mal. Natürlich war das Quatsch, denn der Anblick war mir vertraut, und ein Gefühl nach Heimat breitete sich augenblicklich in meinem Herzen aus. Aber irgendetwas hatte sich in den letzten zwei Monaten verändert. Etwas an der Art, wie Suvi mich ansah, war anders. Oder bildete ich mir das nur ein? Dieser Blick löste jedenfalls einen Sturm der Gefühle in mir aus. Einen, den ich in den vergangenen fünfzehn Jahren so gut es ging, verdrängt hatte. Dass er ausgerechnet jetzt wieder lostobte, wo ich mich dazu entschieden hatte, eine andere Frau zu heiraten, war doch blanker Hohn.

»Junge, da bist du ja endlich«, unterbrach mein Großvater diesen kurzen Moment zwischen Suvi und mir, den hoffentlich keiner mitbekommen hatte.

Grüßend hob ich die Hand. »Hallo zusammen.« Dann umarmte ich jeden Einzelnen in der Runde. Meine Mutter zuerst, die schon ganz rosige Wangen hatte. Sie genoss es sichtlich, dass die gesamte Familie versammelt war, um mit ihr zu feiern.

»Du hast doch das Geschenk, an dem ich mich beteiligen kann«, raunte ich meiner Schwester Finja zu, und drückte ihr einen Kuss auf die Wange.

»Wie immer.« Lachend verdrehte sie die Augen.

Endlich hatte ich die gesamte Familie begrüßt. Alle, bis auf eine. Suvi hatte sich in eine Ecke des Raumes zurückgezogen und hielt sich im Hintergrund. Ich hasste es, wenn sie sich so verhielt, aber es war nicht neu für mich. Das hatte sich seit unserer Kindheit nicht geändert. In manchen Momenten versuchte sie, unsichtbar zu sein. Hier in dieser Runde allerdings war es neu.

»Muru, hey«, raunte ich, mir der vielen Augenpaare in meinem Rücken bewusst. Warum konnte diese Familie nicht einmal diskret sein und einfach weiter quatschen?

»Hey.« Ein leises Lächeln umspielte ihre Mundwinkel, als Suvi von unten zu mir heraufsah. Ihre Lippen glänzten verführerisch. Hastig hob ich den Blick, beugte mich vor und küsste sie auf die Stirn. Eine Geste, die zwischen uns so normal war, wie Händeschütteln. Eigentlich. Normal. Ein frustriertes Stöhnen klemmte mir in der Kehle, denn ich sehnte mich danach, mich hinunter zu beugen, und Suvis Lippen mit meinen zu verschließen. So, wie ich es mir seit dem sechzehnten Lebensjahr hunderte Male vorgestellt hatte. Wem versuchte ich etwas vorzumachen?

»Was gibt es zu essen?« Ich drehte mich ruckartig zu den anderen um, bemüht, mir nichts anmerken zu lassen. Statt eine Antwort zu bekommen, sah ich nur in erwartungsvolle Gesichter. Was zur Hölle?

Ella fing sich als erste und reichte mir die Platte mit Piroggen vom Wohnzimmertisch. Dankbar nahm ich mir eine der Teigtaschen und biss herzhaft hinein, froh etwas zu tun zu haben, und wenn es nur kauen war. Alles schien besser, als das zu ergründen, was sich in den letzten Wochen erneut an die Oberfläche gekämpft hatte, nachdem ich jahrelang versucht hatte es zu verdrängen. Seit Suvi und ich uns wieder häufiger sahen. Bei unserem Konzert in Jyväskylä, bei Hanna in der Pension – gleich zwei Mal, und seit ich auf die verrückte Idee gekommen war, sie in meine Hochzeitspläne einzubeziehen. Es war diese Sehnsucht. Nach ihr. Danach, ihre Hand zu halten, ihre Nähe zu genießen und sie zu küssen. Oder mehr ...

»Onkel Jo!« Fünf dunkelblonde Kinderköpfe erschienen in der Tür zum Wohnzimmer. Ich hatte das Geplapper der Rasselbande schon vermisst und vermutete, dass sie bis jetzt draußen die Gegend unsicher gemacht hatten. Wie die Orgelpfeifen standen die Kleinen meiner Schwestern im Türrahmen, versuchten, sich gleichzeitig hindurch zu quetschen, und stürmten dann auf mich zu. Arme schlangen sich um meine Beine und Mitte. Ein heftiger Schmerz schoss mir in den Brustkorb und erschwerte mir das Atmen, als ich hinunter zu ihnen sah und die strahlenden Blicke einfing. Ich liebte Kinder, diese hier abgöttisch. Und trotzdem löste ihr Anblick einen Tsunami an Emotionen in meinem Inneren aus. Mal schaffte ich es, ihn rechtzeitig abzuwehren. Mal nicht. Heute war einer dieser anderen Tage, in denen es mir nicht gelang. Die Mundwinkel oben zu halten fühlte sich schwerer an, als die Gewichte meiner Hantelbank zu stemmen.

Ich strich über die fünf Köpfe, wuschelte in ihren Haaren, beugte mich hinunter und drückte auf jeden Scheitel einen Kuss. Als ich wieder hinaufsah, fing ich erneut Suvis Blick ein, die immer noch an der gleichen Stelle stand, wie vorhin. Der zärtliche Ausdruck in ihren Augen ließ meine Hände zittern und jagte mir einen Dolch ins Herz.

»Ich gehe eine rauchen«, murmelte ich und fragte mich, wessen Stimme das sein sollte. Meine klang normalerweise anders. Weniger brüchig.

Erst als ich durch die Haustür nach draußen trat, um die Hausecke herum verschwand und mich an die Holzwand lehnte, erlaubte ich mir, wieder Luft in meine Lungen zu ziehen.

Das musste aufhören. Dringend. Alles. Es wurde höchste Zeit, dass ich Miriam diesen Antrag machte und wir unser Leben in Helsinki weiterlebten. Eines für den Erfolg. Ohne allzu viele Emotionen. Und vor allem ohne den Wunsch, Suvi meine Gefühle zu offenbaren und mit ihr eine ganze Horde entzückender Kinder in die Welt zu setzen, so wie ich es mir als junger Kerl vorgestellt hatte.

»Du rauchst ja gar nicht.«

Die vertraute Stimme ließ mich hochschrecken.

Suvi

Ich musterte Jo, der an der Hauswand lehnte und den Kopf in den Nacken gelegt hatte. Die Augen geschlossen, hob und senkte sich sein Brustkorb schnell, als hätte er gerade einen Sprint hinter sich.

»Du rauchst ja gar nicht.«

Ein Ruck ging durch seinen Körper und er starrte mich unverwandt an. Geräuschvoll stieß er die Luft aus. »Meine Kippen sind drin in meiner Jacke.«

»Aha. Ist alles okay bei dir?«

»Klar. Warum fragen mich das eigentlich ständig alle?« Er klang angepisst.

»Weil es nicht so wirkt. Du bist gerade quasi geflohen.« Mit dem Daumen deutete ich zurück zum Haus.

»Das ist doch Blödsinn.« Jo fuhr sich mit der Hand durch die Haare. Das Deckhaar war länger geworden und er hatte versucht, es mit Gel zu bändigen. Die Seiten waren nur wenige Millimeter lang. »Der Trubel war mir ein klein bisschen zu viel. Ich hatte jetzt wochenlang jeden Tag zig Leute um mich herum und dann jeden Abend Konzerte. Mein Kopf dröhnt und ich wünsche mir einfach mal ein paar Stunden Ruhe.«

»Soll ich dich von hier fortbringen?« Ich zwinkerte ihm zu und endlich lachte Jo mal wieder. Diese Geschichte mit dem Trubel nahm ich ihm zwar ab, aber mein Gefühl sagte mir, dass mehr hinter seinem Verhalten steckte.

»Das können wir Mum nicht antun«, antwortete er lächelnd. Leider erreichte es seine Augen nicht. Das intensive Graublau wirkte trüb an diesem kalten Herbsttag. Ich fröstelte.

»Kommst du wieder mit rein? Oder muss ich mir noch länger mit dir zusammen den Hintern abfrieren.«

»Ich komme in ein paar Minuten nach. Geh schon mal vor, okay?«

Zögernd nickte ich, wandte mich ab und überlegte, wann genau das zwischen uns so merkwürdig geworden war. So, als könnten wir nicht mehr offen über das sprechen, was uns beschäftigte, wie früher. Und vor allem so, als würde Jo etwas vor mir verbergen.

Drinnen hatte sich die ganze Familie um den großen Tisch herum versammelt. Alle schienen nur auf uns zu warten.

»Jo kommt gleich«, gab ich den vielen fragenden Gesichtern Antwort und setzte mich auf einen freien Platz. Und tatsächlich kam Jo nur wenige Augenblicke später ebenfalls herein und ließ sich auf den Stuhl genau mir gegenüber sinken.

Es wurde ein lustiger Geburtstag. Wie jede Feier bei den Arlandas. Mit Anekdoten, die besonders Jo und seinen Geschwistern peinlich waren, selbstgebranntem Schnaps – außer für mich und Jo – und später sangen alle alte finnische Volkslieder. Schräg, aber aus voller Kehle.

Die meiste Zeit saß ich still in der Ecke des Sofas und genoss es, mal wieder inmitten dieser Menschen zu sein. Als die Gedanken zu meinen Eltern abdrifteten, wurde ich melancholisch. Wie sehr hatte ich mir immer gewünscht, dass wir eine liebevolle Familie waren. Eine, in der man sich zuhörte, sich unterstützte und liebte. Seit ich ausgezogen war, hatte ich kaum Kontakt zu meinen Eltern, weil mich die Kälte zwischen uns zu sehr quälte. Ein paar Mal hatte ich versucht, mit ihnen zu sprechen, aber nie das Gefühl gehabt, dass wir uns annäherten.

Ich ließ den Blick durch den Raum schweifen. Zu jedem einzelnen dieser großen, sich liebenden Familie. Sogar Ella hatten sie sofort in ihrer Mitte akzeptiert und aufgenommen. Ohne Wenn und Aber.

Genauso etwas hatte ich mir immer für mich selbst gewünscht. Eine Familie zu gründen, in der man sich respektierte, liebte und aufeinander achtgab. Kinder, die ich mit Zuneigung überschütten konnte, damit sie nie auch nur mit einem Gedanken anzweifelten, geliebt zu werden. In meinem Herzen war so viel Platz für diese Art der Liebe. Ich seufzte leise. Ohne den richtigen Mann an meiner Seite würde all das nicht funktionieren, das war mir klar.

»Alles in Ordnung, Liebes?« Ella tätschelte meinen Arm und hastig nickte ich.

»Natürlich. Ich denke, ich sollte so langsam mal aufbrechen. Schließlich muss ich noch mit dem Rad nach Hause.«

»Jo kann dich doch wirklich fahren. Er hat nichts getrunken«, mischte sich jetzt auch Ylva ein, die ihren Sohn herausfordernd ansah.

»Klar.« Er erhob sich sofort.

»Ich möchte wirklich keine Umstände machen ...« Ich verstummte bei Jos plötzlich grimmigem Gesichtsausdruck.

Ylva umarmte mich fest. »Es war so schön, dass du mal wieder hier warst. Ich hoffe, wir bekommen uns jetzt wieder häufiger zu sehen. Und ich möchte, dass du uns spätestens zu Weihnachten wieder besuchst.«

Bevor ich dazu kam, ihr zu antworten, wurde ich ihr praktisch von Matti aus dem Arm gezogen.

»Lass mich unser Mädchen auch nochmal umarmen«, grummelte er und bei den Worten *unser Mädchen* stiegen mir Tränen in der Kehle empor und mein Herz klopfte einen Takt zu schnell.

Reihum verabschiedete ich mich von allen und versprach, bald wieder vorbei zu kommen. Vorsichtshalber hatte ich die Finger unbemerkt gekreuzt, weil ich wirklich nur im äußersten Notfall log.

Jo half mir in den Mantel, verfrachtete mein Rad in den Kofferraum seines Kombis und hielt mir dann sogar die Tür des Wagens auf. In der kühlen Abendluft bemerkte ich, wie meine Wangen glühten. Schnell schlüpfte ich ins Innere des Autos, damit Jo nichts von der Reaktion mitbekam.

Ich wusste, dass Jo ein Gentleman war und ein Beschützer. Er war meiner, bis kurz vor meinem achtzehnten Geburtstag. Bis er nach Helsinki gezogen war. Jetzt kam eine andere Frau in den Genuss seiner aufmerksamen und einfühlsamen Art, die so sehr im Kontrast zu seinem Äußeren stand. Und ich hoffte, dass sie es zu schätzen wusste.

»Ich will nicht nochmal hören, dass du dich als Umstand bezeichnest«, durchbrach seine tiefe Stimme die Stille, während wir durch die dunklen Straßen fuhren, und beinahe wäre ich erschrocken zusammengezuckt, weil es so unerwartet kam.

»Dass du immer noch denkst, du könntest mir zur Last fallen«, grummelte er.

»Ich wollte dich nicht von der Geburtstagsfeier deiner Mutter fernhalten«, erwiderte ich leise und senkte den Blick.

»Der ich schon ...« Er sah flüchtig auf die Uhr. »Fünf Stunden beigewohnt habe. Und bei der noch zwölf andere Menschen anwesend sind.«

»Du weißt, deine Mutter hält große Stücke auf dich. Sie freut sich, wenn ihr alle zusammen seid.«

»Mag sein. Aber sie verkraftet es, wenn ich mich eine Weile ausklinke.«

»Das sagst du doch ...«

»Suvi!«

»Jo!«

Er hielt an einer roten Ampel und wir starrten uns in die Augen.

Jo

Stumm sahen wir uns an und mir wurde flau im Magen. Jahrelang hatte ich versucht, Suvis Wirkung auf mich zu verdrängen. Hatte geglaubt, ich wäre endlich immun gegen den Blick in ihre blauen Augen. *Fail!* Mein Puls beschleunigte sich und ich zwang mich, wegzusehen, als ein Auto hinter uns hupte. Ich hatte nicht einmal bemerkt, dass die Ampel längst auf Grün umgesprungen war. *Reiß dich zusammen, Jo,* sagte ich gedanklich zu mir selbst.

Aufgewühlt, aber dennoch sicher, lenkte ich den Wagen durch die dunklen Straßen der Stadt und parkte nur ein paar Schritte von Suvis Wohnhaus entfernt.

»Danke, fürs Fahren.« Sie schnallte sich ab und hatte die Hand bereits an der Tür, als sie sich noch einmal zu mir herumdrehte. Im diffusen Licht der Straßenlaternen wirkte sie zerbrechlich und fein. Beinahe feenhaft mit der blassen Haut und den Lippen, die zartrosa glänzten.

»Ich bring dich noch zur Tür«, entschied ich einem Impuls folgend, sprang aus dem Wagen, umrundete ihn und riss ihre Tür auf. Auffordernd hielt ich die Hand hin, um ihr beim Aussteigen zu helfen. Als ihre kühlen Finger sich in meine schoben, schoss ein Funkenregen durch den gesamten Arm und von dort weiter über Schultern und den Brustkorb. Himmel, was war das denn?

Nachdem ich Suvis Fahrrad aus dem Kofferraum gehoben hatte, verriegelte ich hastig das Auto und folgte Suvi zum Tor, das in den Innenhof führte.

»Danke nochmal«, sagte sie in die Stille, nahm das Rad entgegen, schloss es ab und wendete sich der Haustür zu.

»Das ist ja wohl das Mindeste.«

»Du bist mir nichts schuldig, Jo.«

»Das ist mir klar. Aber ich fühle mich besser, wenn ich weiß, dass du sicher nach Hause gekommen bist. Ist also total egoistisch.«

Sie rollte mit den Augen. »Dann erzähle ich dir besser nicht, wie viele Male ich in den letzten Jahren allein vor die Tür gegangen bin.«

Ich presste die Lippen aufeinander. Nein, um ehrlich zu sein, wollte ich davon nichts hören. Ich war kein Idiot und mir war klar, dass Suvi ein normales Leben führte und dass sie abends allein unterwegs war. Dennoch löste der Gedanke, ihr könne etwas zustoßen, blanke Angst in mir aus. Seit wir Kinder waren, steckte das Bedürfnis, sie zu beschützen, so tief in mir drin, dass ich es nicht schaffte, den Impuls abzulegen.

»Du musst nicht mehr auf mich aufpassen, Jo. Ich bin erwachsen und muss das selbst schaffen.« Unzufrieden brummte ich und ihre Hand legte sich auf meinen Oberarm. »Die Zeiten sind vorbei. Du hast jetzt Miriam und um sie solltest du dich sorgen.«

Beinahe wäre mir ein Lachen entwischt. Meine *Fast-Verlobte* trieb sich heute Abend im Helsinkier Nachtleben herum, und ich hatte nicht mal einen Gedanken daran verschwendet, ob ihr dabei etwas zustoßen könnte.

»Apropos. Willst du noch kurz mit nach oben kommen, ich habe ein paar Ideen für den Heiratsantrag ausgedruckt.«

Suvi hatte sich also wirklich darum gekümmert. Ein beklemmendes Gefühl durchströmte meinem Brustkorb und ich verfluchte mich dafür.

»Okay.« Schnell versuchte ich, den Gedanken beiseitezuschieben, dass ich in meiner aktuellen Gemütslage besser auf direktem Wege zurück nach Hause fahren sollte. Das Letzte, was ich wollte, war, jetzt mit Suvi über die Hochzeitspläne zu sprechen, aber ich sehnte mich danach in ihrer Nähe zu sein. Was diese Kombination bedeutete, sollte selbst mir so langsam klar werden. Meine Gefühle für Suvi drängten mit aller Macht wieder an die Oberfläche.

In ihrer Wohnung angekommen, schlüpften wir beide aus Jacke und Schuhen und nur wenig später saß ich neben Suvi auf dem kleinen Sofa in ihrem Wohnzimmer. Alles hier war winzig, eng und bescheiden und ich fühlte mich wie ein Riese in einem Puppenhaus. Für einen Kerl, der fast zwei Meter groß war und in Helsinki ein Haus bewohnte, das mit allem Schnickschnack eingerichtet war, den man sich vorstellen konnte, war das ein Unterschied wie Tag und Nacht. Aber ich wusste, wie sehr Suvi ihre eigenen vier Wände liebte und wie viel Mühe sie sich bei der Einrichtung gegeben hatte.

Als Teenager hatte sie mich ein einziges Mal mit zu sich nach Hause genommen und ich hatte einen Einblick, in die Wohnung ihrer Eltern bekommen. Ich fröstelte heute noch bei der Erinnerung daran, so eine Kälte hatten diese Räume ausgestrahlt, und damit meinte ich nicht, dass nicht geheizt wurde.

Suvi beugte sich zum Couchtisch und angelte nach einem Stapel Blätter, den sie mir reichte.

»Schokotelegramm, Glückskeks mit Botschaft, romantisches Dinner, Werbefläche mieten, im Eishockeystadion ...« Ich sah das erste Mal auf. »Im Eishockeystadion?«

»Ja, da wird die Botschaft auf den Anzeigenwürfel projiziert, und die Kameras fangen euch in Großaufnahme ein.«

Skeptisch runzelte ich die Stirn. Die Presse wüsste es dann auch gleich. »Dafür müsste ich Miriam erst einmal zu einem Eishockeyspiel bekommen. Das ist so wahrscheinlich wie, dass Weihnachten und Ostern auf einen Tag fallen.«

Ich war ein großer Fan dieses Sports, schon als Kind hatte ich mir mit Dad jedes Spiel seiner Lieblingsmannschaft angesehen. Und als junger Kerl hatte ich sogar selbst gern auf dem Eis gestanden. Bis zu einem Tag, der mein ganzes Leben verändert hatte. Seitdem beschränkte ich mich nur noch aufs Zusehen. Wann immer ich es schaffte, besuchte ich in Helsinki ein Spiel. Kurz nachdem ich dorthin gezogen war, hatte ich Erik kennengelernt, der bereits in der Jugendmannschaft gespielt hatte und später zu den Profis wechselte. Neben Alec und Nik war er mein bester Freund, woran auch sein Wechsel zu einem NHL Topclub nichts geändert hatte. In der neuen Saison spielte er wieder für den Heimatclub und jetzt, wo die Tour zu Ende war, mussten wir uns unbedingt treffen. Gedanklich notierte ich mir, ihn anzurufen.

Ich blätterte weiter in Suvis Vorschlägen. Eine Ballonfahrt, ein Flugzeugbanner ein romantisches Frühstück im Bett. Bei Letzterem hatte ich sofort Miriams Stimme im Ohr. »*Um Gottes willen, Jo, die ganzen Krümel. Das ist ja eklig und das pikst*«.

Ich fuhr mit der Hand über meinen Bart. »Das Passende ist irgendwie noch nicht dabei.« Entschuldigend sah ich Suvi an.

Ihre hübschen Lippen verzogen sich. »Ich kenne Miriam kaum. Es ist schwierig, sich da das Richtige auszudenken.«

Nachdenklich sah ich sie an. »Ja, Miriam ist schon eine Frau mit speziellen Vorlieben und Vorstellungen«, gab ich zu. »Was ...?« Ich verstummte.

Fragend zog sie die Stirn in Falten. »Was *was*?«

»Was würde dir denn gefallen, Su? Wie würde dein perfekter Heiratsantrag aussehen?«, sprach ich die Frage dann doch aus und sah sie gespannt an.

Suvi

»Mein ...?« Für einen Augenblick war ich zu perplex, um zu antworten.

Um ehrlich zu sein, hatte ich mir mit den Überlegungen zu seinem Heiratsantrag bisher nicht so wahnsinnig große Mühe gegeben und vermutlich hatte Jo das gemerkt. Und ja, ich hatte ein schlechtes Gewissen deshalb. Er war mein Freund, und er verdiente es, dass ich mich mehr ins Zeug legte. Allein, weil er schon so viel für mich getan hatte. Vor allem jedoch, um ihn glücklich zu sehen. Aber dieser Antrag lag mir wie eine ganze Gesteinsformation im Magen, sobald ich daran dachte.

Wie *mein* Heiratsantrag einmal aussehen sollte, wusste ich hingegen genau. Da ich mit meinen Eltern nie in den Urlaub gefahren war und es sich auch später nicht ergeben hatte, dass sich dieser Wunsch erfüllte, träumte ich seit Kindertagen davon, die Nordlichter in Lappland zu sehen. In einem Glasiglu zu schlafen, eine Schlittenfahrt durch die verschneite Landschaft zu unternehmen und anschließend heiße Schokolade mit Marshmallows zu trinken. Außerdem wünschte ich mir einen Besuch beim Weihnachtsmann, und seine Rentiere zu streicheln. Irgendwo auf dieser Reise vom Mann meiner Träume mit einem Ring überrascht zu werden, wäre wie die Kirsche auf der Torte. Das Schmuckstück musste nicht teuer sein, aber eine Bedeutung haben. Ein Versprechen sein. Für immer.

Ich fürchtete, dieser Traum hatte gleich mehrere Haken. Zum einen fehlte mir dazu der richtige Mann und zum anderen müsste derjenige dann von meinen Klein-Mädchen-Vorstellungen wissen, um sie mir zu erfüllen. Mittlerweile bezweifelte ich, dass beides je passieren würde.

Ein wenig verlegen sah ich Jo an. Selbst er kannte diesen Wunsch nicht. Und es ihm zu erzählen, fühlte sich irgendwie zu intim an. Meine verräterischen Wangen färbten sich rot.

»Ist es so verrückt, dass du es nicht sagen kannst?«, zog er mich auf.

»Romantisch, Jo. Romantisch. Das ist ein großer Unterschied.« Schmollend schob ich die Unterlippe vor und verschränkte die Arme vor der Brust.

Jos Lachen erfüllte das kleine Wohnzimmer und ließ meinen Magen kribbeln. »Komm schon, Su«, ermutigte er mich lächelnd.

Wie von selbst hoben sich meine Mundwinkel ebenfalls. »Wehe, du lachst mich aus.«

Er hob zwei Finger. »Niemals. Ich schwöre feierlich.«

»Blödmann.«

Und dann erzählte ich es ihm doch. Jedes Detail. Weil es

dieses Urvertrauen zwischen uns gab und ich ihm glaubte, dass er mich ernst nahm.

Als ich fertig war, linste ich aus den Augenwinkeln zu ihm herüber und sah, dass sein Mund sich zu einem breiten Grinsen verzogen hatte.

»Das ist so typisch für dich. Ich kenne niemanden, der so romantisch veranlagt ist, wie du«, sagte er.

»Du sagst das, als wäre das was Schlechtes.«

Ruckartig drehte er sich zu mir und griff nach meinen Händen. »Auf keinen Fall. Das ist wundervoll. Das bist du. Und du musst dir diese Art unbedingt bewahren. Versprich mir das.«

Mehr als ein Nicken brachte ich nicht zustande.

»Ich wünsche dir, dass du den Mann findest, der dir all deine Wünsche erfüllen kann, Su«, sprach Jo mit belegter Stimme weiter. »Du verdienst es, dass sie alle in Erfüllung gehen. Und ich meine wirklich *alle*.«

Eine Gänsehaut überzog meine Haut und ich senkte den Blick auf seine Hände, die meine immer noch festhielten. Hypnotisierte die Tattoos auf Jos Handrücken. Ich wusste, dass sie auf den Armen weitergingen, wie sie aussahen – zumindest bis dorthin, wo sie in den Ärmeln seines Shirts verschwanden.

Als zwei Finger sich unter mein Kinn schoben und es anhoben, zuckte ich unmerklich zusammen. Unsere Blicke verhakten sich ineinander und ich hielt die Luft an. Es geschah wie von selbst.

»Du verdienst jemanden, der deine Welt besser macht, weil du sie für jeden besser machst. Und der Mann, der dich mal bekommt, muss der glücklichste auf diesem verdammten Planeten sein. Es gibt keine, die so ist wie du.«

Ich schluckte. »So seltsam?«

Schmerz flackerte durch Jos Augen, aber bevor ich den

Ausdruck zu fassen bekam, war er wieder verschwunden. »So besonders, liebenswert, wundervoll, klug, schön. Einzigartig!«

Sein Gesicht näherte sich meinem Stück für Stück und ich blieb, wie paralysiert, da wo ich war. Erst als Jos Atem bereits auf meine Lippen traf, stoppte er und ein gequälter Laut drang aus seinem Mund. Was passierte hier? Zwischen uns war etwas anders als sonst, eindeutig. Jo war anders. Schon den ganzen Abend hatte er mich so merkwürdig angesehen. Und jetzt?

Er legte seine Stirn gegen meine und ließ seine Hand in meinen Nacken gleiten. In meinem Kopf drehte sich alles. Es hatte sich für einen kurzen Moment so angefühlt, als wolle er mich küssen. Das hatte ich mir doch nicht eingebildet, oder? Der Atem hob und senkte seine Schultern schwer.

»Du verdienst so viel mehr, als ich dir je geben könnte, Muru«, presste er hervor. »Vergiss nie, dass du alles wert bist.«

Seine Lippen drückten sich fest auf meine Stirn, bevor er mich losließ und aufstand. Die Berührung hatte ein Kribbeln in mir ausgelöst, und zwar nicht nur, weil seine Barthaare meine Haut gekitzelt hatten.

Verwirrt blinzelte ich und sah zu der großen Gestalt, die mitten im Raum stand und irgendwie verloren wirkte.

»Ich muss wieder zurück zu meiner Familie. Wir telefonieren, okay?«, sagte er gepresst.

Benommen nickte ich. »Ja, klar. Fahr vorsichtig und grüß alle nochmal von mir.«

»Natürlich.« Er verschwand in den Flur und ich hörte, wie er seine Schuhe anzog und die Jacke von der Garderobe nahm.

Langsam erhob ich mich vom Sofa und folgte Jo zur Wohnungstür. Unbeholfen stand ich vor ihm und hatte zum ersten Mal im Leben keinen Schimmer, wie ich mich meinem besten Freund gegenüber verhalten sollte.

Jo

Fuck, fuck, fuck. Mit kräftigen Schlägen bearbeitete ich das Lenkrad. Zur Abwechslung schlug ich zwischendurch mit der Stirn dagegen. Natürlich nicht während der Fahrt, so verrückt war ich dann auch wieder nicht. Immer noch stand mein Wagen in Sichtweite zu Suvis Wohnung und ich starrte nach oben zum hell erleuchteten Fenster ihres Wohnzimmers. Was zur Hölle war da gerade eben in mich gefahren? Ich hatte mich aufgeführt, wie ein Idiot und beinahe ... es hatten nur ein paar Millimeter gefehlt. Diese verdammte Sehnsucht, nur ein einziges Mal von ihren Lippen zu kosten, hatte mich fast überwältigt. Wo genau ich das letzte Fünkchen Willenskraft hergenommen hatte, mich zu beherrschen, wusste ich bis jetzt nicht.

Was war ich nur für ein Egoist. Um ein Haar hätte ich alles zwischen uns zerstört. Nur, weil sich dieses Verlangen nicht abstellen ließ und Suvi einen bestimmten Part meines Gehirns blockierte, seit ich sechzehn war.

Ich kramte in der Jackentasche nach meinem Handy und rief Nik an. Es dauerte ewig, bis er endlich abnahm.

»Alter, hast du mal auf die Uhr geguckt?«, begrüßte er mich.

Irritiert warf ich einen Blick auf die Digitalanzeige am Armaturenbrett. »Es ist gerade mal elf Uhr.«

»Es ist Elf. Ist dir nicht in den Sinn gekommen, dass ich um diese Uhrzeit anderes zu tun habe, als an mein Handy zu gehen? Ich hoffe für dich, du hast einen richtig guten Grund für deinen Anruf.«

»Scheiße, tut mir leid. Ich ... habe irgendwie nicht nachgedacht, dass du ja jetzt mit Hanna ...«

»Schon gut. Was ist denn los? Ist was passiert?«

Den Kopf in den Nacken gelegt, schnaufte ich einmal durch. »Nein. Nein, nicht wirklich. Ich wollte nur fragen, ob du Bock hast, nächste Woche mit zum Eishockey zu gehen? Erik spielt wieder in Helsinki.« Niks Fassungslosigkeit war beinahe greifbar, obwohl er kein Wort sagte. »Hör zu, Nik, vergiss einfach, dass ich angerufen habe, okay? Es tut mir leid. Wir quatschen ein anderes Mal.«

Ich hatte schon fast aufgelegt, als die Stimme meines Kumpels nochmal aus dem Lautsprecher erklang. »Jo? Wenn du doch drüber reden willst, melde dich, okay? Egal wann.«

Seufzend schloss ich die Augen und beendete das Gespräch. »Gute Nacht, Nik.« Was hätte ich auch sagen sollen? Dass ich fast meine beste Freundin geküsst hatte, obwohl ich kurz davor war, Miriam – meiner Freundin – einen Antrag zu machen. Gott, das klang so wirr. Es war offensichtlich, dass ich geistig nicht mehr zurechnungsfähig war.

Gefühlte Stunden später warf ich einen letzten Blick nach oben zu Suvis Fenster. Das Licht war mittlerweile erloschen. Dann startete ich endlich den Wagen und fuhr zurück zu meinen Eltern. Die halbe Nacht vor ihrer Wohnung zu kampieren, hatte mich keinen Schritt weitergebracht. Wie auch?

Erleichtert stellte ich fest, dass daheim inzwischen ebenfalls alles dunkel und still war. Meine Schwestern waren nach Hause gefahren, Matti und Ella schienen sich in ihren Teil des großen Hauses zurückgezogen zu haben, und Mum und Dad schliefen im oberen Stockwerk. Ich hatte den Rest der Party verpasst, aber um ehrlich zu sein, war ich auch kein bisschen mehr in Feierlaune gewesen.

Möglichst leise streifte ich Schuhe und Jacke ab und lief in die Küche, um mir ein Glas Wasser zu holen. Ich hob es gerade an die Lippen, als das Licht anging. Ich fuhr herum.

»Verdammt ... bist du irre?« Ich starrte meine Mutter an, die in der Tür stand. »Du hast mich fast zu Tode erschreckt.«

»Du siehst noch recht lebendig aus«, erwiderte sie trocken.

»Ziemlich durch den Wind, wenn du mich fragst ...« Sie ließ den Satz zwischen uns in der Luft hängen. O bitte nicht. Ein Kreuzverhör mitten in der Nacht hatte ich schon zu Teenagerzeiten gehasst. Jetzt, mit Anfang dreißig sah das nicht anders aus.

»Ich bin müde und werde ins Bett gehen«, sagte ich deshalb, trank das Wasser in einem Zug aus und stellte das Glas in die Spülmaschine. Natürlich hätte ich wissen müssen, dass meine Mutter nicht so einfach aufgab. Erst recht nicht, wenn sie nach ihrer Geburtstagsparty in der Dunkelheit gesessen und gewartet hatte, bis ich zurückkam. »Warum tue ich das hier?«, murmelte ich Sekunden später und fand mich neben ihr auf dem Sofa wieder.

»Weil du weißt, dass ich recht habe. Irgendetwas stimmt überhaupt gar nicht mit dir.« Ihr Tonfall war streng, aber so liebevoll, dass sich ein Kloß in meinem Hals bildete. Vermutlich war das die berühmte mütterliche Intuition und diese Liebe, von der Menschen sprachen, wenn sie Kinder bekamen, die mit nichts zu vergleichen war. Der verdammte Kloß wurde noch größer.

»Du siehst Gespenster«, versuchte ich ein weiteres Mal abzulenken.

»Wenn du damit dich selbst meinst, ja, da sehe ich tatsächlich so etwas wie einen Geist. Jo, Schatz, was ist los mit dir? Steckst du in Schwierigkeiten?«

Beinahe hätte ich aufgelacht. »Nein, Mum. Wirklich nicht.« Und das war ja nicht mal gelogen. Denn in der Art *Schwierigkeiten*, die sie meinte, steckte ich nicht.

»Hast du gesundheitliche Probleme? Oder ist der Stress zu groß? Ich mache mir Sorgen und du weißt, dass du immer zu mir kommen kannst – egal, wie alt du bist, und egal, worum es geht.«

Mit den Händen fuhr ich mir übers Gesicht. »Ich weiß, Mum. Und dafür danke ich dir auch. Du bist wirklich die Beste, aber ich weiß selbst nicht genau, was mit mir los ist. Wie soll ich es dann jemandem erzählen?«

»Liegt es an deiner Freundin? An der Hochzeit? Zweifelst du daran, dass es das Richtige ist? Du musst das nicht tun, Jo. Du bist noch jung und ...«

Mein Kopfschütteln unterbrach sie. »Miriam ist die richtige Frau für mich«, antwortete ich und hoffte, überzeugend zu klingen. »Wir haben die gleichen Vorstellungen vom Leben, wir verstehen uns gut. Es passt, okay?«

Mum legte ihre Hand an meine Wange. »Ich wünsche mir nur, dass meine Kinder glücklich sind. Und wenn du es bist, dann bin ich es auch. Aber darf ich dir dennoch etwas mit auf den Weg geben?«

Ich nahm ihre Finger in meine und drückte sie. »Natürlich.«

»Als du ein Junge warst, da habe ich immer gewusst, dass du einmal deinen Weg machen wirst. Du warst zielstrebig und unglaublich mutig. Immerhin hast du dich sogar mit den Älteren angelegt, wenn du das Gefühl hattest, du musstest Suvi beschützen. Du weißt, ich mochte es nie, dass du dich geprügelt hast. Allerdings wusste ich, dass du irgendwann mal eine Familie gründen und diese mit der Kraft eines Bären verteidigen würdest.« Ich schluckte und kämpfte mit aller Macht gegen den Schmerz in meinem Herzen an. »In dem großen Kerl, der aus dir geworden ist, steckt so viel Liebe, Jo. Liebe, die eine Frau bedingungslos erwidern sollte. In einer Beziehung ohne Liebe wird dein Herz mit jedem Tag ein kleines bisschen mehr erfrieren und deine Seele immer trauriger werden. Der Mensch an deiner Seite sollte gleichzeitig Liebhaber, Freund und Partner in allen Lebenslagen sein. Jemand, auf den man sich blind verlassen kann. Mit dem man streitet und sich auf die wundervollsten Arten wieder versöhnt. All das wünsche ich dir.« Sie drückte meine Hand und eine Woge ihrer Stärke und Liebe schwappte herüber zu mir.

Dann stand sie wortlos auf und ließ mich allein. Sie hatte es nicht ausgesprochen, aber mir war klar, dass in ihren Augen ein »*Wir verstehen uns gut, es passt*« bei Weitem nicht ausreichte, um mit einer Person den Rest seines Lebens zu verbringen. Und tief in meinem Herzen war auch mir das bewusst. Warum also hatte ich es trotzdem vor? Warum hatte ich mir in den Kopf gesetzt, dass es genau das Richtige war mit Miriam zusammen zu sein? Ich kannte die Antwort und sie zerriss mein Herz immer wieder in tausende Stücke.

Suvi

»*Du verdienst so viel mehr, als ich dir je geben könnte, Muru.*« Was zur Hölle hatte Jo nur damit gemeint? Mein Blick fiel auf den Wecker auf dem Nachttisch. Halb vier. Ich wälzte mich auf die andere Seite, boxte das Kissen unter meinem Kopf zurecht und versuchte, eine bequeme Position zu finden. Es half alles nichts. Hundemüde und mit wirren Gedanken stand ich wieder auf, schlurfte in die Küche und kochte mir eine heiße Schokolade. Normalerweise trank ich am liebsten grünen Tee mit Vanille aber manche Situationen erforderten Zucker und den süß-herben Geschmack von Kakao. Enttäuscht stellte ich fest, dass keine Marshmallows mehr da waren, um sie aus der Tasse zu löffeln.

Mit dem dampfenden Becher in der Hand schlurfte ich hinüber zum Sofa und kuschelte mich unter meine liebste Schmusedecke. Eigentlich fehlte jetzt nur eine dicke Katze, die sich schnurrend neben mir zusammenrollte, und ich wäre so eine Katzenlady. Bei diesem Gedanken verzog sich mein Gesicht. Ein Haustier war nicht das, was ich mir wünschte. Vielleicht war mal wieder auszugehen eine gute Idee, mich zu amüsieren und mir die Chance zu geben, jemanden kennenzulernen. Jemanden, der bereit war, sich auf mich einzulassen. Alles in mir sträubte sich bei der Vorstellung, aber das lag sicher nur daran, dass ich jetzt noch nicht wusste, dass dieser Mann dann meine große Liebe werden würde. Online-Dating wäre eventuell auch eine Alternative. Das war doch total angesagt und man hörte immer wieder, dass sich dadurch Menschen ineinander verliebten. *Ja, und dass es jede Menge Psychopathen gab,* ergänzte ich und verdrehte die Augen.

Eigentlich gab es für meine Misere nur zwei Möglichkeiten. Erstens: Auswandern und Jo vergessen. Ihn sein Leben mit Miriam leben lassen und selbst weit genug davon weg sein, um nicht ständig an ihn erinnert zu werden. Dafür reichte es schließlich aus, nur das Radio einzuschalten oder durch unsere Heimatstadt zu fahren und an all den Orten vorbei, die unseren gemeinsamen Weg säumten. Oder zweitens: Endlich den Mut aufbringen und Jo sagen, dass er schon immer mehr für mich war, als nur mein bester Freund. Und das, bevor er Miriam diesen vermaledeiten Heiratsantrag gemacht hatte, bei dem ich ihm auch noch helfen sollte. Ich musste Jo klarmachen, dass es der größte Fehler seines Lebens sein würde, wenn er sie heiratete. Und nicht mich ... Allein der Gedanke ließ vermutlich hektische rote Flecken auf meinem Hals aufflackern.

Warum war Jo nie auf die Idee gekommen, mehr in mir zu sehen, als nur das Mädchen, das es zu beschützen galt? Mehr, als die beste Freundin, die kleine Schwester oder was immer er sah. Warum war es nie eine Option gewesen, mich als die Frau zu sehen, die man liebte und begehrte?

Und weshalb hatte er sich dann heute so merkwürdig verhalten und hatte so seltsame Dinge gesagt, die vor meinem geistigen Auge hingen, wie ein großer rosa Elefant, an dem ich nicht vorbeikam?

Seufzend stellte ich die mittlerweile leere Tasse auf den Couchtisch, auf dem noch immer der Stapel Zettel mit den Ideen für einen Heiratsantrag lag und rollte mich anschließend auf dem Sofa zusammen. Mein letzter Gedanke war, dass ich einen Plan brauchte, bevor mich die Müdigkeit übermannte und ich in einen traumlosen Schlaf fiel.

Am nächsten Morgen fühlte ich mich wie überfahren. Vielleicht war das vergleichbar mit einem Kater. Ich hatte keine Ahnung, denn ich trank nicht. Nie. Weil ich mit eigenen Augen angesehen hatte, was Alkohol aus einem Menschen machen konnte. Irgendwo hatte ich mal gelesen, dass Kinder von Alkoholikern entweder ebenfalls eine Sucht entwickelten oder ins krasse Gegenteil umschlugen. Bei mir traf zum Glück Letzteres zu. Allerdings war das in meiner Teenagerzeit ein weiterer Punkt auf der langen Liste gewesen, der mich zu einem Freak gemacht hatte. Meine Mitschüler hatten es nicht verstanden, warum ich mich nicht heimlich mit ihnen betrank. Es nicht wenigstens einmal ausprobierte. Auch später im Studium hatte ich auf den Partys immer bei den Außenseitern gestanden. Verrückt, aber Alkohol war eine Sozialisierungskomponente. Langweilerin, uncool oder Spaßbremse waren nur ein paar der Bemerkungen, die ich zu hören bekam. *»Nicht mal ein Glas Wein zum Essen? Nein? Was ist denn mit dir verkehrt? Und auf Feiern? So zum Lockerwerden? Ist ja nicht normal ...«*

Ob Menschen bewusst war, was sie mit Aussagen wie diesen,

im Innern ihres Gegenübers anrichteten? Wie sehr es schmerzte, immer *anders* zu sein, obwohl man nur so lebte, wie es für einen selbst am besten war, und wie es sich richtig anfühlte?

Mir hatte Alkohol nie gefehlt. Ich hasste das Gefühl, des Kontrollverlusts, egal welcher Art. Von der Übelkeit und den Kopfschmerzen ganz zu schweigen. Warum sollte ich das freiwillig wollen?

Müde rieb ich mir übers Gesicht und tapste ins Badezimmer. Eine heiße Dusche würde mich schon wieder munter bekommen, da war ich mir sicher. Und dann würde ich unten im Laden ein wenig aufräumen. Sonntags arbeitete ich zwar für gewöhnlich nicht, aber beim Sortieren und Staubwischen gelang mir das Nachdenken am besten. Ordnung zu schaffen hatte etwas Beruhigendes für den Geist. Und genau das brauchte ich, denn nur mit klarem Kopf war ich in der Lage mir zu überlegen, wie ich jetzt weiter vorgehen wollte. Ich hatte in den vergangenen Stunden nicht vergessen, dass es nur Auswandern oder Gefühle offenbaren gab und mir Letzteres eindeutig lieber war. Auch wenn ich absolut überhaupt keinen Schimmer hatte, wie ich jemals über die Lippen bekommen sollte, dass ich meinen besten Freund liebte.

Ich starrte auf die beschlagene Duschwand vor mir, streckte den Zeigefinger aus und schrieb mit zitternder Hand: *Ich liebe dich.*

Eine Warnung

Jo

»Hallo, großer Bruder«, begrüßte Finja mich am nächsten Nachmittag, als sie bei meinen Eltern die Küche betrat, wo ich mir ein Brot schmierte. »Du bist gestern gar nicht mehr auf der Party aufgetaucht.«

Ein schlechtes Gewissen überkam mich. Seit ich der Musik wegen in Helsinki lebte, sah ich meine Geschwister nur selten.

»Sorry.« Ich legte das Messer beiseite. »Suvi wollte mir noch etwas zeigen. Hat etwas länger gedauert.«

»Ihre Briefmarkensammlung?« Meine Schwester zwinkerte mir zu und kicherte.

»Ideen für einen außergewöhnlichen Heiratsantrag.«

»Dass du diese Miriam wirklich heiraten willst ...« Ungläubig schüttelte sie den Kopf. »Ich habe ja immer gedacht, dass Suvi und du es irgendwann mal gebacken bekommt.«

»Bitte?«

»Ach Brüderchen, mal ehrlich. Du magst zwar gedacht haben, dass du dieses Pokerface perfektioniert hast, aber ich kenne dich wirklich gut. Ich habe schon gesehen, dass du in sie verknallt warst, bevor du weggezogen bist.«

»Du spinnst ja«, erwiderte ich schroff.

»Tue ich das? Ich glaube eher, dass du dir was vormachst. Und um ehrlich zu sein, verstehe ich nicht, warum.« Sie zuckte mit den Achseln. »Suvi ist eine hübsche, intelligente Frau. Was ist so falsch daran, sie zu mögen?«

»Ich habe nie behauptet, sie nicht zu mögen. Und ich weiß das alles, Finja. Schließlich ist sie so etwas wie eine kleine Schwester für mich.«

»Sie ist aber nicht deine *Schwester*, Jo. Und das war sie auch nie. Ist das der Grund, warum du diese Gefühle verleugnest?«

»Ich verleugne gar nichts. Weil da nichts ist, außer Freundschaft.«

Finja seufzte tief. »Warum fällt es euch Männern nur so schwer, zu euern Gefühlen zu stehen? Wovor hast du Angst, Jo?«

Geräuschvoll stieß ich die Luft aus. »Vor gar nichts. Ich und Angst. Pfft.«

Sie verengte die Augen zu Schlitzen. »Joakim Arlanda ...«

Für einen Moment starrten wir uns an, brachen dann beide in Gelächter aus. »Das darf nur Mum«, japste ich. »Niemand sonst benutzt meinen vollen Namen, um mich unter Druck zu setzen.«

»Es tut gut, dich mal wieder lachen zu sehen«, wurde Finja ernst. »In den letzten Monaten hast du immer so angespannt gewirkt.«

»Wir haben uns doch gar nicht gesehen.« Überrascht zog ich die Augenbrauen in die Höhe.

»Du bist ein erfolgreicher Musiker und hast eine Tournee gespielt. Social Media war voll von euch und ein paar Fotos hast du schließlich auch nach Hause geschickt.«

»Da war ich einfach nur schlecht getroffen«, wiegelte ich ab.

»Auf allen, na klar«, sagte sie sarkastisch. »Abstreiten ist zwecklos, Bruderherz. Wir merken dir alle an, dass du nicht richtig glücklich bist. Und wir fragen uns, woran das liegt. Du weißt doch, wie das in dieser Familie ist. Hier entgeht niemandem etwas und jeder fühlt sich für den anderen verantwortlich.«

Ich stöhnte auf. Ja, vermutlich war das auch ein Grund,

warum ich in den letzten Jahren nur selten nach Hause gekommen war, obwohl ich meine Familie über alles liebte.

»Wie geht es dir denn?«, wechselte ich das Thema. »Wenn wir schon dabei sind, einander auszuquetschen.«

»Du lenkst ab.« Meine Schwester zog einen Schmollmund. »Aber ich lasse es dir ausnahmsweise durchgehen, schließlich bist du alt genug. Mir geht es gut. Ich ... bin wieder schwanger.« Sie senkte die Stimme und legte den Finger auf die Lippen. »Noch wissen es nicht alle.«

»Wow! Wie toll! Ich freu mich für euch.« Und das entsprach der Wahrheit, obwohl es sich jedes Mal wie ein Hieb in den Magen anfühlte, wenn es in unserer Familie wieder Nachwuchs gab.

Fest umarmte ich Finja und drückte ihr einen Kuss auf den Scheitel. »Versprich mir, dass du gut auf dich aufpasst. Auf dich und das Baby, okay?«

Sie blinzelte zu mir hinauf. »Natürlich, großer Bruder. Ist ja nicht das erste.« Ich nickte. »Vielleicht ziehst du ja dann auch bald nach, hm?« Sie knuffte gegen meine Brust. »Ihr wollt doch sicher nach der Hochzeit auch Kinder haben. Ich erinnere mich noch, dass du immer eine ganze Eishockeymannschaft wolltest.«

»Das war früher mal, Finja. Zeiten ändern sich. Miriam und ich wollen keine Kinder.«

Ihr Blick sprach Bände, als sie mich mit offenem Mund anstarrte. »Das ist ein Scherz, oder?«, bohrte sie unbewusst weiter in der Wunde. Niemand hatte eine Ahnung, was diese Frage in meinem Inneren auslöste und womit ich seit Jahren kämpfte. Vor allem dann, wenn die Leere Besitz von mir ergriff und ich mich hasste.

»Es ist kein Scherz.« Mehr brachte ich nicht heraus, konzentriert darauf, ruhig ein- und auszuatmen.

»Was ist kein Scherz?« Mum betrat die Küche und sah zwischen uns hin und her.

Schnell warf ich Finja einen eindringlichen Blick zu und griff nach meinem Brot, von dem ich ein großes Stück abbiss. Langsam kaute ich und nuschelte nur etwas, das garantiert niemand verstand.

Meine Mutter hatte zum Glück ohnehin anderes im Sinn und wedelte mit etwas vor meiner Nase herum. »Schatz, kannst du Suvi bitte ihre Handschuhe vorbeibringen? Die hat sie gestern Abend hier liegen gelassen.«

Heftig schüttelte ich den Kopf. »Ich wollte gleich wieder nach Helsinki zurückfahren«, kam meine Antwort verspätet, nachdem ich endlich den Bissen heruntergeschluckt hatte.

»Na, dann liegt es quasi auf dem Weg.« Mum lächelte zufrieden.

»Kann Finja sie nicht vorbeibringen. Sie ist schließlich auch mit Su befreundet«, wagte ich einen letzten Versuch, bekam die Handschuhe aber nur mit Nachdruck gegen die Brust gedrückt und ein Augenrollen als Antwort.

Was habe ich ein Glück mit meiner Familie, dachte ich sarkastisch.

Suvi

Ich sang leise einen Song der *Tangorillaz* vor mich hin und staubte eines der oberen Regale im Laden ab, als mich ein lautes Scheppern und Klirren, gefolgt von einem dumpfen Knall, zusammenzucken ließen. Mein Kopf flog herum und ich sah das große Loch in der Schaufensterscheibe und die vielen Risse, die sich von dort durch das Glas zogen, wie ein Spinnennetz. Scheiße! Da war irgendwas durch die Scheibe geflogen. Mit rasendem Puls und flachem Atem klammerte ich mich an der Leiter fest. Die Härchen in meinem Nacken stellten sich auf und er prickelte.

Ich riskierte einen weiteren Blick, entdeckte aber draußen niemanden. Die Angst packte mich, bevor ich es schaffte, sie daran zu hindern. Ich wusste genau, was das bedeutete. Und doch konnte ich rein gar nichts gegen diese Reaktionen meines Körpers tun. Vor vielen Jahren hatte es angefangen. Schleichend. Damals, als meine Mitschüler sich einen Spaß daraus gemacht hatten, mich zu erschrecken, herumzuschubsen und mir aufzulauern. Ihre boshaften Worte, die sie mir entgegenschleuderten, hatten tiefe Wunden auf meiner Seele hinterlassen. Wer wollte schon die hässliche Hexe sein oder der Grund, warum die eigene Mutter in eine Depression verfallen war.

Mit zittrigen Händen, wackligen Knien und einem Herzen, das mir hart gegen die Rippen schlug, stieg ich die Leiter Schritt für Schritt herunter, klammerte mich an den Sprossen fest und versuchte gleichzeitig, die Atmung zu kontrollieren. Jedes Mal, wenn ich dachte, es zu schaffen, pitchte mein Puls erneut in die Höhe und alle Reaktionen begannen wieder von vorn.

Endlich spürte ich den Boden unter den Füßen. Aber bevor ich Erleichterung empfand, schwankte dieser bedrohlich. Vermutlich bildete ich mir das nur ein und doch half nichts anderes, als mich auf dem Parkett zusammenzukauern und darauf zu hoffen, dass die Panikattacke nachließ. Mein Kopf versuchte zu arbeiten. Gegen den Nebel und die Angst.

Ich erinnerte mich. Da war dieses Klirren gewesen. Das Loch in der Scheibe. Einbrecher? Jemand, der den Laden ausrauben wollte? Vorsichtig tastete ich die Taschen meiner Strickjacke ab. Verdammt, ich hatte das Handy oben vergessen. Ich schluchzte auf und probierte mich aufzurichten, wegzulaufen, Hilfe zu holen, als ich erneut ein Poltern hörte. Dumpfe Schläge an der

Hintertür drangen zu mir durch. Und jetzt? Ich wandte den Kopf vorsichtig nach rechts und sah Glasscherben auf dem Holzboden liegen. Und mittendrin einen großen Ziegelstein.

Meine Augen füllten sich mit Tränen. Wer machte denn sowas? Und warum um alles in der Welt? Unkontrolliert zitterte ich und schlug mir die Hände vors Gesicht. Hasste mich dafür, so schwach zu sein und nicht einfach aufzustehen, nach hinten zum Telefon zu laufen und die Polizei anzurufen. Dass ich nicht den Baseballschläger nahm, der unter der Kasse lag und mich dem Angreifer mutig entgegenstellte.

Ein Schrei entwich mir, als ich Holz splittern hörte, gefolgt von polternden Schritten.

»Su! Um Himmels willen! Was ist passiert? Bist du verletzt? Geht's dir gut?« Zwei starke Hände legten sich auf meine Schultern und jemand redete auf mich ein. Mit einer vertrauten Stimme. »Suvi, hörst du mich? Sieh mich an.« Der Tonfall wurde flehend.

Mit Mühe hob ich den Kopf, der sich anfühlte, als wöge er einen Zentner. Durch den Tränenschleier hindurch sah ich breite Schultern, jemanden, der vor mir hockte.

»Hey.« Die Hände legten sich an meine Wangen und mit kräftigen Bewegungen strichen die Daumen meine Tränen fort. »Sprich mit mir, bitte.«

Hektisch blinzelte ich, um eine klarere Sicht zu erlangen und die Bestätigung zu bekommen, dass das vor mir tatsächlich Jo war, der plötzlich hier auftauchte wie ein Superheld, um mich zu retten.

»Kannst du mir erzählen, was passiert ist?«

Überfordert schüttelte ich den Kopf. »Es gab dieses laute Klirren und dann ...«

Langsam bemerkte ich, wie das Zittern nachließ und mein

Herzschlag sich ein klein wenig beruhigte. Das war Jos Verdienst, ohne Frage. Seine bloße Anwesenheit half. Seine Nähe und die Berührungen gaben mir Sicherheit. Die Panik ebbte ab.

»Kannst du aufstehen?« Sorge war in seinen Augen nicht zu übersehen.

»Mir ist nichts passiert«, versuchte ich ihn deshalb zu beruhigen.

»Nichts passiert ist relativ«, murmelte er. »Aber ich bin froh, dass dich dieser Stein nicht getroffen hat. Was machst du überhaupt hier im Laden an einem Sonntag?«

»Aufräumen. Ich wollte ... Ordnung schaffen.«

Er half mir hoch und schlang einen Arm um meine Taille. Zum Glück, denn meine Beine fühlten sich an, als wäre ich einen Marathon gelaufen und auch so ziemlich jeder andere Muskel meines Körpers versuchte mir weiszumachen, dass ich in den letzten Minuten Hochleistungssport absolviert hatte.

Wir setzten uns in die kleine Sitzgruppe, die eigentlich für Kunden vorgesehen war.

Jo legte die Unterarme auf den Oberschenkeln ab und musterte mich eindringlich. Seine Hände umfassten die meinen und seine Daumen strichen über meine Handrücken. Immer wieder wippten seine Beine stakkatoartig auf und ab.

»Wir müssen die Polizei rufen, Su.«

Ich nickte, war jedoch nach wie vor darum bemüht, den Schreck zu verdauen. Ein paar weitere tiefe Atemzüge später nahm ich das Handy entgegen, das Jo mir hinhielt und wählte.

Jo

»Sie schicken jemanden.« Suvi reichte mir das Telefon zurück. Ihre Hand zitterte. Verdammt nochmal, wer machte denn sowas? Einen Stein in ein Schaufenster werfen? In das Fenster von Suvis Buchhandlung. Ich erinnerte mich daran, dass jemand mit einer tief ins Gesicht gezogenen Kapuze einer schwarzen Jacke über den Bürgersteig gerannt war, als ich das Auto geparkt hatte. Ich hätte genauer hinsehen sollen! Verdammt! Vielleicht war diese Person am Anschlag beteiligt ...

»Hast du eine Ahnung, wer das gewesen sein könnte?«, fragend sah ich Suvi an. Es bereitete mir körperliche Schmerzen, sie so aufgelöst und ängstlich zu sehen. Ich griff nach ihrer Hand und drückte sie, um – wie ich feststellte – auch mich selbst zu beruhigen. »Hast du Feinde? Menschen, mit denen du Stress hast?«

Sie zuckte mit den Schultern. »Nicht, dass ich wüsste.« Unglücklich sah sie mich an. »Ich bezahle regelmäßig meine Rechnungen, habe keinen Ex-Freund verärgert oder irgendetwas Illegales getan.«

So plausibel sich das anhörte, so sehr verkrampfte sich mein Magen beim Wort Ex-Freund.

Toll, Jo, beschimpfte ich mich selbst. *Vielleicht kannst du ja mal kurz die kindische Eifersucht beiseitelassen? Das wäre äußerst hilfreich.*

Es klopfte gegen die verschlossene Ladentür und wir entdeckten einen Mann und eine Frau in Uniform. Suvi stand auf und ließ die beiden herein.

Ich erhob mich ebenfalls und reichte ihnen die Hand, nachdem sie den Laden betreten hatten.

»Sie haben uns angerufen?«, fragte der Polizist Suvi. »Können Sie uns erzählen, was genau geschehen ist?«

Su schilderte, dass sie auf der Leiter gestanden hatte, als der Stein durchs Fenster geflogen kam. Meine Hände ballten sich zu Fäusten. Nicht auszudenken, was passiert wäre, wenn sie sich im vorderen Teil des Ladens aufgehalten und dieser Brocken sie getroffen hätte.«

»Konnten Sie den Täter sehen?«

Suvi schüttelte den Kopf »Es ging viel zu schnell und ich... habe eine Panikattacke bekommen.« Sie warf mir einen raschen Seitenblick zu. »Erst als Jo hier aufgetaucht ist, konnte ich mich etwas beruhigen.«

Der Polizist sah zu mir. »Und Sie sind?«

»Joakim Arlanda. Ein Freund von Frau Kalttonen.«

»Er ist Musiker und gehört zu einer bekannten Band«, ergänzte die Polizistin.

»Und Sie sind genau in dem Moment hier angekommen, als es passiert ist?«

»Nein, etwas später. Ich wollte Suvi ihre Handschuhe vorbeibringen, die sie gestern bei meinen Eltern liegengelassen hat. Als ich gesehen habe, was passiert ist, habe ich in der Wohnung sturmgeklingelt. Aber Suvi hat nicht geöffnet und ich habe mir Sorgen gemacht. Dank einer Nachbarin konnte ich in den Hausflur und zur Hintertür des Ladens. Ich habe Su schluchzen gehört und dann ...« Ich holte tief Luft. »Habe ich die Hintertür eingetreten, weil ich mir nicht anders zu helfen wusste.«

»Auf die Idee, uns zu rufen, sind Sie nicht gekommen?«

Ich schüttelte den Kopf. »Um ehrlich zu sein, nein. Mein einziger Gedanke galt meiner Freundin und es war mir wichtig, bei ihr zu sein. Der Gedanke, ihr könnte etwas zugestoßen sein, hat alles andere überlagert.«

Die Polizistin lächelte mich an und sah zwischen Suvi und mir hin und her. »Heldenhaft«, sagte sie. »Allerdings auch etwas dumm. Schließlich hätte sich ein Angreifer im hinteren Teil des Ladens aufhalten können.«

»Dem ich dennoch mehr entgegenzusetzen gehabt hätte als

Suvi.«

»Haben Sie Feinde?«, fragte nun auch der Polizist. Und wieder verneinte Suvi.

»Nicht, dass ich wüsste.«

Beide Polizeibeamte liefen durch den Laden und sahen sich alles an, dann verließ die Polizistin zum Telefonieren den Raum.

»Die Spurensicherung wird sich das ansehen. Sie haben nichts angefasst?« Der Polizist kam zu uns zurück.

Wir schüttelten beide mit dem Kopf.

»Gut. Wenn alles gesichert ist, wird das Schaufenster provisorisch verschlossen, bis eine neue Scheibe eingesetzt werden kann. Fühlen Sie sich in der Lage, morgen wieder zu arbeiten? Oder wollen Sie ein paar Tage schließen?«

Suvi wirkte immer noch völlig durch den Wind.

»Ich bin nicht sicher«, antwortete sie leise. »Ich sollte mich dadurch nicht einschüchtern lassen, denke ich.«

»Das ist eine gute Einstellung. Dennoch ist so ein Erlebnis nichts, was man einfach abschüttelt. Ohne Ihnen Angst machen zu wollen, wenn derjenige damit etwas erreichen wollte, könnte es sein, dass er es wieder versucht.«

Ihre Augen weiteten sich erschrocken. »Sie meinen, so etwas könnte erneut passieren?«

»Die Wahrscheinlichkeit ist nicht sehr hoch, es könnte auch einfach ein dummer Streich sein. Aber die Möglichkeit besteht. Sind Sie immer allein im Laden?«

»Meistens, ja. Ich habe eine Aushilfe, die ab und an ein paar Stunden hier ist, aber ansonsten ...«

Meine Kiefermuskeln schmerzten, so fest biss ich die Zähne aufeinander. Am liebsten, würde ich Suvi packen und auf direktem Wege in mein Haus in Helsinki verfrachten, um sie in Sicherheit zu wissen.

Suvi

»Hier ist ein Zettel.« Der Mann der Spurensicherung zog ihn unter dem Ziegelstein hervor. »*Eine Warnung*«, las er vor.

Ich erschauderte. Nur zwei Worte. Eine Warnung. Aber wovor denn?

»Haben Sie eine Idee, was das zu bedeuten hat? Haben Sie uns doch etwas verschwiegen? Gab es in der Vergangenheit Ärger?«

»Nein«, antwortete ich schnell. »Ich habe keine Ahnung, wirklich.«

»Unter diesen Umständen würde ich Ihnen raten, den Laden für ein paar Tage zu schließen, oder aber nicht allein hier zu sein. Gibt es jemanden, der Sie unterstützen kann? Bei dem Sie unterkommen können? Freunde? Ihre Eltern?«

Der Blick des Beamten glitt zu Jo.

»Ich kann ein paar Tage hierbleiben«, sagte dieser sofort und überrascht zog ich die Augenbrauen in die Höhe.

»Musst du nicht zurück nach Hause?«

Sein Blick sollte mir vermutlich sagen, dass ich nicht bei Trost war, diese Frage zu stellen. Aber ich fand sie absolut gerechtfertigt. Er hatte ein Leben in Helsinki und eine Fast-Verlobte, deren Begeisterung sich garantiert in Grenzen halten würde.

»Das ist kein Problem«, sagte er bestimmt und ich beließ es fürs Erste dabei. Wir würden darüber diskutieren, sobald wir weniger Publikum hatten, so viel stand fest. Allerdings war die Auswahl an Freunden tatsächlich begrenzt. Lilly. Hanna. Finja. Jo. Ende der Liste. Und meine Eltern? Da war eher nicht mit Unterstützung zu rechnen. Auch wenn es schmerzte, das so nüchtern festzustellen.

Am Abend zierte eine hässliche Holzplatte mein Schaufenster und verdeckte das noch hässlichere Loch und die vielen Risse im Glas. Das Schloss der Hintertür war repariert und das gesplitterte Holz provisorisch gerichtet. Jo hatte ganze Arbeit geleistet, als er sich Zutritt verschafft hatte.

»Halten Sie sich bitte zu unserer Verfügung, falls noch Fragen während der Ermittlung aufkommen.«

Beide Polizisten reichten mir die Hand und ich nickte. »Sollten Sie vorhaben zu verreisen oder sich an einer anderen Adresse aufzuhalten, dann teilen Sie uns das bitte mit, damit wir Sie erreichen können.«

»Natürlich.«

Die Stille, die Jo und mich umgab, als alle gegangen waren, fühlte sich unheimlich an. Ich schlang die Arme um meinen Körper und atmete tief durch.

»Wie geht es dir?« Jo kam näher, nachdem er die Ladentür verschlossen hatte, und musterte mich eindringlich.

»Mir schwirrt der Kopf, um ehrlich zu sein«, gab ich zu. »Das ist doch alles total verrückt, oder?«

»Scheiße trifft es wohl eher. Oder abgefuckt.« Sein grimmiger Blick ließ mich schief lächeln.

»Du warst mal wieder zur richtigen Zeit am richtigen Ort«, stellte ich fest, als mir das bewusst wurde.

»Ich war zu spät. Wie so oft. Ansonsten hätte ich es verhindern können.«

Ich trat auf ihn zu und legte meine Hand auf seine Brust. »Das warst du nie, und das weißt du auch. Woher hättest du wissen sollen, dass irgendein Verrückter heute vorhat, einen Stein durch mein Fenster zu schmeißen?«

Jos Herz schlug fest gegen seinen Brustkorb.

»Du weißt, dass ich es nicht ertrage, wenn dir etwas passiert«, presste er zwischen den Zähnen hervor.

»Mir ist nichts passiert«, versuchte ich ihn zu besänftigen. Ohne darüber nachzudenken strich meine Hand über den *Guns n` Roses* Schriftzug auf seinem Shirt und die Muskeln unter dem Stoff.

»Du hast auf dem Boden gekauert und warst total aufgelöst«, erwiderte er unzufrieden.

»Das war nur eine kleine Panikattacke.«

»Nur? Klein?«, brauste er auf. »Himmel, Su. Du warst vollkommen außer dir.«

»Na ja, es war ein Schock.«

Er sah mich an, als wäre ich ein Alien oder so etwas. Dann zog er mich mit einer raschen Bewegung in seine Arme und presste mich an sich.

Total überrumpelt stieß ich mit der Nase gegen seinen Körper und inhalierte seinen vertrauten Geruch. Meine Hände lagen an seinen Seiten und ich hielt mich gerade noch davon ab, sie in sein Shirt zu krallen.

»Scheiße, ich hatte Angst um dich«, raunte er in mein Haar und strich mir in kräftigen Bewegungen über den Rücken, bis eine Hand ihren Weg in den Nacken fand und Jos Daumen dort kleine Kreise zog. Eine Gänsehaut breitete sich rasend schnell auf meinem gesamten Körper aus.

Ich spürte, wie sein Brustkorb sich unter schweren Atemzügen hob und senkte und wie er immer wieder leicht mit dem Kopf schüttelte. Ein Sturm tobte in seinen Augen, als wir uns ansahen.

»Lass uns von hier verschwinden.« Jo löste sich so plötzlich von mir, wie er mich umarmt hatte, und augenblicklich fehlte mir seine Berührung und Wärme.

Die Nähe sollte sich nicht so gut anfühlen und den Wunsch nach mehr Geborgenheit wecken. Ich war ein Dummkopf, wenn ich mir das wünschte.

Jo

Mit in den Hosentaschen vergrabenen Händen stapfte ich hinter Suvi die Treppe hoch. Die roten Locken hatte sie zu einem unordentlichen Knoten hochgebunden und erst jetzt fiel mir auf, dass sie eine Jogginghose und ein Longsleeve trug. Normalerweise entging mir nichts, was mit ihr zu tun hatte, doch diese kaputte Schaufensterscheibe und der Drohzettel hatten mich abgelenkt. Genauso wie die Panikattacke, von der Suvi sprach, als sei sie ein abgebrochener Fingernagel. Obwohl dieser Vergleich hinkte, denn wenn Miriam ein Fingernagel abbrach ...

»Möchtest du was trinken?« Suvi drehte sich zu mir herum, als wir die Wohnung betraten.

»Etwas Hochprozentiges wäre jetzt gut«, murmelte ich, dabei wusste ich, dass es in ihren vier Wänden keinen Alkohol gab. »Ich nehme ein Wasser.«

Lächelnd verschwand sie in der Küche. »Geh doch schon mal ins Wohnzimmer«, rief sie mir zu.

Kurz darauf reichte sie mir ein Wasserglas und stellte eine Tüte Chips auf den Couchtisch. »Nervennahrung.«

Ich nickte, wenngleich mir nicht der Sinn nach Essen stand. Und das sollte schon was heißen. Die Frage, wer diesen Stein ins Fenster geworfen hatte, ließ sich nicht abschütteln. Genauso wenig wie die Angst um Suvi und die Frage, ob sie in ihren vier Wänden noch sicher sein konnte.

Sie setzte sich zu mir aufs Sofa und zog die Beine an. »Wir können auch eine Pizza in den Ofen schieben, bevor du zurück nach Helsinki fährst«, sagte sie und sah mich unverwandt an.

Ich ließ das Glas sinken, aus dem ich einen Schluck getrunken hatte.

»Ich fahre nicht nach Hause. Das Thema hatten wir doch schon.«

»Und es ist immer noch verrückt«, erwiderte sie.

»Was ist daran verrückt, dass ich dich nicht allein lassen will nach allem, was passiert ist? Oder möchtest du mir erzählen, dass du ansonsten zu deinen Eltern fährst?« Provozierend hob ich eine Augenbraue.

Su schlug die Augen nieder und sofort tat mir meine Aussage leid. »Sorry«, murmelte ich. »Aber du kannst so stur sein, wie ne ganze Horde Esel.«

Trotzig verschränkte sie die Arme vor der Brust. »Man muss nicht auf mich aufpassen. Ich schaffe das allein. So wie die letzten Jahre auch.«

Ein schlechtes Gewissen überkam mich. Damals, als ich weggezogen war, da hatte ich vor allem an mich selbst gedacht, an meine Karriere, an die Freiheit, die ich gewann. An den Abstand, den ich dringend gebraucht hatte. Die Gedanken, dass Suvi von dem Moment an, auf sich allein gestellt gewesen war, hatte ich verdrängt – mit mehr oder weniger großem Erfolg. Sie war niemand, der viele Freunde hatte. Und kaum jemand wusste, wie es wirklich in ihr aussah. Meine Familie kannte einen Teil der Wahrheit, aber längst nicht alles. Ab und an hatte sie mir von Dates erzählt, auf die sie gegangen war. Jedes Mal hatte ich meinen Boxsack bearbeitet und war erleichtert gewesen, wenn sich nicht mehr daraus entwickelt hatte. Ich war so ein Arsch und schämte mich dafür, dass ich ihr das Glück mit einem anderen Mann nicht gönnte. Aber ich konnte einfach nicht aus meiner Haut.

»Ich bezweifle nicht, dass du viel allein schaffst, Su. Du bist die stärkste Person, die ich kenne. Aber manches muss man nicht allein schaffen. Lass mich für dich da sein. Bitte.«

Ein Laut entwich ihr, der verzweifelt klang. »Was ist mit Miriam? Sie wird nicht begeistert sein, wenn ihr Freund nicht zurückkommt. Und um ehrlich zu sein, möchte ich nicht noch mehr zu ihrer Persona non grata werden.«

»Bitte was?«

»Na, sie hasst mich doch ohnehin schon. Das müssen wir nicht noch fördern.«

»Miriam hasst dich nicht.«

»Nein, du hast recht, sie verachtet mich. Weil ich in ihren Augen eine graue Maus bin. Ein Nichts und Niemand. Ich sollte ihr keinen Grund geben, mich auch noch zu hassen.«

»Das ist Blödsinn. Wir sind erwachsene Menschen. Wenn ich ein paar Tage länger hierbleibe, dann ist das vollkommen okay.« Suvi war nicht überzeugt. »Hast du nicht vorhin etwas von Pizza erzählt? Die würde ich jetzt doch nehmen.«

Sie schnaubte. »Subtiler Themenwechsel, Jo. Wirklich.«

»Mein Spezialgebiet.« Das Lächeln, das ich ihr entlockte, als sie sich erhob, feierte ich wie einen kleinen Sieg. »Und außerdem musst du etwas essen.«

»Ich habe keinen Hunger.« Ihre dumpfe Stimme erklang aus der Küche.

Ich stand ebenfalls auf, folgte ihr und blieb im Türrahmen stehen. »Das verstehe ich. Aber du musst trotzdem etwas in den Magen bekommen«, sagte ich.

»Ja, Papa«, erwiderte sie augenrollend.

Ich schluckte. Vermutlich hatte ihr Vater sich nie darum gekümmert, dass sie etwas Vernünftiges zu essen bekam. Ich versuchte, den Gedanken schleunigst wieder abzuschütteln.

»Ist Quattro Stagioni okay?« Sie zog den Kopf aus dem Tiefkühlfach und sah mich mit geröteten Wangen an. Gott, sie war so bezaubernd. »Jo?«

»Hm? Ja. Perfekt.« Ich lief zum Schrank und holte Teller und Besteck heraus, während Suvi sich am Ofen zu schaffen machte.

Zum Glück kannte ich mich hier aus, und konnte meine Hände mit etwas beschäftigen, das sie davon abhielt, Suvi an mich zu ziehen und sie zu küssen.

Eine halbe Stunde später biss ich in die dampfende und köstlich riechende Pizza und seufzte. Als ich aufsah, verhakte sich mein Blick mit Suvis, die, anstatt ebenfalls zu essen, wie hypnotisiert zu mir rüber starrte.

Ich sollte wegsehen. Das sollte ich wirklich. Denn sonst würde womöglich etwas wie gestern Abend passieren. Und vielleicht würde ich es nicht schaffen, ein weiteres Mal rechtzeitig die Notbremse zu ziehen. Sehnsucht setzte die rationalen Entscheidungen manchmal außer Kraft.

Suvi

Vermutlich färbten sich meine Wangen gerade wieder in einem besonders leuchtenden Rot, denn Jo hatte mich dabei ertappt, wie ich ihn beobachtet hatte. Die kräftigen, tätowierten Unterarme, die großen Hände, die Lippen, die zwischen dem ordentlich gestutzten Bart herausschauten und die ich so dringend küssen wollte.

»Alles okay?«, unterbrach Jo die Stille, nachdem er den Bissen Pizza heruntergeschluckt hatte. Seine Stimme klang belegt. »Du musst etwas essen, Su.«

Um nicht zu ihm herüber zu rutschen und ihn wirklich zu küssen, konzentrierte ich mich besser auch auf meine Pizza. Aber Jo war wie ein Magnet. Anziehend. Ob ich es wollte oder nicht. In all den Jahren unserer Freundschaft war das so gewesen, allerdings hatte ich es da geschafft, mich zusammenzureißen. Was sich jetzt verändert hatte, war mir selbst nicht genau klar. Vielleicht hing es mit der Tatsache zusammen, dass eine andere Frau ihn bekommen würde. Für immer. Mein Unterbewusstsein schien mir deutlich klarzumachen, was es davon hielt. Nichts.

Trotzdem schwieg ich und schob mir schnell ein Stück Pizza in den Mund und kaute.

»Diese Panikattacke ...« Jo legte die Serviette auf den mittlerweile leeren Teller. »Können wir darüber reden?«

Ich schluckte, wischte mir ebenfalls Mund und Finger ab und nickte langsam. Es gab Dinge, die nicht mal Jo wusste. Meine Panik gehörte dazu. Bis heute.

»Du hast das vorhin so abgetan, Su. Hattest du sowas schon mal?«

Ich straffte die Schultern und richtete mich ein wenig auf. »Ja«, antwortete ich schlicht.

»Einfach *Ja*? Mehr nicht?«

»Was genau willst du denn hören?«

Er fuhr sich mit der Hand in den Nacken und sein Blick wanderte fahrig über mein Gesicht. »Ich weiß nicht, was ich hören will, aber ein einfaches Ja reicht mir nicht ansatzweise aus. Seit wann hast du solche Attacken? Und warum? Und wie oft? Und überhaupt ...«

»Überhaupt?«

Er stieß ein unzufriedenes Brummen aus.

»Überhaupt, Jo, habe ich diese Attacken schon ewig. Immer mal wieder. Sie kommen aus dem Nichts. Es reicht, dass ich mich durch irgendetwas erschrecke. Sie dauern ein paar Minuten, manchmal auch länger.«

»Verdammte Scheiße! Warum hast du nie etwas gesagt? Schon ewig? Im Ernst, Su?!«

»Kannst du dich bitte beruhigen? Was hätte es denn geändert, wenn du es gewusst hättest? Es hat gereicht, dass ich mit einer Therapeutin darüber gesprochen habe.«

Schmerz und Wut fluteten seinen Blick und ein klein wenig Erleichterung, als ich die Psychologin erwähnte.

»Du warst in Helsinki, Jo, damit beschäftigt, ein gefeierter Rockstar zu werden. Du wolltest frei sein, Spaß haben. Das waren deine Worte damals, bevor du gegangen bist. Erinnerst du dich?«

Sein Bart verdeckte zwar seine Kieferlinie, aber ich bemerkte dennoch, dass er die Zähne aufeinanderbiss.

»Ich wäre trotzdem für dich da gewesen«, presste er heraus. »Wenn ich es gewusst hätte.«

»Das weiß ich. Aber ich wollte nicht der Klotz an deinem Bein sein. Jemand, um den man sich immer nur Sorgen machen muss. Dieser Umzug war deine Chance auf ein neues Leben. Darauf, deine Träume zu verwirklichen. Ich wollte nicht, dass du dir schon wieder Gedanken um mich machen musst.«

»Willst du mir sagen, dass es damals schon angefangen hat?« Er schnappte nach Luft. »Scheiße, Suvi, das ist dreizehn Jahre her.«

Ich sah auf meine Hände und knibbelte an der Serviette. »Es war besser so, Jo«, sagte ich leise. »Du hättest nichts tun können.«

»Ich hätte für dich da sein können, Himmel nochmal!« Er fuhr sich übers Gesicht. »Ich hätte mich ins Auto gesetzt und wäre hergekommen. Wir hätten skypen oder telefonieren können. Irgendetwas hätte ich getan, hätte ich tun können, aber du hast mir die Chance darauf genommen.«

Vorsichtig sah ich wieder hoch zu ihm. »Ich weiß«, antwortete ich. »Es tut mir leid.«

»Diese Therapeutin ...«, fragte er ruhiger. »Gehst du noch hin?«

»Ja, ab und zu. Normalerweise habe ich alles ganz gut im Griff. Wenn nicht gerade etwas passiert, wie das heute.«

»Tust du mir den Gefallen und rufst sie an?«

Ich nickte, weil mir der Gedanke selbst schon gekommen war. Für einen Moment schwiegen wir beide.

»Su ...« Jo griff nach meinen Händen und umschloss sie mit seinen. »Habe ich dir jemals das Gefühl gegeben, dass du mir zu viel bist? Dass ich nicht für dich da sein wollte?«

Mein Herz galoppierte in der Brust. Ich schüttelte den Kopf. »Nein. Hast du nicht.«

Geräuschvoll atmete er aus und murmelte ein *»Zum Glück«* in seinen Bart.

»Du warst zwanzig Jahre alt und hattest fast dein ganzes Leben meinen Schutzengel gespielt. Es war an der Zeit, dass du endlich lebst, ohne dass ich im Weg bin. Sieh doch nur, was passiert. Du sitzt schon wieder hier bei mir, weil du dich verantwortlich fühlst.«

Jos Entgeisterung sprang mich förmlich an. »Ich sitze hier, weil ich es *will*. Weil du mir wichtig bist. Weil es gar keine Frage ist, dass ich in diesem Moment bei dir bin. Ich tue das nicht, weil ich mich dazu verpflichtet fühle, sondern weil ich es so möchte, Su. Das ist ein verdammt großer Unterschied.«

Ich biss mir auf die Unterlippe. So einen leidenschaftlichen Redeschwall hatte ich nicht erwartet.

»Du warst nie eine Last für mich«, sprach er weiter. »Und du hättest mich nie aufgehalten, meine Träume zu leben. Dennoch hätte ich für dich da sein wollen. Weil ich dich ...« Er brach ab, ließ abrupt meine Hände los und sprang vom Sofa auf. »Ich gehe kurz unten eine rauchen und telefonieren. Ist es okay, wenn ich dich kurz allein lasse?«

»Ja natürlich!« Ich sah ihm nach, als er aus dem Raum

verschwand.

Was für ein verrückter Tag. Eine unkontrollierte Welle Emotionen brach über mir zusammen, als Jos Worte sich langsam durch meinen Verstand arbeiteten. Dieses Gespräch eben löste einen mittelschweren Tornado in mir aus. Und was hatte er eigentlich sagen wollen, bevor er die Flucht ergriffen hatte?

Jo

Die kalte Abendluft prickelte auf meinen nackten Armen. Beim überstürzten Verlassen von Suvis Wohnung hatte ich vergessen, eine Jacke überzuziehen. Ich Depp. Die besagte Zigarette hatte ich mir angesteckt, sie aber nach zwei Zügen wieder ausgemacht. Jetzt hypnotisierte ich den hell erleuchteten Handybildschirm und mein Daumen schwebte über dem grünen Anrufsymbol. Um ehrlich zu sein, war die Lust darauf zu drücken in etwa so groß, wie sich beim Zahnarzt einer Wurzelbehandlung zu unterziehen. Aber es half ja nichts.

»Jo! Wo zur Hölle steckst du? Ich habe Sushi besorgt und warte darauf, dass du hier auftauchst.«

»Hey, Miriam. Ich ...« Seufzend nahm ich das Smartphone ans andere Ohr und lehnte mich gegen die Hauswand. »Ich bin noch in Jyväskylä.«

»Bitte? Und wann genau wolltest du mir das sagen?«

»Das tue ich doch gerade.«

»Etwas spät, meinst du nicht?«, sagte sie spitz.

»Es ging nicht früher.« Das war eine glatte Lüge, aber in den letzten Stunden hatte ich an alles Mögliche gedacht, jedoch nicht daran, sie anzurufen. Meine Freundin. Vermutlich war sie zurecht sauer. »Hör zu, auf Suvis Buchladen wurde ein Anschlag verübt. Ich konnte nicht weg.«

»Ein Anschlag? Meinst du nicht, du übertreibst? Und was hast du überhaupt damit zu tun?«

Wut brodelte in mir hoch.

»Wie würdest du das nennen, wenn jemand einen Ziegelstein durchs Schaufenster wirft?«, blaffte ich sie an.

»Einen Teenagerstreich, vielleicht?«

»Willst du mich verarschen?«

»Nein, Jo. Willst du mich verarschen? Gibt es niemand anderen, der dieser Frau ihr Händchen halten kann? Mal im Ernst, sie ist über dreißig, da kann man doch wohl erwarten, dass sie allein klarkommt.«

Atmen. Ich sollte atmen. Ruhig. Gleichmäßig.

»Du merkst nicht, dass sie dich immer wieder einlullt, Jo. Und du merkst auch nicht, wie sie dich anhimmelt. Das ist doch alles Taktik. Wach endlich auf.«

»Ich bin hellwach, keine Sorge. Und alles, was du sagst, ist totaler Schwachsinn. Ich bin hier, weil *ich* es will. Wenn du damit ein Problem hast oder eifersüchtig bist, dann sag es. Aber rede nicht so einen Müll.«

»Jetzt hör mir mal gut zu. Diese graue Maus wird mir nie das Wasser reichen können. Und das weißt du auch, deshalb bist du mit mir zusammen und nicht mit ihr.«

Miriam lag so was von falsch mit dieser Aussage. Und ja, ich fühlte mich schäbig. Man sollte keine Beziehung mit jemandem führen, wenn man die Person nicht liebte. Und schon gar nicht an eine Hochzeit denken. Ich machte beides, weil ich mich so auf diesen Gedanken fixiert hatte, dass es das Richtige war.

»Ich fliege morgen früh nach Deutschland«, holte Miriam mich wieder ins Hier und Jetzt zurück. »Ich konnte einige vielversprechende Termine vereinbaren, die euch enorm weiterhelfen könnten.«

»Okay, das ist ziemlich kurzfristig, oder?«

»Es ist mein Job.« Ihr Tonfall war etwas zu schnippisch.

»Wie lange bleibst du?«

»Das weiß ich noch nicht. Eine Woche mindestens. Vielleicht auch länger. Ich werde es mit dem Besuch bei einer Freundin verbinden.«

»Eine Freundin? Welche Freundin?« Mir wurde bewusst, dass ich fast nichts über diese Frau wusste. Nicht mal, wie ihre Freundinnen hießen.

»Jessica. Wir haben zusammen studiert. Sie war eine ganze Zeit lang in London und New York und lebt jetzt in München. Sie muss mir unbedingt erzählen, wie es dort gelaufen ist. Irre spannend. Vielleicht können wir auch mal für eine Weile ins Ausland? Jo?«

»Hm? Ja. Vielleicht ...«

»Du könntest echt ein bisschen mehr Begeisterung an den Tag legen. Dir ist schon klar, dass ich all das für eure Karriere tue, oder? Ich reiße mir meinen Allerwertesten für euch auf. Für dich. Und für uns.«

»Ich weiß. Und du machst einen tollen Job. Danke.«

Ihr Schnauben zeigte deutlich, dass meine Worte nicht überzeugend genug geklungen hatten und dass ich vermutlich mehr hätte sagen müssen. Dass ich sie liebte und sie vermissen würde. Dass ich ihr dankbar war. Aber ich schaffte es nicht.

»Dann sehen wir uns, wenn du zurück bist«, sagte ich stattdessen. »Einen guten Flug morgen.«

Das Klackern ihrer Fingernägel war zu hören. Wahrscheinlich trommelte sie damit auf den Küchentisch.

»Danke. Und Jo?«

»Hm?«

»Sie oder ich. Die Entscheidung sollte dir nicht schwerfallen.«
Damit legte sie auf.

In Schwierigkeiten

Suvi

Seit Jo die Wohnung verlassen hatte, fragte ich mich wie das »*Weil ich dich* ...« hätte weitergehen sollen. *Weil ich dich mag. Weil ich dich beschützen will. Weil ich dich ... liebe?* Wohl kaum, sonst wäre er ja nicht schon wieder aufgesprungen und abgehauen. Genauso wie letzte Nacht. Wir waren Freunde und er würde eine andere heiraten. Ende der Geschichte.

Gerade als ich die Teller abgespült hatte, riss mich das Klopfen an der Wohnungstür aus meinen Grübeleien und ich konnte nicht verhindern, dass jeder Muskel sich anspannte.

»Su, ich bin es.« Jos Stimme drang dumpf durch das Holz.

»Hey.« Ich öffnete ihm die Tür. »Alles in Ordnung? Du warst lange weg ...«

Jo wirkte aufgewühlt, nickte aber trotzdem. »Alles okay. Mach dir keine Gedanken. Wie geht's dir? Hast du noch einmal darüber nachgedacht, wer das heute getan haben könnte? Ist dir noch irgendetwas eingefallen?« Nachdem er die Tür geschlossen hatte, verriegelte er sie, stellte die Schuhe daneben und folgte mir zurück ins Wohnzimmer.

»Ich bin ziemlich müde«, gestand ich. »Und nein, mir ist nichts mehr eingefallen. In meinem Kopf ist einfach nur die Hölle los.« Dass das nicht nur am Überfall lag, sagte ich nicht. Auch, wenn ich nach wie vor enttäuscht darüber war, dass Jo keine Anstalten machte, seinen angefangenen Satz von vorhin zu beenden. Für den Hauch einer Sekunde hatte ich mich der Hoffnung hingegeben, er würde doch sagen, dass er mehr für mich empfand. Aber natürlich nicht. Ich Dummerchen. Jo war schließlich immer noch der Rockstar und ich nur die kleine Buchhändlerin mit der schwierigen Vergangenheit.

»Du solltest dich ausruhen.« Er rieb sich über die Arme. Von der Kälte war die Haut rot und mit einer Gänsehaut überzogen.

»Willst du einen Tee?«, überging ich seinen Einwand. »Du siehst durchgefroren aus.«

Sein Mund verzog sich zu einem schiefen Lächeln. »Bin ich auch. Hatte meine Jacke vergessen. Aber psst, man könnte meinen, dass ich doch kein so harter Kerl bin, wie alle meinen, wenn rauskommt, dass vor Kälte schlottere und dagegen Tee trinke.«

Im Vorbeigehen berührte ich seinen Arm. Seine Haut war eiskalt. »Ich werde niemandem verraten, dass auch dem Rockstar Joakim Arlanda mal der Arsch abfriert.«

Ein raues Lachen entwich ihm.

»Hier.« Wenig später hielt ich ihm eine dampfende Tasse hin. »Der muss noch drei Minuten ziehen. Ingwer. Ist gut fürs Immunsystem.«

Er nahm mir den Tee ab und wärmte seine Hände am heißen Porzellan.

»Wollen wir einen Film schauen?« Fragend sah ich Jo an. »Ablenkung hilft mir nach der Panik oft am besten.« Außerdem hatte ich das Gefühl, dass etwas Unverfängliches uns guttun würde.

»Klar, wenn es keine Liebesschnulze ist.« Für einen kurzen Moment hatte er gezögert und ich hatte schon befürchtet, dass er doch darauf bestehen würde, weiter über den Vorfall zu sprechen. Oder uns. Dann grinste er mich jedoch über die Tasse hinweg an.

»Doch wieder der harte Kerl«, neckte ich ihn und war froh, die beklemmenden Bilder aus meinem Kopf verbannen zu können. Während einer Panikattacke war man gefangen in einem Strudel aus Gedanken und Reaktionen, deshalb half es, sich auf das Äußere zu konzentrieren.

»Lass mir ein bisschen meines Images und meiner Würde, okay?«, erwiderte Jo.

Ich schob ihm die Fernbedienung rüber. »*Netflix* wird vermutlich irgendetwas zu bieten haben, bei dem du dein Gesicht nicht verlierst.«

Er stellte die Tasse ab und zappte durch die Onlinevideothek. »Wie wär's mit dem letzten *The Fast and the Furious* Teil? Den kenne ich noch nicht.« Er warf mir einen Seitenblick zu.

»Ist mir recht. Ich kann zwar mit Action nicht so viel anfangen, aber die Typen sind heiß.«

Sein Kopf wanderte vollständig zu mir herum und sein Blick bohrte sich in meinen.

»Ja, was denn? Die Muskeln von Dwayne Johnson und Vin Diesel sind beachtlich. Und Scott Eastwood spielt in diesem Teil auch mit. Erzähl mir nicht, dass du diese Filme ausschließlich wegen der Autos und Stunts schaust.«

»Weswegen denn sonst?«

»Weil Männer auf Frauen stehen, die fluchen, Autorennen fahren und die Welt beherrschen wollen? In diesem Teil sind es Melissa Rodriguez und Charlize Theron. Du kannst dir also aussuchen, ob brünett oder blond.« Ich zuckte mit den Schultern. »Aber fang nicht an zu sabbern, bitte.«

Jos dröhnendes Gelächter hallte von den Wänden wider und erleichtert atmete ich einmal durch. Mit dieser Ungezwungenheit konnte ich deutlich besser umgehen. Und langsam löste sich die Anspannung der vergangenen Stunden und der Knoten in meinem Magen schrumpfte.

»Fragt sich, wer hier gleich sabbert«, prustete Jo zwischen zwei Lachern. »Mir geht es einzig allein um die Special effects und die Story.«

»Die Story? Ach, klar.« Ich grinste ihn an. Das Blitzen in seinen Augen scheuchte einen Schwarm Schmetterlinge in meinem Bauch auf. Schnell sah ich weg. »Na los, worauf wartest du?«

Jo breitete einen Arm aus und sah mich erwartungsvoll an. »Ich möchte für dich da sein, Su. Als Freund.«

Zögernd rutschte ich auf dem Sofa zu ihm herüber und lehnte meinen Kopf an seine Schulter. Die Beine zog ich seitlich an. Es fühlte sich vertraut an. Nicht so, als lägen dreizehn Jahre zwischen unserem letzten Filmabend und diesem. Und doch war etwas neu. Etwas, das trotz der Aufregung des Tages ein Kribbeln durch meinen Körper jagte und meine Finger nervös an einem der Kissen zupfen ließ.

Jo legte die Füße auf den Couchtisch, drückte auf Start und lehnte sich zurück. War es wirklich möglich, dass ihn die Nähe zwischen uns kein bisschen aus der Ruhe brachte, während ich mich nicht mal mit den besagten Muskeln der Hauptdarsteller ablenken konnte? Und die waren echt nett anzuschauen.

Jo

Der Film war gut. Sofern ich das beurteilen konnte. Denn wahnsinnig viel bekam ich nicht davon mit. Als Teenager hatten Su und ich solche Filmabende ständig gemacht. Wir hatten auf meinem Bett gesessen und alles geschaut, was unsere Videothek hergegeben hatte. Ja, damals schaute man noch DVDs und streamte nicht. Und es war normal gewesen, dass ich meine beste Freundin umarmte, dass sie sich an meine Schulter kuschelte, und dass wir gemeinsam Chips oder Popcorn aßen.

Heute Abend litt meine Konzentration so dermaßen unter der sonst so selbstverständlichen Nähe, dass ich nicht zu sagen vermochte, wer da wen im Film verfolgte und erpresste. Suvis rote Locken kitzelten die Haut an meinem Arm, den ich hinter ihr auf die Rückenlehne des Sofas gelegt hatte, und ihr Kopf ruhte in meiner Armbeuge. Schon ein paarmal hatte meine Hand gezuckt und ich konnte sie gerade noch davon abhalten, ihren Nacken zu streicheln. Der Wunsch, mich nach unten zu beugen und Suvi endlich zu küssen, war elementar. Alles in meinem Innern kribbelte. Diese Empfindungen waren unangebracht. Nicht nur, da wir beste Freunde waren, sondern weil wir uns in einer Ausnahmesituation befanden. Aber wie machte man das einem Herzen und einem Körper klar, die sich seit Jahren danach sehnten, dass endlich mehr zwischen uns passierte?

Um mich abzulenken, griff ich in die Chipstüte und erstarrte, als Suvis Finger meine berührten, weil sie gleichzeitig hineingriff.

»Sorry«, murmelte sie, hielt die Augen aber weiter starr auf den Fernsehbildschirm gerichtet. Ihr schienen die Typen im Film wirklich zu gefallen, stellte ich fest, und spürte einen fiesen kleinen Stachel der Eifersucht. Großes Kino, im wahrsten Sinne des Wortes. *Eifersüchtig auf Schauspieler. Echt jetzt, Jo?*

Beim Abspann seufzte ich beinahe erleichtert auf.

»Cooler Film, oder?« Suvi hob den Kopf. »Und genau die richtige Ablenkung nach diesem Tag. Das Böse wird eben doch immer besiegt.« Sie gähnte und streckte sich. Ein schmaler Streifen heller Haut zwischen dem Bund ihrer Jogginghose und dem Shirt wurde sichtbar. Und meine Kehle trocken.

»Du solltest schlafen. Der Tag war anstrengend. Ich werde hier auf dem Sofa sein, wenn etwas ist.«

Ihre Augenbrauen zogen sich zusammen und die Nase kräuselte sich. »Du willst auf dem Sofa schlafen?«

»Ja. Ich dachte, du möchtest vielleicht nicht allein sein. Also ... ich meine ... ich kann auch zu meinen Eltern, ... aber es könnte ja auch gefährlich ...« Himmel, souverän hörte sich echt anders an. Was war nur los mit mir?

»Das Sofa ist viel zu klein für dich, Jo. Du wirst dich morgen nicht mehr bewegen können, wenn du darauf schläfst.«

»Das ist schon okay«, winkte ich ab. »Ich bin Tourbusse und Sofas in Backstagebereichen gewohnt. Ich kann praktisch überall schlafen.«

»Aber es ist doch total bescheuert, wenn es ein Bett gibt, das groß genug ist. Ich kann auf dem Sofa schlafen.«

»So weit kommt es noch, dass ich dich aus deinem Bett vertreibe.« Vehement schüttelte ich den Kopf. »Das wird nicht passieren, Su.«

Sie verschränkte die Arme vor dem Körper. »Dann schlafen wir eben zusammen in meinem Bett. Es ist groß genug und wir sind schließlich Freunde. Und erwachsen.«

Ich starrte sie an, als hätte sie mir vorgeschlagen, mich mit dem nackten Hintern auf einen Kaktus zu setzen.

»Was denn?«, hakte sie etwas weniger selbstsicher nach. »Verbietet der *Bald-Verlobt-Kodex*, dass man neben seiner besten Freundin in einem Bett schlafen darf? Wir haben das früher ständig gemacht, wenn ich dich erinnern darf.«

Benommen schüttelte ich mit dem Kopf. Sie hatte recht, aber ich erinnerte mich genauso lebhaft daran, was das jedes verdammte Mal für mich bedeutet hatte. Ihr nah zu sein. Und doch nie nah genug ...

»Dann haben wir ja alles geklärt. Und du hast recht, ich wäre wirklich froh, wenn ich heute Nacht nicht allein bin. Irgendein Verrückter hat einen Ziegelstein durch mein Schaufenster geworfen und ich hatte eine Panikattacke. Es ... wäre schön, das Gefühl zu haben, dass jemand da ist, für den Fall, dass die Angst zurückkommt.«

»Also schön.« Ich nickte. »Als dein bester Freund werde ich für dich da sein.« Konnte man es mir wirklich verübeln, dass ich nicht standhaft blieb und auf das Sofa pochte?

Den Blick auf Suvis Hinterkopf gerichtet, folgte ich ihr ins Schlafzimmer und erstarrte im Türrahmen. Mist, ich hatte total vergessen, dass es in dieser Wohnung kein Kingsize Bett gab, wie bei mir zuhause.

»Ähm ...« Mehr bekam ich nicht heraus. Diese Liegefläche für zwei Menschen ...? Ohne, dass diese sich berührten? No way.

»Das Bett ist ein Meter vierzig breit, das reicht locker für uns beide«, wischte Suvi meine unausgesprochenen Zweifel weg und schlug die bunte Tagesdecke zurück. »Welche Seite möchtest du?«

»Welche ... Seite ...?« Ich starrte auf die eine große Decke und das eine Kissen. Ein Set. Für uns beide.

Zwar war die blaue Bettwäsche mit den hellen Rauten und den goldenen Punkten geschmackvoll, aber fuck, nur eine Decke! *Super, Jo, ganz toll. Hättest du bloß auf die Couch bestanden!* Jetzt musste ich da irgendwie durch, und ein Rückzieher kam nicht mehr in Frage.

»Dann schlafe ich links und du rechts«, entschied Suvi meine Gedanken unterbrechend. »Ich gehe kurz ins Bad.«

Damit ließ sie mich verdattert zurück und ich sank auf die Bettkante.

Ich war ihr bester Freund. Ich wollte sie beschützen, für sie da sein. Aber verdammt, ich wollte sie auch küssen. Sie berühren. Und das schon seit so vielen Jahren.

Suvi

Wenn noch irgendwer einen Beweis gebraucht hatte, dass ich verrückt war – bitte schön. Jo quasi in mein Bett zu zerren, gehörte – neben der Idee, mir eine Erbse in die Nase zu stecken, als ich drei war – zu den bescheuertsten Dingen, auf die ich je gekommen war. Wir hatten das wirklich schon viele Male gemacht. Als Kinder und später als Teenager. In Jos Zimmer. Im Haus seiner Eltern. Völlig harmlos, mit den Händen über der Bettdecke. Wobei harmlos diese Tatsache nicht richtig beschrieb. Denn je älter ich wurde, desto größer war die Sehnsucht geworden, dass mehr passierte. Aber ich hatte nur dagelegen, Jos gleichmäßigem Atem gelauscht und aufgepasst, ihn nicht zufällig zu berühren oder mich im Schlaf auf ihn zu werfen. Und heute? Scheiße, konnte ich eventuell doch noch schnell auswandern?

Ich wusch mir das Gesicht und putzte die Zähne besonders gründlich. Mein Unterbewusstsein versuchte Zeit zu schinden, schon klar. Allerdings half das auch nicht. Zumindest, wenn ich nicht doch auf dem Sofa schlief. Schnell schlüpfte ich in eine Schlafhose und ein Top und lief zurück ins Schlafzimmer.

Jo saß mit dem Rücken zu mir auf der Bettkante und hatte den Kopf in die Handflächen gelegt. Als er mich hörte, richtete er sich auf. Unsere Blicke verhakten sich, wie sie es in den letzten beiden Tagen schon so häufig getan hatten, und was sich so anders anfühlte, als bei den hunderten Malen zuvor.

Jos Blick glitt über meinen Körper und schließlich zurück zu meinem Gesicht. Es war eine Ewigkeit her, dass wir uns in weniger als normaler Kleidung gesehen hatten.

»Ich geh dann auch mal ...« Er deutete in Richtung Badezimmer. »Hast du vielleicht eine Zahnbürste für mich? Meine ist unten im Auto. Ich kann sie natürlich auch –«

»Im Hängeschrank links müsste noch eine sein«, unterbrach ich ihn. »Und ein Handtuch ...« Ich eilte zum Schrank und zog eines heraus, das ich ihm reichte.

»Danke. Ich ... bin dann gleich zurück.« Den Frotteestoff unter den Arm geklemmt, verschwand er.

Sobald das Wasser rauschte, flitzte ich ins Wohnzimmer und holte ein weiteres Kissen. Auf dem Rückweg vergewisserte ich mich, dass die Wohnungstür wirklich verschlossen war. Just in dem Moment, als ich unter die Decke schlüpfte, kam Jo zurück ins Zimmer.

Unschlüssig stand er vor dem Bett und sah zu mir hinunter. Eine steile Falte hatte sich auf seiner Stirn gebildet und die Lippen waren zusammengepresst. Für einen Moment schien es, als wolle er etwas sagen. Oder alternativ wieder fluchtartig den Raum verlassen. Stattdessen ging ein Ruck durch seinen Körper, und er öffnete mit fahrigen Bewegungen, den Gürtel seiner Jeans, gefolgt von Knopf und Reißverschluss.

Ich gab mir die größte Mühe, nicht hinzusehen. Ehrlich. Als er mir den Rücken zudrehte, hätte ich am liebsten protestiert, aber mit ziemlicher Sicherheit wäre mir jeder Laut im Halse stecken geblieben. Die Jeans landete auf dem Boden und zum Vorschein kam ein knackiger Hintern. Keine Ahnung, in welchem Alter bei Männern die Schwerkraft einsetzte, und einzelne Körperstellen anfingen zu hängen. Bei Jo hing nichts. Zumindest nicht an der Körperrückseite. Zu gern hätte ich ihn angefeuert, auch das Shirt auszuziehen, aber ich spürte jetzt schon die Hitze in meinen Wangen. Vermutlich wäre mehr nackte Haut nicht gut für mein leibliches Wohl. Er zog die Socken von den Füßen und drehte sich wieder zu mir um.

»Su?« O Gott, diese raue Stimme.

Meine Augen huschten nach oben zu seinem Gesicht. Ich

hatte nur kurz hingesehen. Aus Versehen. Ach, verdammt. Im Gegensatz zu früher war ganz offensichtlich alles an Jo größer geworden. Aber klar, irgendwie musste ja jedes Teil proportional mitwachsen, nicht wahr? Und es war nicht meine Schuld, dass diese enge Retroshorts nichts verbarg. Ich war völlig unschuldig.

Langsam setzte er sich in Bewegung und ohne den Blickkontakt zu unterbrechen, trat er neben das Bett. Ich hörte, wie er etwas murmelte, was wie ein Fluch klang, bevor er sich ebenfalls unter die Decke legte. Ganz ans äußere Ende der Matratze, verstand sich von selbst.

Ich löschte das Licht mit dem Schalter neben dem Kopfteil und lauschte in die Stille. Diese Situation war absurd. Nur eine Armlänge entfernt von mir lag der Mann, den ich schon so viele Jahre aus tiefstem Herzen liebte und nach dem ich mich verzehrte, seit ich wusste, dass es Gefühle dieser Art gab. Mein Magen flatterte nervös und der Puls beschleunigte sich mit jeder Sekunde mehr. Neben Jo auf dem Sofa zu sitzen, war das eine. Den Kopf an seine Schulter zu lehnen. Einen Film mit ihm anzusehen und seine Nähe auf rein freundschaftliche Art zu spüren, war auch okay. Etwas vollkommen anderes war es jedoch, eine Bettdecke mit ihm zu teilen und mit deutlich weniger Kleidung am Körper als sonst, neben ihm zu liegen.

Ich seufzte und drehte mich auf die Seite. Die Umrisse des großen Männerkörpers waren schwach zu erkennen, im spärlichen Licht, das von draußen hereinfiel. Beinahe hatte ich das Gefühl, Jo hielt die Luft an, so still lag er da.

»Danke, dass du dageblieben bist«, flüsterte ich.

»Kein Problem«, kam seine Antwort prompt mit belegter Stimme.

Ein Schauer rieselte über meine Wirbelsäule.

»Jo?«

»Schlaf, Suvi. Es war ein ereignisreicher Tag.«

»Ja, aber ...«

Die Matratze wackelte und senkte sich unter seinem Gewicht, als er sich ebenfalls in meine Richtung drehte.

Jo

Einatmen, ausatmen und von vorn beginnen. Das Mantra war denkbar leicht, die Umsetzung quasi unmöglich. Wer hatte sich diesen Schwachsinn ausgedacht, dass Männer und Frauen nur befreundet sein konnten? Okay, bei Menschen, deren sexuelle Orientierung sich aufs gleiche Geschlecht bezog, war das vielleicht möglich. Aber mal im Ernst, ich hätte schon blind sein müssen, um für Suvis Reize nicht empfänglich zu sein. Das kleine Mädchen hatte sich in eine wunderschöne Frau verwandelt. Mit einer anbetungswürdigen Figur, blauen Augen, die an einen sonnigen Wintermorgen erinnerten, vollen Lippen, die danach schrien, geküsst zu werden, und Haaren, die so himmlisch nach Vanille dufteten, dass ich am liebsten non stop meine Nase darin vergraben würde.

Ihre Umrisse waren im schwachen Licht zu erkennen und ich müsste lediglich die Hand ausstrecken, und sie an der Hüfte zu mir heranziehen. Meinen Kopf ein Stück nach vorn beugen, um endlich herauszufinden, ob ihr Mund so süß schmeckte, wie ich es mir all die Jahre vorgestellt hatte.

»Jo?«, flüsterte Suvi erneut.

»Du sollst schlafen«, knurrte ich.

»Habe ich ja versucht, aber es geht nicht. Ich ...«

»Hast du wieder eine Panikattacke?«, fragte ich alarmiert. Während ich darüber nachdachte, sie zu küssen, lag Suvi womöglich neben mir und kämpfte mit Angstzuständen. Ich war ein Vollidiot.

»Nein, keine Sorge.« Erleichtert atmete ich aus. »Eigentlich wollte ich nur sichergehen, dass du noch lebst. Ich hatte den Eindruck, als würdest du nicht mehr atmen.«

Ein leises Lachen entwich mir. »Was das angeht, kann wiederum ich dich beruhigen. Ich atme und lebe.« Unter erschwerten Bedingungen, aber ja, das tat ich.

Sie seufzte leise.

Ich rollte mich zurück auf den Rücken und streckte einen Arm zur Seite aus. »Komm her, wenn du willst. Vielleicht fällt dir das Einschlafen dann leichter«, sagte ich leise.

Die Matratze bewegte sich und ich nahm wahr, wie Su sich ein wenig aufrichtete. »Bist du sicher?« Langsam rückte sie näher.

Um ihr die Entscheidung abzunehmen, zog ich sie zu mir heran, legte den Arm um sie und bettete ihren Kopf auf meine Brust.

»Ich bin immer für dich da«, sagte ich ruhig, obwohl in meinem Innern der Teufel los war.

»Danke«, flüsterte sie.

»Und jetzt schlaf, Muru. Bitte.«

Sie kuschelte sich an mich und legte die Hand neben ihrem Gesicht auf meinem Brustkorb ab. Ich würde die Drums in meinem Probenraum dafür geben, jetzt das Shirt loszuwerden. Wenigstens für eine kurze Berührung von ihr.

»Gute Nacht, Kimi«, kam leise über ihre Lippen und mein Herz vollführte einen seltsamen Satz. Diesen Spitznamen hatte ich seit mindestens zwanzig Jahren nicht mehr gehört, denn nur Suvi hatte ihn je benutzt. Damals, als wir klein waren. Die anderen Kinder hatten sie ausgelacht. Mich hatte sie damit erobert.

Als Suvis Atemzüge gleichmäßiger wurden, versuchte ich mich zu entspannen und das Gefühl, sie im Arm zu halten, zu genießen. Nur ein paar Stunden und lediglich, um ihr ein bisschen Sicherheit und Ruhe zu geben. Danach würde wieder alles so sein, wie vorher. Ich war das, was ich immer gewesen war – ihr bester Freund. Und ich würde nach Helsinki zu meiner Freundin zurückfahren und ihr endlich diesen Heiratsantrag machen. So war es für alle Beteiligten am besten.

Gerade als ich eindöste, wurde Suvi neben mir unruhig. Immer wieder zuckte ihr Körper und ihre Hand krallte sich in den Stoff meines Shirts. Sanft strich ich ihr über die Haare und drückte einen zarten Kuss auf ihre Stirn. »Scht ...«, flüsterte ich an ihre Haut. »Es ist alles gut. Ich bin hier. Beruhig dich, Su.«

Sie murmelte etwas, das ich nicht verstand. Dann entspannte sich ihr Körper, sie schlang den Arm um meine Mitte, schob ein Bein über meins und atmete wieder gleichmäßig und ruhig.

Es dauerte ewig, bis auch ich mich erneut unter Kontrolle hatte, und das Gefühl ihrer Berührungen und ihrer Nähe keine Schweißausbrüche und Herzaussetzer mehr verursachten.

Mit der Nase in Suvis Haaren schlief ich irgendwann ein und träumte wirres Zeug.

Als ich am nächsten Morgen die Augen öffnete, fiel Licht ins Schlafzimmer und das Bett neben mir war leer. Was einerseits bedauerlich war, ließ mich andererseits erleichtert aufatmen, denn so kam ich nicht in Verlegenheit Suvi die große Beule in meinen Shorts zu erklären. Verdammt.

Nie hätte ich für möglich gehalten, derart starke körperliche Reaktionen auf sie zu zeigen. Ich dachte, mich besser unter Kontrolle zu haben.

Die Schlafzimmertür war nur angelehnt und ich hörte leises

Geschirrklappern. Ich sollte aufstehen und mich nützlich machen. Brötchen holen zum Beispiel und den Kopf in den eiskalten Jyväsjärvi stecken.

Für einen Moment inhalierte ich noch den Duft, den Suvi im Bett hinterlassen hatte, dann rollte ich mich heraus, schnappte mir meine Kleidungsstücke und lief ins Bad.

Stellvertretend für den eisigen See unserer Heimatstadt drehte ich in der Dusche das kalte Wasser auf und stellte mich minutenlang darunter. Kurz bevor ich Gehirnfrost bekam und meine Lippen blau anliefen, beendete ich den Versuch, jegliche Lust einzufrieren. Zum Glück war Eisbaden in unserm Land etwas Übliches und nichts, was mich großartig Überwindung kostete.

Gerade als ich mich abgetrocknet hatte und in meine Jeans gestiegen war, hörte ich die Klingel. Der Beschützerinstinkt war dem Eiswasser offensichtlich nicht zum Opfer gefallen, denn mit noch nassen Haaren und ohne Shirt verließ ich den Raum.

Suvi

Ich war früh aufgewacht – mit Jos Erektion an meinem Hintern – und hatte fluchtartig das Bett verlassen. Weil ich keine Ahnung hatte, wie ich damit umgehen sollte. Es hatte sich gut angefühlt und meine Lust geweckt, aber ich hatte mich gefragt, ob er womöglich Miriam erwartete, wenn er die Augen aufschlug und es dann peinlich werden würde. Für uns beide. Eine Nacht in seinem Arm zu schlafen, war vermutlich schon mehr, als ich mir erhoffen durfte. Schließlich war Jo liiert und wäre ich seine Partnerin, würde ich es nicht gut finden, wenn eine andere Frau sich an meinen Freund kuschelte. Gestern Abend hatte ich diesen Gedanken zum Glück verdrängen können und seine Nähe einfach nur genossen.

Das Klingeln an der Tür unterbrach meine Frühstücksvorbereitungen. Gebratener Speck wartete in der Pfanne und das Rührei war ebenfalls fertig. Der Duft mischte sich mit dem nach Kaffee, den ich extra für Jo gemacht hatte, denn ich trank fast immer Tee. Ich freute mich auf ein gemeinsames Frühstück mit ihm, das hatte es schon viel zu lange nicht mehr gegeben.

Ich erstarrte als ich durch den Türspion sah. Für einen Augenblick überlegte ich, nicht zu reagieren. Allerdings hatte man das Klappern des Geschirrs garantiert bis zur Tür gehört. Ganz langsam öffnete ich.

»Hallo, Suvi.«

Mit einer Menge hätte ich gerechnet. Mit diesem Besucher definitiv nicht.

»Papa ...«, krächzte ich.» Was willst du denn hier?«

»Ist das die richtige Begrüßung für seinen Vater?«, missbilligend verzog er den Mund. »Lass dich mal anschauen, mein Mädchen.« Er trat einen Schritt näher und stand schon im Türrahmen. Am liebsten wollte ich ihm entgegenschleudern, dass ich mit über dreißig kein Mädchen mehr war. Und *sein Mädchen* war ich erst recht nicht. Das hatte er vor so vielen Jahren verbockt, als er mich mir selbst überlassen hatte.

Der Geruch nach abgestandenem Alkohol drang mir in die Nase und jetzt fiel mir auch der glasige Blick auf, mit dem er mich musterte. Seine übertriebene Freundlichkeit sollte wohl darüber hinwegtäuschen, dass sich rein gar nichts geändert hatte.

»Herr Kalttonen«, vernahm ich Jos dunkle Stimme in meinem Rücken und ein Schauer lief über meine Wirbelsäule. Ich hatte nie Angst vor Jo, aber allein die beiden Worte klangen bedrohlich genug, sodass selbst ich reflexartig den Kopf einzog bei dem scharfen Ton. Ein schneller Blick über meine Schulter offenbarte mir, dass Jo kein Shirt trug und die Haare nass waren vom Duschen. Nur zu gern hätte ich all die Tattoos bewundert, wenn die Situation eine andere gewesen wäre.

Mein Vater sah über mich hinweg und verengte die Augen. »Wer ist denn der?«, fragte er, als wäre Jo gar nicht da. Dann murmelte er etwas, das wie »*Davon war nicht die Rede*« klang. Verwirrt und aufgewühlt biss ich mir auf die Innenseite meiner Wange.

Ich spürte Jos Hand an meiner Taille. Fest, beschützend zog er mich zurück gegen seinen Körper.

»Ich bin ihr Freund, auch wenn Sie das nichts angeht. Können wir Ihnen helfen?«, übernahm Jo die Konversation.

»Ich will mit meiner Tochter allein sprechen.« Täuschte ich mich oder lallte er sogar ein wenig. Himmel, es war neun Uhr morgens.

»Das wird nicht passieren«, hörte ich Jo erneut und sein Griff an meiner Seite verstärkte sich. »Sagen Sie, was Sie zu sagen haben und dann gehen Sie.«

»Ganz schön herrisch dein *Freund*«, blaffte mein Vater. »Aber euch Weibern kommt man anders ja auch nicht bei. Hätte ich bei deiner Mutter besser genauso gemacht.«

Ich zuckte zusammen bei der Bitterkeit, die in seiner Stimme lag.

»Wie geht es ihr?«, fragte ich leise.

»Wie soll es ihr schon gehen? Gut, nehme ich an. Sie spricht ja nicht sonderlich viel.«

»Wir sollten dann so langsam mal zum Punkt kommen«, mischte sich Jo wieder ein. »Warum sind Sie hier? Soweit ich weiß, ist das in den letzten Jahren noch kein einziges Mal vorgekommen. Warum also heute?«

Der Schreck fuhr mir in die Glieder, als ein paar Steinchen sich in meinem Kopf zusammensetzten. Jo dachte doch nicht etwa, dass zwischen den Vorkommnissen gestern und meinem Vater ein Zusammenhang bestand?

»Ich will meine Tochter besuchen. Willst du mich davon abhalten?« Provozierend richtete er sich vor uns auf und sah Jo grimmig an, der sich erst neben und dann vor mich schob, als wolle er mich abschirmen.

»Um ehrlich zu sein, ja. Ich kann mich nicht daran erinnern, dass Sie im Leben ihrer Tochter jemals etwas Positives bewirkt haben. Und ich werde das Gefühl nicht los, dass das heute nicht anders ist.«

»Was wissen Sie schon?« Mein Vater drückte mit beiden Händen gegen Jos Brust, der sich aber nicht einmal einen Millimeter bewegte. »Nichts weiß er, gar nichts«, murmelte er dann wieder vor sich hin, was keinen richtigen Sinn ergab.

»Ich weiß, dass meine Familie sich um Su gekümmert hat, als sie ein Kind war, weil Sie nicht dazu in der Lage waren. Dass ich sie beschützt habe vor den anderen Kindern, die gemein zu ihr waren. Dass meine Mutter für sie gekocht hat, damit sie wenigstens ab und zu eine warme Mahlzeit im Magen hatte. Meine Oma hat Suvi im Winter dicke Socken gestrickt, damit sie nicht fror, und von mir bekam sie Geschenke zu Weihnachten und zum Geburtstag. Reicht Ihnen das? Oder soll ich noch all die anderen Dinge aufzählen, in denen Sie versagt haben?«

Tränen füllten meine Augen und Schmerz schnürte mir die Kehle zu. Jo hatte recht und doch tat es höllisch weh, all diese Fakten laut ausgesprochen zu hören. Nur dank ihm und seiner Familie war meine Kindheit zumindest ab und an schön gewesen, und ich hatte all die Demütigung und die Traurigkeit leichter ertragen können.

»Wenn das dann alles war, dann können wir dieses Treffen jetzt beenden, oder?«, fügte er hinzu.

»Suvi!«, wurde die Stimme meines Vaters schrill. »Du musst mich reinlassen. Du musst ... mir zuhören, mir helfen.«

Vorsichtig schob ich mich wieder an Jo vorbei, auch wenn seine Anspannung greifbar war. Seine Hände zu Fäusten geballt, schienen die Muskeln in seinen Armen zum Zerreißen gespannt.

Jo

Seit ich gesehen hatte, wer vor Suvis Wohnungstür aufgetaucht war, hatte ich ein verdammt ungutes Gefühl im Magen. Dass ihr Vater ausgerechnet heute auftauchte, war für mich kein Zufall. Dass ich nichts von ihm hielt kein Geheimnis. Er hatte seine Tochter sich selbst überlassen, als sie ihn gebraucht hatte. Alkohol und Selbstmitleid waren ihm wichtiger gewesen, als sein Mädchen aufwachsen zu sehen, und ihr in den entscheidenden Momenten eine helfende Hand zu reichen. Dafür verachtete ich ihn. Und weil er nicht den blassesten Schimmer zu haben schien, welch riesiges Glück er hatte, dass ihm ein Kind geschenkt worden war. Dieses Privileg mit Füßen zu treten, ließ Wut in mir brodeln. Über seine Einschüchterungsversuche konnte ich ehrlicherweise nur müde lächeln. Ich roch bereits aus der Entfernung, dass er getrunken hatte. Vermutlich würde ein leichter Schubs reichen, um ihn von den Füßen zu holen.

Suvi schob sich wieder an mir vorbei und am liebsten hätte ich sie gepackt und in die Küche verfrachtet, bis dieser *Typ* verschwunden war. Hellseherische Fähigkeiten waren nicht nötig, um zu wissen, dass dieses Treffen alte Wunden aufriss. Diese Frau war ihr Leben lang tapfer gewesen. Stärker, als jeder andere, den ich kannte. Aber sie hatte nicht ohne Grund den Kontakt zu ihren Eltern auf ein Minimum beschränkt. Um sich zu schützen, und um ihrer Seele Frieden zu geben.

»Schon okay, Jo.« Ihre Hand landete auf meinem nackten Oberarm und augenblicklich war diese Stelle wie elektrisiert.

»Ich bewege mich keinen Millimeter«, knurrte ich und bekam dafür ein sanftes Lächeln.

»Du tauchst wirklich hier auf und bittest mich um Hilfe? Wobei?« Erwartungsvoll sah sie ihren Vater an und verschränkte die Arme vor der Brust.

»Lass mich rein und ich erklär dir alles«, bettelte er und plötzlich war der Ausdruck in seinen Augen ehrlich flehend.

»Also schön.« Suvi trat einen Schritt zur Seite und sah mich bittend an. Meine Kiefer mahlten schmerzhaft aufeinander. Es gefiel mir nicht, dass er diese Wohnung betrat. Auf keinen Fall würde ich ihn nur eine Sekunde aus den Augen lassen.

Im Wohnzimmer angekommen, lehnte ich mich gegen die Fensterbank und nahm zur Kenntnis, dass Suvis Vater sich umsah.

Suvi knetete nervös ihre Hände. Ihr Unbehagen war spürbar.

»Schön hast du es hier.« Anerkennend nickte er.

»Können wir zum Punkt kommen?«, drängte ich und erntete einen feindseligen Blick, der mich kalt ließ.

»Also«, begann er. »Ich brauche deine Hilfe, Suvi.«

»Über welche Art Hilfe sprechen wir hier?«, mischte wiederum ich mich ein. Ich benahm mich übergriffig, das war mir bewusst. Aber ich hatte verdammt große Angst, dass er Suvi und ihr übergroßes Herz einlullen würde.

»Ich stecke ein wenig in Schwierigkeiten, weißt du«, redete er weiterhin ausschließlich mit seiner Tochter.

»Finanzieller Art?«, warf ich abermals ein. Er war kurz davor aufzuspringen und mir an den Kragen zu gehen, das merkte ich.

»Da sind diese Männer. Sie drohen mir. Und deiner Mutter. Sie ...«

Suvi schnappte nach Luft und riss die Augen auf.

»Schulden Sie diesen Männern Geld? Bedrohen die Sie deshalb?« Es würde so ziemlich alles erklären. Den Anschlag gestern, genauso wie sein Auftauchen heute.

Suvis Vater sprang auf und schwankte leicht. »Es war totsicher. Ich hätte gewinnen müssen. Sie haben mich reingelegt. Und jetzt ...«

»Du hast Geld verspielt und kommst hierher? Ist das dein Ernst?«, flüsterte Su erstickt.

»Du bekommst es doch zurück. Beim nächsten Mal gewinne ich. Dann bekommst du sogar das Doppelte. Ich schwöre es dir.«

Suvi stand ebenfalls auf, schlang die Arme um den Körper und bewegte sich in meine Richtung. Ein warmes Gefühl erfasste mich, trotz dieser abgefuckten Situation. Weil sie meine Nähe suchte und ich ihr Sicherheit gab.

»Hast du diesen Leuten von mir erzählt? Wissen die von meinem Laden?«

Sein Schweigen war Antwort genug.

»Scheiße, hast du eine Ahnung, was du getan hast?«, schrie Suvi ihn plötzlich an. »Dieser Laden ist meine Existenz! Was hast du denen gesagt?« Ihre Stimme überschlug sich. »Los, rede schon!«

Wenn ich ihren Vater nicht so verabscheuen würde, könnte er einem beinahe leidtun. Er hatte ein ernsthaftes Problem. Und damit meinte ich nicht nur seine Alkoholsucht.

»Ich brauchte eine Sicherheit. Sonst hätte ich nicht mehr mitspielen dürfen.«

»Und dann hast du gedacht, du erzählst ihnen von deiner Tochter und ihrem Buchladen? Was bist du nur für ein Mensch?« Sie schluchzte auf und sofort zog ich sie in meine Arme.

»Scht, wir bekommen das hin«, raunte ich in ihr Ohr, spürte ihr Zittern und hielt sie noch fester. »Muru, schau mich an, okay?«, bat ich sie und sie folgte meiner Aufforderung. Der Sturm in ihrem Blick brachte mich fast um. »Geh und hol das Telefon, in Ordnung? Und dann rufst du den Kommissar von gestern an und bittest ihn, herzukommen.« Sie zögerte. »Su, Baby, das ist die einzige Möglichkeit und das weißt du«, fügte ich mit gesenkter Stimme hinzu und war erleichtert, als sie nickte und sich aus meinem Arm löste.

»Was wird das?« Herr Kalttonen wurde panisch. »Suvi?«

Ich stellte mich in den Türrahmen. Auch wenn dieser Mann morgens um neun Uhr betrunken wirkte, er besaß eindeutig einen eisernen Überlebenswillen, ansonsten wäre er nicht hier. Und wenn er merkte, dass die Polizei auf dem Weg war, traute ich ihm ohne Frage zu, dass er versuchte abzuhauen. Oder Schlimmeres.

Suvi

Es dauerte nur zehn Minuten, bis die Polizei eintraf. In der Zwischenzeit hatte mein Vater gezetert und geheult und ich war Jo wirklich dankbar, dass er ihn in Schach hielt. Noch immer fasste ich nicht, was ich eben erfahren hatte. Mein Vater hatte sich mit einer Glücksspiel-Mafia angelegt und mich mit hineingezogen. Den Buchladen als Sicherheit angegeben. Das konnte er doch nicht tun. Ständig murmelte er komisches Zeug, dass er nichts dafür konnte und dass er das nicht gewollt hatte, dass er keine Wahl hatte. Ich verstand nicht, was er damit meinte.

»Frau Kalttonen, wir nehmen ihren Vater erstmal mit aufs Revier. Wir brauchen genauere Informationen. Es war richtig, dass Sie uns sofort informiert haben, das wissen Sie, oder?« Ich nickte. »Auch, wenn es sich im ersten Moment wie ein Verrat anfühlt, Sie schützen sich damit. Und ihren Vater auch.«

Jo trat hinter mich, mittlerweile war er vollständig bekleidet, was ein Teil in mir bedauerte – trotz der Umstände, in denen wir uns befanden. Er legte erneut seine Hand an meine Taille.

»Gut, dass Sie hier waren«, wandte der Polizist sich an ihn. »Man weiß nie, wozu Menschen in einer scheinbar ausweglosen Situation fähig sind. Können Sie noch eine Weile bei Frau Kalttonen bleiben? Es ist nicht auszuschließen, dass diese Leute, denen ihr Vater Geld schuldet, nochmal hier auftauchen. Sie wissen ja ganz offensichtlich, wo sie ein Druckmittel finden.«

»Wäre es okay, wenn ich Frau Kalttonen für ein paar Tage mit zu mir nach Helsinki nehme?«

Überrascht sah ich Jo an und wollte protestieren.

»Ja, natürlich.« Der Polizist nickte. »Den Laden sollten Sie jetzt ohnehin zulassen, bis wir die Sache geklärt haben. Halten Sie sich nur zu unserer Verfügung, falls wir noch Fragen haben.«

»Was ... was ist mit meiner Mutter«, flüsterte ich. »Er hat gesagt, sie ist auch in Gefahr und sie ... sie ist ...« Meine Stimme versagte.

»Stehen Sie in Kontakt mit ihrer Mutter?«

Ich schüttelte den Kopf. »In den letzten Monaten nicht.«

»Wir kümmern uns auch darum. Machen Sie sich keine Sorgen, in Ordnung?«

Erleichtert atmete ich aus. Meine Mutter hatte mich zwar mein gesamtes Leben lang im Stich gelassen, aber ich wünschte ihr nichts Schlechtes.

Als die Tür wenig später hinter den Polizisten und meinem Vater ins Schloss fiel, fühlte ich mich schwindelig und völlig ausgelaugt. Es war zehn Uhr am Morgen und am liebsten wäre ich gleich wieder ins Bett gegangen und hätte mir die Decke über den Kopf gezogen. Langsam drehte ich mich zu Jo um. Er hatte kein Wort gesprochen, und doch wusste ich, dass er direkt hinter mir stand.

»Komm her«, war alles, was er sagte. Er breitete seine Arme aus und ich flog förmlich an seine Brust, vergrub meine Nase in seinem Shirt und weinte hemmungslos.

Vor einer Ewigkeit hatte ich mir geschworen, mich nie wieder so klein und hilflos zu fühlen, wie in der Kindheit. Niemand sollte erneut diese Art Macht über mich haben wie damals. Und dann tauchte mein Vater hier auf und von null auf hundert kam ich mir vollkommen winzig vor und einer Situation ausgeliefert, die ich mir nicht mal in den kühnsten Träumen so hätte vorstellen können. Verdammt!

Zwei Finger schoben sich unter mein Kinn und Jo hob es an, um mir in die Augen zu sehen. »Du machst dir doch keine Vorwürfe, oder?« Eindringlich musterte er mich. »Er hat dich in Gefahr gebracht, Suvi. Schon wieder. Und am liebsten hätte ich ihm dafür ordentlich wehgetan, das kannst du mir glauben.«

»Ich weiß. Es ist nur ...«

Jos Hand legte sich an meine Wange und mit dem Daumen wischte er die Tränen fort.

»Sie sind meine Eltern. Und trotz allem mache ich mir Sorgen.«

»Das ist wahrscheinlich normal. Aber sie sind alt genug, um für sich allein zu sorgen. Dein Vater muss für das, was er getan hat, selbst eine Lösung finden. Dich da hineinzuziehen, ist das Allerletzte.«

Sein großer Körper verspannte sich.

»Und meine Mutter? Sie hat dem doch gar nichts entgegenzusetzen. Was, wenn sie ihr etwas tun?«

»Die Polizei kümmert sich darum, du hast den Kommissar eben gehört. Vielleicht ist das endlich der Zeitpunkt, an dem sich auch für sie etwas ändert.«

Ich kaute auf meiner Unterlippe. »Ich kann trotzdem nicht mit dir nach Helsinki kommen, Jo.«

»Bitte?« Entgeistert sah er mich an.

»Es geht einfach nicht. Bitte versteh das.«

Heftig schüttelte er den Kopf. »Tue ich nicht. Nicht mal ein bisschen. Du kannst nicht hierbleiben, Su. Das ist viel zu gefährlich.«

»Ja, damit hast du vielleicht recht, aber ich kann trotzdem nicht.«

»Nenn mir einen plausiblen Grund dagegen und ich überleg es mir eventuell nochmal. Obwohl ... nein, eigentlich gibt es da nichts zu diskutieren.«

»Seit wann bist du so *bossy*?« Verwirrt musterte ich ihn und seine entschlossene Miene.

»Seit jemand meine Familie bedroht«, antwortete er knapp. »Bei den Menschen, die ich liebe, verstehe ich keinen Spaß.«

Okay, Suvi, nicht zu viel hineininterpretieren, mahnte ich mich und versuchte, meine Atmung unter Kontrolle zu halten. Was ein einziges Wort auslösen konnte, war doch verrückt. Er hatte das auf die Familie bezogen. Mehr ganz sicher nicht.

»Also erstens«, versuchte ich es sachlich. »Es würde mir so vorkommen, als ob ich davonliefe, mich einschüchtern ließe. So wie damals. Das will ich nicht mehr, Jo.«

»Und zweitens?«

Tja, zweitens. Wie machte ich ihm klar, dass ich seine Freundin – *Bald-Verlobte* – nicht leiden konnte und das ziemlich offensichtlich auf Gegenseitigkeit beruhte. Dass wir beide unter einem Dach keinesfalls eine gute Idee waren.

Bevor ich etwas sagte, kam er mir zuvor. »Weißt du, Su, ich verstehe dich. Du willst für dich einstehen. Das ist toll. Aber ich bitte dich, tue es für mich. Denn ich kann keine Nacht mehr ruhig schlafen, wenn ich Angst haben muss, dass das nächste Mal die Schaufensterscheibe nicht genug sein wird. Und um deinem zweitens gleich den Wind aus den Segeln zu nehmen, Miriam ist auf Geschäftsreise. Mal ganz abgesehen davon wohnt sich nicht bei mir.«

»Tut sie nicht?« Okay, ich war ehrlich überrascht. Ich hätte zumindest erwartet, dass sie die meiste Zeit gemeinsam verbrachten.

»Nein, sie besteht auf ihre eigene Wohnung und ist nur sporadisch bei mir.«

Ich legte den Kopf schief. »Sie wird trotzdem nicht begeistert sein.«

»Lass das meine Sorge sein. Sind wir uns dann einig?«

Meine Abwehr fiel in sich zusammen. Die Vorstellung, allein in dieser Wohnung zu sein, nach allem, was in den letzten vierundzwanzig Stunden geschehen war, ängstigte mich mehr, als ich zugab. Natürlich hätte ich Finja fragen können, ob ich bei ihr auf dem Sofa schlafen konnte. Oder bei Hanna ein Pensionszimmer mieten. Aber der Gedanke, Zeit mit Jo zu verbringen, war verlockender, als gut für mich war. Und die Gewissheit, dass er mich beschützen würde, ebenfalls.

Kopfmensch

Jo

Unter keinen Umständen würde ich zulassen, dass Suvi in dieser Wohnung blieb. Sie war hier nicht sicher. Ende der Diskussion. Das mochte *bossy* sein, wie sie es genannt hatte, aber mal ehrlich ... Welcher normaldenkende Mann ließ eine Frau, für die er derart viel empfand, zurück? Für die er mehr empfand, als gut für ihn war.

Komm klar, Jo!, schalt ich mich selbst. Aber es änderte nichts.

Suvi seufzte und rollte mit den Augen. Damit konnte ich leben, wenn sie endlich »*Ja*« sagte.

»Okay. Ich komme mit. Da der Laden ohnehin geschlossen bleibt, kann ich genauso gut ein paar Tage Urlaub machen. Himmel, wie sich das anhört. Als würde ich mal eben auf die Bahamas jetten. Ich habe noch nie Urlaub gemacht. Und frei hatte ich auch schon ewig nicht mehr.«

»Dann wird es Zeit.« Erleichtert sah ich sie an, beobachtete, wie sie sich eine rote Strähne um den Finger wickelte.

»Was riecht hier eigentlich so gut?«, wechselte ich das Thema, bevor ich mich zu etwas hinreißen ließ, was nicht angebracht wäre.

»Unser Frühstück«, Su verzog unglücklich das Gesicht. »Speck und Eier, die jetzt kalt sind.«

»Klingt trotzdem super. Wie wär's damit: Du packst eine Tasche mit deinem Kram und ich mache uns ein Frühstück to go? Wir halten unterwegs an und essen in aller Ruhe?«

»Du verlierst wirklich keine Zeit, oder?«

Ich drehte sie um und schob sie in Richtung Schlafzimmer. »Je eher ich dich hier aus der Gefahrenzone habe, desto besser«, erwiderte ich und lief meinerseits in die Küche, als ich sicher war, dass Suvi packte.

Nur Minuten später stand sie mit ihren Sachen wieder im Türrahmen. Sie wollte mir zwar weismachen, dass sie hier wunderbar allein zurechtkommen würde, aber insgeheim war sie froh, dass sie nicht hierbleiben musste, da war ich sicher.

»Wir können sofort los. Hast du irgendwo eine Kühltasche oder sowas?«

Suvi kramte in einem der Schränke und reichte sie mir.

»Perfekt. Dann mal los.« Ich stapelte alle Dosen mit dem Essen darin und zog den Reißverschluss zu.

Im Flur schlüpfte ich in Jacke und Schuhe, steckte Autoschlüssel und Handy ein und streckte Su meine Hand entgegen. Als sie sie ergriff, gab es womöglich einen weiteren Kurzschluss in meinem Gehirn. Mir schwante bereits jetzt, dass die nächsten Tage mein komplettes Leben auf den Kopf stellen würden.

Suvi

Wir stoppten etwa eine halbe Stunde später, nachdem wir Jyväskylä hinter uns gelassen hatten, auf einem Parkplatz. Jo hatte in der Stadt eine Tüte Brötchen gekauft und hielt mir diese jetzt auffordernd unter die Nase.

»Du musst essen, Suvi«, sagte er energisch, als er mein Zögern bemerkte. »Es wird alles gut werden, du wirst sehen.«

»Mir schlägt Stress halt immer auf den Magen«, jammerte ich. »Und bevor du jetzt sagst, dass ein *Mimimi* niemanden weiterbringt, was stimmt, darf ich das nach den Vorkommnissen in den letzten Stunden.«

Jos Gesichtszüge wurden weich und das Blaugrau seiner Augen klarte ein wenig auf. »Ich kann dich verstehen wirklich. Und von Zeit zu Zeit darf man sich auch mal hängen lassen. Aber essen ist wichtig. Elementar, sozusagen. Und was den Rest betrifft, ich werde dich in den nächsten Tagen schon abgelenkt bekommen.«

Meine Gedanken sollten nicht in diese eine Richtung gehen, aber ich musste mir auf die Zunge beißen, um nicht zu sagen, dass mir etwas ganz Bestimmtes mehr als recht wäre und zu einhundert Prozent wirkungsvoll.

»Morgen Abend gehen wir zum Eishockey«, redete Jo weiter und ich zog die Augenbrauen hoch.

»Tun wir das?«

Er grinste. »Jap. Mein letztes Mal ist schon viel zu lange her und im Stadion ist kein Platz für Probleme und trübe Gedanken. Es wird dir gefallen.«

Nachdenklich tippte ich mir mit dem Zeigefinger gegen die Lippen. Dann nickte ich. »Okay, warum eigentlich nicht. Mein letztes Spiel habe ich mit dir und deinem Vater im Fernsehen angeschaut.«

Der entgeisterte Blick meines besten Freundes sprach Bände. »Das ist Nationalsport in Finnland und du schaust dir nicht mal Spiele bei einer Weltmeisterschaft an?«

»Nope«, schüttelte ich den Kopf.

»Ein Skandal.«

Ein breites Lächeln stahl sich auf mein Gesicht und Jo sah mich zufrieden an.

»Endlich lächelst du wieder. So, und jetzt lass uns was essen. Ich sterbe gleich vor Hunger.«

»Armer Mann.« Ich tätschelte seinen Arm, griff dann jedoch in die Bäckertüte und angelte mir ein Roggenbrötchen heraus.

»Das beste Frühstück seit langem«, nuschelte Jo mit vollem Mund und grinste. Gleich darauf schaufelte er sich eine weitere Gabel Rührei auf sein Brötchen und biss hinein.

»Sagt der Mann, der normalerweise Lachs und Kaviar frühstückt.«

»Vorurteile aus deinem Mund?« Tadelnd schüttelte er den Kopf.

»Ist das so?«

»Natürlich. Normalerweise esse ich eine Schüssel Müsli.«

Wir sahen uns an und lachten. Gott, es tat so gut, wieder herzhaft zu lachen.

Bevor wir unsere Fahrt fortsetzten, verputzten wir auch noch jeder ein Korvapuusti, das herrlich nach Zimt schmeckte und mit dicken Zuckerstücken bestreut war. Ich genoss den süßen Geschmack und spürte, wie sich langsam Aufregung in mir breitmachte beim Gedanken daran, die nächsten Tage mit Jo zu verbringen.

Zurück auf der Straße zog die Landschaft an uns vorbei. Das monotone Brummen des Motors und das Geräusch der Reifen auf dem Asphalt lullten mich ein. Ich ließ den Kopf gegen die Scheibe sinken und döste nur wenig später ein.

Als ich wieder zu mir kam, befanden wir uns bereits in Helsinkis Peripherie. Die Bebauung verdichtete sich und immer mehr Ortschaften reihten sich an der Straße entlang. Es nieselte und ich wickelte mich fester in meine Strickjacke.

»Hey.« Lächelnd warf Jo mir einen Seitenblick zu. »Ist dir kalt?«

»Nein, ich bin nur noch nicht ganz wach, schätze ich«, antwortete ich gähnend. Trotzdem drehte er die Heizung ein wenig höher. »Wir sind bald da, oder?«

»Mal sehen, wie lange wir durch die Stadt brauchen. Aber ja, Helsinki haben wir so gut wie erreicht.«

Trotz der Umstände breitete sich endgültig ein aufgeregtes Kribbeln in meinem Innern aus. Es war eine Ewigkeit her, dass ich in der Hauptstadt gewesen war. Der Alltagstrott hatte mich davon abgehalten, auch wenn ich mir oft vorgestellt hatte, wie es wäre, Jo zu besuchen. Erst recht, seit er in sein Haus gezogen war, dass ich bis jetzt nur von Bildern kannte.

»Wow, das ist hübsch.« Staunend sah ich aus dem Fenster, als Jo wenig später vor seinem Domizil zum Stehen kam. »Nicht protzig, aber trotzdem riesig.« Wir standen vor einem wunderschönen Haus, dem man ansah, dass der Architekt sein Handwerk verstand. Massivholz, klare gerade Formen, bodentiefe Fenster – es gefiel mir auf Anhieb.

»Möchtest du es nur von außen bestaunen, oder sollen wir reingehen?«, neckte er mich und ich streckte ihm die Zunge heraus.

»Wir sollten dringend reingehen.«

»Dringend?«

»Ja, ich muss mal.«

Jos Lachen hallte durch den Wagen und ließ meinen Magen kleine Saltos schlagen. Er stieg aus und kam ums Auto herum, um mir die Tür zu öffnen.

»Mylady.« Er verbeugte sich und ließ mir den Vortritt, nachdem er die Haustür mit Hilfe eines Codes geöffnet hatte.

Staunend stand ich im Eingangsbereich und mein Blick schweifte umher. Links von mir führte eine weiße freischwingende Wendeltreppe nach oben. Rechts erstreckte sich eine riesige offene Wohnlandschaft. Wohnzimmer und Essbereich waren nur durch einen eingemauerten Kamin getrennt. Die

Küche schloss sich vermutlich daran an, ich sah sie von hier aus nicht. Der helle Boden ließ alles freundlich und luftig wirken, dunkelgraue Sitzmöbel und ein Couchtisch bildeten einen hübschen Kontrast. Überall in der Decke waren Lichtspots eingelassen. Es wirkte supermodern und doch herrschteh eine gemütliche und häusliche Atmosphäre.

Jo schob mich ein Stück weiter in den Raum hinein und lachte leise. »Fühl dich wie zuhause«, sagte er nah an mein Ohr gebeugt, wobei sein Atem die empfindliche Haut kitzelte. Ein Schauer jagte durch meinen Körper »Die Toilette ist übrigens gleich da vorne.« Damit deutete er auf eine Tür neben der Wendeltreppe, die ich eben gar nicht wahrgenommen hatte. Hastig streifte ich die Schuhe von den Füßen und eilte darauf zu. Ich musste wirklich dringend. Aber ich brauchte auch mal kurz einen Moment zum Durchatmen.

Jo

Ich holte die Taschen aus dem Auto, während Suvi auf der Toilette war und schmiss alles erst einmal nur in den Eingangsbereich. Dann zog ich meine Schuhe aus, hängte die Jacke an die Garderobe und lief weiter in die Küche. Ich nahm ein Glas aus dem Schrank und stellte es auf die Granitarbeitsfläche. Für einen kurzen Moment flackerten die Bilder vor meinem geistigen Auge auf, von dem, was hier passiert war, bevor ich nach Jyväskylä aufgebrochen war. Mit einem Kopfschütteln versuchte ich, sie zu verdrängen. Ich wollte mich nicht daran erinnern und auch nicht an das leere Gefühl, dass ich jedes Mal damit verband.

»Jo?«

»In der Küche.«

»Wo auch immer die ist«, hörte ich Suvi murmeln und schmunzelte.

Mir wurde bewusst, wie verdammt gut es sich anfühlte, sie hier zu haben, und gleichzeitig meldete sich ein schlechtes Gewissen, das so groß war, wie der Dom von Helsinki. Nicht, weil es ein Verbrechen war, seine beste Freundin zu sich nach Hause einzuladen. Erst recht nicht, wenn sie sich in einer Ausnahmesituation befand. Sondern, weil mein Kopf und mein Herz Kämpfe ausfochten, aus denen am Ende auf jeden Fall jemand als Verlierer herausgehen würde.

»Hier verläuft man sich ja«, holte Suvi mich in die Realität zurück. Und die sah so aus, dass wir beide jetzt hier in diesem Haus waren, während meine Freundin in Deutschland versuchte, neue Deals für die Band abzuschließen. »Alles okay bei dir?« Su legte den Kopf schief. »Du guckst, als hättest du etwas im Kühlschrank liegen gelassen, das sich in den letzten Tagen zu einer Lebendkultur entwickelt hat.«

Ich musste lachen. »Nein, nichts dergleichen. Und vermutlich hätte Roosa die ansonsten aufgespürt.«

»Wer?« Ihre Stirn legte sich in Falten. »Deine Geliebte?«

Mein Lachen verstärkte sich. »Du traust mir ja einiges zu«, erwiderte ich belustigt.

»Na ja, was soll ich denken. Ein Frauenname, der nicht der, deiner Freundin ist ...« Sie zog die Augenbrauen hoch.

»Roosa ist meine Haushälterin«, stellte ich richtig. »Ein Luxus, den ich mir leiste, seit ich dieses Haus habe.«

»Oh.« Sie schien tatsächlich überrascht, was mich nicht wunderte. In Ihrer Welt räumte man seinen Mist selbst weg, kochte, ging einkaufen und tat, was eben getan werden musste. In meiner dagegen jagte in den meisten Wochen ein Termin den nächsten, ich war mit der Band unterwegs, spielte Konzerte, stand für Promotiontermine zur Verfügung und lebte praktisch im Studio.

»Möchtest du etwas trinken?«, wechselte ich das Thema.

»Wenn du dafür nicht auch einen Butler rufst?« Sie zog mich auf. Ihre Mundwinkel zuckten und sie biss sich auf die Lippe, um nicht laut loszuprusten.

»Ach, jetzt wo du es sagst.« Ich legte die Hände trichterförmig um den Mund, als wollte ich nach jemandem rufen.

Suvi kam näher und boxte mir gegen den Oberarm. »Ich nehme ein Wasser.«

Erneut griff ich in den Schrank und zog ein Glas heraus. »Ich habe auch Saft und Eistee.« Zur Untermalung öffnete ich die Kühlschranktür.

»Okay, dann einen Eistee. Danke.« Das Lächeln, das Suvi mir schenkte, sorgte für ein seltsames Gefühl in meinem Magen. »Und dann könntest du mir zeigen, wo ich schlafen kann. Ich denke, ich sollte meinen Freundinnen Bescheid geben, was seit gestern passiert ist, und dass ich ein paar Tage hier in Helsinki bin. Vielleicht kann ich mich mit Lilly treffen.«

Ein kleiner eifersüchtiger Gnom in meinem Kopf protestierte prompt, weil er sich weigerte, Suvi zu teilen. Mir war echt nicht zu helfen.

»Klar, das ist doch eine super Idee«, sagte ich stattdessen und als sie ihr leeres Glas abstellte, begleitete ich sie ins obere Stockwerk, um ihr eines der Gästezimmer zu zeigen.

»Dieses Haus ist wunderschön, Jo. Wow.« Suvi drehte sich zu mir herum und sie strahlte über das ganze Gesicht. Mir wurde warm ums Herz und ich merkte, wie viel es mir bedeutete, dass ihr mein Zuhause gefiel.

»Danke. Der Architekt hat es wirklich perfekt umgesetzt.«

»Man meint gar nicht, dass man in der Hauptstadt ist, wenn

man aus dem Fenster sieht. Das ist ja fast wie bei uns in Jyväskylä.«

»Fast.« Ich lächelte. »Aber du hast schon recht. Mir war es wichtig, dass viel Grün drumherum ist. Eine Stadtwohnung, wie Niks wäre irgendwie nichts für mich. Und von hier aus bin ich schnell in der Innenstadt und am Wasser bei meinem Boot, wenn ich Lust habe, damit rauszufahren.«

»Du hast dir das alles ganz genau überlegt, wie mir scheint«, neckte sie mich.

»Ich bin ein Kopfmensch, war ich schon immer.«

»Glaubst du das wirklich?«

Verwirrt sah ich sie an.

»Ich kenne niemanden, der emotionaler ist als du, Kimi. Niemanden, der ein größeres Herz hat und mehr Einfühlungsvermögen besitzt. Du bist alles, aber kein Kopfmensch.« Bei ihrer leidenschaftlichen Ansprache war Suvi erneut ihr alter Spitzname für mich herausgerutscht und ich konnte gar nicht beschreiben, was er in mir auslöste. Vermutlich sollte er mir peinlich sein, weil er so ... niedlich klang, und ein gestandener Mann wollte allerhand sein, aber sicher nicht niedlich. Stattdessen starrte ich Suvi an und hätte sie am liebsten in Grund und Boden geküsst. So viel zum Thema Kopfmensch. Besagten Kopf schaltete ich zum Glück rechtzeitig ein, bevor ich Suvi auf das Bett des Gästezimmers werfen konnte und etwas tat, was ein riesengroßes Chaos auslösen würde. Kopfmensch, sagte ich doch. Gott, war das verwirrend. Den Gedanken, dass Suvi recht behalten könnte und mein Herz den Kampf gewann, der in mir tobte, verbot ich mir.

Suvi

Nachdem Jo mich allein gelassen hatte, rief ich zuerst Finja an. Mit seiner jüngeren Schwester war ich praktisch schon genauso lange befreundet, wie mit ihm. Ab und zu trafen wir uns in Jyväskylä, wenn es ihr Familienleben zuließ. Mit den beiden Kindern hatte sie immer alle Hände voll zu tun und war nicht mehr so spontan, wie früher, als wir kurzentschlossen ins Kino gegangen waren und einen Mädelsabend gemacht hatten. Ich wusste, dass sie das nicht böse meinte oder mit Absicht keine Zeit für mich hatte. Unsere Leben hatten sich einfach total unterschiedlich entwickelt.

Danach rief ich Hanna an, die leider im Stress war, weil ihre Pension seit der Neueröffnung und den positiven Zeitungsartikeln endlich wieder brummte. Und dann war da ja auch noch Nik, mit dem sie nach so vielen Jahren ihr Happy End bekommen hatte. Ich verstand absolut, dass sie ihre Freizeit mit ihm voll auskostete. Beide Freundinnen reagierten dennoch entsetzt, als sie erfuhren, was passiert war, und stimmten Jos Vorschlag, mich aus der Schusslinie zu bringen, zu.

Auch Lilly empörte sich schon seit Minuten darüber, dass ich es überhaupt in Erwägung gezogen hatte, allein in Jyväskylä zu bleiben. Es tat gut, dass es Menschen gab, die sich sorgten, aber so langsam bekam ich das Gefühl, dass die drei Mädels vor allem befürworteten, dass ich bei Jo war und dass genau *er* jetzt auf mich aufpasste. Hatten sie sich gegen mich verschworen? So fühlte es sich jedenfalls an.

»Habt ihr für heute Abend irgendwas geplant?«, fragte Lilly just in dem Moment. »Ihr wollt sicher allein sein, oder?«

Allein mit Jo zu sein hatte gestern schon zu einem geistigen Totalausfall bei mir geführt, also ...

»Nein, wir haben nichts geplant und müssen definitiv nicht

allein sein.«

»Du klingst ja fast, als wär das die Höchststrafe, mit dem netten, einfühlsamen und liebenswerten Jo allein den Abend zu verbringen.« Meine Freundin lachte. »Hast du Angst, du könntest etwas Unüberlegtes tun?«

»Was da wäre?«

»Ihm die Kleider vom Leib reißen, um all die hinreißenden Muskeln und die darauf befindlichen Tattoos anzuschmachten.«

Im Hintergrund hörte ich Alec protestieren. Ihm schien nicht zu gefallen, wie Lilly über seinen Bandkollegen und Freund sprach. »Da scheint jemand eifersüchtig zu sein. Bist du sicher, dass du nicht heimlich auf Jo stehst?«

Lilly schnaubte. »Alec soll sich mal wieder einkriegen, der bekommt schon genug Streicheleinheiten für sein Ego von mir. Ein paar nette Worte über seinen Kumpel wird er schon verkraften. Und nein, ich stehe definitiv nicht auf deinen Jo.«

»Er ist nicht *mein* Jo«, protestierte ich, merkte aber selbst, wie wenig überzeugend ich klang. »Leider«, rutschte es mir heraus.

»Ha!«, triumphierte Lilly am anderen Ende der Leitung. »Habe ich's doch gewusst. Er ist nicht nur dein bester Freund für dich.« Ich sah sie förmlich vor mir, wie sie die Gänsefüßchen um das Wort nur in die Luft malte.

»Selbst wenn, der Zug ist abgefahren«, erwiderte ich resigniert und seufzte.

»Sagt wer?«

»Das sage ich. Schließlich will er Miriam heiraten.«

»Weil er ganz offensichtlich nicht bei klarem Verstand ist. Oder, weil das irgend so ein Männerding ist, und er sich etwas beweisen muss. Kein normaler Mann heiratet freiwillig eine Frau, die mit ihrer Designerhandtasche spricht.«

»Sie tut was?«

»Wenn ich es dir doch sage. Ich habe es auf der Tour eindeutig gehört. Irgendein zweitausend Euro Teil.«

Ich schluckte. Zweitausend Euro. Dafür arbeitete ich ... verdammt lange.

»Na ja, aber daran siehst du doch, dass sie viel besser zu Jo passt. Warst du schon mal hier in seinem Haus?«

»Nö, aber ich kenne Alecs Haus und schätze, Jo wird nicht weniger in seins investiert haben. Aber mal im Ernst, du kennst Jo seit fast dreißig Jahren und weißt, dass er nicht so oberflächlich ist, dass er eine Frau aufgrund ihres Bankkontos oder nach Äußerlichkeiten aussuchen würde, oder? Keiner der Jungs tut das. Schau dir Alec und Nik an.«

»Ich weiß. Aber du musst zugeben, dass Miriam und Jo auf den ersten Blick ein besseres Paar abgeben, als wir es täten. Ich, mit all meinen Altlasten und Macken.«

»Und du glaubst, Jo hat keine?«, Lilly schnaubte. »Jeder Mensch hat sein Päckchen zu tragen, Suvi. Jeder hat eine Vergangenheit und Kämpfe auszufechten. Wichtig ist doch nur, dass man bereit ist, einen Weg gemeinsam weiterzugehen. Wenn man sich liebt, dann sind die Macken des anderen nicht so wichtig.«

»Hast du das gehört, Suvi?«, brüllte Alec plötzlich in den Hörer. »Dafür werde ich diese Frau heiraten, ich schwör's dir. Ich liebe dich, Babe.« Okay, das Letzte war definitiv nicht mehr an mich gerichtet. Die beiden waren wirklich süß zusammen und verdienten es, miteinander glücklich zu sein. Ich hörte ein Schmatzen, dann ein Seufzen von Lilly. Anschließend wandte sie sich wieder an mich.

»Sorry, Suvi. Also, wo war ich stehengeblieben?«

»Bei den Macken, die dann nicht mehr so wichtig sind.«

»Ach ja. Hat Jo schon jemals zu dir gesagt, dass ihn irgendetwas an dir stört?«

Einen Augenblick lang überlegte ich. »Nein, nicht dass ich mich erinnere.«

»Siehst du. Er mag dich.«

»Ich weiß, dass er das tut. Aber eben nur freundschaftlich. Er würde meine Macken hassen, wenn er sie jeden Tag ertragen müsste, glaub mir.«

»So ein Quatsch. Jo ist total geduldig und so, wie er dich ansieht, und dich vor allen Dingen beschützen möchte ... Das tut man nicht einfach nur so.«

»Und warum habe ich dann nie etwas von seinen Gefühlen mitbekommen? Wirklich Lilly, da ist nur Freundschaft.«

»Dann zeig ihm, dass er sich irrt. Es ist nicht verkehrt, wenn der Partner auch gleichzeitig bester Freund und Seelenverwandter ist. Du bekommst quasi alles in einem. Liebhaber und Buddy. Leidenschaft und Füße kraulen.«

Ein Lachen entwich mir. »Man merkt, dass du dich mit Werbeslogans auskennst. Aber weißt du auch, wie ich herausfinde, ob da von seiner Seite wirklich mehr Interesse ist? Ich habe keine Lust, mich bis auf die Knochen zu blamieren und unsere Freundschaft zu zerstören.«

»Das wird nicht passieren. Zeig ihm einfach, was er verpasst. Flirte mit anderen Männern, mach dich besonders hübsch, treib ihn einfach ein bisschen in den Wahnsinn.«

Das war der Moment, in dem Alec sich wieder einschaltete und mir die Hitze ins Gesicht stieg. Er hatte das ganze Gespräch mitbekommen. Gott, das war echt peinlich. Und das konnte zu einem Problem für mich werden, wenn er bei seinem Freund nicht die Klappe hielt.

»Lilly!«, rief ich aufgeregt, aber sie lachte nur.

»Keine Sorge, ich bringe Alec zum Schweigen. Er hat gelauscht, weil er mir nicht glauben wollte, dass ich recht habe in Bezug auf euch beide.«

Ich fasste es nicht, dass meine Tarnung der letzten Jahre aufgeflogen war.

Jo

»Hey.« Suvi kam die Treppe herunter und kuschelte sich in einen der Sessel. Der Kamin verströmte eine angenehme Wärme und ich las in einem Buch, um nicht permanent darüber nachzudenken, wie gut es sich anfühlte, Su hier bei mir zu haben. Und wie schlecht sich dieser Gedanke mit meiner Beziehung vertrug, besonders in Kombination mit den Fantasien, die Suvi und mich beim Knutschen auf dem Sofa zeigten.

»Lilly und Alec fragen, ob wir später mit ihnen Essen gehen wollen?« Suvi linste auf den Krimi, den ich immer noch in der Hand hielt.

Ob es auffällig war, wenn ich einen gemütlichen Abend zu zweit vorschlug? Zusammen auf dem Sofa. Vor dem Kamin. Ich könnte Tobi – Koch meines Vertrauens und Inhaber unseres Lieblingsrestaurants – anrufen, dann würde er mir das Essen liefern, wäre nicht das erste Mal.

»Jo?«

»Hm? Ähm ... ja, warum nicht.«

»Prima, dann schreibe ich Lilly schnell eine Nachricht.« Sus strahlendes Gesicht sagte mir, dass es die richtige Entscheidung gewesen war. Sie wollte unter Leute, sich ablenken, Spaß haben. Wer konnte ihr das verdenken?

»Habt ihr eine Uhrzeit ausgemacht?«

»Um neun. Die beiden sind vorher noch *beschäftigt*.« Ihre Wangen färbten sich rot bei diesen Worten und ich wusste sofort, welcher Art Beschäftigung mein Kumpel und seine Freundin nachgingen.

»Beneidenswert«, rutschte es mir heraus und gedanklich schlug ich mir vor die Stirn.

»Du vermisst Miriam sicher. Wann kommt sie eigentlich zurück?« Verdammt Suvis Stimme klang auf einmal seltsam bedrückt.

»Das dauert noch eine Weile. Sie hat einige Termine und besucht dann noch eine alte Freundin. Ich schätze frühestens nächste Woche.« Es sollte mich erschrecken, wie gleichgültig sich das anhörte. »Und was Sex angeht, man kommt schon mal eine ganze Weile ohne aus.« Hä? Was redete ich denn da? Seit wann plauderte ich mit Suvi über meinen Sexbedarf? Und warum war es mir so wichtig, ihr klar zu machen, dass ich das vorhin *nicht* gemeint hatte? Dass ich *nicht* Miriam gemeint hatte? Bei vollem Bewusstsein steuerte ich auf das größte Chaos meines Lebens zu.

»Hast du Lust auf einen Spaziergang?« Erwartungsvoll sah Su mich an. »Nach der langen Fahrt ist ein bisschen frische Luft vielleicht nicht so schlecht. Und mein letztes Mal Helsinki ist schon ewig her.«

»Frische Luft klingt gut.« Die würde dann eventuell auch mein Hirn etwas durchpusten. Die Hoffnung starb ja bekanntlich zuletzt. »Willst du ans Meer?«

Sie nickte heftig und ich grinste. Schon als Kind hatte Suvi immer von der Ostsee geträumt. Und von den Nordlichtern. Zu gut erinnerte ich mich daran, wie wir nebeneinander im Gras gelegen und in den Himmel geschaut hatten. Suvi hatte sich Geschichten ausgedacht, die entweder am Wasser oder oberhalb des Polarkreises spielten.

»Du bist also immer noch ein *Meermädchen*, was?«

Ihrem verträumten Gesichtsausdruck nach war dem so. Zu gern hätte ich gewusst, ob sie auch an damals dachte.

Als wir am Ufer entlang spazierten, blies uns der eisige Wind um die Nasen. Manchmal hatten wir Finnen Glück und der späte Herbst brachte noch ein paar schöne Tage mit sich. Aber gerade fühlte sich die Kälte, die über die See kam, eher nach Winter an. Hier zu leben, gewöhnte einen dran, dass es die meiste Zeit des Jahres ungemütlich war und man dann am besten vor dem Kamin oder in der Sauna aufgehoben war.

Suvi zog ihren Mantelkragen hoch und enger zusammen. Ihr Atem bildete kleine Wolken vor ihrem Gesicht und ihre Wangen waren gerötet. In ihren Augen lag ein aufgeregtes Leuchten.

»Gott, ich wusste nicht, dass ich das Meer so vermisst habe«, seufzte sie. »Das Rauschen, die Weite, die salzige Luft ...« Ein paar Mal schnellte ihre Zunge hervor und leckte über ihre Lippen.

Mit ausgestreckten Armen drehte sie sich einige Male im Kreis, schloss die Augen und legte den Kopf in den Nacken.

Ein Anblick, der mir unter die Haut ging. Um nicht in Verlegenheit zu kommen, meine Hände nach ihr auszustrecken, sie hochzuheben und herumzuwirbeln, vergrub ich diese tiefer in meinen Jackentaschen.

»Es ist wundervoll. Ich kann verstehen, warum du hiergeblieben bist und nur noch selten zurück in die Heimat kommst.« Suvi sah mich an. »Mit dem Meer vor der Haustür würde ich vermutlich auch nicht mehr wegwollen.«

»Wir haben viel gearbeitet in den letzten Jahren.« Ich zuckte mit den Achseln. Dass es für mein Wegbleiben noch einen anderen Grund gab, behielt ich für mich.

»Ich weiß, Jo. Du musst dich nicht rechtfertigen, so habe ich das nicht gemeint.«

»Schon gut. Ich weiß, dass ich mich häufiger hätte blicken lassen sollen, als ich es getan habe.«

Meine beste Freundin musterte mich eindringlich, aber sie sagte nichts dazu.

Suvi

»Hallo, Ihr zwei.« Lilly strahlte uns an, als wir abends an den reservierten Tisch traten. Das Restaurant gehörte einem Freund von Jo und Alec und bis jetzt hatte ich alle nur davon schwärmen hören. Ich freute mich darauf, gleich selbst in den Genuss zu kommen, denn um ehrlich zu sein, hatte ich einen riesen Hunger.

»Hey.« Ich umarmte zuerst Lilly und dann Alec, der mir einen Kuss auf die Wange drückte. Die beiden Männer klopften sich bei einer Umarmung einmal kräftig auf den Rücken und schoben uns, ganz gentlemanlike, anschließend die Stühle zurecht.

Verlegen lächelte ich.

»Wie geht es dir?«, wollte Alec wissen, nachdem wir unsere Bestellung aufgegeben hatten. »Hast du den Schreck etwas verdaut?«

Ich zuckte mit den Schultern. »Es geht. Ich versuche, nicht zu sehr darüber nachzudenken und abzuwarten, bis die Polizei neue Informationen hat. Damit, dass mein Vater so etwas tun würde, hatte ich nicht gerechnet, um ehrlich zu sein.«

»Wer hätte das schon?«, warf Lilly aufgeregt ein. »Zum Glück bist du bei Jo in Sicherheit. Er wird dich mit seinem Leben beschützen, nicht wahr?« Sie strahlte ihn an.

Jos Stirn legte sich in Falten und sein Mund verzog sich zu

einem schiefen Grinsen. »Natürlich.«

Das Lächeln, das er danach mir schenkte, wärmte mich von innen.

»Und bei euch so?«, wandte er sich an Alec.

»Alles bestens. Wir genießen unsere Zweisamkeit in vollen Zügen.« Er wackelte mit den Augenbrauen und fing sich dafür von Lilly einen Seitenhieb ein. »Aua! Wofür war das denn? Ich habe doch nur gesagt, wie es ist. Und schließlich sind wir hier unter uns.«

»Dein Wort in Gottes Ohr. Denn sollte hinter einer dieser Pflanzen dort vorn ein Reporter lauern und morgen das ganze Land über unser erfülltes Sexleben Bescheid wissen, dann fände ich das nicht so witzig.«

Alec und Jo prusteten gleichermaßen los.

Zum Glück unterbrachen Tobi, der Restaurantbesitzer, und ein Kellner in diesem Moment das Gespräch und servierten unser Essen.

»Lasst es euch schmecken! Ich muss leider zurück in die Küche, aber ich leiste euch später kurz Gesellschaft, dann können wir quatschen«, verabschiedete sich der Mann mit dem blonden Pferdeschwanz gleich wieder.

»Diesen Stern zu bekommen, kostet ihn wirklich Kraft. Er sieht ziemlich abgekämpft aus«, stellte Alec fest und sah ihm nachdenklich hinterher. »Wenn er nicht aufpasst, landet er auf der Nase. Ich weiß, wovon ich spreche.«

Anschließend verfielen wir in einträchtiges Schweigen und machten uns über die herrlich angerichteten Speisen her.

Rote Bete Püree, kandiertes Gemüse und eine Crème, die nach Meerrettich schmeckte. Dazu eine Vinaigrette aus Apfel und einigen Kräutern, von denen ich mindestens die Hälfte nicht kannte, die das Ganze jedoch fantastisch abrundeten. Das Essen war göttlich und um ehrlich zu sein, verstand ich nicht, warum dieses Restaurant bis jetzt den besagten Stern noch nicht hatte. Ich war wirklich niemand, der Luxus brauchte, aber allein diese Vorspeise ließ alle Geschmacksknospen in meinem Mund explodieren. Vermutlich war es Verschwendung, mir diese Herrlichkeiten vorzusetzen, weil ich nicht herausschmeckte, mit welchen Feinheiten all das zubereitet worden war. Aber ich liebte es, und das zählte doch auch, oder?

»Du bist so still, ist alles in Ordnung?«, fragte Jo neben mir leise.

»Mh-hm.« Ich nickte. »Ich genieße.«

»Alles klar, dann will ich nicht stören.« Sein breites Lächeln war aus seinen Worten herauszuhören.

»Ich werde nie wieder etwas essen können«, seufzte ich, als ich das letzte Bisschen meines Desserts verputzt hatte. Lavendeleis auf weißem Pfirsich mit Honigsirup.

»Den Löffel kann man übrigens nicht mitessen«, neckte mich Jo und ich nahm hastig besagtes Besteckteil aus dem Mund, an dem ein Rest der klebrigen Süße zurückgeblieben war.

»So geht es mir jedes Mal, wenn wir hier gegessen haben«, warf Lilly ein. »Glaub mir, morgen hast du deinen Vorsatz wieder vergessen.« Lachend legte sie ihre Serviette auf den Tisch.

»Erzähl ihr sowas nicht«, protestierte Jo. »Dann will sie jeden Tag hier essen und ich bin in ein paar Tagen pleite.«

Lilly verdrehte die Augen.

»Wer hat behauptet, dass du mein Essen bezahlst?« Fragend hob ich eine Augenbraue.

Sein Kopf ruckte zu mir. »Darüber diskutiere ich nicht«, brummte er.

»Aber ich.«

Lillys Kichern unterbrach uns und wir sahen sie an. »Lass es einfach, Suvi. Ich habe das bei Alec auch versucht. Keine Chance. Das hat irgendetwas mit dem männlichen Ego zu tun.«

»Aber, ...« Da gab es einen gewaltigen Unterschied. Die beiden waren ein Paar. »Ich geh aufs Klo«, sagte ich, statt weiter zu diskutieren, und stand auf.

»Warte, ich komme mit!«, hörte ich Lilly hinter mir und gleich darauf hatte meine Freundin mich eingeholt.

Jo

»Nanu, wo sind denn die Ladys hin?« Tobi trat an unseren Tisch.

»Für kleine Mädchen. Der Mythos, dass Frauen immer zu zweit aufs Klo gehen, hält sich hartnäckig, oder?«

Wir lachten alle drei.

»Wie kommt es, dass du heute allein hier bist?« Unser Freund sah mich an und ich runzelte verwirrt die Stirn.

»Bin ich doch gar nicht.«

»Ohne Miriam meinte ich natürlich. Dass du in Begleitung einer anderen Frau im Restaurant gesehen wirst, wird ihr vermutlich nicht gefallen ...« Er ließ den Satz in der Luft hängen.

»So ein Quatsch. Suvi ist meine älteste Freundin. Natürlich kann ich mit ihr essen gehen.«

»Hattet ihr mal was miteinander?« Neugierig musterte er mich.

»Nein!«, reagierte ich heftiger als beabsichtigt. Beschwichtigend hob Tobi die Hände.

»Schon gut. War nur eine Frage. Ich habe nicht viel mitbekommen aber ihr wirkt vertraut miteinander.«

»Wir kennen uns seit fast dreißig Jahren, da bleibt das nicht aus.«

Tobi fuhr sich mit der Hand über seinen blonden Dreitagebart. »Was sagst du dazu, Alec?«

»Ich habe seit Jahren meine ganz eigene Meinung dazu«, antwortete der.

»Ähm Leute, ich bin anwesend. Könntet ihr so freundlich sein und nicht so tun, als wäre ich nicht da.«

»Ja was denn, Jo?«, sprach Alec mich jetzt direkt an. »Du behauptest zwar seit je her, dass Suvi nur eine gute Freundin ist, aber deine Blicke sagen etwas anderes. Als du Interesse an Miriam gezeigt hast, dachte ich, damit hätte sich Suvi erledigt. Aber, ... wenn du dich sehen könntest, sobald sie in deiner Nähe ist.«

»Du hast sie doch nicht alle«, wiegelte ich ab.

»Also, ich muss Alec da recht geben«, mischte sich jetzt Tobi wieder ein. »Die Spannung zwischen euch war sogar in den wenigen Minuten fast greifbar, Alter. Und alles an deiner Haltung und deinen Blicken sagt, dass du mehr sein willst, als nur ein guter Freund.«

Was hatte ich verbrochen, dass ich mich urplötzlich in diesem Kreuzverhör befand? Und was, wenn Suvi und Lilly jetzt von der Toilette zurückkamen? Hektisch sah ich mich um.

»Keine Panik, sie sind noch nicht in Sicht«, beruhigte Alec mich mit einem Grinsen. »Wir haben recht, oder? Du stehst auf sie und das war schon immer so.«

»Und selbst wenn. Es geht nicht.«

»Warum?«

»Darum!«

»Ziemlich lahme Erklärung.«

»Ich will nicht drüber reden. Besser?«

Unzufrieden sah mein Kumpel mich an. »Nicht unbedingt. Zumindest dann nicht, wenn du dabei bist, mit unserer Managerin einen Fehler zu machen. Ganz ehrlich, Jo. Du kennst meine

Meinung zu ihr und dir. Und dazu, dass eine Beziehung aus Vernunftsgründen nicht funktioniert auch. Es ist noch nicht zu spät, etwas zu verändern. Wenn Suvi die Frau für dich ist, dann solltest du schleunigst dafür sorgen, dass sie es erfährt. Denn eins kann ich dir sagen: Ansonsten kommt schneller ein anderer, als du gucken kannst. Und dann sagt er ihr die Worte, die sie eigentlich von dir hören sollte.«

Ich kämpfte gegen den Kloß in meinem Hals an, griff nach dem Wasserglas und nahm einen kräftigen Schluck.

Fuck. Fuck. Fuck.

»Es geht nicht«, presste ich heraus. »Ich bin nicht gut genug für sie.«

»Sagt wer?«

»Ich.«

»Dann muss ich dir leider sagen, dass du eine Vollmacke hast, mein Freund.«

Tobi nickte zustimmend. »Lange nicht mehr so einen Schwachsinn gehört.«

»Was wisst ihr schon.« Grimmig starrte ich von Alec zu Tobi. Sie hatten keine Ahnung. Beide nicht.

»Anscheinend nicht alles«, schlussfolgerte Alec richtig. »Welcher Grund sollte ausreichen, um zu so einem Fazit zu kommen? Du bist ein guter Kerl, der sensibelste von uns, um genau zu sein. Du kannst mit Geld umgehen, wovon du – gelinde gesagt – mehr als genug hast. Deine Familie liebt Suvi. Du warst immer der, von dem ich dachte, dass er als Erster sesshaft wird und eine Familie gründet, weil du es so perfekt vorgelebt bekommen hast. Und wenn mich nicht alles täuscht, passt das alles auch zu Suvis Vorstellungen vom Leben. Korrigier mich, falls ich falschliege. Du kennst sie besser.«

Mein Brustkorb verkrampfte sich und ich bekam kaum mehr

Luft. »Es geht einfach nicht«, presste ich mühsam zwischen den Zähnen hindurch. »Ende.«

Alec starrte perplex und unzufrieden in meine Richtung und setzte zu einer Antwort an, als wir unterbrochen wurden. Gerade noch rechtzeitig, denn ich kannte ihn und seine Hartnäckigkeit. Lange hätte ich seinem Verhör nicht mehr standgehalten. Verdammt. Eigentlich hatte ich vorgehabt den Abend zu genießen, aber dass Alec und Tobi mich mit der Nase schon wieder darauf stießen, warum eine Beziehung zwischen Suvi und mir ein Ding der Unmöglichkeit war, ließ mich innerlich brodeln.

»Hey Jungs, alles okay? Ihr seht aus, als hätte euch jemand ins Getränk gespuckt.« Lilly und Suvi standen lachend neben uns. Mir wurde übel und ich betete, dass sie nichts von diesem unsäglichen Gespräch mitbekommen hatten.

»Können wir zahlen?«, blaffte ich und erhob mich mit einem so starken Ruck, dass die Gläser klirrten. Die verwirrten Gesichter versuchte ich zu ignorieren. Und ganz besonders Suvis besorgtem Blick wich ich aus.

Komplimente

Suvi

Als ich am nächsten Morgen in Jos Gästezimmer aufwachte, starrte ich lange an die Decke und grübelte. Die Nacht war unruhig gewesen und viele offene Fragen hatten mir den Schlaf geraubt. Hunderte Male hatte ich mich hin- und hergewälzt, nachdem wir schweigend vom Restaurant nach Hause gefahren waren und ich nicht mehr als ein: »Schlaf gut, Suvi«, bekommen hatte. Auf der gesamten Rückfahrt hatte ich so flach geatmet wie nur möglich, und mir gewünscht, unsichtbar zu sein, so sehr hatte Jos Ausbruch und der abrupte Abgang mich verunsichert. Alles, was er anschließend ausgestrahlt hatte, war Distanz gewesen. Ein »*Lass mich bloß in Ruhe*« hätte nicht deutlicher sein können. Aber wieso? Wie viel Zeit hatten Lilly und ich auf der Restauranttoilette verbracht? Stunden? Die Stimmung war jedenfalls derart gekippt, dass Jo die Flucht ergriffen hatte, nachdem das Männergespräch offensichtlich aus dem Ruder gelaufen war. Was jedoch nicht die Frage beantwortete, warum Jo nicht mit mir sprach. Ich hatte immer gedacht, dass wir über alles reden konnten.

Ich dachte an meine Panikattacken, von denen Jo auch erst vor zwei Tagen erfahren hatte. Ja, vermutlich gab es Dinge, die man nicht teilte. Durch die man sich schwach oder gar minderwertig fühlte. Verletzlich.

Mein Handy auf dem Nachttisch piepste und ich angelte

danach. Die Nachricht war von Lilly.

»Guten Morgen, Süße. Wie geht es euch? Konntet ihr miteinander sprechen?«

»Guten Morgen. Nein, kein einziges Wort. Jo hat total dicht gemacht.«

»Aus Alec ist auch nichts rauszubekommen. Männer ...«

Einerseits konnte ich ihr nicht widersprechen, andererseits schien Jo einen guten Grund zu haben, sich mir nicht anzuvertrauen. Ich war mir sicher, ansonsten hätte er es getan.

»Ich wünsche dir trotzdem einen schönen Tag«, schrieb Lilly eine weitere Nachricht. »Und denk an meinen Ratschlag. Zeig Jo, dass er nicht der einzige Mann in deinem Leben ist. Manchmal brauchen die Kerle einen Wink mit dem gesamten Gartenzaun ;-)«

Ich schmunzelte und zum ersten Mal zog ich es in Erwägung, ihrem Rat zu folgen. Auch, wenn es mich viel Überwindung kostete, hatte ich das Gefühl, dass endlich etwas passieren musste.

»Euch auch einen schönen Tag ;-*«, antwortete ich, bevor ich das Handy wieder zur Seite legte und mich entschied, aufzustehen. Es war bereits neun Uhr und normalerweise trödelte ich morgens nicht so lange herum. Ich schlüpfte in Leggings und einen Pullover, band mir die Haare zu einem unordentlichen Knoten und verließ das Zimmer in Richtung Küche. Ich hatte Durst und vielleicht ließ sich Jo mit einem Frühstück ein wenig aufmuntern.

Die Füße in dicken Socken tapste ich die Wendeltreppe hinunter und bog gerade in den Küchenbereich ein, als ich wie angewurzelt stehen blieb. Jo stand mit dem Rücken zu mir an der Arbeitsplatte und hatte die Hände darauf abgestützt. Ein Handtuch hing um seinen Hals und der nackte Oberkörper glänzte verschwitzt. Offensichtlich war er schon länger wach und hatte bereits eine Sporteinheit hinter sich. Wenn ich mir seine Muskeln so ansah, nachvollziehbar. Die kamen sicher nicht nur vom Schlagzeugspielen, Faulenzen oder Konsole spielen.

Fasziniert starrte ich auf seinen Rücken und die Tattoos, die er mir präsentierte. Seine Trainingshose hing tief auf seinen Hüften und die Füße waren nackt. Wie gern wäre ich hinter ihn getreten, hätte seine Schulter geküsst und damit der magischen Anziehung nachgegeben. Stattdessen räusperte ich mich.

Jos Kopf ruckte hoch und flog zu mir herum. Er sah mich an, als hätte er völlig vergessen, dass ich auch hier in seinem Haus war.

»Su ...«, sagte er heiser. »Guten Morgen.«

»Guten Morgen.« Ich setzte mich in Bewegung und lief ein paar Schritte auf ihn zu. »Ich wollte mir etwas zu trinken holen.« Mit dem Kinn deutete ich in Richtung Wasserhahn.

»Natürlich.« Jo holte ein Glas aus dem Schrank und hielt es mir hin.

Ich füllte es und sah aus den Augenwinkeln, dass Jo mich beobachtete. Er stand nicht mal eine Armlänge von mir entfernt und lehnte mit der Hüfte an der Arbeitsplatte.

»Geht es dir heute Morgen etwas besser?«, fragte ich vorsichtig, ohne ihn direkt anzusehen, steckte meine Nase tief ins Wasserglas und trank.

»Nach dem Sport geht es mir immer gut«, versuchte er unbekümmert zu klingen. Die seltsamen Schwingungen nahm ich trotzdem wahr. Er würde auch jetzt nicht mit mir sprechen, das war so sicher wie das Amen in der Kirche, stattdessen tat er so, als wäre das gestern Abend nie passiert.

»Was möchtest du heute machen?«, wechselte er prompt das Thema. »Wollen wir etwas unternehmen?«

»Ich dachte, wir gehen zum Eishockey?!«

»Ja, heute Abend. Jetzt ist es ...« Er sah auf die Uhr seines Smartphones. »Es ist erst halb zehn.«

»Hast du keine Termine? Nur weil ich jetzt hier bin, musst du dich nicht die ganze Zeit um mich kümmern. Ich bringe sicher deinen ganzen Ablauf durcheinander.«

Jo zog die Augenbrauen zusammen und steile Falten bildeten sich dazwischen.

»Nach der Tour habe ich erst einmal einige Zeit frei. Ich muss zu einem Termin im Trockendock, weil das Boot für den Winter eingemottet wird, aber danach habe ich den ganzen Tag Zeit.«

»Okay.«

»Okay? Was?«

»Na ja, was soll ich sagen, Jo? Ich will dir nicht zur Last fallen.«

Die Falten wurden steiler. »Worauf hast du Lust?«, überging er meinen Einwand.

»Ich überleg mir was, während du unterwegs bist.«

Damit konnte er offensichtlich leben, denn er verabschiedete sich unter die Dusche. Eine Tatsache, die meinem schwärmenden Ich besonders gut gefiel. Die Vorstellung eines nackten Jos unter dem warmen Wasserstrahl erzeugte ein oskarreifes Kopfkino und ein Kribbeln in meinem gesamten Körper. Und es sorgte dafür, dass mir die Röte in die Wangen stieg. War es hier eben schon so warm gewesen?

Jo

Der Termin in der Werft hatte doch länger gedauert als gedacht, aber jetzt war mein Boot sicher in der Halle untergebracht und wartete darauf, im kommenden Frühjahr wieder ins

Wasser zu dürfen. Ein bisschen Wehmut breitete sich jedes Mal in mir aus, denn mit diesem Akt war es offiziell – der Winter kam. Und ich würde in den nächsten Monaten die Stunden auf dem Meer vermissen. Draußen auf den Wellen die Nase in den Wind zu halten half immer, den Kopf freizubekommen und die vielen Gedanken zu sortieren. So oft es möglich war, nahm ich mir in den Sommermonaten die Zeit und fuhr für eine Weile raus. Oft allein. Manchmal mit Nik oder Alec. Letzterer hatte seit gestern Abend schon mindestens zehn Mal versucht, mich zu erreichen, aber ich hatte jeden seiner Anrufe auf die Mailbox umgeleitet und diese nicht abgehört. Ich schaffte es nicht. Nicht jetzt, wo Suvi bei mir war und ohnehin seit ein paar Tagen das totale Gefühlschaos in meinem Kopf und Herzen wütete. Außerdem ahnte ich, was er mir sagen würde.

Zurück zu Hause trat ich mir als Erstes die Schuhe von den Füßen und hängte die Jacke auf, bevor ich in den Wohnbereich lief. Ich freute mich auf den Tag mit Suvi, auch wenn weitere Zeit mit ihr womöglich noch mehr Verwirrung stiften würde. Mir war klar, dass ich mich feige verhielt. So zu tun, als hätte ich gestern Abend nicht beinahe meinen schlimmsten Albtraum ausgeplaudert, war wenig erwachsen und zeigte nur zu deutlich, dass ich mit diesem Thema auch nach vielen Jahren nicht umgehen konnte. Bisher wusste niemand, was mich so sehr quälte. Nicht mal meine Mutter, die mir normalerweise alles aus der Nase zog. Ich konnte mir ihr enttäuschtes und gleichzeitig mitleidiges Gesicht nur zu deutlich vorstellen, wenn sie es erfahren würde, und darauf wollte ich echt verzichten.

Meine Schritte wurden langsamer, als ich das Wohnzimmer erreichte. Ich schluckte bei dem Anblick, der sich mir bot. Im Kamin brannte ein Feuer und Suvi saß in einem der Sessel, die Füße hatte sie untergeschlagen. In ihre Gedanken vertieft, und die Stirn in Falten gezogen, tippte sie sich immer wieder mit einem Stift gegen die Lippen. Auf ihrem Schoß lag ein aufgeschlagenes Notizbuch. In unregelmäßigen Abständen schrieb sie etwas hinein, bevor sie erneut zu überlegen schien.

Sie hier in meinem Haus zu haben fühlte sich auf eine beängstigende Weise vertraut und gut an. Ein bisschen zu gut. Und ein bisschen zu vertraut. So, als gehöre sie genau in diesen Sessel. So, als wäre es vollkommen richtig und normal, dass sie dort saß und auf mich wartete, wenn ich heimkam.

»Du bist zurück?« Überrascht sah sie auf, als ich ein paar Schritte in den Raum trat.

»Du schreibst?«, stellte ich eine Gegenfrage.

Ein bisschen verlegen lächelte sie und nickte. »Schreiben hilft, damit meine Gedanken ruhiger werden.«

»Das sagt Alec auch immer.« Ich setzte mich ihr gegenüber aufs Sofa. »Darf ich es lesen?«

Sie riss die Augen auf. »Du willst ... lesen, was ich geschrieben habe?«

Ich nickte.

»Warum?«

Verwirrt runzelte ich die Stirn.

»Weil es mich interessiert.«

»Oh. Okay.«

»Wieso überrascht dich das so? Früher haben mich deine Texte doch auch interessiert. Sie waren richtig gut und ich war immer der Meinung, dass du daraus mehr hättest machen sollen.«

»Na ja, früher ...« Sie ließ den Satz unbeendet.

»Es hat sich nichts geändert, Su. Ich halte dich immer noch für wahnsinnig talentiert. Und auch, wenn normalerweise drei Autostunden zwischen uns liegen und wir uns nur noch selten sehen, interessiere ich mich für dich.«

Ihre Wangen verfärbten sich rot.

»Eigentlich hat sich alles geändert«, sagte sie nach einer Pause leise.

»Was meinst du?«

»Unser Leben. Du und ich. Es hat sich alles verändert. Es sind dreizehn Jahre vergangen ...«

»Und? Also, ich kann zwar nur für mich sprechen, aber ich bin noch derselbe, wie damals. Ich habe ein bisschen Tinte unter der Haut, der Bart ist länger ... aber ansonsten ...«

»Glaubst du das wirklich?« Ungläubig sah sie mich an. »Du bist ein gefeierter Rockstar, Jo. Bist gerade von einer Tournee zurückgekommen. Die Frauen schmeißen dir Höschen auf die Bühne. Du hast ein Haus, das ich mir vermutlich nicht mal in meinen Träumen hätte vorstellen können, hast ein Boot, eine Haushälterin ... und ...«

»Und?«

»Und du wirst heiraten. Sag nicht nochmal, dass sich nichts geändert hat.«

Suvi

»Lässt du dich wirklich von all diesen Dingen blenden? Von Materiellem und Erfolg?« Jo wirkte gekränkt. »Seit wann misst du Äußerlichkeiten eine solche Bedeutung bei, Su?«

»Tue ich doch gar nicht. Aber all diese Dinge sind nun mal Fakt.«

»Und all diese Dinge bedeuten automatisch, dass ich jetzt ein oberflächliches Arschloch bin?«

»Das habe ich doch gar nicht gesagt.«

»Aber du hast gesagt, dass sie mich verändert haben. Und es

klang nicht besonders positiv.«

Wir duellierten uns mit Blicken.

»Ja. Nein. Also ... so habe ich das nicht gemeint.«

»Sondern?«

Resigniert seufzte ich. »Du bist kein Arsch, Jo. Du bist der liebenswerteste Mensch, den ich kenne. Und deine äußerlichen Veränderungen waren wirklich zu deinem Vorteil, du bist noch viel attraktiver als damals.« Ich biss mir auf die Zunge und beobachtete, wie er die Augenbrauen hob. »Vergiss das wieder«, sagte ich schnell.

»Auf gar keinen Fall.« Er grinste. »Ich hatte ja keine Ahnung, dass du mich attraktiv findest.«

Stöhnend verdrehte ich die Augen. Was hatte ich getan?

»Das tut vermutlich die halbe finnische Bevölkerung. Also die weibliche«, ruderte ich zurück. »Sieh dich doch an mit deinen Muskeln, deinen Tattoos und deinen durchdringenden Augen. Ist doch klar, dass da alle Höschen feucht werden.« *Okay Suvi, hör auf zu plappern*, mahnte ich mich. Das endete in nichts Gutem.

In Jos Brust rumpelte ein Lachen. Sein Blick allerdings zeigte Erstaunen.

»Ich wollte einfach nur sagen, dass wir beide unsere Leben weitergelebt haben – unabhängig voneinander – und dass wir uns automatisch verändert haben. Niemand bleibt für immer so, wie er mit achtzehn war.«

»Das mag sein. Aber um wieder auf unser eigentliches Thema zurückzukommen. Ich habe in jedem Alter große Stücke auf dich gehalten, heute wie damals, und das werde ich auch in Zukunft tun. Ich glaube an dich, Su. Und ich bin für dich da, egal, wie viele Frauen nachts feuchte Träume durch mich haben, wie viele Konzerte wir noch spielen und ... ob ich heirate oder nicht.« Geräuschvoll atmete er aus.

Mein Mund klappte ein paar Mal auf und zu, aber die richtigen Worte wollten ihn nicht verlassen.

»Und jetzt würde ich gern lesen, was du zu Papier gebracht hast, wenn ich darf?« In seinem Blick lag ehrliches Interesse, und die stumme Bitte, ihn teilhaben zu lassen.

»Unter einer Bedingung.« Ha, damit würde ich dieser Situation entgehen. »Du gehst mit mir in die neue Zentralbibliothek, ohne zu murren, anschließend shoppen und dann noch –«

»Deal!« Unterbrach er mich.

Was? Entsetzt riss ich die Augen auf. »Du weißt doch gar nicht, was ich noch sagen wollte.«

»Es ist egal. Wir machen das.« Er streckte die Hand in meine Richtung aus.

Zögernd reichte ich ihm das Notizbuch, umschlang die Knie mit den Armen und legte das Kinn darauf ab. Das war nicht gelaufen, wie geplant.

Ein nervöses Flattern breitete sich in meinem Innern aus. Meine Texte waren nicht für andere Menschen bestimmt. Das war etwas, das ich für mich tat. Für meinen Seelenfrieden. So war es schon als kleines Mädchen gewesen, in einem Zuhause, das sich kalt angefühlt und wo es keine Liebe gegeben hatte. Mein erstes Gedicht hatte ich geschrieben, als ich endlich alle Buchstaben kannte, die erste Geschichte, als wir von unserer Lehrerin aufgefordert wurden, einen Aufsatz über die Ferienerlebnisse mit der Familie zu schreiben. Da es bei mir nichts zu erzählen gab, weil meine Eltern sich auch in diesen Wochen nicht mehr um mich gekümmert hatten, als die übrige Zeit, erfand ich kurzerhand etwas. Meine Fantasie war unbegrenzt – ein Luxus, den ich nutzte. Der Einzige, den ich besaß.

Jo starrte nach wie vor auf das Notizbuch in seinem Schoß

und schien die Zeilen zu hypnotisieren. Seine Hand wanderte in seinen Nacken und rieb dort einige Male hin und her.

»Gott, es ist schlecht, oder? Gib es mir einfach zurück, ja?« Mit flehendem Tonfall streckte ich die Finger aus. »Ich hätte es dir nicht geben sollen. Meine Texte sind einfach nicht für andere bestimmt. Da ist das Chaos in mir drin irgendwie in Worte gepackt. Wie soll das jemand verstehen?« Ich plapperte schon wieder.

»Könntest du einfach die Klappe halten, Su«, sagte Jo rau und hob das erste Mal seit einer gefühlten Ewigkeit den Kopf und sah mir direkt in die Augen.

Jo

Heilige Scheiße! Etwas anderes fiel mir nicht ein. In der Band war ich der, der lediglich den Rhythmus vorgab. Die kreativen Köpfe waren Alec und Nik, was aber nicht hieß, dass ich kein Gespür für gute Texte hatte. Und das hier war, verdammt nochmal, ein guter. Einer, der mich mit jedem Wort berührte, weil er einen direkten Zugang zu meiner Seele fand. Beinahe als hätte Suvi ihn einzig und allein für mich geschrieben, was natürlich völliger Blödsinn war.

»Kannst du vielleicht was sagen«, flüsterte sie und presste die Lippen fest zusammen. Fast hätte ich aufgelacht, aber das wäre in diesem Moment total unangemessen gewesen. Diese Frau war wirklich eine ganz eigene Nummer.

»Ich würde Alec diesen Text gern zeigen, Su. Hast du jemals darüber nachgedacht, Songtexte zu schreiben? Das hier ...« Ich wedelte mit ihrem Notizbuch. »Das wird ein Hit, wenn du Alec und Nik eine Komposition dazu machen lässt.«

Langsam richtete sie sich auf. Unglaube stand in ihrem

Blick. »Du verarschst mich doch, oder?«

»Niemals. Das ist mein absoluter Ernst.«

»Jo, das ist einfach nur ein bisschen Gekritzel. Ich bin sicher, du übertreibst.«

»Auf gar keinen Fall.« Entschieden schüttelte ich den Kopf.

»Ich würde gern darüber nachdenken, okay?«

»Natürlich. Es ist dein Text.« Ich reichte ihr das Buch zurück. »Aber du solltest es wirklich ernsthaft in Betracht ziehen. Du bist so viel besser, als du denkst.«

Sie presste das Notizbuch gegen ihre Brust und sah verlegen auf ihre Knie. »Danke«, stammelte sie leise. »Ich schätze, Komplimente bin ich nicht so gewöhnt.«

»Dann wird es höchste Zeit«, schnaubte ich. Dass ihre Eltern auf ganzer Linie versagt hatten, das wusste ich. Ihre bisherigen Dates schienen ihren Job allerdings auch nicht sonderlich gut gemacht zu haben, wenn Suvi ein vollkommen berechtigtes Kompliment so aus der Fassung brachte. »Und jetzt zieh dich an, die Zentralbibliothek wartet auf uns.« Auffordernd zog ich die Augenbrauen in die Stirn.

Schon wieder sah sie überrascht aus.

»Ja, hast du gedacht, ich halte mich nicht an unsere Abmachung? Na los.«

Mit einem Satz sprang sie auf und flitzte die Treppe nach oben, um sich fertig zu machen. Ob es gleichzeitig eine Flucht aus der Situation war, vermochte ich nicht zu sagen.

Grübelnd sah ich ihr nach.

Die eben gelesenen Worte hatten sich derart in meinem Kopf eingebrannt, dass ich sie wieder und wieder durchging. Schon immer hatte ich Suvi für klug und talentiert gehalten und war der Meinung gewesen, dass mehr in ihr schlummerte, als nur die Buchhandlung zu führen, was sie großartig machte, keine Frage.

Aber dass ihre Texte noch so viel besser geworden waren in den vergangenen Jahren, das hatte mich dann doch unvorbereitet getroffen. Am liebsten würde ich gleich auch den Rest ihres Notizbuches durchforsten, um weitere Schätze zu entdecken, vermutete jedoch, dass es Suvi nicht recht wäre. Ein solcher Text stellte sicher keine Ausnahme dar. Davon war ich überzeugt. Und wenn sie sich bereit dazu fühlte, dann würde ich ihr helfen, dass mindestens ganz Finnland erfuhr, wie talentiert sie war. Bis dahin musste ich mich damit begnügen, dass sie zumindest mir das Vertrauen geschenkt und diesen Text gezeigt hatte.

»Wir können.« Suvi kam die Treppe wieder herunter und blieb vor mir stehen. Für einen Moment ließ ich den Blick auf ihr ruhen und sog den Anblick in mich auf: den weißen Rollkragenpullover, der ihre roten Locken noch mehr zur Geltung brachte, die enge schwarze Jeans, die ihre Figur perfekt umschmeichelte, und das dezente Make-up, das ihre Natürlichkeit unterstrich. »Jo?«

»Ja, klar.« Mit einem Ruck erhob ich mich und stand nur Millimeter vor ihr. Sogar hier in meinem Haus umgab sie ein Hauch dieses Vanilledufts, der vermutlich zu ihrem Parfum gehörte. Ich schluckte beim Gedanken, dass sie sich in meinem Zuhause ausbreitete. Nicht nur physisch, sondern auch mit solch banalen Dingen wie ihrem Geruch. Wenn ich nicht aufpasste, dann würde bald in jedem Winkel ein winziger Teil von ihr zu finden sein, und mich in den Wahnsinn treiben.

Ihre blauen Augen musterten mich, was dazu führte, dass mein Puls sich mindestens auf die doppelte Geschwindigkeit beschleunigte.

»Wir müssen da nicht hin, wenn du keine Lust hast. Ich fahre einfach alleine«, sagte sie leise.

»Auf gar keinen Fall.« Mit Bestimmtheit legte ich meine Hände an ihre Schultern, drehte sie um und schob sie in Richtung Eingangstür, wo wir beide in Schuhe und Jacke schlüpften.

In der Garage hielt ich ihr die Autotür auf und schwang mich hinters Steuer.

Suvi

Ein Besuch der *Zentralbibliothek Oodi*, die als neues Wohnzimmer dieser Stadt bezeichnet wurde, stand schon seit ihrer Eröffnung auf meiner Wunschliste. Aber bis heute war Helsinki kein Thema gewesen. Im Normalfall hätte ich die Buchhandlung ungern allein gelassen und ein Termin bei einem Lieferanten oder auf einer Messe hatte auch nicht angestanden, der eine Fahrt hierher bedeutet hätte. Jetzt, mit geänderten Vorzeichen, freute ich mich darauf, diesen imposanten Bau endlich von innen zu sehen. Unzählige Bilder hatte ich mir schon angesehen und Berichte darüber gelesen – aber das war ja nicht dasselbe.

Jo lenkte den Wagen durch die Stadt und ich beobachtete die Straßen, die an uns vorbeizogen. Hier in der Hauptstadt war alles größer als bei uns in der Provinz und ich war mir nie sicher, ob ich es mochte oder ob es mich einschüchterte.

»Da wären wir.« Jo fand einen Parkplatz ganz in der Nähe und stellte den Motor ab. Ich kramte noch in der Tasche nach meiner Mütze, da hatte er das Auto bereits verlassen, umrundet und öffnete mir die Tür. Einen Moment länger als nötig, hielt er meine Hand fest, als er mir aus dem Wagen half. Ich spürte die schwielige Haut, die vom vielen Schlagzeugspielen kam und die Berührung erzeugte ein Kribbeln, das sich in mir ausbreitete, bis es auch den letzten Winkel erreicht hatte. Mit einem undurchdringlichen Blick zog Jo seine Hand zurück und steckte beide in seine Jackentaschen.

Da es keine Option war, sie wieder hervorzuzerren, um sie weiter zu halten, setzte ich meine Mütze auf und mich neben Jo in Bewegung. Der Wind pfiff um uns herum und ich war froh, dass wir den Eingang schnell erreichten.

»Wunderschön«, entschlüpfte es mir, als wir vor dem langgestreckten Gebäude aus Glas und Holz standen.

»Drinnen ist es bestimmt auch schön«, frotzelte Jo neben mir. »Und wärmer.«

Lachend knuffte ich ihn in die Seite. »Ich wusste gar nicht, dass du so empfindlich bist. Kommt das, wenn man in der Stadt lebt?« Ich erinnerte mich zu gut daran, dass wir früher bei jedem Wind und Wetter draußen gewesen waren und, dass Jo mit seinen Kumpels sogar die Eisflächen der Seen unsicher gemacht hatte, um darauf Eishockey zu spielen.

»Ist vielleicht das Alter«, murrte er und ließ mir den Vortritt ins Innere.

»Armer, alter Mann«, erwiderte ich und drehte mich im Kreis, um mir im Eingangsbereich nichts entgehen zu lassen. Links von uns schwangen sich zwei schwarze Treppen entgegengesetzt voneinander in die weiteren Stockwerke und rechts befand sich ein Café. Alles war hell und durch die Glasfront lichtdurchflutet.

Wir steuerten die Treppen an und stiegen in die oberen Etagen. Jo war die ganze Zeit an meiner Seite, ließ mir jedoch genug Raum, damit ich all diese Eindrücke in mich aufsaugen konnte. Und das waren unzählige. Mit dieser Bibliothek hatte die Stadt wirklich eine Begegnungsstätte geschaffen. Einen Ort, an dem jeder willkommen war, wie man auf einem Schild im ersten Stock lesen konnte. Die Besucher sollten *rumhängen* und es gab keinen Platz für Rassismus und Diskriminierung. Und genau das spürte man. Leute begegneten sich hier völlig offen. Man konnte arbeiten, lernen, etwas erschaffen oder aber einfach nur in einem Buch schmökern. Außerdem gab es eine Terrasse, die im Sommer mit Sicherheit zu den wundervollsten Orten der ganzen Stadt gehörte. Von der aus man einen tollen Blick auf das Parlamentsgebäude und die Umgebung hatte. Für einen Kaffee draußen war es aber selbst mir heute zu kalt, deshalb verschwanden wir schnell wieder ins warme Innere.

Designersessel luden zum Verweilen ein und das viele Holz trug zu einer entspannten und gemütlichen Atmosphäre bei.

»Und wo möchtest du shoppen gehen?«, fragte Jo, als wir wieder auf dem Weg nach unten waren. »Irgendein spezieller Laden, der es sein soll?«

»Um ehrlich zu sein, war das vorhin nur so daher gesagt«, gab ich zu. »Ich dachte, das würde dich abschrecken, diesen Deal einzugehen.«

»Echt jetzt? Um deinen Text zu lesen, hätte ich vermutlich allem zugestimmt.« Er schüttelte den Kopf. »Da kann ich ja froh sein, dass ich *nur* shoppen gehen muss.« Er lachte. »Also, wo gehen wir hin?«

Überfordert zuckte ich mit den Schultern. »Keine Ahnung. Ich war seit Ewigkeiten nicht mehr hier und bin absolut keine Shoppingexpertin und außerdem ...«

Jo stoppte und sah mich an. »Außerdem?«

Ich wusste nicht, wie ich es am besten sagen sollte.

»Na ja, mir fehlt gerade ein bisschen das Kleingeld für große Shopping-Exzesse«, versuchte ich es möglichst gleichgültig klingen zu lassen. »Und jetzt ist auch noch der Laden zu. War vielleicht nicht meine klügste Idee auch noch Geld auf den Kopf hauen zu wollen. Ich sollte lieber sparen.«

»Du bist immer so vernünftig, Su«, schnaubte Jo.

»Sagt der Mann, der sich definitiv keine Sorgen mehr um Geld machen muss. Du hast echt gut reden.«

»Das weiß ich. Und trotzdem will ich, dass du auf andere Gedanken kommst und einfach einen schönen Tag hast.«

Ich lächelte. »Aber das habe ich doch. Auch ohne, dass ich mir Klamotten kaufe, die ich eigentlich sowieso nicht brauche.«

Jo

Wir bummelten dennoch durch die Straßen, blieben immer wieder an Schaufenstern stehen und Suvi drückte sich an einigen beinahe die Nasen platt. Und obwohl ich Shoppen nicht zu meinen liebsten Beschäftigungen zählen würde, genoss ich die Zeit. Zum Glück war Finnland harmlos, was Paparazzi anging. Die internationalen Kollegen beneidete ich wirklich nicht, die sich nicht mehr unbehelligt in der Öffentlichkeit bewegen konnten. Suvi und ich blieben weitestgehend unerkannt. Und selbst wenn ein Passant mich erkannte, ließ man uns in Ruhe. Ich verspürte Dankbarkeit dafür, dass Privatsphäre in diesem Land großgeschrieben und respektiert wurde.

»Wie ist es passiert, dass ich so viele Tüten in der Hand habe?«, murmelte Suvi nach einer ganzen Weile und betrachtete die bunten Einkaufstaschen in unterschiedlichen Größen. »Und wie kann es sein, dass du alles bezahlt hast und ich es zugelassen habe?« Sie verzog unglücklich das Gesicht.

»Weil die Sachen an dir einfach umwerfend ausgesehen haben und es eine Sünde gewesen wäre, sie dir nicht zu kaufen«, erwiderte ich lächelnd und legte ihr einen Arm um die Schultern. Mir bedeutete Geld nicht sonderlich viel. Ich war froh, genug davon zu haben, gab aber ohne zu zögern welches aus. Vor allem, wenn ich anderen Menschen damit eine Freude bereiten konnte. »Mach dir bitte keine Gedanken. Ich habe dir die Dinge gern gekauft, mehr ist nicht wichtig.«

Um Suvi abzulenken, wechselte ich schnell das Thema. »Musst du nochmal nach Hause? Oder können wir direkt zur Eishockeyhalle fahren?« Ein Blick auf die Uhr hatte mir verraten, dass die Zeit wie im Flug vergangen war.

»Von mir aus können wir auch gleich dorthin fahren. Allerdings sterbe ich fast vor Hunger.«

Ich lachte. »Kein Problem. Wir können in der Arena etwas essen, wenn du mit den besten Hotdogs aller Zeiten einverstanden bist.« Diese Art Snacks gehörten für mich zu jedem Spiel dazu, das ich mir ansah. »Wir können aber auch unterwegs noch schnell irgendwo anhalten, wenn du mir sagst, worauf du Lust hast.«

»Hotdogs sind super«, antwortete Su mir und wir schlugen den Weg zum Auto ein.

»Bist du dir sicher? Ich habe wirklich kein Problem damit, wenn ...«

»Jo, es ist okay, wirklich. Ich liebe Hotdogs und ich hatte schon viel zu lange keine mehr. Du kennst mich doch, es muss kein Sterneessen für mich sein.«

Ich musterte sie von der Seite. Ihre von der Kälte geröteten Wangen, die roten Haare, die unter ihrer Wollmütze hervorquollen und die Lippen, die bei jedem Ausatmen eine kleine Wolke ausstießen. All das nahm ich binnen Sekunden in mich auf und speicherte diesen Anblick tief in meinem Herzen ab.

»Ich weiß«, antwortete ich schlicht. Es waren all jene Eigenschaften, für die ich Suvi so liebte: ihre Bodenständigkeit, die Natürlichkeit und das Unkomplizierte. Ich hielt inne. *Für die ich sie liebte ...* O Mann.

Wie automatisch schweiften meine Gedanken zu Miriam und der Vorstellung, wie sie auf Hotdogs reagieren würde. Wobei wir vermutlich gar nicht an diesen Punkt gekommen wären, denn sie hätte mich erst gar nicht zu einem Spiel meiner Lieblingsmannschaft begleitet.

Etwa eine halbe Stunde später lenkte ich den Wagen auf den großen Parkplatz vor der Halle, der schon recht ordentlich gefüllt war. Ein Eishockeyspiel bedeutete mehr als nur dreimal zwanzig Minuten Kampf auf dem Eis. Die Menschen hier liebten diesen Sport und genossen an Spieltagen die Zusammenkunft mit Gleichgesinnten. Man trank Bier, aß Snacks und tauschte sich aus. Fachsimpelte über die Neuzugänge im Team, die Mannschaftsaufstellung, die letzten Spiele oder einfach nur über Wetter und Politik. Eishockey war ein Lebensgefühl, das meist von Generation zu Generation weitergegeben wurde. Und war man Fan eines Teams, dann blieb man ihm ein Leben lang treu, so sagte es das ungeschriebene Hockeygesetz. Im Stadion entstanden Freundschaften, ja sogar für Ehen wurde hier der Grundstein gelegt. Es war eine verrückte und eigene Welt.

Und ich freute mich, sie heute mit Suvi zu teilen.

»Warte«, hielt ich sie zurück, als sie loslief. »So kannst du da nicht rein.«

Verwirrt sah sie an sich herunter. »Was stimmt denn nicht mit mir?«

Lachend trat ich auf sie zu.

»Mit dir stimmt alles, Su. Aber es fehlt noch etwas ganz Entscheidendes.« Ich griff in den Kofferraum und legte ihr im nächsten Moment einen Fanschal um den Hals. »Aber jetzt ist es perfekt und jeder kann sehen, dass du auch dem richtigen Team angehörst.«

Sie lachte und in meinem Magen breitete sich ein Kribbeln aus.

Hastig verschloss ich das Auto und wir begaben uns auf den Weg ins Innere der Halle. Dort empfing uns sofort dieser typische Geruch, der zum Spiel gehörte, wie ein Puck auf das Eis. Es roch nach Popcorn, Würstchen, Bier, und all den Menschen, die sich schon hier tummelten und ihre ganz eigenen Gerüche mitbrachten.

Neugierig sah Suvi sich um, während ich sie zu einem der Essstände lotste und uns zwei Hotdogs besorgte.

Genießerisch schloss sie die Augen, als sie in ihren hineinbiss. »Verdammt, ich hatte keine Ahnung mehr, wie gut diese Dinger schmecken«, seufzte sie beim ersten Bissen mit vollem Mund. »Es könnte sein, dass ich nach diesem hier noch einen brauche.«

Lachend sah ich sie unverwandt an. »So viele du willst, Muru.«

»Jo?« Ertönte eine Stimme hinter mir und überrascht fuhr ich herum.

Suvi

Ein dunkelhaariger Mann war hinter Jo aufgetaucht und schlug ihm freundschaftlich auf die Schulter.

»Dich mal wieder hier zu sehen, du Berühmtheit.«

»Das sagt der Richtige. Was machst du hier draußen? Warum bist du nicht in der Kabine? Sag bloß, du spielst heute nicht?«

Der andere schüttelte den Kopf. »Trainingsverletzung. Richtig blöd. Aber wird schon wieder.«

»Das hoffe ich doch. Schließlich haben wir dich geholt, damit du uns zur Meisterschaft schießt.«

Aufmerksam musterte ich den Fremden, während ich meinen Hotdog aß. Der Mann war nicht so groß wie Jo, hatte allerdings ein verdammt breites Kreuz. Die Beine steckten in einer Trainingshose und mir fiel auf, dass er das rechte nicht voll belastete. Aus dem Pullover, den er trug, rankten sich Tätowierungen bis auf seine Hände. Ein Dreitagebart zierte Kinn und Wangen und die hellen Augen bildeten einen starken Kontrast zu seinen dunklen Haaren. Er war ohne Frage sehr attraktiv und zog – wie ich bei einem Seitenblick feststellte – viel Aufmerksamkeit auf sich.

»Und das ist also deine Freundin? Die Spatzen pfeifen es ja von den Dächern, dass du vergeben bist. Unglaublich, dass ich sie noch nicht kennengelernt habe. Aber vermutlich dachtest du, du musst diese Traumfrau vor mir verstecken, was?« Er zwinkerte mir zu und lachte.

Jo räusperte sich und wandte sich mir zu. »Suvi, das ist Erik. Ein sehr guter Freund. Er war lange Zeit in den USA und hat dort in der NHL gespielt. Seit ein paar Wochen ist er zurück in Helsinki.« Er sah seinen Kumpel wieder an. »Erik, das ist Suvi. Meine beste und älteste Freundin und nicht *die* Freundin.«

Ein fieser Stich fuhr bei diesen Worten in mein Herz.

Erik trat humpelnd näher und streckte mir die Hand hin. »Freut mich sehr, dich kennenzulernen, Suvi. Jetzt erinnere ich mich, dass Jo schon früher oft von dir erzählt hat.« Er beugte sich vor und küsste meine Wange, dann zwinkerte er mir erneut zu. »Wenn sie nicht *deine* Freundin ist, nehme ich es dir noch übler, dass du sie mir bisher nie persönlich vorgestellt hast«, sagte er wieder an Jo gewandt. Der hatte seine Lippen zu einer feinen Linie zusammengepresst und starrte uns an.

»Ich wollte nur verhindern, dass du dir einen Korb einfängst mit deinen jämmerlichen Flirtversuchen, mein Freund. Das wäre nicht gut für dein Ego.« Er klopfte ihm auf die Schulter.

»Von meinen Flirtkünsten kannst du noch was lernen, Kumpel«, antwortete Erik lachend. »Du bist nur neidisch, weil ich schon immer mehr Mädchen abbekommen habe als du.«

»In deinen Träumen.«

Erik lachte erneut. Dann wandte er sich wieder mir zu. »Wie kommt es denn, Suvi, dass du Jo heute begleitest? Warst du schon öfter hier in der Halle?«

»Es ist mein erstes Mal. Ich bin nur für ein paar Tage in Helsinki. Und als Finnin sollte man doch wenigstens einmal in seinem Leben ein Spiel live gesehen haben, oder?« Ich schenkte ihm ein Lächeln.

»Das ist das Mindeste. Zu schade, dass ich dich mit meinem Können heute nicht überzeugen kann, öfter vorbei zu kommen. Aber vielleicht kann ich dich ja – solange du hier bist – mal zum Essen einladen? Es gibt auch Besseres als Wurst im Brötchen – versprochen.«

»Erik«, knurrte Jo neben uns, aber sein Freund blieb davon unbeeindruckt.

»Oder bist du liiert? Tu meinem armen Herzen das bitte nicht an.« Theatralisch legte er die Hände auf seiner Brust zusammen. Lachend schüttelte ich den Kopf.

»Nein, bin ich nicht.«

»Dann gehst du mit mir aus? Vielleicht gleich morgen?« Er setzte einen Dackelblick auf, der mit Sicherheit bei vielen Frauen für Schmetterlinge im Bauch sorgte.

»Zeig Jo, was er verpasst. Flirte mit anderen Männern, mach dich besonders hübsch, treib ihn einfach ein bisschen in den Wahnsinn«, erinnerte ich mich an Lillys Worte. Vielleicht war jetzt der richtige Zeitpunkt dafür. Und Erik schien nicht nur nett zu sein, sondern auch witzig und charmant. Deshalb antwortete ich: »Ja, warum nicht.«

»Yeah«, freute er sich. »Wohnst du im Hotel?«

»Sie wohnt bei mir«, mischte Jo sich wieder ein und er bedachte seinen Freund mit einem grimmigen Blick.

»Oh, okay. Dann hole ich dich morgen Abend um acht Uhr bei Jo ab.«

Ich nickte und lächelte.

Jo

Erik war ein feiner Kerl. Und trotzdem hätte ich ihm am liebsten eine deutliche Ansage gemacht. Die Art, wie er mit Suvi flirtete, passte mir ganz und gar nicht. Und dass Su zugestimmt hatte, mit ihm Essen zu gehen, noch viel weniger. Die beiden hatten ein paar Sätze gewechselt und schon ein Date? Das war doch nicht zu fassen! Mühsam versuchte ich, meinen angespannten Nacken und die verkrampften Kiefermuskeln zu lockern.

»Wo sitzt ihr?«, wandte Erik sich wieder an mich. »Immer noch die angestammten Plätze?«

Ich nickte.

»Cool, dann sehen wir uns später. Ich muss nochmal in die Kabine.«

Ihm zu sagen, dass er gern dortbleiben konnte, kam vermutlich nicht so gut an und würde mich in Erklärungsnot bringen. Also hielt ich den Mund, schlug mit ihm ein und schaute ihm nach, wie er davonhumpelte.

»Er ist echt nett«, hörte ich Suvi neben mir sagen und sah, wie sie den Rest ihres Hotdogs verputzte. »Ihr kennt euch schon länger, oder? Du hast mal von ihm erzählt, daran erinnere ich mich dunkel.«

»Einige Jahre. Wir haben uns auf irgendeiner Party kennengelernt, kurz nachdem ich nach Helsinki gezogen bin. Erik war damals der absolute Shootingstar des Teams und ziemlich größenwahnsinnig.« Wobei er das immer noch war, wenn er dachte, bei Suvi landen zu können. Aber das sagte ich nicht laut. »Ziemlich schnell haben die drüben in der National Hockey League Wind davon bekommen und ihn rübergelockt. Er hat viele Jahre erfolgreich in Chicago und Colorado gespielt. Dass er jetzt wieder zurückgekommen ist, hat mich verwundert, aber für unser Team ist es großartig, sofern er sich nicht ernsthaft verletzt hat.«

Suvi warf ihre Serviette in den Mülleimer.

»Und, möchtest du noch einen?« Ich deutete auf den Hotdog Stand und war froh, sie von Erik abzulenken.

»Nein, danke. Das war doch mehr, als ich erst gedacht hatte«, lachte sie. »Wollen wir zu unseren Plätzen? Oder hast du noch Hunger?«

Ich verneinte ebenfalls.

Irgendwann während des ersten Drittels gesellte sich Erik wieder zu uns und ließ sich auf den freien Sitz neben Suvi fallen.

»Mit dir als Glücksbringer müssen wir ja heute gewinnen.« Er schenkte Su ein strahlendes Lächeln und es wurmte mich, dass sie es erwiderte.

»Übertreib es nicht, Kumpel«, knurrte ich von meinem Platz aus herüber.

»Würde ich nie.« Vergnügt grinste er.

»Das wäre besser für dich.«

Ich warf einen Blick auf den Videowürfel, der unter der Decke hing und auf dem Spielsequenzen wiederholt wurden, und ab und zu die Fans zu sehen waren. Genau in diesem Moment machte die Kamera einen Schwenk auf uns. Dass sie mich ausgerechnet heute einfingen, schob ich darauf, dass der Hoffnungsträger der laufenden Saison zwei Plätze neben mir saß.

Ich wollte den Blick bereits wieder abwenden, als ich erstarrte, denn just in dem Moment beugte sich Erik zu Suvi und drückte ihr einen Kuss auf den Mundwinkel und zwinkerte frech in die Kamera.

»Was zur Hölle?«, platzte es aus mir heraus und am liebsten hätte ich mich auf meinen Kumpel gestürzt. Doch dann sah ich, wie Suvi ihn anlächelte. Das konnte nicht ihr Ernst sein! Ich kochte innerlich. »Halt dich zurück, Erik«, blaffte ich und beugte mich an Su vorbei, um ihm klarzumachen, dass er zu weit ging. Vor den Kameras einen handfesten Streit anzufangen, würde zwar meinem Ego guttun, wäre allerdings schlecht fürs Image und ein gefundenes Fressen für die Presse.

»Möchte vielleicht einer der Herren den Platz mit mir tauschen?«, mischte sich Suvi ein. »Es scheint, als hättet ihr Redebedarf.« Es machte mich rasend, wie locker ihre Stimme klang »Also? Tauschen? Ich möchte gern das Spiel schauen.«

Erik und ich antworteten wie aus einem Mund. Allerdings waren wir uns nicht einig, denn er verneinte. Ich hingegen war dafür.

»Na dann, los.« Su erhob sich und wartete darauf, dass ich meinen Platz frei gab.

Zwischen den beiden zu sitzen, ließ mich ein wenig ruhiger atmen, in dem Wissen, dass ich damit weitere Annäherungsversuche verhinderte.

Nach dem ersten Drittel stand es 0:0 und das Spiel war wirklich ziemlich schlecht. Damit passte es zu meiner Stimmung, dabei hatte ich mich darauf gefreut, mit Suvi hierher zu kommen.

»Wollen wir was trinken gehen? Eine rauchen?«, fragte Erik.

Ich nickte und stand bereits, als Suvi dankend ablehnte. »Geht ihr mal. Ich warte hier.«

Während Erik und ich die Tribüne verließen, schaute ich

mich noch dreimal nach ihr um.

»Läuft da was zwischen euch beiden?«

Ich hielt in meiner Bewegung inne und ließ das Feuerzeug wieder sinken, mit dem ich mir gerade die Zigarette anzünden wollte. Der Raucherbereich war gut gefüllt mit Menschen, die ihrem Laster nachgingen. »Was meinst du?«, nuschelte ich durch halbgeschlossene Lippen, damit die Zigarette nicht herausfiel.

»Na, zwischen Suvi und dir? Läuft da was? Du benimmst dich etwas ... seltsam.«

»Tu ich nicht.« Mittlerweile brannte die Kippe und ich stieß den Rauch aus.

»Tust du! So besitzergreifend.«

»Ich will einfach nur nicht, dass du deine Spielchen mit ihr spielst. Suvi ist zu gut für dich.«

»Vielen Dank auch.« Er wirkte beleidigt. »Glaubst du nicht, dass ich mich in den letzten zehn Jahren verändert haben könnte? Dass Amerika mich verändert hat?«

Schulterzuckend nahm ich einen weiteren Zug. Um ehrlich zu sein, hatten wir zuletzt nur wenig Kontakt. Widerwillig gestand ich mir ein, kaum noch etwas von Erik zu wissen, und dass das zum Großteil meine Schuld war. Zu häufig hatten Termine unsere Skypecalls gecrasht oder ich hatte schlicht vergessen, mich bei ihm zu melden, weil ich zu viel um die Ohren gehabt hatte.

»Du kannst dich nicht besonders geändert haben, wenn du sie nach ein paar Minuten bereits mit Küssen überfällst und sie zu einem Date einlädst.«

»Du bist eifersüchtig.«

»Bin ich nicht. Ich bin nur kein Aufreißer mehr, wie du.«

»Nicht nur du hast dich verändert, Kumpel.«

Ich nickte. »Schon klar. Aber ich werde Miriam heiraten.«

»Vielleicht solltest du dir *das* nochmal überlegen. Den Rat gebe ich dir nicht nur, weil ich eine Heiratsphobie habe, sondern auch, weil du dir anscheinend noch nicht so ganz sicher bist.«

»Das ist doch Quatsch«, platzte ich heraus.

»Wenn du das sagst. Dann sollte es aber auch weniger ein Problem für dich sein, dass ich mit deiner Freundin essen gehe, ihr Komplimente mache oder sie vielleicht sogar küsse.« Er klopfte mir auf die Schulter und lief zurück in die Halle.

Datenight

Suvi

»Ja! Jawohl!«

Ich sprang von meinem Sitz und riss die Arme nach oben, ließ mich anstecken vom Jubel um uns herum und hüpfte sogar ein paarmal auf und ab. Bis vor diesem Spiel hatte ich keine Ahnung gehabt, dass einen die Spannung und Stimmung im Stadion so sehr mitreißen konnte. Schon geraume Zeit war ich auf meinem Platz hin und her gerutscht und hatte gespannt das Spielgeschehen verfolgt. Auch, weil das besser gewesen war, als darüber nachzudenken, dass Erik mir vorhin einen Kuss auf die Wange gedrückt hatte und Jo ziemlich heftig darauf reagiert hatte.

Jetzt führte die Heimmannschaft endlich mit 1:0. Um uns herum wurden viele Hände abgeklatscht, Schals durch die Luft gewirbelt und als die Tormusik erklang, wurde rhythmisch mitgeklatscht. Die Augen der Fans leuchteten und auf allen Gesichtern lag ein breites Lächeln.

In der zweiten Drittelpause blieben auch Jo und Erik auf ihren Plätzen. Mir fiel auf, wie letzterer sein Knie vorsichtig abtastete und einen zischenden Laut ausstieß.

»Hast du Schmerzen?«

Ertappt sah er mich an. »Geht schon. Ein Indianer kennt keinen Schmerz oder wie war das?«

»Das halte ich – genauso wie, dass Männer nicht weinen dürfen – für ein Gerücht«, erwiderte ich.

Jo und er sahen mich gleichermaßen irritiert an.

»Ja was denn? Ist doch nichts dabei, zu seinen Gefühlen zu stehen. Und wenn es die Situation erfordert, dann muss man eben manchmal einfach weinen. Oder in deinem Fall zugeben, dass man Schmerzen hat.« Ich deutete auf Eriks Knie. »Vielleicht solltest du das Bein ein bisschen hochlegen?«

»Aber sicher nicht hier und jetzt.« Vehement schüttelte er den Kopf. »Das kann warten bis nach dem Spiel. Erst müssen diese verdammten drei Punkte auf unserem Konto sein.«

Diskutieren schien zwecklos, und es war nicht meine Aufgabe, Erik zu belehren, den es wurmte, dass er heute nicht mitspielen konnte. Bereits in den ersten beiden Dritteln hatte er immer wieder laute Kommandos in Richtung Spielfeld gebrüllt und seine Mannschaft angefeuert. Keine Ahnung, ob das bei den Spielern auf dem Eis überhaupt ankam, aber seine Leidenschaft für den Sport faszinierte mich.

Das Spiel endete 3:1 für die Heimmannschaft. Die Freude – zumindest bei den Fans unseres Teams – war ausgelassen, als alle die Tribünen verließen und auf den Ausgang zuströmten.

»Dann sehen wir uns morgen, Suvi.« Erik umarmte mich zum Abschied und drückte mir noch einen Kuss auf die Wange.

»Acht Uhr. Ich freue mich.« Die gute Laune nach dem Sieg übertrug sich auf mich und ich verspürte Vorfreude auf den Abend morgen. Erik war lustig und sympathisch und ich hatte Lust, mehr Zeit mit ihm zu verbringen und mehr über ihn zu erfahren.

Erik und Jo verabschiedeten sich ebenfalls und dann sahen wir zu, wie ersterer in Richtung der Katakomben des Stadions verschwand. Auch wenn er verletzt war, wurde seine Anwesenheit in der Kabine verlangt. Teamgeist war das Stichwort.

Ich hakte mich bei Jo unter und gemeinsam schlenderten wir zum Auto. Kurz bevor wir es erreicht hatten, näherten sich uns zwei junge Mädchen, die Trikots trugen.

Verwirrt runzelte ich die Stirn, als Jo neben mir seufzte. »Ich hatte gehofft, das bliebe mir heute erspart«, murmelte er. »Dauert nicht lange.« Er drückte mir den Funkschlüssel für seinen Wagen in die Hand und löste sich von mir.

»Können wir vielleicht ein Foto zusammen machen?«, hörte ich eines der Mädchen fragen und da fiel auch bei mir endlich der Groschen. Die beiden waren nicht nur Fans des gleichen Eishockeyclubs, sondern sie waren ebenfalls Fans von Jo und den *Tangorillaz*.

Vermutlich würde er in meinen Augen nie ein Star sein, ein Promi, jemand, den man nach Autogrammen fragte. Aber zu seinem Alltag gehörte es dazu. Mir wurde bewusst, dass ich in den letzten Jahren wenig von Jos Leben im Rampenlicht mitbekommen hatte und dass wir kaum über sein Rockstar-Dasein gesprochen hatten. Irgendwie war es zwischen uns nie wichtig. Wir waren Suvi und Jo. So, wie immer schon.

Ich öffnete die Wagentüren und hörte die Mädchen hinter mir kichern. Beim Einsteigen warf ich einen kurzen Blick zurück und sah, wie Jo mit dem Handy ein paar Selfies knipste. Der Dunkelheit geschuldet, würde man darauf wahrscheinlich nicht allzu viel erkennen. Aber selbst das war vermutlich nicht so tragisch, wenn man seinem Idol so nah gekommen war.

Jo

»Tut mir leid.« Ich ließ mich auf den Fahrersitz fallen, lehnte den Kopf für einen Moment gegen die Kopfstütze und schloss die Augen.

»Ist doch kein Problem.« Suvi lächelte, als ich zu ihr herübersah und augenblicklich fühlte ich mich besser.

»Manchmal geht mir das mit den Fans echt auf den Senkel«, seufzte ich. »Dabei weiß ich ja, dass das zu meinem Job dazu gehört. Schließlich leben wir genau von diesen Menschen. Und es ist irgendwie ja auch schön zu sehen, wenn sie ein Foto derart glücklich macht.«

»Was wäre, wenn du nein sagst, wenn dir nicht danach ist?«

»Dann stünde in fünf Minuten auf irgendeinem Social Media Account, dass ich ein arroganter Arsch bin, der es nicht mehr nötig hat, nett, zu seinen Fans zu sein.«

»Ist es echt so schlimm?« Unglaube schwang in Suvis Stimme mit.

»Oft ist es sogar noch schlimmer. Wir haben uns abgewöhnt, all die Kommentare zu lesen, weil man ansonsten wirklich irgendwann verrückt wird. Die Fans bewerten unsere Frisuren, Outfits, Autos, ... einfach alles. Manchmal frage ich mich, ob sie keine eigenen Probleme haben.«

»Aber diese zwei da eben wirkten doch eigentlich ganz nett.«

»Das stimmt. Aber so sind eben nicht alle.«

Ich drehte mich zurück zum Lenkrad und startete den Motor. »Wollen wir noch irgendwo hin? Oder möchtest du gleich nach Hause?«

»Hast du eine gute Alternative zu deiner irre bequemen Couch?« Su lachte und ich stimmte mit ein.

»Wir könnten noch in eine Bar gehen. Oder hast du Lust auf Karaoke?«

Ihr Lachen wurde lauter. »Gott, nein. Das möchte wirklich keiner hören, wenn ich singe.«

»Also? Bar oder Sofa?« Meine Finger trommelten wie von selbst auf das Lenkrad, es war wie ein natürlicher Reflex.

»Wenn es für dich okay ist, entscheide ich mich für das Sofa.«

Erneut sah ich sie an. »Klar ist das für mich okay. Die Stunden, die ich bereits in Bars verbracht habe, reichen für mein gesamtes Leben. Einen guten Whiskey kann ich auch zu Hause trinken. In bester Gesellschaft.« Und ohne die Gefahr, dass weitere Männer auf die Idee kamen mit ihr zu flirten. Oder sie mit ihnen. Das sagte ich allerdings nicht laut.

In Jogginghosen und Stricksocken und mit dem besagten Getränk in der Hand erlaubte ich mir wenig später auf der Couch für einen Augenblick den Gedanken, dass so der Rest meines Daseins aussehen könnte. Abende vor dem Kamin. Whiskey. Chips. Und Suvi neben mir auf dem Sofa. Die Ruhe, die mich dabei überkam, war vollkommen neu, aber selten hatte sich etwas so gut angefühlt. Meine beste Freundin las in einem Buch, während ich – obwohl ich vorhin gesagt hatte es nicht zu tun – auf Instagram unterwegs war. Die beiden Mädchen vom Parkplatz hatten ihre Fotos längst gepostet und mich verlinkt. So lief es meistens. Ich klickte darauf und las die Bildunterschrift: *»OMG, bester Tag meines Lebens. Er ist in natura einfach so viel heißer als auf Bildern.«* Kopfschüttelnd tippte ich auf den Post ihrer Begleitung und las auch hier, was darunter stand. *»Was für ein Hottie. Aber leider hatte er seine Freundin dabei :-(die beiden passen kein bisschen zusammen. Sie ist voll die Langweilerin. Was will er bloß von der?«*

Meine Stirn legte sich in Falten und ich spürte, wie mein Kiefer sich verspannte.

»Alles in Ordnung?«

Mein Kopf ruckte hoch.

»Du hast geknurrt, als wolltest du gleich jemanden fressen.

Ist irgendwas passiert?«

»Nichts von Bedeutung«, antwortete ich schnell. »Ich war auf *Instagram*. Keine gute Idee.«

»Wurde was Doofes über dich geschrieben?«

Wenn es nur das gewesen wäre, dann hätte ich damit wunderbar leben können. Denn die Meinung anderer interessierte mich schon seit einer Ewigkeit nicht mehr. Zumindest nicht, wenn es mein Aussehen, meinen Essensgeschmack oder meine Kleiderwahl betraf. Aber dass dieses Mädchen Suvi schlecht geredet hatte, gefiel mir überhaupt nicht. Denn dazu hatte sie nicht nur kein Recht, sondern sich bei mir gerade komplett unbeliebt gemacht. Fans waren wichtig und viele waren nett, manche wussten jedoch nicht, wo es Grenzen gab. Hier war für mich eine überschritten worden.

»Was liest du da eigentlich?«, wechselte ich das Thema. Ich würde Suvi nicht mit der Nase draufstoßen, dass es um sie gegangen war in diesem Post, und schon gar nicht dafür sorgen, dass sie die Kommentare darunter las. Die waren oft am allerschlimmsten.

»Den neuen Roman von Nicholas Sparks.«

»Muss man den kennen?«

Suvi

Ich schnappte nach Luft. »Du kennst Nicholas Sparks nicht? Willst du mich veräppeln? Dieser Mann ist Bestsellerautor! Er schreibt die schönsten Liebesromane überhaupt.« Entgeistert starrte ich Jo an, dessen Mundwinkel sich langsam zu einem breiten Grinsen hoben. »Du hast mich echt verarscht, oder?«

Er nickte lachend. »Ich habe meiner Mutter mal einen seiner Romane zu Weihnachten geschenkt. Sie steht auch total auf dieses Kitschzeug.«

»Kitschzeug? Jo!«, rief ich und ohne nachzudenken, rutschte ich zu ihm herüber und landete ein paar Treffer mit dem Buch gegen seinen Oberarm. Beim letzten Versuch fing er meine Hand ab und umschloss mein Handgelenk. Mit einer schnellen Bewegung warf er mich auf den Rücken und kitzelte meine Seiten. Shit, das hatte er zuletzt gemacht, als wir Kinder gewesen waren. Seitdem hatte mich niemand mehr gekitzelt und ich hatte fast vergessen, wie heftig ich darauf reagierte. Japsend wand ich mich und versuchte, seine Hände abzuwehren. Ohne nennenswerten Erfolg. Er war nicht nur stärker, sondern auch ausdauernder.

»Bitte, Jo. Gnade«, flehte ich und endlich ließ er von mir ab. Für einen Moment ragte er über mir auf und hielt mich nur mit seinem durchdringenden Blick an Ort und Stelle. Mein Brustkorb hob und senkte sich schnell, und Jos Atem schien sich ebenfalls beschleunigt zu haben. Irgendetwas hatte sich klammheimlich zwischen uns verändert. Die Luft war wie elektrisiert und mein Kopf wollte sich heben, um die Lippen auf seine zu pressen. Wie magnetisch wurde ich von Jo angezogen. Hatte sich der Abstand gerade nochmal verringert? Dann musste Jo sich bewegt haben, denn ich war trotz des sehnsüchtigen Wunschs vollkommen erstarrt. Es konnten nur wenige Zentimeter sein, die uns voneinander trennten. Meine Lippen kribbelten, dabei berührten wir uns gar nicht, ich hatte Herzrasen und das Flattern in der Magengrube wurde mit jeder Sekunde stärker.

Küss mich, küss mich, küss mich.

Wie ein Mantra liefen diese Worte in meinem Kopf ab. Es war fast beängstigend, wie sehr ich diesen Mann begehrte. Wie dringend ich ihn wollte. Reflexartig presste ich die Beine zusammen, um das sehnsuchtsvolle Pochen ein wenig zu mildern. Und genau das war der Moment ... in dem Jo sich zurückzog.

Er sprang förmlich nach hinten und auf seine Füße, und stand so plötzlich neben dem Sofa, dass ich mehrmals blinzeln musste, um es zu begreifen.

Warum hatte ich mich nur bewegt und damit den Moment zerstört und Jo aufgeschreckt?

Für einen Wimpernschlag fixierte mich sein Blick. Der Ausdruck in seinen Augen war derart gequält, dass sich mein Herz schmerzhaft zusammenzog.

Ein paarmal fuhr er sich mit den Händen über das Gesicht, dann griff er nach seinem Whiskeyglas und leerte es in einem Zug.

»Ich gehe ins Bett. Gute Nacht, Su.«

»Jo!«, rief ich ihm nach, als er sich ein paar Schritte entfernt hatte.

Er hielt inne.

»Ist alles in Ordnung?« Es ärgerte mich, dass meine Stimme nicht selbstsicher klang. Jos Verhalten verunsicherte mich mehr, als es sollte. Vermutlich hatte ich mir diese Anziehung zwischen uns eben eingebildet und seine Reaktion war absolut normal.

»Es ist alles okay.« Jo kam die paar Meter zurück zu mir und drückte einen Kuss auf meine Stirn. Für einen Moment verharrten seine Lippen an Ort und Stelle, und ich spürte den warmen Atem auf der Haut.

»Schlaf gut, Muru.« Er richtete sich wieder auf und ließ mich allein.

Verwirrt lauschte ich seinen Schritten und starrte an die Decke. Die plötzliche Stille fühlte sich unangenehm an. Langsam rappelte ich mich auf, schnappte mir mein Buch, das zur Seite gefallen war und drückte es mir gegen die Brust.

Hatte wirklich nur ich diese Spannung zwischen uns gespürt?

Jo

Ich sollte duschen. Kalt. Vielleicht half das, meinen Verstand und Körper gleichermaßen wieder herunterzukühlen. Verdammte Scheiße. Das konnte doch nicht wahr sein. Ich betete inständig, dass Suvi vorhin nichts bemerkt hatte. Davon, wie sehr ich sie begehrte. Das Verlangen, sie zu küssen und ihr anschließend die Kleider vom Leib zu reißen, war so mächtig, dass ich mich immer noch fragte, wie ich es schaffte, diesem nicht nachzugeben. Erst, als sie mir mit ihrer Bewegung gefährlich nahegekommen war und ich gewusst hatte, dass ich mich bei weiteren Berührungen nicht mehr würde halten können, hatte ich endlich wieder meinen Verstand eingeschaltet. Auch wenn es in vielerlei Hinsicht schmerzhaft gewesen war.

Ich legte beide Hände gegen die geschlossene Badezimmertür und lehnte mich dagegen, ließ den Kopf zwischen die Arme fallen, lenkte die Konzentration aufs Atmen. Irgendwann musste so eine Erektion ja wieder nachlassen. Vielleicht wenn ich an irgendetwas dachte, das mich abturnte, was vollkommen unverfänglich war: an Niks runzligen Hintern zum Beispiel. An Suvi und ihre blauen Augen, die herrlichen Rundungen ihres Körpers und die weiche Haut sollte ich jedenfalls nicht mehr denken. Und tat es natürlich prompt wieder. *Nicht hilfreich, Arlanda.* Der innere Monolog änderte ebenfalls nichts. Diese Frau hatte mich verhext. Schon vor so vielen Jahren. Und ich hatte nie das Gegenmittel dazu gefunden. Wie auch? Wenn alles, was ich mir wünschte, nur sie war. Mir wurde bewusst, dass ich gerade eben vermutlich den größten Fehler meines Lebens gemacht hatte. Warum hatte ich Idiot sie nicht geküsst? Ihr endlich gezeigt, was sie mir bedeutete? Weil ich sie als Freundin nicht verlieren wollte, schon klar. Weil es dann kein Zurück mehr geben würde, ebenso klar. Und weil ich der Meinung war, nicht gut genug für sie zu sein, geschenkt. Aber so ging es nicht weiter. Ich schaffte es nicht, sie mir aus dem Kopf zu schlagen, so sehr ich es auch versuchte. Also war es an der Zeit die Strategie zu ändern. Denn ansonsten würde vielleicht wirklich einer wie Erik auf der Bildfläche erscheinen und all das bekommen, was ich mir sehnlichst wünschte. Aber ich musste darüber nachdenken, wie genau ich das anstellen wollte. Denn neben der Tatsache, dass zwischen Suvi und mir eine Menge auf dem Spiel stand, gab es meine Fast-Verlobte und ein Geheimnis, das ich seit Jahren in mir verbarg. Und das nicht gerade dazu beitrug, mich wie ein Traummann zu fühlen, der eine wundervolle Frau wie Suvi verdiente.

Ein Teil in mir wollte augenblicklich ins Gästezimmer stürmen und endlich zur Sache kommen. Ein anderer wollte ebenfalls ins Gästezimmer stürmen und Suvi sagen, dass ich mich seit so vielen Jahren nach ihr verzehrte, und dass mein Herz ausschließlich für sie schlug. Dass sie nicht nur die Frau meiner schmutzigen Träume war, sondern einfach die Frau schlechthin für mich. Aber ein dritter – und leider stärkste Teil in mir – hielt mich zurück. Der feige Teil. Der, der bisher immer gewonnen hatte, weil er mir hunderte Gründe genannt hatte, warum das mit Suvi und mir keine gute Idee war. Und er gewann auch dieses Mal.

Kraftlos ließ ich mich gegen die geschlossene Tür sinken. Ich brauchte unbedingt einen Plan, der entweder beinhaltete, dass ich meine Gefühle ein für alle Male in den Griff bekam, oder aber Suvi endlich gestand, dass ich in sie verliebt war. Welche Option auch immer ich wählte, ich hatte keine Ahnung, wie ich das Ganze anstellen sollte.

Suvi

Der nächste Tag war merkwürdig. Jo und ich schlichen umeinander herum und keiner schien zu wissen, wie er mit dem anderen umgehen sollte. Dieser seltsame Moment von gestern stand zwischen uns und es fühlte sich schrecklich an. Ständig überlegte ich, wie es gelaufen wäre, hätte ich mich anders verhalten. Und um nicht in Verlegenheit zu kommen, Jo wieder aufs Sofa zerren zu wollen, blieb ich die meiste Zeit des Tages im Gästezimmer. Jo verschwand irgendwann am Nachmittag im Keller, als ich mir gerade etwas zu trinken aus dem Kühlschrank holte, und ich hörte wenig später die dumpfen Geräusche seines Schlagzeuges.

Fast schon erleichtert machte ich mich für mein Date mit Erik fertig, als es Zeit wurde. Und ehrlich gesagt war ich froh über die Ablenkung, die diese Verabredung versprach.

Ich entschied, eine schwarze blickdichte Strumpfhose anzuziehen, einen Jeansrock und eine anthrazitfarbene Bluse. Dazu würde ich halbhohe Stiefel tragen.

Ich tuschte mir die Wimpern und legte einen matten roséfarbenen Lippenstift auf. Die Haare fielen mir in weichen Wellen über die Schultern und ich fand mich hübsch. Das durfte man ja ruhig mal von sich selbst sagen. Besonders, wenn es einem sonst nie jemand sagte.

»Willst du so mit Erik essen gehen?« Jo stand mit vor der Brust verschränkten Armen an die Küchenkinsel gelehnt und sah mich mit gerunzelter Stirn an.

»Ähm, eigentlich schon. Warum? Stimmt was nicht?« Irritiert sah ich an mir herunter, konnte jedoch keinen Fleck oder sonst irgendetwas entdecken, das gegen dieses Outfit sprach.

»Bisschen kurz der Rock, oder?«, murmelte er und wandte

sich ab.

»Bitte?« Ich musste mich verhört haben. Dieser Jeansrock reichte fast bis zu den Knien und zusätzlich trug ich eine Strumpfhose. Eine blickdichte dazu. Daran war nichts offenherzig und aufreizend erst recht nicht. Zumindest nicht in meiner Welt.

»Schon gut. Das hätte ich nicht sagen dürfen. Du siehst toll aus.« Jo nahm sich ein Bier aus dem Kühlschrank und lief Richtung Wohnzimmer.

»Nein. Nichts ist gut!«, rief ich ihm nach. Mit in die Hüften gestemmten Händen, folgte ich ihm in den Wohnbereich. »Kannst du mir mal sagen, was mit dir los ist?«

»Du willst wissen, was mit mir los ist?« Abrupt blieb er stehen und baute sich vor mir auf. Grimmig. Aber das war ich auch. Ich reckte ihm mein Kinn entgegen.

»Und jetzt sag bloß nicht, nichts. Dann schreie ich.«

Anspannung wich aus seiner Haltung und seine Schultern sanken nach unten. An seinen Mundwinkeln zupfte ein Lächeln. »Dann schreist du? Echt jetzt?«

»Mann!« Statt zu schreien, stampfte ich mit dem Fuß auf den Boden. Nicht sehr erwachsen, aber es war mir ehrlich gesagt scheißegal.

»Geh zu deinem Date, Su. Und hab einen schönen Abend«, sagte Jo wieder vollkommen ruhig und sah mir direkt in die Augen. »Aber versprich mir, dass du auf dich aufpasst.«

»Ich gehe mit einem deiner besten Freunde aus, schon vergessen? Was soll mir da passieren?«

Jo schnaubte. »Darauf willst du hoffentlich nicht wirklich eine Antwort haben.«

Ich wollte. Aber das Klingeln an der Haustür unterbrach uns. Es war acht Uhr.

»Erik«, hörte ich Jo seinen Freund begrüßen. »Suvi ist fertig.«

Er drehte sich zu mir herum und für einen Moment verhakten sich unsere Blicke ineinander.

Erik die Tür vor der Nase zuzuschlagen war vermutlich keine gute Idee. Dennoch fragte ich mich, wie man sich auf ein Date konzentrieren sollte, wenn permanent zig Fragen im Kopf aufploppten und unbeantwortet blieben. Zum Beispiel jene, warum Jo eifersüchtig war und es nicht endlich zugab? Und was das zu bedeuten hatte? Wenn es ihn störte, dass ich mit einem anderen Mann ausging, hatte Lilly womöglich doch recht und auch von Jos Seite waren die Gefühle für mich nicht nur rein freundschaftlich. Dann hätte diese Strategie tatsächlich funktioniert ...

»Suvi, hey«, unterbrach Erik den Moment und schob sich an Jo vorbei in den Flur. »Wow, du siehst toll aus. Ich bin echt ein Glückspilz, oder Jo?«

»Das bist du wohl«, sagte dieser, ohne den Blick von mir abzuwenden. »Ein verdammt großer. Also versau es nicht.«

Eriks Stirn legte sich in Falten. »Hatte ich nicht vor.«

Endlich setzte ich mich in Bewegung, lief auf die beiden Männer zu und bedachte Erik mit einem Lächeln, woraufhin er zur Begrüßung meine Wange küsste. Der Duft seines frischen Männerparfums stieg mir in die Nase. Nachdem ich in die Stiefel gestiegen war, half Erik mir in den Mantel. Dass er Manieren hatte, gefiel mir genauso, wie das erneute Lächeln, das er mir schenkte.

»Tschüss.« Ich winkte Jo zu, hakte mich bei Erik unter und verließ mit ihm gemeinsam das Haus.

Jo

Wie ein Tiger im Käfig lief ich in meinem Wohnzimmer hin und her, seit Suvi mit Erik aufgebrochen war. Wie sie mich angesehen hatte, als die beiden das Haus verlassen hatten ... So, als habe sie sagen wollen: *»Schau genau hin, ich gehe mit deinem Freund aus.«* Als wäre es ihre volle Absicht, mich in den Wahnsinn zu treiben. Aber warum? Warum sollte sie bewusst Eifersucht in mir schüren? Das ergab doch nur Sinn, wenn ... War es tatsächlich möglich, dass Suvi ebenfalls mehr für mich empfand? Dass sie nur auf ein Zeichen von mir wartete?

Die beiden waren seit etwa einer Stunde weg, als es an der Tür klingelte. Für einen kleinen Augenblick keimte die Hoffnung auf, dass Suvi es sich anders überlegt hatte, und schon wieder zurück war. Dass ... ja, was denn? Dass wir uns endlich in die Arme fielen und uns ewige Liebe schwören würden? Ich verdrehte die Augen über mich selbst und hastete zur Tür, an der es bereits zum zweiten Mal schellte.

»Alec.« Verwundert sah ich meinen Freund und Bandkollegen an, der mit hochgezogenem Kragen vor dem Haus stand.

»Lässt du mich rein?«, fragte er nach einer knappen Begrüßung.

»Ähm, ja. Klar.« Ich öffnete die Tür weiter.

Er stieg aus den Schuhen, hängte seine Jacke auf, marschierte zielstrebig in Richtung Küche und schnappte sich ein Bier aus dem Kühlschrank.

»Ja, fühl dich doch ganz wie zuhause«, sagte ich und folgte ihm in den Wohnbereich.

»Tue ich, keine Sorge.« Er fläzte sich in einen Sessel und streckte die Beine aus. Genüsslich nahm er einen Schluck aus seiner Flasche, über die hinweg er mich musterte. »Und jetzt verrätst du mir vielleicht mal, warum du keinen meiner Anrufe in den letzten zwei Tagen angenommen hast? Warum du nicht zurückrufst? Und am allerwichtigsten: Warum geht Suvi mit Erik aus?«

»Woher weißt du das denn schon wieder?« Die ersten beiden Fragen ignorierte ich.

»Lilly. Sie hat mit Suvi getextet.«

Ich stöhnte.

»Also? Ich höre?«

»Er hat sie zum Essen eingeladen.«

»Warum zur Hölle hast du das zugelassen?«

»Weil Su machen kann, was immer sie möchte?«

»Aber du liebst sie!« Das war keine Frage mehr, sondern eine klare Feststellung. »Und jetzt behaupte bloß nicht nochmal, dass es nicht stimmt. Seit unserem Gespräch bei Tobi habe ich wirklich zur Genüge darüber nachgedacht, und es macht alles so dermaßen Sinn.«

Verwirrt sah ich ihn an. »Was jetzt genau?«

»Dass du nie eine ernsthafte Beziehung hattest, obwohl du der einzige von uns bist, der immer eine Familie haben wollte. Und dass du auf das schmale Brett gekommen bist, Miriam heiraten zu wollen. Echt jetzt, Kumpel. Das ist so was von bescheuert.«

»Zum einen: Lebenspläne können sich ändern. Zum anderen: Was ist so abwegig daran, Miriam zu heiraten?«

»Alles mein Freund. Einfach alles. Diese Frau ist eine gute Managerin, aber keine fürs Leben, so leid es mir tut. Und vor allem keine, mit der *du* glücklich wirst. Glaub mir das.«

»Mal angenommen, du hättest recht –«

»Habe ich«, unterbrach er mich.

»Mal angenommen, ich hätte tatsächlich Gefühle für Suvi –«

»Hast du«, blökte er erneut dazwischen. »Also, was willst du jetzt unternehmen?«

»Ich weiß es nicht. Es ist kompliziert und würde vermutlich ohnehin nicht funktionieren.«

»Sagt wer? Du? Weil du dir diese Geschichte erzählst, dass du nicht gut genug für sie bist?«

»Das bin ich nicht. Du kennst Suvi nicht so gut wie ich, Alec. Suvi träumt quasi von eigenen Kindern, seit ich sie kenne. Und ich kann ihr diesen Wunsch nicht erfüllen.«

»Du kannst ... Was genau willst du damit sagen? Etwa wegen der Band? Das ist doch Quatsch.«

Eindringlich sah er mich an, aber ich hielt seinem Blick nicht stand. Stattdessen hypnotisierte ich die Fussel des kleinen Teppichs, der unter dem Couchtisch lag.

»Ich bin zeugungsunfähig, Alec.«

Die Stille, die entstand, war ohrenbetäubend. Mein Kumpel starrte mich geschockt an, als ich hochsah.

»Nur, damit ich das richtig verstehe«, setzte er irgendwann an. »Es ist rein biologisch ... technisch ... nicht möglich?«

Ich nickte und spürte die Verzweiflung, die einmal mehr in mir aufstieg.

»Scheiße! Und seit wann weißt du das?«

Jetzt nahm auch ich einen großen Schluck Bier. Und dann einen weiteren. Um Sekunden totzuschlagen. »Seit ein paar Jahren«, antwortete ich ausweichend.

»Mehr willst du dazu nicht sagen?«

Diesmal schüttelte ich den Kopf.

»Okay. Verstehe. Auch wenn ich ein wenig enttäuscht bin, dass du uns davon nichts gesagt hast. Immerhin sind wir deine besten Freunde. Aber hey, du wirst Gründe haben. Und vielleicht wirst du ja irgendwann doch noch mit uns darüber sprechen. Hast du dir denn eine zweite Meinung eingeholt? Und gibt es da nicht manchmal auch Möglichkeiten? Mit Therapien? Behandlungen?«

»Hör zu, Alec. Dass ich euch nichts gesagt habe, liegt einfach daran, dass ich keine Ahnung hatte wie. Die Diagnose war ein Schlag ins Gesicht und es hat gedauert, bis ich sie verdaut hatte. Ich habe niemandem davon erzählt. Bis jetzt. Können wir uns deshalb darauf einigen, dass ich alles getan habe, was nötig war und es am Ergebnis nichts geändert hat, und dann das Thema wechseln?« Bittend sah ich ihn an und er nickte.

»Nur noch eins, woher weißt du es? Ich meine ... das erfährt man ja nicht beim Routinecheck?«

Seufzend legte ich die Arme auf den Oberschenkeln ab und fuhr mir mit den Händen über das Gesicht.

»Es war ein Sportunfall. Unschöne Geschichte. Ich ...«, für einen Moment hielt ich inne. »Ich habe beim Eishockeyspielen mit ein paar Jungs keine Ausrüstung und vor allem keinen Tiefschutz getragen.«

»Shit!«

Ja, das traf es auf den Punkt. Nicht nur, dass ich mit dieser bescheuerten Aktion mein gesamtes Leben verändert hatte – ich trug selbst die Schuld. Aus ein bisschen Spaß war innerhalb von Sekunden bitterer Ernst geworden. Aus meinem liebsten Hobby ein Albtraum. Ich hatte seitdem nie wieder auf dem Eis gestanden, sondern beschränkte mich nur noch aufs Zuschauen. Und selbst das war anfangs echt hart gewesen, allerdings liebte ich den Sport zu sehr, um gänzlich darauf zu verzichten.

»Ich war ein junger Möchtegern-Rockstar und ... dämlich. Jetzt muss ich mit den Konsequenzen leben.«

»Tut mir echt leid, Mann.«

»Danke.«

In den folgenden Minuten schwiegen wir, tranken Bier und hingen unseren Gedanken nach. Zum ersten Mal hatte ich das Gefühl, die Last auf meinem Herzen mit jemandem zu teilen. Ich spürte, dass Alec mit mir litt und dass seine Anteilnahme aufrichtig war. Sie änderte zwar nichts an der Tatsache an sich aber es tat gut, einen Freund an meiner Seite zu wissen.

»Um wieder zurück auf Suvi zu kommen«, sagte Alec irgendwann in die Stille. »Du hast recht, du kennst sie besser als ich, aber sie macht auf mich nicht den Eindruck, dass sie damit nicht umgehen könnte. Dass sie kein Verständnis hätte. Ich habe viel eher das Gefühl, dass ihr seit Jahren auf euer gemeinsames Glück verzichtet, weil ihr beide aus Rücksicht auf den anderen den entscheidenden Schritt nicht macht und nicht sagt, was ihr fühlt. So, wie sie dich anguckt, ist doch da von ihrer Seite auch mehr ...«

»Wir sind beste Freunde. Das sind wir, seit wir uns kennen.«

»Und? Ist doch umso besser, wenn die Frau in deinem Bett auch gleichzeitig noch deine beste Freundin ist. Du bekommst also quasi das all-inclusive Paket.«

»Und wenn es nicht funktioniert? Sie doch nichts für mich empfindet? Oder noch schlimmer, wenn sie etwas empfindet und ich dann ihre Erwartungen nicht erfüllen kann? Dann ruiniere ich mit ein paar Worten all das, was wir hatten. Ich verliere den Menschen, der mir neben meiner Familie am nächsten steht. Der Gedanke ist unerträglich.«

Suvi

»Magst du Thai?« Erik warf mir einen raschen Seitenblick zu, bevor er sich wieder auf die Straße konzentrierte. Er fuhr einen schnittigen silbernen Sportwagen mit weichen Ledersitzen, die sich kühl unter meinen Fingerspitzen anfühlten.

Ich nickte. »Klar.«

»Super. Da hat ein neues Restaurant in der Stadtmitte aufgemacht, das ich mal testen wollte. Was meinst du?«

»Hört sich gut an.«

An einer roten Ampel wandte Erik sich zu mir um. »Ist alles okay? Du wirkst nicht, als würdest du dich besonders auf diesen Abend freuen?«

O Mist. »Doch«, sagte ich schnell. »Es ... es tut mir leid. Ich war nur noch etwas in Gedanken. Das war ziemlich unhöflich.«

»Kein Problem.« Er lächelte. »Ich wollte nur sichergehen, dass ich dich mit meiner Einladung nicht völlig überrumpelt habe. Wenn du dich unwohl fühlst ...«

»Nein, nein«, beeilte ich mich, ihn zu beruhigen. »Ich freue mich wirklich über deine Einladung.«

Einige Minuten später, stellte er den Wagen ab und humpelte um das Auto herum. Er öffnete meine Tür und bot mir seine Hand, um mir herauszuhelfen.

»Ein Gentleman. Danke.«

Er deutete eine Verbeugung an. »Stets zu Diensten.«

Wir mussten beide lachen und das Ungezwungene zwischen uns gefiel mir. Ich hakte mich bei Erik ein, und wir steuerten auf das Restaurant zu.

Dort angekommen, öffnete er mir erneut die Tür und ließ mir den Vortritt. Seine Hand lag in meinem Rücken, als ich die Schwelle übertrat und den Blick durch den Raum schweifen ließ.

Das Ambiente wirkte recht dunkel, nur die Bar im hinteren Teil strahlte hell. Die Holztische waren großzügig verteilt, so dass man nicht das Gefühl hatte, anderen Gästen auf dem Schoß zu sitzen. Wer dennoch mehr Nähe wünschte, konnte sich an den großen Tisch in der Mitte des Restaurants setzen. Daran fanden mindestens zehn Personen Platz. Auf einigen Podesten standen Blumenarrangements und moderne asiatische Gemälde zierten die Wände.

Ein Servicemitarbeiter – der kein bisschen asiatisch aussah

– steuerte auf uns zu, nahm die Jacken in Empfang und führte uns zu einem der kleinen Tische am Fenster. Neugierig betrachtete ich die Platzteller, die außen schwarz und innen türkis waren und neben denen Stäbchen lagen. In der Mitte des Tisches brannte eine Kerze, deren Flamme sich in den Gläsern spiegelte. Ich ließ mir den Stuhl zurechtrücken und bemerkte einmal mehr, wie ungewohnt diese Art der Aufmerksamkeit für mich war.

Dankbar nahm ich die Karte entgegen und versteckte das Gesicht dahinter. »Wow, das klingt alles unglaublich lecker«, entfuhr es mir. Und teuer. Das sagte ich allerdings nicht laut.

»Finde ich auch. Wir könnten verschiedene Gerichte bestellen und teilen. Was meinst du? Dann können wir mehr probieren.« Fragend sah Erik mich an.

»Super Idee.«

»Perfekt.« Er grinste. »Hast du schon einen Favoriten?«

»Die Jakobsmuscheln auf grünem Curry mit Thai-Basilikum hören sich traumhaft an. Oder das gegrillte Hühnchen mit Kurkuma, Erdnusssauce, Kokos und Lemongrass. Oder vielleicht ...« Ich verstummte und schlug mir die Hand vor den Mund.

Erik lachte. »Es ist schön zu sehen, dass du Appetit mitgebracht hast. Ich mag das bei Frauen.«

»Das klang ziemlich gierig, oder?« Es sollte mir wirklich peinlich sein, aber ich musste ebenfalls lachen.

»Überhaupt nicht. Höchstens hungrig.«

Er gab unsere Bestellung beim Kellner auf und wir orderten außerdem zwei Fruchtcocktails ohne Alkohol.

»Da wir das nun hinter uns gebracht haben, erzähl mir ein bisschen was von dir, Suvi. Wie kommt's, dass du Urlaub bei Jo machst?«

»Das ist eine etwas längere Geschichte. In Jyväskylä gab es ein paar unschöne Ereignisse.«

»Oh. Ein lästiger Ex?«

Ich schüttelte den Kopf.»Nein ...« Einen Moment zögerte ich, gab mir dann einen Ruck.»Meinen Vater.«

»Shit. Mit Eltern ist es nicht immer so einfach. Das kenne ich.« Er nickte verständnisvoll.»Familie kann man sich leider nicht aussuchen und nicht jeder ist mit einer wie Jos gesegnet.«

»Da hast du recht«, stimmte ich zu.

»Du hast wohl nicht das beste Verhältnis zu deinen Eltern, oder?«

»Sagen wir mal so, innig war es nie«, blieb ich vage.

»Verstehe. Und jetzt macht dein Vater Ärger?«

»Er hat sich anscheinend mit den falschen Leuten angelegt und mich irgendwie in diese Sache mit hineingezogen.«

Eine steile Falte bildete sich auf seiner Stirn, als er die Augenbrauen zusammenzog.»Mistkerl.«

Ich nickte.»Die Polizei meinte, es wäre sicherer für mich, wenn ich eine Weile nicht allein zuhause wäre.«

»Fuck! So schlimm ist es?« Das Entsetzen in seiner Stimme ließ mich zusammenzucken. Er griff über den Tisch hinweg nach meiner Hand und drückte sie.»Tut mir sehr leid, Suvi.«

Benommen nickte ich. Versuchte, das Gefühl zu ergründen, das seine Berührung in mir auslöste. Ob es in meinem Innern zu kribbeln begann. Aber nichts dergleichen geschah.

Jo

Alec war mittlerweile beim dritten Bier angelangt und ich auf Wasser umgestiegen. Der Alkohol schmeckte mir heute nicht besonders und außerdem hatte ich das Gefühl, dass ein klarer Verstand noch hilfreich sein würde.

»Um auf die Ausgangsfrage von vorhin zurückzukommen:

Was willst du jetzt machen?« Herausfordernd sah mein Freund mich an und ich hatte ein Déjà-vu. Situationen wie diese hatte es in den letzten Monaten mehrfach gegeben. Allerdings hatte da nicht ich im Mittelpunkt gestanden und das hatte mir bedeutend besser gefallen.

»Was soll ich schon machen?«

»Na, endlich mal in die Gänge kommen, wäre sicherlich sinnvoll. Denn wie du siehst, haben auch andere Typen Augen im Kopf. Oder willst du Suvi wirklich Erik überlassen?«

Mit zu Fäusten geballten Händen presste ich meine Kiefer aufeinander.

»Dachte ich mir«, sprach Alec weiter. »Also?«

Überfordert zuckte ich mit den Schultern. Mit Gefühlen und all dem, was damit zu tun hatte, kannte ich mich nicht sonderlich aus. Das mit Miriam hatte ich bis jetzt hinbekommen, weil ich sie nicht liebte. Das klang hart, aber so war es. Gott, ich war ein echter Arsch, auch wenn ich mit ziemlicher Sicherheit behaupten konnte, dass unsere Managerin ebenfalls keine tiefe Liebe empfand. In was für eine Scheiße hatte ich mich da nur reinmanövriert?

»War es nicht erst vor ein paar Monaten dein Tipp an Nik, dass Reden ein ganz guter Anfang ist?« Alec hob eine Augenbraue.

»Und was bitte soll ich ihr sagen?«

»Aus eigener Erfahrung kann ich dir raten, es mal mit der Wahrheit zu probieren.« Er grinste.

Und mir wurde übel. Die Wahrheit. Wenn man die so einfach in Worte fassen könnte.

»Ganz ehrlich, Jo, willst du den Rest deines Lebens mit so einer halbgaren Scheiße leben? Dich immer fragen, was gewesen wäre, wenn? Kotzen, wenn du Suvi mit einem anderen Kerl siehst?«

»Fuck, nein. Das will ich nicht«, platzte es aus mir heraus.

»Dann krieg den Arsch hoch. Ich sag das echt ungern, aber sowas erledigt sich nicht von allein. Auch Liebe und Gefühle sind Arbeit. Aber es lohnt sich.«

Ich stöhnte und warf den Kopf gegen die Sofalehne.

»Was ist nur aus unserem schönen, unkomplizierten Leben geworden?«, murmelte ich.

»Wir sind rausgewachsen«, sagte Alec trocken. »Aber glaub mir, das, was kommt, ist viel besser.«

Ich richtete mich wieder auf und sah ihn an. »Wie geht's dir und Lilly eigentlich?«

»Super. Lilly hat sich tatsächlich für die Selbstständigkeit entschieden und neben uns und Hanna hat sie auch schon ein paar Aufträge. Ab und an zoffen wir uns, aber der Sex danach –«

Ich hob die Hand, um ihn zu unterbrechen. »Keine Details, bitte.«

Er grinste breit. »Nein, mal im Ernst. Es fühlt sich großartig an. Besser, als ich jemals gedacht hätte. Jemanden zu finden, der dich genauso nimmt und akzeptiert, wie du bist. Eine Frau, die dieses Leben genauso mitmacht. Es fühlt sich an wie der Jackpot. Mit ihr kann ich mir so ziemlich alles vorstellen.«

»Ich freue mich für euch. Genauso wie ich mich für Nik und Hanna freue.«

»Und wir werden uns für dich freuen, Kumpel. Du kannst dich immer auf uns verlassen.«

»Danke.« Meine Stimme klang plötzlich belegt und ich räusperte mich.

»Jetzt fang aber nicht an zu flennen, ja?«, lockerte Alec prompt die Stimmung wieder auf. »Erzähl mir lieber, wie dein Plan aussieht.«

Ich hatte keinen. Nicht mal annähernd. Alles, was ich wusste, war, dass mich das Wissen krank machte, dass Suvi in diesem Moment mit Erik unterwegs war, dass er sie im Anschluss an das Essen womöglich mit nach Hause nehmen würde. Die Eifersucht fraß sich wie Salzsäure durch mein Inneres und mein Herz verkrampfte sich mit jeder Minute mehr.

Suvi

Ich seufzte genussvoll. Das Essen schmeckte himmlisch. Diese verschiedenen Aromen – süß, salzig, sauer, scharf. Wow. Kaum prickelte meine Zunge, weil das Chili überwog, kam das Salzige der Erdnusssauce oder etwas Süßes von der Mango daher und besänftigte es.

»Es scheint dir zu schmecken, das freut mich.« Erik grinste breit und schob sich ein Stück Jakobsmuschel in den Mund.

»Total lecker«, murmelte ich kauend. »Tut mir leid, dass ich gerade nicht sehr kommunikativ bin, aber ich konzentriere mich auf diese Geschmacksexplosion.«

»Kein Problem.« Es schien ihn nicht zu stören.

Als wir beide unser Besteck zur Seite legten, hielt sich jeder den Bauch und lachte.

»Ich werde morgen eine zusätzliche Trainingseinheit absolvieren müssen, um all das Essen wieder loszuwerden«, jammerte Erik gespielt theatralisch.

»Du trainierst trotz des verletzten Knies?«

Er verzog das Gesicht. »Ich kann es mir nicht leisten, lange Pause zu machen. Dafür bin ich nicht mehr jung genug. Mit zwanzig steckst du einen Trainingsrückstand locker mal weg. Mit Anfang dreißig sieht das schon ganz anders aus.«

»Wie alt bist du denn eigentlich?«

»Ich werde bald einunddreißig. Als ich in die Staaten gegangen bin, war ich Anfang zwanzig und top fit.«

»Das bist du doch immer noch, guck dich mal an.« Ich biss mir auf die Zunge.

»Danke für die Blumen. Aber Eishockey ist ein harter Sport. Und der Nachwuchs schläft nicht. Wenn ich nicht höllisch aufpasse, dann verliere ich den Anschluss. Man hat mich ins Team geholt, damit wir diese Saison die Meisterschaft gewinnen.«

»Aber mit so einer Verletzung solltest du nicht zu leichtfertig umgehen. Ansonsten wird sie nur langwieriger.«

»Hast du dich mit unserer Mannschaftsärztin abgesprochen?« Erik verzog das Gesicht.

»Tut mir leid, ich wollte nicht besserwisserisch klingen.«

»Schon okay. Ich weiß ja, dass du recht hast. Trotzdem fällt mir das Stillhalten extrem schwer. Sport war für mich schon immer mein Ventil.«

»Ventil wofür?«

»Für alles. Stress, Frust, Angst.«

»Oh. Okay.«

»Ja, auch Kerle wie ich haben Dämonen, mit denen sie kämpfen. Aber das ist wirklich nichts, womit man eine Frau beim ersten Date verschrecken oder langweilen sollte.«

»Das tust du nicht, keine Sorge.«

»Weil ich ohnehin keine Chance bei dir habe, oder?«

»Was? Nein! Wie kommst du denn darauf?«

Erik lachte leise. »Ich habe schon wirklich viele Frauen in meinem Leben kennengelernt, Suvi. Und ich merke, ob mein Gegenüber Interesse an mir hat. Sexuelles Interesse, meine ich. Tieferes Interesse. Interesse an mehr als einem Essen.«

»So ist das nicht. Ich finde dich wirklich nett, Erik.«

»Aber du weißt schon, dass nett die kleine Schwester von *scheiße* ist, oder?«

Meine Augen weiteten sich erschrocken. Hektisch schüttelte ich den Kopf.

»Es ist nicht schlimm, Suvi. Ich genieße es trotzdem, mit dir hier zu sitzen.« Er lächelte breit.

»Aber ...« Ich verstummte, was zur Hölle sollte ich sagen? Ich kam mir so undankbar vor.

»Es ist wegen Jo, oder?«

»Wegen Jo?« Meine Stimme war mindestens eine Oktave zu hoch.

»Er behauptet zwar steif und fest, dass da nichts läuft zwischen euch, aber ...«

»Aber?«

»Man muss schon ziemlich bescheuert sein, um nicht zu merken, dass zwischen euch mehr ist, als nur dieses Beste-Freunde-Ding. Im Prinzip kannst du es dir in etwa wie so eine amerikanische Leuchtreklame vorstellen. Kennst du diese blinkenden Pfeile, die auf etwas aufmerksam machen sollen? Ein solcher Pfeil zeigt auf euch beide und darauf steht: *Deeply in love!*«

Ich wollte protestieren, aber diesmal blieben mir die Worte im Hals stecken.

»Es mag sein, dass Jo sich selbst und dir weismachen will, dass da nichts ist, aber seine Eifersucht ist beinahe greifbar gewesen. Gestern schon und vorhin ebenfalls. Glaub mir einfach.«

»Aber warum sagt er dann nichts? Er blockt alles ab. Erst gestern, da ...« Erschrocken verstummte ich. Das ging Erik ja nun wirklich nichts an, was zwischen Jo und mir passiert war.

»Dann mach du doch den ersten Schritt.«

Bei diesen Worten verschluckte ich mich an meinem Fruchtcocktail. »Können wir nicht einfach wieder über dich sprechen?«, wechselte ich hustend das Thema.

Allerdings ließen mich Eriks Worte nicht mehr los, denn nur zu gern wollte ich glauben, dass er recht hatte und dass Jo tatsächlich eifersüchtig war. Das würde bedeuten, dass es für uns vielleicht doch eine Chance gab. Zumindest, wenn er bereit wäre, Miriam zu verlassen. Unsere Freundschaft stand dann zwar nach wie vor auf dem Spiel, aber nur, wer etwas wagte, konnte auch gewinnen. Und das, was es zu gewinnen gab, war alles, was ich mir immer gewünscht hatte. Jo.

Jo

»Habt ihr eigentlich schon irgendwas Neues wegen der Buchhandlung und Suvis Vater gehört?«

»Nicht wirklich. Die Polizei hat sich gemeldet, aber sie haben noch keine konkreten Ergebnisse.«

»Und bis es die gibt, bleibt Suvi erstmal hier bei dir?«

»Auf jeden Fall. Sie kann unmöglich allein zurück in ihre Wohnung. Wenn diese Typen wissen, dass ihr die Buchhandlung gehört, dann haben sie vermutlich auch schon rausgefunden, dass sie gleich darüber wohnt.«

»Und was sagt Miriam dazu? Ich meine, nicht, dass ich dir nicht ohnehin raten würde, dass schleunigst zu beenden – da du ja Gefühle für eine andere Frau hast – aber noch ist sie offiziell deine Freundin.«

Mit den Händen fuhr ich mir über den Bart. »Sie ist noch in Deutschland. Ich ... werde mit ihr sprechen, wenn sie zurück ist. Sowas mache ich nicht am Telefon.«

»Schon klar. Warte nur nicht zu lange. Aus Erfahrung weiß ich –«

Ergeben hob ich die Hände und unterbrach ihn damit. »Ich rede mit ihr. Bei der ersten Gelegenheit.«

Mein bester Freund nickte zufrieden, dann sah er auf die Uhr. »Es ist schon ganz schön spät.«

Er hätte mich nicht daran erinnern müssen, dass Suvi, bereits seit vier Stunden und zwölf Minuten, ein Date mit Erik hatte. Mein Blick wanderte ohnehin alle paar Sekunden auf den Timer an der TV-Anlage.

»Ich werde mal wieder zu meiner Süßen nach Hause fahren.« Alec zückte sein Handy, um sich ein Taxi zu rufen. »Ich kann dich doch alleine lassen, oder?«, fragte er, nachdem er aufgelegt hatte.

»Ich bin okay.«

Alec kniff die Augen zusammen. »Das bist du zwar nicht, aber ich hoffe trotzdem, dass du keinen Mist baust. Rede morgen in Ruhe mit Suvi, Alter.«

Ich versuchte, ruhig und kontrolliert zu atmen. Dann nickte ich. »Mach ich.«

»Das wird schon.« Er erhob sich und klopfte mir auf die Schulter. »Man fühlt sich vorher, als hätte man einen üblen Magen-Darm-Virus, aber hinterher geht's dir besser. Das garantiere ich dir.«

»Dein Wort in Gottes Ohr.«

Als Alec gegangen war, räumte ich die leeren Flaschen weg und verschwand nach oben in mein Schlafzimmer. Mit der festen Absicht, ins Bett zu gehen, schloss ich die Tür hinter mir. Aber anstatt mich auszuziehen und dann zu schlafen, stand ich mitten im Raum und starrte ins Nichts. Mein Kopf schien kurz vor dem Explodieren zu sein, erst recht, wenn die Bilder von Erik und Suvi darin abliefen, wie ein Hollywoodfilm.

Vor einer ganzen Weile hatte Nik mich bei einem gemeinsamen Bootsausflug mal gefragt, ob ich eifersüchtig sei. Er hatte das auf Miriam bezogen und ich hatte nicht gewusst, was ich ihm sagen sollte. Würde er mir diese Frage jetzt erneut stellen, es gäbe nur eine Antwort. Ja, verdammt!

Erik war ein feiner Kerl. Ein Freund, auf den man zählen konnte. Jemand, der mit einem krassen Schicksalsschlag hatte klarkommen müssen, und der deshalb schon früh gelernt hatte, wie kostbar das Leben war, dass man es auskosten und genießen sollte. Trotzdem war er in meinen Augen nicht gut genug für Su. Nicht er, und auch sonst keiner. Und der Gedanke, die beiden könnten sich weiter annähern, brachte mich fast um.

Vor einigen Minuten hatte ich Alec zwar versichert, dass ich morgen in Ruhe mit Suvi sprechen würde, allerdings schien es gerade vollkommen ausgeschlossen, so lange zu warten und reden wurde in manchen Momenten definitiv überbewertet. Ich musste etwas tun. Und damit meinte ich – neben dem Fakt, dass Erik sich warm anziehen konnte, sollte er Suvi wirklich noch einmal angerührt haben – dass ich endlich zeigen musste, dass sie mir wichtig war. Ach was, dass sie die einzige Frau war, für die ich etwas empfand und die ein Verlangen in mir auslöste, das drohte mich von innen zu verbrennen. Wie genau ich das anstellen sollte, war mir jedoch immer noch nicht klar.

Frustriert stöhnte ich, riss die Tür wieder auf und lief nach unten ins Wohnzimmer. Hier hatte ich zumindest das Gefühl, freier atmen zu können.

Ich schnappte mir doch noch ein Bier und dann mein Handy, ließ mich auf die Couch fallen und öffnete zuerst *WhatsApp* und dort den Chat mit Miriam.

›*Hey. Wann kommst du zurück nach Helsinki? Wir müssen dringend miteinander reden.*‹ Bevor ich es mir anders überlegen konnte, drückte ich auf Senden.

Dann öffnete ich Instagram. Ein paar bunte Bildchen waren

sicher die richtige Ablenkung, um jene in meinem Kopf zu vertreiben.

Ich scrollte durch die Beiträge der von mir abonnierten Kanäle. Klamotten, Instrumente, Musikprojekte verschiedener Bands und Künstler. Bei dem ein oder anderen hinterließ ich ein Herz und ein Daumen-Hoch Emoji. Es lenkte mich exakt so lange ab, bis ich an einem Bild von Erik hängenblieb, das er vor drei Stunden gepostet hatte. Ein Tisch voll mit asiatischem Essen und Cocktails, und ihm gegenüber erkannte ich Suvi. All das hätte mich nur mäßig geschockt, schließlich wusste ich, dass die beiden in einem Restaurant waren, es war die Bildunterschrift, die mich zur Weißglut trieb.

»*Datenight. Die Nacht ist noch jung, die Begleitung bildhübsch. Was will Mann mehr ;-)*«

Was Mann – in diesem speziellen Fall Erik – wollte, stellte ich mir nur allzu bildlich vor. Fuck!

Der beste Kuss meines Lebens

Suvi

›*Danke für den schönen Abend. Ich wünsche dir, dass er merkt, was für eine tolle Frau du bist.*‹

Lächelnd stieg ich aus dem Taxi und steckte das Handy zurück in meine Handtasche. Erik war ein netter Kerl. Wir hatten eine entspannte Zeit im Restaurant zusammen verbracht, viel gelacht und noch ein himmlisch leckeres Dessert bestellt, da wir beschlossen hatten, dass Kalorien bei einem Date nicht zählten. Die Frau, die Eriks Herz einmal gewinnen würde, konnte sich glücklich schätzen. Ein klitzekleines bisschen bedauerte ich, dass ich es nicht war, und dass nur, weil mein dummes, dummes Herz so fest davon überzeugt war, dass es nur einen einzigen Mann gab, der es schneller schlagen ließ.

Mit einem Seufzen gab ich den Code in die Schließanlage ein und war einmal mehr verwirrt darüber, dass Jo dafür ausgerechnet mein Geburtsdatum gewählt hatte. *Um es sich besser merken zu können*, so war seine kurze und knappe Antwort ausgefallen.

Leise schlüpfte ich durch die Tür, schloss sie und stellte die Alarmanlage wieder scharf. Ich streifte mir die Schuhe ab und schälte mich aus Mantel, Schal und Mütze. Auf Zehenspitzen schlich ich weiter.

Ein spitzer Schrei entwich mir, als eine dunkle Silhouette vor mir auftauchte. »Himmel, Jo. Du hast mich zu Tode erschreckt. Bist du wahnsinnig geworden? Was machst du hier im Dunkeln?« Die große Gestalt zeichnete sich im schwachen Licht ab, das von der Außenbeleuchtung hereinfiel. Im nächsten Moment ging das Deckenlicht an und ich kniff kurz die Augen zusammen. Jo bewegte sich langsamen auf mich zu und mir blieben weitere Worte im Hals stecken. Seine Züge wirkten angespannt und der Ausdruck in seinen Augen war aufgewühlt.

»Hattest du einen schönen Abend?«, presste er zwischen den Zähnen hindurch und durchbohrte mich förmlich mit seinem Blick.

»Ja, hatte ich. Erik ist wirklich sehr nett. Du kannst dich glücklich schätzen, einen Freund wie ihn zu haben.«

Jos Schnauben klang verächtlich.

»Wie war dein Abend?«, hakte ich nach, fest entschlossen mich jetzt nicht einschüchtern zu lassen, schließlich hatte ich mir doch nichts vorzuwerfen. »Hast du auch was Schönes gemacht?« Ich bekam keine Antwort. Stattdessen kam Jo erneut einen Schritt näher und in den offensichtlichen Zorn mischte sich etwas anderes, das ich nicht greifen konnte. War das etwa wirklich Verlangen? Begehren?

»Warst du mit bei ihm?«, traf mich Jos Frage vollkommen unvorbereitet.

»Wie bitte?«

»Du hast mich schon verstanden, Su? Ich kenne Erik, er fackelt nicht lange, wenn ihm eine Frau gefällt. Also?«

Ich stemmte die Hände in die Hüften. »Es geht dich zwar überhaupt nichts an, aber nein. Natürlich war ich nicht bei ihm zuhause.«

Ein Stöhnen entwich Jo. Eine Mischung aus Verzweiflung und Erleichterung.

»Was ist denn bloß los mit dir? Du müsstest mich doch besser kennen. Ich würde nie bei einer ersten Verabredung mit einem Mann ins Bett gehen. Denn das ist es doch, was du eigentlich wissen wolltest, oder?« Herausfordernd sah ich ihn an und erkannte, wie er bei den Worten zusammenzuckte. »Geht es hier gerade wirklich darum, ob ich mit einem anderen Mann Sex hatte?«

Jos Hand wanderte an seine Kehle und gequält schloss er die Augen. Als er sie wieder öffnete, hatte sich irgendetwas verändert und anstatt mir zu antworten, trat er einen Schritt näher. Und dann einen weiteren. Bis er so dicht vor mir stand, dass ich den Kopf in den Nacken legen musste, um ihm ins Gesicht zu sehen. Die blaugrauen Augen wirkten undurchdringlich. Sein muskulöser Körper ragte vor mir auf. Ich schluckte, spürte ein nervöses Flattern im Magen und merkte, dass meine Hände ein wenig zitterten. Unsere Blicke verhakten sich ineinander und ich traute mich nicht, zu blinzeln.

»Suvi ...« Seine Stimme war so rau und tief und sie traf mich augenblicklich bis in jede Zelle.

»Was ...?« Weiter kam ich nicht, wurde unterbrochen davon, dass Jo sich mir entgegenbeugte, und sein Gesicht sich meinem näherte.

Ich hielt die Luft an. An dieser Stelle waren wir vor vierundzwanzig Stunden schon einmal gewesen und auch jetzt lag diese Spannung zwischen uns. Eine Art magnetische Anziehung. Aber genau wie gestern Abend traute ich mich nicht, die letzte Distanz zu überwinden. Jos Hand glitt an meine Wange, sein Daumen strich federleicht über die Haut und sein Atem kitzelte auf meinen Lippen. Wahrscheinlich würde mir das Herz gleich aus der Brust springen, so heftig wummerte es, so sehr verzehrte es sich danach, diesen Mann zu küssen. Die jahrelange Sehnsucht pulsierte in meinem Körper, drängte, sich endlich zu entladen. *Gott, wäre ich nur noch etwas mutiger,* schoss es mir durch den vernebelten Kopf. Ich versuchte, die nächsten Atemzüge zu kontrollieren, aber es gelang nicht. Nicht, wenn Jo so dicht vor mir stand und unsere Münder sich nur Zentimeter voneinander entfernt befanden. Die Haut unter seiner Hand kribbelte so süß und gleichzeitig verlangte mir die Berührung alles ab, zerrte an meiner inneren Standhaftigkeit. Der Moment dauerte gefühlte Stunden, obwohl es wahrscheinlich nur Sekunden waren. Eine Ewigkeit zu lang, bis Jo die übriggebliebene Distanz zwischen uns endlich überbrückte und ich ihm entgegenkam, weil ich es nicht mehr aushielt. Ein letztes heiseres »Su ...«, entwich ihm, ehe er meine Lippen mit seinen verschloss. Und bevor ich das Gefühl hatte, im Himmel angekommen zu sein.

Weich. Sie waren so viel weicher, als ich es mir in all den Träumen vorgestellt hatte. Und prickelnd, weil der Bart über meine Haut kratzte. Ein leicht herber Geschmack von Bier mischte sich mit dem fruchtigen des Cocktails, den ich vorhin getrunken hatte. Als seine Zunge gegen meine Unterlippe stupste und nur wenig später in meinen Mund glitt, wusste ich, dass ich endgültig verloren war. Dass kein rationaler Gedanke mehr in der Lage wäre, mich hiervon abzuhalten. Dieser Kuss war perfekt.

Jos Hände hatten inzwischen beide ihren Weg an meine Wangen gefunden und er intensivierte die Berührung unserer Lippen. Nur ein wenig, aber genug, um all meine Sinne auf das Kribbeln zu lenken, das davon ausgelöst wurde. Auf unsere Zungen, die miteinander tanzten, als wären sie genau dafür gemacht. Ich stellte mich auf die Zehenspitzen und legte Jo meine Arme in den Nacken.

Wie zwei Ertrinkende standen wir da und küssten uns ohne jegliches Gefühl für Raum und Zeit, bis Jo sich zurückzog, den Kuss unterbrach, seine Stirn gegen meine legte und tief und schnell atmete. Ich weigerte mich, die Augen zu öffnen oder etwas zu sagen, was den Moment zerstört hätte. Widerstand dem

Drang, Jo wieder an mich zu ziehen und mehr dieser betörenden Berührungen einzufordern. Stattdessen lauschte ich in mich hinein und auf das Echo, das dieser Kuss ausgelöst hatte.

Hätte ich Jo angesehen, wäre ich vielleicht vorbereitet gewesen. Darauf, dass er mich abrupt losließ, mir seine Lippen auf die Stirn drückte und ein Stück abrückte. »Schlaf gut«, murmelte, bevor er sich umdrehte und die Treppe hoch hastete.

Nur Sekunden später hörte ich, wie eine Tür geräuschvoll ins Schloss fiel.

Jo

Mit bebenden Schultern und einem Herz, das so kräftig schlug, wie ein harter Rhythmus meiner Bassdrum, stand ich im Schlafzimmer und versuchte, zu Atem zu kommen.

Suvis vanilliger Duft war mir in die Nase gestiegen und das Gefühl, sie zu halten, hatte ausgereicht, um mein Verlangen ins Unermessliche zu steigern. Genauso wie den Wunsch, sie endlich zu küssen. Und dann hatte ich mich nicht mehr mit irgendwelchen selbstauferlegten Regeln davon abhalten können. Ihre zarten Lippen hatten nach irgendetwas Fruchtigem geschmeckt, Maracuja vielleicht oder Mango, und ihre Zunge hatte mich mit wenigen Berührungen schon in den Wahnsinn getrieben. Himmel, das war ein Vorgeschmack auf das Paradies gewesen. Ich hatte es befürchtet. Jetzt, da ich einmal von ihr gekostet hatte, brauchte ich verdammt nochmal so viel mehr davon. Gepaart mit der Eifersucht, die nach wie vor in mir brodelte, war dieser Cocktail selbst für einen Kerl, wie ich einer war, zu stark.

Der Stoff an meinem Hals und über meinem Brustkorb fühlte sich zu eng an. Ich riss mir das Shirt über den Kopf. In der Hoffnung, besser Luft zu bekommen. Aber nur Sekunden später bemerkte ich, dass es rein gar nichts brachte. Alles, was mir helfen würde, hatte ich unten im Wohnzimmer zurückgelassen. War wieder einmal geflohen, wie ein elender Feigling. Dabei wollte ich nichts sehnlicher, als Suvi in die Arme zu schließen und das fortzusetzen, was wir soeben begonnen hatten. *Scheiß auf all die Abers,* brüllte die Stimme in meinem Kopf. *Schließlich hat Suvi den Kuss genauso leidenschaftlich erwidert. Worauf wartest du?*

Ich presste für einen Moment die Augen fest zusammen, als würde mir das Denken dann leichter fallen. Aber wie sollte es, wenn mein Kopf ein absolutes Chaos war und die einzigen Gedanken, die darin Platz hatte, jene waren: Ich will sie wieder küssen!

Suvi

Völlig perplex stand ich da und starrte Jo nach. Fühlte mich, wie in einem Film, bei dem ich die entscheidende Szene verpasst hatte, um dem Verlauf weiterhin folgen zu können. Meine Knie waren immer noch weich von diesem atemberaubenden Kuss, der jeden anderen, den ich bisher erlebt hatte, in den Schatten stellte. Mein Herz überschlug sich und ließ sich gar nicht mehr beruhigen. Im Gegenteil, es verzehrte sich danach, dass weitere Küsse es aus dem Takt brachten.

Doch neben den Glücksgefühlen, breitete sich auch Wut in meinem Bauch aus, die die Schmetterlinge zur Seite schob. Jo hatte mir nach dem Date praktisch aufgelauert und er war eifersüchtig gewesen. Lilly hatte recht behalten. Und dann hatte er mich geküsst, nur um anschließend wieder abzuhauen. Das konnte doch nicht sein Ernst sein.

Mir wurde schwindelig und ich suchte Halt an der Wand. Die Gedanken in meinem Kopf fuhren Karussell.

Um nicht völlig den Verstand zu verlieren, musste ich wissen, was all das zu bedeuten hatte. Jetzt.

Meine Beine setzten sich automatisch in Bewegung, wie ferngesteuert nahm ich eine Treppenstufe nach der nächsten und stellte einen Fuß vor den anderen, bis ich bei Jos Schlafzimmertür ankam. Mein Herzschlag drohte die Rippen zu sprengen und die wackeligen Knie würden sicher gleich nachgeben, weil sie sich anfühlten wie Pudding. Vielleicht würde ich auch ohnmächtig werden. Nervosität rauschte durch mich hindurch und ließ meine Finger zittern. Gerade als ich die Klinke zu fassen bekam, wurde die Tür von innen aufgerissen und ich stolperte unelegant einen Schritt nach vorn.

Jo

Mit den Händen an Suvis Taille stand ich da und atmete schwer.

»Jo?« Ihre heisere Stimme ließ mich ihren Blick suchen. Doch sofort bereute ich, in ihre Augen zu sehen, denn ich verlor mich in dem Blau. Mit den goldenen Sprenkeln erinnerte es, im spärlichen Licht der Nachttischlampe, an den Sternenhimmel. Sus Hände wanderten auf meine nackte Brust. Ich wusste nicht, ob ich mich für die wahnwitzige Idee, mir das Shirt vom Körper zu reißen, kaum dass ich mein Schlafzimmer betreten hatte, verfluchen oder beglückwünschen sollte.

Nur mit Mühe unterdrückte ich ein Zischen. Suvi senkte ihren Blick und ihre Finger zeichneten das Tattoo nach, dass sich über meinen gesamten Brustkorb zog. Jeden einzelnen Buchstaben des Wortes *Hope*, das Bestandteil des großen Ganzen war. Als sie wieder aufsah, biss sie sich auf die Unterlippe, die ich mit aller Macht zwischen ihren Zähnen herausziehen und küssen wollte.

»Jo ...«, flüsterte sie diesmal meinen Namen. Aus ihrem Mund wirkte er wie ein Potenzmittel. Die Retroshorts in der Jeans waren schon lange zu eng, aber so langsam wurde es schmerzhaft. Und der Drang, sie näher an mich zu ziehen und zu küssen, wurde übermächtig.

Suvis Berührungen lösten in meinem Kopf einen Kurzschluss nach dem anderen aus. Eigentlich müsste man die Funken um mich herumfliegen sehen.

Ich hatte keine Ahnung, wer wem entgegenkam und ob ich den größten Fehler meines Lebens beging. Aber als unsere Münder erneut aufeinandertrafen und ich endlich mehr von ihrer Süße bekam, konnte ich nicht wieder zurück. Und das leise Stöhnen, das mir entwich, ließ sich ebenfalls nicht länger unterdrücken. Ihr Geschmack war betörend, ihre Lippen weich und nachgiebig. Wenn ein Fehler sich so anfühlte, wollte ich ab jetzt unendlich viele begehen. Niemals hatte sich ein Kuss so angefühlt, wie dieser. Noch nie hatten sich alle Synapsen derart auf etwas fokussiert, wie auf das kribbelnde Gefühl, dass sich in meinem Körper ausbreitete, je länger diese Berührungen andauerten.

Suvi legte mir ihre Hände in den Nacken und presste sich so eng an mich, sodass wir uns der Länge nach berührten. Sie reckte sich mir entgegen und erwiderte den nächsten Kuss, als würde ihr Leben davon abhängen. So, als wäre die Sehnsucht in ihr mindestens so groß wie in mir.

Meine Arme schlangen sich um ihren Körper, drückten sie fester an mich, wenn das überhaupt möglich war. Ich musste sie spüren. Brauchte ihre Nähe und die Gewissheit, dass sie hier und das gerade kein Traum war.

Als ihre Zunge sich langsam vortastete, meine Lippen streifte – erst vorsichtig, dann mutiger – antwortete ich, indem ich meinen Mund für sie öffnete und den Tanz aufnahm, den sie mir anbot. Immer tiefer wurde der Kuss und wir versanken in diesem Strudel, den er erzeugte. Ließen uns mitreißen. Treiben.

Atmen wurde überbewertet, wenn man nach siebzehn Jahren endlich das bekam, wonach man sich verzehrt hatte, seit die Hormone im eigenen Körper wussten, wozu sie von Nutzen waren.

Immer wieder raunte ich Suvis Namen, wenn unsere Lippen sich für Sekunden voneinander lösten, ließ meine Hände von ihrem Rücken hinauf gleiten und vergrub sie in ihren Haaren, überstreckte ihren Hals, um immer mehr zu bekommen. Ich konnte nicht fassen, dass Su mir nach meinem abrupten Abgang keine gescheuert hatte, sondern, dass sie diesen Kuss mit einer Intensität erwiderte, die mir den Boden unter den Füßen wegzog.

Schwer atmend lösten wir uns ein Stück voneinander und Su ließ ihre Hände wieder herunter auf meine Brust gleiten. Ich wollte protestieren. Das hier sollte nur eine kurze Verschnaufpause sein. Noch lange hatte ich nicht genug von ihr und von dem Gefühl, sie zu küssen.

»Was war das gerade?«, durchbrach sie die Stille.

»Der beste Kuss meines Lebens.«

Suvi

Es fühlte sich an, als wirbelten eine Million Fragen in meinem Kopf durcheinander. Warum hatte er mich geküsst? Wieso hatte ich es zugelassen? Und die Küsse sogar voller Leidenschaft erwidert? War ihm bis in sein Schlafzimmer hinterhergelaufen? Wie konnte es sich so gut anfühlen? Was passierte jetzt? Wie ging es weiter? Würden wir unsere Freundschaft damit zerstören? Wer, wie, was, warum, ...?

»Der beste Kuss meines Lebens« ... da konnte ich ihm nur zustimmen. Kein Mann, mit dem ich bisher Intimitäten aus-

getauscht hatte, hatte es geschafft, ein derartiges Gefühl in mir auszulösen wie Jo. Und wir hatten uns nur geküsst, nicht mehr. Wobei nur diesen Küssen nicht gerecht wurde. Gott, ich hatte weiche Knie und ein Kribbeln im Bauch, als fände dort eine riesen Schmetterlingsparty statt.

»Su? Hey ...« Zwei Finger schoben sich unter mein Kinn und hoben es an. Jos Stimme war tief und rau und sie löste eine Gänsehaut auf meinem gesamten Körper aus, gefolgt von Schauern, die an der Wirbelsäule herabliefen. »Ich will nicht sagen, dass es mir leidtut, weil es nicht so ist. Aber du wirkst nicht besonders glücklich ...« Seine Stirn legte sich in Falten und leise Zweifel trübten seinen Blick. Das Blaugrau seiner Augen wirkte aufgewühlt, wie die winterlich raue Ostsee.

»Ich bin durcheinander«, gab ich zu.

»Gut oder schlecht durcheinander?«

Ein leises Lächeln stahl sich auf mein Gesicht, bei der Unsicherheit in seiner Stimme.

»Gut, glaube ich«, antwortete ich. »Aber ...« Jos Hände legten sich an meine Wangen und sein Mund verschloss meinen, bevor ich weitersprechen konnte. Seine Zunge teilte meine Lippen und um ehrlich zu sein hatte ich in diesem Moment schon vergessen, was ich hatte sagen wollen. Es gab keine Zweifel, wenn wir uns küssten, sondern nur das Gefühl, endlich angekommen zu sein.

All die jahrelang aufgestaute Sehnsucht entlud sich in den Küssen und Berührungen. Die Zuneigung, die ich in der gesamten Zeit unterdrückt hatte, bahnte sich ihren Weg an die Oberfläche. Der Mut war nie groß genug gewesen, Jo die Gefühle, die ich empfand, mit Worten zu offenbaren. Jetzt übernahm mein Körper kurzerhand das Sprechen. Und Jo antwortete. Mal rau und hungrig, dann sanft und vorsichtig. Mal verschlang er meinen Mund förmlich, mal knabberte er zärtlich an meiner Lippe. Und schließlich tanzten unsere Zungen miteinander, so, dass mir Hören und Sehen verging. Einen feurigen Tango Argentino, der zwischendurch in die langsamere finnische Variante überging und einen gemächlichen Rhythmus fand.

Jos Hände glitten unter den Stoff meiner Bluse und die schwielige Haut seiner Finger löste einen Schauer gefolgt vom nächsten in mir aus. Sein leises Stöhnen vibrierte auf unseren Lippen und schickte elektrisierende Impulse durch meine Adern. Hitze sammelte sich in meinem Bauch und weiter südlich davon. Meine Finger machten sich ebenfalls wieder auf den Weg über seinen nackten Oberkörper, erkundeten die beiden Piercings in seinen Brustwarzen, bevor sie sich weiter vortasteten. Vorhin all diese Tattoos aus nächster Nähe zu betrachten, hatte mich schon vollkommen fasziniert. Die Muskeln und Täler jetzt mit den Fingerspitzen nachzufahren, weckte eindeutig das Verlangen nach mehr. Als ich den Bund seiner Jeans erreichte, löste sich Jo von mir und starrte mir derart panisch in die Augen, dass ich fürchtete, einen riesen Fehler begangen zu haben.

Hektisch zog ich die Hände nach hinten, um mich zurückzuziehen, als Jo meine Handgelenke ergriff und sie festhielt.

»Wenn wir das hier fortsetzen, Su, dann gibt es kein Zurück mehr.« Er sah nach unten auf seinen Schritt, anschließend wieder zu mir. »Ich will dich«, sprach er heiser weiter. »So sehr, dass es schmerzt. Und wenn du das auch willst, dann öffnest du diese Hose. Ansonsten ...«

Wahrscheinlich war das die letzte Möglichkeit einen Rückzieher zu machen. Es bei dem bisher Geschehenen zu belassen. Küsse, die in der Realität jeden aus meinen Träumen getoppt hatten. Küsse, die man später aber auch als Ausrutscher deklarieren und in die Schublade der Erinnerungen stecken konnte. Dann, wenn man wieder zur Normalität – zur *Freundschaft* überging. Aber wollte ich das? Konnte ich das noch? In Jo erneut nur meinen besten Freund sehen? War das nicht der Moment, endlich mal alles auf eine Karte zu setzen?

Jo

Mein Herzschlag raste. Es schien, als hätte mein Körper alle sonstigen Funktionen eingestellt und konzentriere sich einzig und allein darauf, was Suvi tat. Sogar die Luft hatte ich angehalten. Würde sie diesen entscheidenden Schritt wagen? Spürte sie die Anziehung und das gleiche Verlangen, das ich empfand? Noch immer hatte ich keinen blassen Schimmer, was dann, und besonders danach passieren würde. Aber um ehrlich zu sein, konnte ich mir gerade auch nicht den Kopf zerbrechen. Möglich war lediglich fühlen, schmecken, streicheln und wieder fühlen.

Suvi trat dicht vor mich und sah von unten zu mir herauf. Als ihre Finger erneut den Bund meiner Jeans trafen und über die sensible Haut knapp darüber strichen, schnappte ich nach Luft. An ihren wunderschönen Lippen zupfte ein Lächeln. Sie wirkte selbstsicher, und so, als wüsste sie genau, was sie tat. Ihre oft so greifbare Unsicherheit schien wie weggewischt. Erneut setzte ich an, um sie zu fragen, ob sie sich sicher war. Ob sie das wirklich wollte. Aber als sie langsam einen Knopf nach dem nächsten öffnete und dabei immer wieder gegen meine Härte stieß, verlor ich die Fähigkeit, zusammenhängende Sätze zu bilden vollends. Nie hatte ich einer Frau so gern die Kontrolle überlassen und mir gewünscht, dass sie sich Zeit ließ, und gleichzeitig der Erlösung sehnsüchtiger entgegengefiebert.

Ungeduldig trat ich die Jeans von den Beinen und nestelte dann an Sus Bluse. Dafür, dass ich fast vollständig entkleidet war, hatte sie eindeutig zu viel an. Meine Finger zitterten nervös beim Öffnen der Knöpfe. Das hatten sie vermutlich das letzte Mal vor unserem allerersten Konzert getan. Suvi war gewiss nicht die erste Frau, die ich auszog, aber ihre nackte Haut vor mir zu haben, kam dem Knacken des Jackpots gleich.

Die dunkelblaue Spitzenwäsche kam zum Vorschein, als die Bluse von ihren Schultern glitt, und rief mir kurz ins Gedächtnis, dass sie die für ihr heutiges Date mit Erik angezogen hatte. Meine Kiefer verspannten sich wie von selbst und eine Erkenntnis traf mich hart: Diese Eifersucht war schon immer ein ständiger Begleiter gewesen. Bei jedem Mann, den Su kennengelernt hatte, wäre ich am liebsten aus der Haut gefahren und hätte sie für mich beansprucht. Nur mit viel Ablenkung und noch mehr One-Night-Stands hatte ich mich davon abgehalten. Im Glauben, dass dies der richtige Weg war.

Suvis sanfte Berührung an meiner Wange holte mich zurück ins Hier und Jetzt. Zärtlich strich sie über die angespannte Kieferlinie, die sich damit wieder entspannte.

»Wo bist du mit deinen Gedanken, Jo?«, flüsterte sie.

»Nicht wichtig.« Schnell schüttelte ich den Kopf. Sie verdiente all meine Aufmerksamkeit. Viel zu lange hatte ich auf einen Moment wie diesen gewartet. Darum ließ ich den Blick jetzt erneut und in aller Langsamkeit über ihren Körper gleiten. »Du bist so wunderschön«, flüsterte ich heiser.

Die helle Haut wirkte zart und zerbrechlich im diffusen Licht, die Konturen weich und jede Rundung perfekt.

»Ich bin nicht aus Porzellan oder Zucker. Du kannst mich ruhig anfassen.« Lächelnd schmiegte sie sich an mich. Nackte Haut traf aufeinander. Die Spitze ihres BHs kratzte über meine Brust und hinterließ ein intensives Prickeln. »Oder hast du es dir anders überlegt?«

»Auf gar keinen Fall.« Mit beiden Händen umfasste ich ihren Hintern, hob sie hoch und warf mich mit ihr aufs Bett.

Suvis Quietschen war wie Musik in meinen Ohren. Wie eine Melodie, auf die ich jahrelang gewartet hatte. Ich schälte sie auch noch aus den letzten Kleidungsstücken und erkundete dann endlich jeden Zentimeter von ihr. Küsste jede Stelle ihres Körpers und ließ mich von ihren Berührungen in den Wahnsinn treiben. Mit den Minuten, die vergingen, verblassten die Gedanken an die Vergangenheit. Und umso intensiver wurde das Jetzt.

Wenn ich einen Wunsch frei hätte, dann wäre es der, dass diese Nacht niemals endete.

Als ich am nächsten Morgen die Augen öffnete, wusste ich, dass sich dieser Wunsch nicht erfüllt hatte. Ich lag allein im Bett. Suvis Kurven schmiegten sich nicht länger an meinen Körper, wie sie es getan hatten, als wir eingeschlafen waren. Und mit der Erkenntnis, dass ich wieder in der Realität angekommen war, trafen mich gleich ein paar weitere. Erstens: Ich hatte meine Fast-Verlobte betrogen, was wirklich scheiße war und auch, dass ich mich bei unserem nächsten Treffen von ihr trennen würde, machte es nicht besser. Zweitens: Die Nacht mit Suvi hatte sich zu richtig angefühlt, um sie zu bereuen. Und drittens: Ich hatte keine Ahnung, wie es jetzt weitergehen sollte. Denn an einem hatte sich nichts geändert: Ich war mir sicher, ich konnte Suvi auf lange Sicht nicht das geben, was sie sich am meisten wünschte.

Und das war mit Abstand die schlimmste Erkenntnis von allen.

Der Morgen danach

Suvi

Gedankenverloren rührte ich in der Pfanne und schob das Rührei von rechts nach links.

Noch immer war die Erinnerung an letzte Nacht unwirklich. Einzig mein überquellendes Herz und jeder beanspruchte Muskel erinnerten mich daran, dass ich nicht – wie so oft zuvor – geträumt hatte. Diesmal waren alle Berührungen, Küsse und Empfindungen echt gewesen. Jos Liebkosungen hatten auf meiner Haut ein Feuer entfacht, das sich in rasender Geschwindigkeit bis in jeden Winkel ausgebreitet hatte. Seine Lippen und seine Hände hatten mich in den Wahnsinn getrieben und seine Blicke mir das Versprechen gegeben, dass er nie etwas Schöneres gesehen hatte. Am liebsten hätte ich die Zeit zurückgedreht, um diese Stunden wieder und wieder zu erleben. Immer aufs Neue diesem Strudel der Gefühle nachgegeben.

Heute Morgen hatte mich – um ehrlich zu sein – dann die Panik gepackt. Davor, wie es zwischen uns werden würde. Worüber wir reden und was Jo jetzt von mir denken würde. Wie wir mit den Gefühlen umgehen würden, die nun endlich nicht mehr versteckt werden mussten.

Um ihn mit diesen Grübeleien nicht zu wecken, war ich aufgestanden und bereitete ein Frühstück zu. Wenn sein Magen nur halb so sehr knurrte, wie meiner, dann war das definitiv eine gute Idee. Sex machte hungrig, das war ganz offensichtlich nicht nur ein Gerücht. Zumindest ein solch ausgiebiger, wie wir ihn letzte Nacht gehabt hatten. Meine Wangen wurden heiß beim Gedanken daran, was dieser Mann alles mit mir angestellt und wie sehr ich es genossen hatte.

In meine Erinnerungen versunken, wendete ich die Speckstreifen in der zweiten Pfanne und hob sie anschließend auf einen Teller, der auf einem Tablett stand. Der Duft war herrlich und ich freute mich schon, Jo gleich damit zu wecken.

»Was genau machst du in dieser Küche?«

Erschrocken fuhr ich herum und erstarrte zur Salzsäule. *Miriam.* Ach du Scheiße! Wo kam die denn her? In meiner postkoitalen Seligkeit hatte ich die Tür nicht gehört, verdammter Mist. Natürlich musste sie nicht klingeln, sondern besaß ebenfalls die Zahlenkombination der Sicherheitsanlage. Sie war Jos Freundin. Eine unsanftere Landung in der Realität hätte es vermutlich nicht geben können.

»Und noch dazu in diesem Aufzug?« Missbilligend sah sie an mir herunter. Ich trug lediglich eines von Jos Bandshirts über meinem Höschen und dicke Wollsocken an den Füßen.

»Ich ... ähm ...«, stammelte ich wenig souverän und hasste es, dass diese Frau mich einschüchterte. Der eisige Blick aus ihren Augen ließ mich frösteln.

»Also? Ich höre.« Selbstsicher bewegte sie sich in der Küche, machte sich einen Espresso und sah mich dann wieder mit diesem bedrohlich ruhigen Blick an.

»Es ist nicht so, wie es aussieht«, begann ich und trat mir gedanklich vors Schienbein. Situationen, in denen diese Sätze fielen, waren fast immer genauso, wie sie aussahen.

Miriam schien das Gleiche zu denken, denn sie zog eine ihrer perfekt gezupften Augenbrauen nach oben. Etwas sagen musste sie da gar nicht.

»Muru, mit wem sprichst du ...?« Jo kam nur in Shorts die Treppe herunter und brach mitten im Satz ab, als er sah, in welche Situation er hereingeplatzt war. »Miriam? Was machst du denn hier?«

Sein Blick glitt zwischen uns beiden hin und her und für einen Augenblick blieb er an meinen nackten Beinen hängen.

»Ich wusste nicht, dass ich neuerdings um Erlaubnis fragen muss, um dich zu besuchen. Außerdem hast du mir gestern Abend diese Nachricht geschickt. Schon vergessen?« Ihre Worte waren so wenig freundlich und liebevoll, dass sich mein Herz schmerzhaft zusammenzog. Jo hatte so viel mehr verdient als das. Verdammt, er hatte all das verdient, was ich ihm geben wollte.

»Nein, natürlich nicht«, antwortete er, ging auf sie zu und küsste ihre Wange. Ich hatte bereits leise aufgeatmet, als Miriam ihre Hand in seinen Nacken legte und ihn zu sich zog, um ihn auf den Mund zu küssen. Am liebsten hätte ich ihr die Augen dafür ausgekratzt und sie angeschrien, dass sie ihre blöden Finger von Jo lassen sollte. Stattdessen versuchte ich, den Schmerz in meinem Herzen wegzuatmen, und hypnotisierte die Regentropfen, die von außen an den Fenstern herunterliefen. Wie passend.

»Su ist für ein paar Tage hier, weil es in Jyväskylä Probleme gab. Ich habe dir ja schon von der Attacke mit dem Ziegelstein erzählt«, hörte ich Jo sagen.

»Du hast so ein großes Herz, Joakim«, zwitscherte Miriam einen Tick zu freundlich. »Und deshalb hast du sie gleich auch noch in dein Bett gelassen?«

Ich erschrak. Wieso ...?

»So ist das nicht Miriam.«

Mein Kopf ruckte herum und ich starrte Jo an. Vermutlich war es verständlich, dass er nicht gleich mit der Wahrheit rausrückte. Bis gestern hatte er vorgehabt diese Frau zu heiraten.

Wollte es womöglich immer noch. Was wusste ich schon? Aber verdammt, es schmerzte, dass er diese wundervolle Nacht zwischen uns verleugnete. Mir wurde übel.

»Verkauf mich nicht für dumm. Sie steht in deinem Shirt morgens früh in der Küche und brät dir Eier mit Speck. Und sie sieht durchgevögelt aus. Wenn du mir nicht sagen kannst, dass noch ein anderer Kerl diese Nacht in deinem Haus verbracht hat, ist die Lage ziemlich eindeutig, meinst du nicht?« Mit ihrem Blick spießte sie zuerst Jo und anschließend mich auf. »Ich nehme an, das war ein einmaliger Ausrutscher, nicht wahr? Denn dann werde ich das einfach vergessen. Allerdings erwarte ich, dass sie das Haus sofort verlässt und zurück in die Provinz verschwindet.«

Ich schnappte nach Luft. Mittlerweile breitete sich der Schmerz aus meinem Herzen auf den gesamten Körper aus. Ich fühlte mich wie ein schmutziger Fehltritt, den diese Frau versuchte loszuwerden.

»Suvi wird nicht gehen, Miriam. Und die Nacht mit ihr war auch kein Fehler.«

Und plötzlich hörte die Welt auf, sich zu drehen.

Jo

Mir war schon letzte Nacht bewusst geworden, dass ich nicht wieder zurückkonnte. In dem Moment, als Suvi und ich die Grenze unserer Freundschaft übertreten hatten, war klar gewesen, dass sich alles ändern würde. Zwischen uns. Aber auch zwischen Miriam und mir. Ich hatte zwar in der Vergangenheit perfektioniert, mir einzureden, dass es richtig war, mit ihr zusammen zu sein, und zuletzt sogar, sie zu heiraten, aber ich hatte das aus rationalen Gründen getan. Hatte geglaubt, Liebe könne man erzwingen. Sie könne sich entwickeln, wenn alles andere passte. Allerdings hatte ich nicht bedacht, dass mein Herz und meine Seele so entsetzlich leiden würden, bei dem Versuch, die wahren Gefühle zu verdrängen. Mum hatte recht, es reichte nicht, dass man ganz gut miteinander auskam, um sein restliches Leben zu teilen. Auch, wenn das mit Suvi und mir nicht funktionieren würde, weil sie einen Mann verdiente, der ihr alles bieten konnte, wovon sie immer geträumt hatte – ich konnte Miriam nicht heiraten. Das war mir ebenso klar.

»Das wirst du nicht tun, Joakim«, ertönte just in diesem Moment ihre schrille Stimme. »Du wirst mich nicht wegen einer, wie *ihr* abservieren.«

Ich fuhr mir mit den Händen über das Gesicht. Diesen Morgen hatte ich mir anders vorgestellt. Für einen Streit wie den hier, hatte ich zu wenig geschlafen und keine Nerven. Wenn man es jedoch genau nahm, war ich selbst an meiner Misere schuld. »Es tut mir leid, Miriam«, setzte ich an, aber sie brauste gleich wieder auf.

»Nein, das tut es nicht. Genauso wenig, wie es Alec leidgetan hat, mich nach einer Nacht aufs Abstellgleis zu schieben. Ihr seid solche undankbaren Scheißkerle!«

Für einen Moment erstarrte ich. »Du hast mit Alec geschlafen?«, hakte ich ungläubig nach.

»Ja, natürlich. Aber dieser Idiot musste ja moralisch werden und sich dann auch noch in Mäuschen Lilly vergucken. Ansonsten hätte ich ihn schon irgendwann davon überzeugt, dass eine Nacht nur der Vorgeschmack auf mehr war. Was ist nur los mit euch Typen? Und jetzt guck nicht so schockiert, als hätte dir jemand deinen Lieblingsteddy geklaut. Ich bin dir doch ohnehin egal.«

»Das bist du nicht, und das weißt du auch«, presste ich durch zusammengebissene Zähne heraus. »Das mit uns erschien mir als das Richtige. Ansonsten wäre ich nicht so hartnäckig gewesen und hätte etwas mit dir angefangen. Aber Alec? Ernsthaft?«

Ich wusste nicht, warum mich das so schockierte. Ich war nicht mal eifersüchtig. Trotzdem fühlte es sich wie ein Verrat an. Von meinem besten Freund, der die ganze Zeit über gewusst hatte, dass ich Miriam gewollt hatte. Und sie musste es ebenso gemerkt haben, immerhin hatte sie auch heute früh die Situation direkt durchschaut. Mal abgesehen davon waren meine Signale nicht sonderlich subtil gewesen in den letzten Monaten. Und trotzdem waren die beiden zusammen im Bett gelandet.

»Wann war das?«

Miriam rollte mit den Augen.

»Ganz ehrlich, eigentlich geht es dich überhaupt nichts an. Aber da Alec ohnehin plaudern wird ... Letztes Jahr irgendwann.«

»Letztes ...? Während wir nicht wussten, wie es mit der Band weitergeht, steigt ihr miteinander ins Bett?«

Sie antwortete mir nicht, aber das musste sie auch gar nicht.

»Versuch jetzt bloß nicht, mir den schwarzen Peter zuzuschieben«, giftete sie mich an. »Das hier ist dein Fehler, Jo. Nicht meiner. Du glaubst, du kannst mich einfach so abservieren? Das lasse ich nicht zu.« Sie pikste mir mit dem Zeigefinger in die nackte Brust und ihr mit Lack überzogener Nagel bohrte sich in die Haut. Der Schmerz war eine willkommene Ablenkung zu jenem, der in meinem Herzen wütete. Zum ersten Mal seit einer gefühlten Ewigkeit sah ich wieder zu Suvi, die am Kühlschrank lehnte und die Arme fest um ihren Körper geschlungen hatte. Nur mit Mühe widerstand ich dem Drang, sie an mich zu ziehen. Es war offensichtlich, wie unwohl sie sich fühlte, und Zweifel und Sorge standen ihr ins Gesicht geschrieben.

»Hör zu, Miriam«, wandte ich mich wieder ihr zu.»Können wir das später besprechen? Wir sollten duschen und uns etwas anziehen. Danach haben wir uns vielleicht alle ein stückweit beruhigt und können vernünftig reden?«

»Spar dir das. Wenn du das hier wirklich durchziehst, dann war's das mit den *Tangorillaz*. Ich werde alle Deals auf der Stelle platzen lassen und ihr könnt euch jemand neues suchen, der euch managt.«

»Bitte?«

»Du hast mich schon verstanden.«

»Warum tust du das?«, entgeistert sah ich sie an.»Und jetzt erzähl mir nicht, weil du mich so sehr liebst. Dass das mit uns beiden nicht die große Liebe ist, wissen wir, seit es begonnen hat.«

»Liebe ist etwas für Schwachköpfe. Für Schwächlinge. Wir beide könnten es richtig weit bringen. Als Team.« Sie straffte die Schultern und warf das blonde Haar zurück.»Ich habe ein Angebot von einer Band in Deutschland, ich brauche nur noch zuzusagen. Beendest du das mit uns, begräbst du all eure Ambitionen im Ausland gleich mit. Mit meinen Kontakten kann ich euch Steine in den Weg legen, die größer sind als ganz Helsinki. Alec und Nik werden ganz sicher richtig begeistert sein. Es ist deine Entscheidung, Jo.«

Suvi

Ich war mir sicher, in diesem Moment hörte man mein Herz brechen. Einmal in der Mitte und dann in viele tausend Einzelteile. Miriam hatte Jo die Pistole auf die Brust gesetzt: ich oder der Erfolg der Band. Wie konnte man nur so berechnend und kaltherzig sein? Sie hatte doch selbst zugegeben, dass sie Jo gar nicht liebte. Und trotzdem zog sie diese fiese Nummer ab. Oder gerade deshalb. Mir war übel und ich hatte keine Lust, mir das länger mit anzusehen. Genauso wenig, wie ich ihren missbilligenden Blicken weiter ausgeliefert sein wollte.

Ich war bereits an der Treppe angelangt, als Jos Stimme hinter mir ertönte.

»Su, bleib hier.«

Ohne auf ihn zu hören, beschleunigte ich meine Schritte und musste aufpassen, auf dem Weg nach oben mit den Socken nicht auszurutschen. Im ersten Stock angekommen, hastete ich ins Gästezimmer und drückte schnell die Tür hinter mir zu. Mit geschlossenen Augen lehnte ich mich dagegen, versuchte, gleichmäßig zu atmen und die Tränen zurückzudrängen.

Das hier hätte ich kommen sehen können. Also nicht gleich, dass Miriam uns quasi in flagranti erwischte und eine Szene machte, aber, dass diese Nacht ein Ausrutscher blieb. Ein schöner Traum, aus dem ich nun erwacht war. Etwas Einmaliges in doppelter Hinsicht.

Von unten drangen laute Stimmen bis ins obere Stockwerk und sogar durch die geschlossene Tür. Jos tiefer Bass und Miriams schrilles Gekeife. Ich hielt mir wenig erwachsen die Ohren zu, wollte das nicht hören. Am liebsten würde ich mir die Decke über den Kopf ziehen und vergessen, was in den letzten Stunden geschehen war. Und mich dann unsichtbar machen und von hier verschwinden. Bedauerlicherweise klappte das nur in der Fantasie und in Romanen und war im echten Leben keine Problemlösung.

Als die Tür in meinem Rücken aufgeschoben wurde, erschrak ich. Durch die Ohren-Zuhalte-Taktik hatte ich nicht gehört, dass sich jemand dem Raum genähert hatte. Schön blöd. Und abgeschlossen hatte ich auch nicht. Noch blöder.

Aus den Augenwinkeln sah ich, dass Jo den Kopf durch den Türspalt steckte. Ich wollte mir die Augen zuhalten, um ihn weder sehen noch hören zu müssen oder sonst irgendetwas.

Mit sanfter Bestimmtheit drückte er weiter gegen die Tür, und um zu verhindern, nach vorn zu stolpern und auf die Nase zu fallen, trat ich einen Schritt in den Raum hinein. Jos Kraft hatte ich ohnehin nicht genug entgegenzusetzen.

Mitten im Gästezimmer blieb ich stehen, drehte mich um und presste die Handflächen weiter auf meine Ohren.

Jo stand im Türrahmen, immer noch mit nacktem Oberkörper und mit nichts als Shorts bekleidet. Scheiße, das war nicht hilfreich. Ich hypnotisierte das Tattoo auf seiner Brust. Keiner konnte von mir verlangen, dass ich ihm jetzt in die Augen sah.

Als sich der geschwungene Hope-Schriftzug samt all der Bilder drumherum und dem dazugehörigen Mann auf mich zubewegten, hielt ich die Luft an.

Jos Finger umschlossen meine Handgelenke und als er meine Ohren befreite, hörte ich, wie er geräuschvoll ein- und ausatmete. Daumen und Zeigefinger hoben mein Kinn an.

»Su ...«, seufzte er heiser. »Warum bist du weggelaufen?«

Für einen Moment kam mir in den Sinn, ihn zu treten. Es war doch nicht so abwegig, dass ich bei der Auseinandersetzung mit Miriam nicht hatte dabei sein wollen. Bei einer möglichen Versöhnung ... Denn es wäre nachvollziehbar, wenn er unter diesen Vorzeichen bei ihr bliebe. Diese Band war sein Traum. Und der von Alec und Nik. Mit einer Trennung würde Jo womöglich auch ihnen alles nehmen.

»Miriam ist weg«, sprach er weiter, ohne mich aus seinem Blick zu entlassen.

»Sie hätte nicht gehen sollen. Sie hat jedes Recht, hier zu sein, Jo«, antwortete ich mit aller Selbstbeherrschung, die ich aufbringen konnte.

»Nein, das hat sie nicht. Nicht mehr.«

Ich blinzelte hektisch, weil mein Körper scheinbar dachte, es könne helfen, das eben gehörte zu verstehen.

»Es ist vorbei. Sie und ich, das ist Geschichte.«

»Was? Aber ... aber ...« Dieses Stottern war nicht souverän. Mal wieder.

»Ich habe es beendet, Su.« Jos Hände legten sich auf meine Schultern und glitten von dort in den Nacken. Unruhig zogen seine Daumen Kreise auf meinem Hals.

»Aber sie hat gesagt, dass eure Karriere davon abhängt.«

»Wenn unsere Karriere von dieser Entscheidung abhängt, haben wir etwas verdammt falsch gemacht. Unsere Karriere sollte einzig und allein von unserem Können abhängen und nicht von einer launischen Managerin, die mich erpressen will.«

»Aber –«

Jo legte zwei Finger auf meine Lippen und brachte mich zum Schweigen. »Nichts aber. Ich werde Alec und Nik anrufen und mit ihnen sprechen. Sie werden es verstehen. Mal abgesehen davon, dass Alec mein Vertrauen ohnehin maßlos enttäuscht hat, in dem Moment als er mit ihr ins Bett gegangen ist. Niemand hat das Recht, mir derart die Pistole auf die Brust zu setzen. Das lasse ich nicht zu. Selbst dann nicht, wenn es das Ende der Band bedeuten würde.«

Ich schnappte nach Luft, was beinahe zur Folge hatte, dass Jos Finger zwischen meine Lippen glitten. Okay, das war erst recht nicht hilfreich. Und Jos anschließender Blick ebenfalls nicht. Diese Geste passte zu dem, was wir in seinem Bett getan hatten, aber ganz sicher nicht hierher. Schnell presste ich die Lippen aufeinander.

»Suvi, die letzte Nacht ...«

»Nicht«, versuchte ich ihn mit erstickter Stimme aufzuhalten. Ich fühlte mich komplett überfordert. Aber ich hätte wissen müssen, dass er nicht lockerließ.

»Letzte Nacht war unglaublich, Su. Wir beide. Eine solche Nacht kann kein Fehler sein. Ich will, dass du das weißt.«

Jo

Wann war mein Leben nur so kompliziert geworden? Dafür konnte es eigentlich nur eine Antwort geben. An dem Tag, an dem ich Suvi das erste Mal gesehen hatte. Denn seit diesem Moment wusste ich, dass sie etwas in mir berührte, was niemand sonst erreichte. Und spätestens mit fünfzehn, als ich in ihrer Gegenwart Schmetterlinge im Bauch und das erste Mal einen Ständer bekommen hatte, war auch klar gewesen, dass sie mehr für mich bedeutete, als nur die beste Freundin zu sein. Alles, was in den Jahren danach passierte, war Geschichte. Eine, mit vielen Affären und kläglichen Versuchen, diese Art der Gefühle wieder loszuwerden.

Aber selbst der Eishockeyunfall und die Tatsache, dass ich nicht der richtige Mann für sie sein konnte, hatte nicht dazu geführt, mich zu entlieben. Dabei wünschte ich mir, dass Suvi glücklich war, und zu ihrem perfekten Glück gehörte eine eigene Familie. Schon als Mädchen hatte sie einmal erzählt, dass sie später gern eine Tochter hätte – Lumi. Und sie sollte nie das Gefühl haben, nicht geliebt zu werden. Gott, es schnürte mir die Kehle zu, daran zu denken, Suvi diesen Wunsch nicht erfüllen zu können. Und doch war ich nie so glücklich gewesen, wie letzte Nacht. Wie in den Stunden mit Su. Ihr nah zu sein und sie lieben zu dürfen. Und um ehrlich zu sein, war die Vorstellung, darauf wieder zu verzichten, unerträglich.

»Letzte Nacht war unbeschreiblich, Jo. Aber ...«

Mit weit aufgerissenen Augen starrte ich sie an. Es durfte einfach nicht sein, dass sie bereute, was passiert war. Die Gefühle zwischen uns waren echt gewesen. Ich konnte mich nicht derart getäuscht haben.

Selbst wenn das mit uns keine Zukunft hatte, ertrug ich den Gedanken nicht, etwas so Wundervolles als Fehler zu bezeichnen. Nichts zwischen uns könnte jemals einer sein.

»Wir hätten das nicht tun sollen.« Damit rammte sie mir förmlich einen Dolch in den Magen. »Du bist in einer Beziehung und –«

»Ich war«, unterbrach ich sie.

»Vor einer Ewigkeit hast du mir das erste Mal von Miriam erzählt. Wie gut ihr zusammen passt und dass du sie davon überzeugen wirst. Jetzt endlich hattest du genau das erreicht, was du wolltest, Jo. Du wolltest dieser Frau einen Heiratsantrag machen, du erinnerst dich?«

Stöhnend fuhr ich mir mit den Händen über das Gesicht. Diese Schnapsidee mit der Hochzeit. Die hatte ich nur damit getoppt, Suvi zu bitten, mir beim Antrag zu helfen. Wie hatte ich nur so dermaßen auf dem Holzweg sein können? »Vergiss diese bescheuerte Hochzeit, okay?«

Suvis Augen verengten sich. »Das kann ich nicht. Jemanden zu heiraten, Jo, das ist etwas Besonderes. Das tut man nicht aus einer Laune heraus.«

Für Sus Welt stimmte das definitiv. Dennoch glaubte ich, dass die Kapellen in Las Vegas längst dicht gemacht hätten und alle Fake-Elvisse arbeitslos wären, wenn es nicht genug Menschen gäbe, die spontan heirateten. Ich behielt meine Theorie trotzdem lieber für mich.

»Es gab einen Grund, warum ich Miriam heiraten wollte, Su.

Und ich werde ihn dir in Ruhe erklären. Aber es war nicht, weil ich sie geliebt habe.«

»Aber warum warst du dann mit ihr zusammen?« Ihre Stimme drückte absolutes Unverständnis aus. »Es will mir einfach nicht in den Kopf, Jo. Warum?«

»Können wir uns fürs Erste darauf einigen, dass ich dafür Gründe hatte und sie sich richtig angefühlt haben?«

Unzufrieden verzog sie das Gesicht.

»Und können wir uns außerdem darauf einigen, dass die letzte Nacht kein Fehler war? Nichts, was wir wieder vergessen oder verleugnen wollen?«

Sie zuckte mit den Schultern. »Können wir«, antwortete sie schließlich, aber ich spürte, dass es sie nicht glücklich machte.

Ich trat einen Schritt auf sie zu und streckte den Arm nach ihr aus. Der Anblick, den sie mir bot, in dem alten *Led Zeppelin* Shirt und den gestrickten Socken war anbetungswürdig. Wirklich, ich hatte nie etwas Schöneres gesehen, als diese Frau in diesem Moment. Mit einem Griff an ihre Taille zog ich sie zu mir heran. Wollte ihre Nähe – nein, brauchte sie. Das war egoistisch, schließlich hatte sich an unserer Ausgangssituation nichts geändert und ich sollte dringend mit Suvi darüber sprechen. Vielleicht hatte Alec ja recht und die Wahrheit würde sie nicht vertreiben, sie nicht abstoßen. Ich fand es nur heraus, indem ich den Mund aufbekam. Aber wie sagte man der Frau, die einem alles bedeutete, dass eigene Kinder nie eine Option sein würden? Wenn man es nicht mal schaffte, diese Tatsache selbst zu akzeptieren und sich nicht dafür zu hassen? Bereits in dem Moment ahnte ich, dass das Chaos dieses Morgens erst der Anfang eines noch viel größeren war.

Suvi

In meinem Inneren tobte ein Kampf. Die Vernunft duellierte sich unaufhörlich mit der Sehnsucht und das war verdammt anstrengend. Zu gern wollte ich mich an Jos Brust werfen, in seine Umarmung kuscheln und daran glauben, dass es ab jetzt ein *uns* gab. Auf der anderen Seite rechnete ich sekündlich damit, dass Miriam durch die Tür stürmte und mir mit ihren manikürten Nägeln das Gesicht zerkratzte, bevor sie mich mit einem kräftigen Tritt nach draußen beförderte.

Als sich erneut Finger unter mein Kinn schoben und es anhoben, zuckte ich zusammen.

»Sprich mit mir, Su. Bitte.« Jos Stimme klang ungewohnt unsicher.

»Ich weiß nicht, was ich sagen soll«, flüsterte ich. »Das alles ... ich ... du ...«

Unsere Blicke verhakten sich und ich hatte Mühe, gleichmäßig zu atmen.

Meine Hände hatten sich auf Jos Brustkorb gelegt, ohne, dass ich es bewusst wahrgenommen hatte. Erst jetzt spürte ich überdeutlich seine nackte Haut und das heftige Pochen seines Herzens unter meinen Handflächen. Mit jeder Sekunde, die verstrich, legte es an Geschwindigkeit zu. Und mein eigener Puls folgte prompt.

Jos Griff an meiner Taille wurde fester und als sein Gesicht sich meinem näherte, schluckte ich trocken.

Seine eine Hand fand ihren Weg an meine Wange und umschloss sie. Die schwielige Innenfläche fühlte sich rau an und doch hatte ich nie eine sanftere Berührung gespürt.

»Su ...«, raunte er, als unsere Münder nur noch Millimeter voneinander getrennt waren.

Selbst wenn ich gewollt hätte, ich konnte ihm nicht antworten. Jede Faser meines Körpers wartete darauf, dass unsere Lippen sich wieder zu einem Kuss vereinten.

Ein leises Seufzen entwich mir, als sie es endlich taten und Jos Mund sich sanft auf meinen presste. Dieser Kuss stand in so krassem Kontrast zu Jos eindrucksvoller Erscheinung, zu den vielen Muskeln und der oft eher rauen Art, die er an den Tag legte, ganz zu schweigen von der Kraft, mit der er Schlagzeug spielte.

Als seine Zungenspitze meine Lippen teilte, verschwand auch der letzte Gedanke. In diesem Moment gab es keine Miriam, keine Band und keine Zweifel mehr. Nur ihn und mich und das Gefühl absoluter Vertrautheit. Jo und Suvi.

Ich schlang meine Hände um seinen Nacken und reckte mich ihm entgegen.

Erst nach einer ganzen Weile lösten wir uns schwer atmend voneinander und rangen um Luft.

Jos Stirn lag an meiner und seine Schultern hoben und senkten sich schnell.

»Was tust du nur mit mir, Su?«, hörte ich seine heisere Stimme und öffnete vorsichtig die Augen.

»Ich bin einfach nur ich. So wie immer«, wisperte ich. »Du bist anders.«

Ein Brummen entwich ihm, dann schüttelte er den Kopf.

»Alles ist anders. Seit ein paar Wochen habe ich das Gefühl, dass irgendein Alien Besitz von mir ergriffen hat. Weißt du, so wie damals, im Film *Men in Black*. Ich komme gegen diese Empfindungen einfach nicht mehr an.«

»Du meinst, ich habe gerade ein Alien geküsst?« Ich zog die Augenbrauen hoch und unterdrückte ein Kichern. »Dann war deine Zunge womöglich ...« Angeekelt verzog ich den Mund und gleich darauf brachen wir beide in Gelächter aus. Jo löste sich ein Stück von mir, sah mich lachend an und schüttelte den Kopf.

»Ich versuche, mit dir über Gefühle zu reden, und deine Fantasie geht mit dir durch.«

»Wer hat denn mit den Aliens angefangen?«

»Schuldig.« Er wirkte allerdings nicht besonders reumütig. Seine Mundwinkel zuckten, als wolle er jeden Moment wieder lachen.

Für einen kurzen Augenblick schien alles wie immer. Das hier waren wir. Beste Freunde. Die Blödsinn miteinander machten, die alberten und sich neckten.

Ein Gedanke stahl sich in meinen Kopf. Wie wunderbar es sein könnte, in Jo einen besten Freund, Liebhaber und Fels in der Brandung zu haben. Das Leben wäre absolut perfekt.

Jo

Suvi erneut zu küssen war egoistisch. Unvernünftig. Dämlich. Und wunderschön. Ich kam nicht länger dagegen an. Jetzt, wo ich einmal in den Genuss gekommen war, wollte ich mehr. Unendlich viel mehr. Und dieser Wunsch schien meine Denkfähigkeit enorm einzuschränken. Anders konnte ich mir nicht erklären, wie ich auf folgende Idee kam: Was, wenn wir erstmal sahen, wie das mit uns überhaupt weiterlief, bevor ich sie mit meinem dunkelsten Geheimnis konfrontierte? Vielleicht merkten wir nach ein paar Tagen, dass wir gar nicht mehr waren als beste Freunde, dass alles andere gar nicht funktionierte. Dann wäre es doch bescheuert, wenn ich jetzt mit der Tür ins Haus fiele. Welcher Mann platzte schon beim ersten Date mit derartigen Details heraus? Niemand. Genau.

Den Gedanken, dass ich von ihr niemals genug bekommen

und das mit uns zu keinem Zeitpunkt ein Fehler sein würde, schob ich von mir. Genauso, dass Wahrheiten auf die lange Bank zu schieben, eine richtig bescheuerte Idee war.

»Worüber denkst du nach?«

Ich hatte gar nicht bemerkt, dass sich ein lautes Schweigen zwischen uns ausgebreitet hatte und wir mittlerweile voreinander standen, ohne uns zu berühren.

»Nicht so wichtig«, wich ich aus und trat wieder einen Schritt auf Suvi zu. Sie legte den Kopf in den Nacken, um zu mir nach oben zu sehen.

Mit beiden Händen umschloss ich ihr Gesicht und drückte einen Kuss auf ihre Stirn. Ein erneuter Blick in ihre Augen zeigte mir Zweifel, die sich darin breitmachten. Schnell verschloss ich ihre Lippen ein weiteres Mal. Als Suvi sich an mich schmiegte, unterbrach ich jedoch unsere Verbindung.

»Du solltest dir etwas anziehen«, brummte ich und hätte mir am liebsten einen Schlag gegen den Hinterkopf verpasst.

»Oh. Okay ...« Suvis Verwirrung war deutlich zu spüren.

»Hey. Nur, damit wir uns nicht falsch verstehen. Dich nackt in meinem Bett fände ich eine großartige Alternative ...«

»Aber?«

»Wir sollten nichts überstürzen.« Ich zuckte mit den Schultern. »Die letzte Nacht war so schon überhaupt nicht geplant und hat alles auf den Kopf gestellt. Vielleicht sollten wir ab jetzt ein bisschen weniger impulsiv vorgehen?«

Sus Stirn legte sich in Falten. »Und das heißt?«

»Dass ich dich jetzt zum Frühstück ausführe.«

»Oh ...«

»Und ich will ein Date.«

»Ein Date? Aber wir kennen uns doch schon ewig. Ich meine ... wir müssen uns doch nicht mehr kennenlernen ... dafür hat man doch Dates, oder?«

»Wir kennen uns in- und auswendig und trotzdem ist das hier etwas vollkommen anderes. Ich finde, gerade deshalb sollten wir unbedingt ein Date haben. Jeder sollte Dates haben. Mit Erik hattest du doch auch eines.«

Suvis Mund verzog sich zu einem Lächeln.

»Das ist es, oder? Du warst wirklich angefressen, dass ich mit deinem Freund ausgegangen bin.«

»War ich nicht.« Ich rollte mit den Augen. »Ja okay, ein kleines bisschen vielleicht.«

Su kicherte.

Die Hände in die Hüften gestemmt sah ich sie an. »Das ist nicht witzig.«

Sie schüttelte den Kopf. »Natürlich nicht«, presste sie hervor, bevor sie vollends anfing zu lachen.

Mit einem schnellen Schritt war ich bei ihr, packte sie und warf sie mir über die Schulter. Ihr Quietschen vermischte sich mit dem Lachen.

»Jo, lass mich runter.« Sie trommelte auf meinen Rücken. »Komm schon, ich werde mich auch beherrschen. Ehrenwort.«

»Als ob.« Ich steuerte aufs Badezimmer zu und erst in der Dusche blieb ich stehen und stellte Suvi auf ihre Füße.

»Was wird das jetzt?« Mit großen Augen sah sie mich an.

Mein Plan war es gewesen, das kalte Wasser aufzudrehen, um mich für ihre Fopperei zu rächen, sie jetzt allerdings an diesem mit Glas umgebenen Ort zu sehen, ließ meine Fantasie in vollkommen andere Richtungen abdriften.

Verdammt, was genau hatte ich mir vorhin dabei gedacht, zu sagen, wir sollten nichts überstürzen und erstmal zusammen frühstücken gehen?

Die Vorstellung, Sus nackten Körper in dieser Dusche nach

allen Regeln der Kunst zu verwöhnen und sie anschließend gegen die kühlen Kacheln gedrückt zu nehmen, ließ mich schlucken.

»Jo? Alles okay?«

»Klar.« Meine Stimme wollte mir nicht gehorchen und der raue Klang blieb Su nicht verborgen. Ihre Wangen färbten sich rosa.

Dann zog sie mich am Bund meiner Shorts zu sich und ehe ich protestieren konnte, stellte sie das Wasser an, das augenblicklich auf uns herunter prasselte. Ich schnappte nach Luft.

Zusammen mit dem warmen Nass verschwanden meine Willenskraft und die Vernunft im Abfluss. Erst recht, als Su, dass mittlerweile durchweichte *Led Zeppelin* Shirt über den Kopf zog und auf den Boden fallen ließ.

Suvi

Was für ein Morgen! Nein, was für eine Woche! Immer wieder fragte ich mich, ob das hier noch mein Leben sein konnte. Der Überfall auf die Buchhandlung, mein Vater, der sich mit der Spielmafia angelegt hatte, Jo, der sich mal wieder als Retter erwiesen hatte, und der plötzlich so viel mehr war, als nur mein bester Freund. Von all diesen Wendungen bekam ich so etwas wie ein Schleudertrauma.

Fertig angezogen saß ich mittlerweile im Gästezimmer, nachdem Jo und ich die morgendliche Dusche auf äußerst belebende Art und Weise ausgedehnt hatten. Hitze stieg in mir auf, wenn ich daran dachte, was dieser Mann mit mir angestellt hatte. Ich hatte all die Jahre wirklich viel Zeit zum Träumen gehabt, wie erfüllend es wäre, mich seinen Liebkosungen hinzugeben. Die Realität toppte jede einzelne Fantasie. Und es war nicht nur die körperliche Anziehung, die die Schmetterlinge in meinem Bauch zu wahren Freudentänzen anstachelte. Es waren Jos Blicke und seine sanfte Art, die mir bestätigten, dass ich mit diesen Gefühlen und Empfindungen nicht allein war.

Mein Handy klingelte und hielt mich davon ab, über den Flur in Jos Schlafzimmer zu stürmen und ihn zu bitten, aufs Frühstück zu verzichten und stattdessen den Tag in seinem Bett zu verbringen.

»Hallo?«, nahm ich das Gespräch an und erschrak über die Heiserkeit in meiner Stimme. Schnell räusperte ich mich. Man musste mir die unanständigen Gedanken ja nicht gleich anhören.

»Frau Kalttonen, hier ist Polizeikommissar Virtanen.«

Automatisch setzte ich mich aufrecht hin und verdrängte auch noch die letzte Erinnerung, die Jo und mich nackt beinhaltete.

»Hallo, Herr Virtanen. Gibt es etwas Neues? Haben Sie diejenigen gefunden, die es auf meinen Laden abgesehen haben? Kann ich mein Geschäft bald wieder öffnen?«

»Leider nein. Bisher war aus ihrem Vater noch nicht viel rauszubekommen. Aber wir sind weiter dran. Es gab heute früh einen anonymen Hinweis, dem wir jetzt nachgehen werden. Geben Sie uns noch ein paar Tage, dann haben wir sicherlich schon mehr in der Hand.«

Ich kaute auf meiner Wange herum und tippte mir mit dem Zeigefinger gegen die Nasenspitze. »Hören Sie, ich lebe von diesem Laden. Es wäre wirklich gut, wenn ich bald wieder arbeiten könnte. Jeder Tag, den er geschlossen ist, bedeutet für mich auch keinen Verdienst.«

»Das verstehe ich. Dennoch sollten wir nicht unvorsichtig sein. Wenn es sich bei diesen Leuten wirklich um die Spielmafia handelt, dann ist mit denen nicht zu spaßen. Und Sie wollen sich doch nicht in Gefahr bringen, oder?«

Schnell schüttelte ich den Kopf. Im selben Moment ging die Tür auf und Jo kam herein. Fragend musterte er mich.

»Nein, natürlich möchte ich das nicht«, antwortete ich dem Polizisten. »Aber ich kann auch nicht ewig hierbleiben, verstehen Sie?«

»Sicher. Wir geben unser Bestes, dass dieser Fall schnellstmöglich erledigt sein wird. Ich rufe Sie wieder an, wenn ich etwas Neues weiß. Halten Sie sich bitte nach wie vor zu unserer Verfügung.«

»Das mache ich.«

»Und gehen Sie nach Möglichkeit nur in Begleitung vor die Tür.«

»Bitte? Ich dachte, ich bin hier in Helsinki sicher.« Meine Stimme nahm augenblicklich einen schrilleren Klang an.

»Davon gehen wir aus. Aber man kann nie wissen. Wenn diese Leute über den Laden nichts mehr erreichen ...« Er ließ den Satz unvollendet und ich schluckte. Als ich zu Jo hinübersah, der an der Wand lehnte, entdeckte ich eine steile Falte, die sich auf seiner Stirn gebildet hatte.

»Seien Sie einfach wachsam«, fügte der Kommissar hinzu, bevor er sich verabschiedete und mir versicherte, dass er sich bald wieder melden würde.

»Was ist los?« Jo stieß sich von der Wand ab, kam mit schnellen Schritten auf mich zu, ging vor mir in die Hocke und durchbohrte mich mit seinem Blick.

»Nichts.«

»Su!«

»Es war nur der Kommissar, der mir sagen wollte, dass sie immer noch nichts Neues herausgefunden haben.«

Unzufrieden brummte Jo. »Und warum hast du dann hektische rote Flecken am Hals und guckst, als hätte man dir gerade gesagt, dass du nie wieder Cupcakes essen darfst?«

»So gucke ich nicht.«

»Nein, stimmt. Du guckst, als wäre etwas passiert, das dich aus der Bahn geworfen hat. Und ich möchte wissen, was es ist.« Seine Hände umschlossen mein Gesicht. »Bitte.«

»Ich soll nicht allein vor die Tür gehen«, erwiderte ich zögerlich. »Und ich soll hierbleiben. So lange, bis sie etwas Konkretes in der Hand haben gegen diese Leute, die meinen Vater erpressen.«

»Und weiter?«

»Nichts weiter. Aber ich kann doch nicht auf unbestimmte Zeit bei dir wohnen bleiben, Jo.«

Seine Gesichtszüge entgleisten.

»Und warum bitte nicht?«

Jo

Natürlich stand es außer Frage, dass Suvi hierblieb, solange es in Jyväskylä zu gefährlich für sie war. Davon abgesehen genoss ich es, sie um mich zu haben, und wollte die Tatsache, dass sie irgendwann zurück in unsere Heimatstadt ging, am liebsten verdrängen.

»Ich muss wieder arbeiten. So lange der Laden zu ist, verdiene ich kein Geld. Ich habe zwar ein bisschen was gespart, aber das reicht nicht ewig. Und mit dem Geld wollte ich eigentlich ...«

Sie verstummte.

»Was wolltest du damit?« Meine Daumen strichen über ihre Kieferlinie.

»Ich wollte endlich die Reise nach Lappland machen, von

der ich schon mein ganzes Leben träume. Dafür habe ich jeden Euro zur Seite getan, der übrig war.«

Ich musste schlucken. Seit Jahren brauchte ich mir keine Gedanken mehr über Geld zu machen. Wenn ich reisen wollte, dann tat ich es. Stand mir der Sinn nach shoppen, ging ich los und überlegte nicht lange.

Suvi hingegen achtete genau darauf, wofür sie etwas ausgab. Dass sie mit dem Laden keine großen Sprünge machen konnte, wusste ich. Aber gesprochen hatten wir über unsere finanziellen Situationen nie im Detail. Ich würde nicht zulassen, dass sie sich ihren Traum nicht erfüllen konnte.

»Solange du hier bei mir bist, brauchst du dir um Geld keine Sorgen zu machen, Muru«, sagte ich sanft und beugte mich vor, um ihre Lippen mit einem Kuss zu verschließen, aber sie drehte den Kopf weg.

»Nein!«, platzte sie heraus. »Das kommt überhaupt nicht infrage. Ich werde mich ganz sicher nicht von dir aushalten lassen.«

Ich stöhnte leise. Sie war stolz, das wusste ich nicht erst seit heute.

»Ich halte dich nicht aus, Su. Ich helfe dir. Das macht man so unter Freunden.« *Und bei den Menschen, die man liebt*, ergänzte ich stumm, weil mich etwas daran hinderte, diese entscheidenden Worte auszusprechen.

Unglücklich verzog sie das Gesicht. »Das ist doch scheiße«, flüsterte sie. »Ich will einfach arbeiten und mein eigenes Geld verdienen.«

»Das wirst du auch wieder. Schneller als du gucken kannst. Und bis dahin ...« Jetzt erwischte ich ihre Lippen und küsste sie. »Bis dahin, streich einfach das Wort Geld aus deinem Wortschatz und Gedächtnis.« Ich zwinkerte ihr zu. »Und jetzt lass uns frühstücken gehen. Bist du fertig?«

Sie nickte, und obwohl ich ihr anmerkte, dass das Thema für sie nicht erledigt war, ließ sie sich von mir auf die Füße ziehen.

Als wir aus dem Haus kamen, sah ich mich heute automatisch ein wenig genauer um. Es gefiel mir nicht, dass die Polizei nicht ausschließen konnte, dass diese Mafiatypen auch hier auftauchen konnten.

Von Natur aus war ich nicht ängstlich. Nie gewesen. Aber hier handelte es sich um Suvi. Und bei ihr hatte schon immer irgendetwas in meinem Kopf ausgesetzt. Bereits mit sechs hatte ich dem ersten Jungen die Schippe übergezogen, weil er sie geärgert hatte. Und in den Jahren danach hatte ich mich sogar geprügelt, nur um das Mädchen mit den roten Haaren zu verteidigen. Es ging nie um Banalitäten oder gar um mich. Sondern immer nur um Suvi. Darum, sie zu beschützen.

»Ist alles okay?« Fragend sah sie mich von der Seite an, während ich das Auto durch den Stadtverkehr lenkte.

»Alles super. Ich habe einen riesen Hunger«, erwiderte ich grinsend und hoffte, sie bemerkte meine Sorgen nicht.

»Wir hätten auch zuhause essen können. Dann hättest du nicht warten müssen.«

Das stimmte. Aber beim Anblick der Eier mit Speck, die immer noch in der Pfanne auf dem Herd gestanden hatten, war mir augenblicklich Miriam eingefallen. Und mit der Erinnerung an ihre Szene von heute Morgen war mir der Appetit vergangen.

»Keine Sorge, bis in die Stadt halte ich es noch aus.« Grinsend warf ich ihr einen Blick zu.

»Hast du eigentlich schon mit Alec und Nik gesprochen?«, hakte Suvi vorsichtig nach. Ganz offensichtlich war ich nicht der Einzige, der sich gerade an unseren morgendlichen Gast und damit an meine Ex – aka die Managerin der *Tangorillaz* erinnert hatte.

»Ich habe kurz mit Nik telefoniert. Er steht voll hinter meiner Entscheidung.«

»Und Alec?«

»Der Arsch hat mit meiner Freundin geschlafen«, blaffte ich heftiger als beabsichtigt und bereute es sofort. »Sorry. Meine Ex meinte ich natürlich.«

»Aber ihr wart noch nicht zusammen, als die beiden ...«

Ich schnaubte. »Ja, jetzt weiß ich auch warum. Weil sie eigentlich scharf auf Alec war. Und erst als er sie nicht mehr rangelassen hat, war ich besser als keiner von uns.« Es war ätzend, aber es kränkte meinen Stolz, obwohl ich die Frau nie wirklich geliebt hatte.

Suvi

»Bist du eifersüchtig?«, wollte ich wissen und hasste es, dass meine Stimme bebte. Wir hatten noch mit keiner Silbe darüber gesprochen, was genau das zwischen uns war, ob es überhaupt irgendetwas war. Trotzdem konnte ich nichts dagegen tun, dass mich die Eifersucht quälte, sobald ich an die Managerin der *Tangorillaz* dachte.

»Was? Nein!« Energisch schaltete Jo in den nächsten Gang. »Ich liebe Miriam nicht. Deshalb bin ich auch nicht eifersüchtig. War ich nie. Aber es fuckt mich ab, dass Alec mich hintergangen hat und nicht mal den Arsch in der Hose hatte, es mir zu sagen.«

»Vielleicht hat er gedacht, dass die Sache einen Streit nicht wert ist«, überlegte ich laut.

»Ich glaub eher, er hatte keinen Bock, sich einen neuen Schlagzeuger zu suchen.«

Jo bog in eine Parklücke und stellte den Motor ab. »Aber es ist egal. Da Nik auf meiner Seite ist, stünde es ohnehin zwei gegen einen, sollten wir uns nicht einigen. Ich werde Alec anrufen, wenn wir wieder zuhause sind. Erst brauche ich ein paar Kohlehydrate und etwas Zucker für meine Nerven.« Er öffnete die Autotür, stand nur Sekunden später auf der Beifahrerseite und hielt mir die Hand hin, damit ich ausstieg.

Seine Finger umschlossen meine fest, als wir durch den Nieselregen zum Café liefen, das nur ein paar Meter entfernt war.

Ein Kribbeln breitete sich zaghaft in meinem Körper aus, je länger wir Händchen hielten und je mehr die Erkenntnis in meinen Verstand sickerte, dass wir so durch die Stadt spazierten und jeder uns sehen konnte.

Ich musste Jo unbedingt darauf ansprechen, wie er das zwischen uns sah. Waren wir wirklich ein ... Paar? Bei diesem Gedanken fing mein Herz wie wild an zu pochen, und Aufregung ergriff Besitz von mir.

Jo ließ mich los, hielt mir die Tür auf und schnell schlüpfte ich ins Innere des Cafés, dankbar, dem Schmuddelwetter zu entkommen.

Wir steuerten einen kleinen Tisch im hinteren Teil des Raumes an. Jo nahm mir meinen Mantel ab und hängte ihn mit seiner Jacke an einen Haken an der Wand. Dann setzte er sich mir gegenüber.

Wir waren früher immer mal wieder zusammen etwas essen gegangen, wenn Jo seine Familie in Jyväskylä besucht und wir uns getroffen hatten. Und trotzdem fühlte sich das hier anders an. Ich hatte beinahe das Gefühl, als würden wir uns doch neu kennenlernen. Verrückt, was Sex verändern konnte. Plötzlich war ich verkrampft im Umgang mit dem Mann, den ich schon mein ganzes Leben kannte und unsicher, ob ich meine Gefühle für ihn laut aussprechen konnte.

»Entspann dich, Su«, kam es prompt von Jo, als hätte er

meine Gedanken gelesen. »Das hier sind nur wir.« Er griff über den Tisch und umschloss meine Finger mit seinen. Er drückte sie kurz, dann reichte er mir die Karte. Er selbst schaute nicht hinein.

»Weißt du schon, was du willst?« Verwundert musterte ich ihn.

Jo nickte. »Ich nehme Rühreier mit Speck und Vollkornbrot. Dazu einen Smoothie und einen Kaffee. Und die Bananen Pancakes.«

»Wow. Okay.«

Er grinste breit. »Großer Mann, großer Hunger.«

»Ich schwanke noch zwischen dem Porridge mit Beeren und Erdnussbutter und dem Avocadotoast.« Nachdenklich tippte ich mir mit dem Finger gegen die Nasenspitze.

»Nimm doch einfach beides, wenn du dich nicht entscheiden kannst.«

»O nein. Das schaffe ich niemals.«

»Kein Problem, ich opfere mich, solltest du vom Toast etwas übriglassen. Was möchtest du trinken?«

»Einen Cappuccino und einen Orangensaft.«

»Alles klar, dann gehe ich schnell bestellen.«

Ich sah Jo nach und erinnerte mich an seine Worte von vorhin. *»Entspann dich«*, hatte er gesagt, *»Das hier sind nur wir.«* Es fiel mir schwer, zu glauben, dass er keinen Unterschied spürte. Natürlich, er war immer noch der Mann, der er gestern und all die Jahre zuvor gewesen war, und ich war ebenfalls dieselbe, wie vor unserer gemeinsamen Nacht. Und doch war da eine unsichtbare Barriere, durch die es mir plötzlich unmöglich schien, Jo so zu behandeln wie vorher. Bescheuert, aber wahr.

Einige Minuten später machten wir uns über das Frühstück her, das unheimlich lecker war. Ich schmunzelte, weil Jo den

Eindruck erweckte, als habe er seit Tagen nichts zu essen bekommen. Das Rührei war in Windeseile vom Teller in seinen Magen verschwunden, und er widmete sich schon den Pancakes, die mit einer Schokoladensauce überzogen waren.

»Schmeckt es dir?«, nuschelte er und ertappt schob ich schnell einen weiteren Löffel des Porridges mit einigen Blaubeeren in den Mund. Gleichzeitig nickte ich. »Genau das Richtige nach der letzten Nacht, oder?«

Ich verschluckte mich. Es war eine Sache gewesen, mit Jo zu schlafen – zuhause. Mit ihm darüber zu sprechen, in der Öffentlichkeit, war etwas vollkommen anderes.

Jo

Suvi sah mich nicht an. Stattdessen hypnotisierte sie die Bowl mit dem Haferbrei vor sich. Nebenbei bemerkt, fragte ich mich, wie man das freiwillig essen konnte. Müsli ließ ich mir gefallen, aber diese Pampe ... nein, echt nicht. Genießerisch schob ich mir ein weiteres Stück Pancake in den Mund und genoss den lockeren Teig zusammen mit der Schokoladensauce, die auf der Zunge zergingen. Eier mit Speck und ein paar Pancakes waren das perfekte Frühstück und genau der Energielieferant, den ich nach der letzten Nacht und unserer ausgiebigen *heißen* Dusche heute Morgen brauchte.

Es fühlte sich seltsam an, Su gegenüber zu sitzen und daran zu denken, was zwischen uns passiert war. Seltsam gut. Und seltsam verwirrend. Einfach so zu tun, als wäre es das Normalste auf der Welt und als hätte sich rein gar nichts geändert, war mit ziemlicher Sicherheit falsch. Zu verleugnen, dass unsere – was auch immer das war – auf einer Lüge basierte, noch falscher. Aber ich hatte keine Ahnung, wie ich Suvi diese entscheidende

Tatsache sagen sollte, ohne, dass ich mit der Tür ins Haus fiel und mich wie ein totaler Loser fühlte. Gestand man sich nicht außerdem erst einmal seine Gefühle, bevor man die Zukunft plante? Und wann tat man das? Sicher nicht gleich am ersten Tag, oder?

Wer wusste schon, wie sich das mit uns entwickeln würde. Was, wenn das Lockere zwischen uns flöten ging? Der unbeschwerte Umgang miteinander verschwand? Wenn wir uns auf die Nerven fielen, zu viel vom anderen erwarteten? Der Sex schlechter wurde ...

Okay, das implizierte, dass es davon mehr geben würde. Dass zumindest ich mehr davon wollte. Und scheiße, ja, das tat ich. Unbedingt. Und mindestens genauso dringend wünschte ich mir, mit Suvi auf dem Sofa vor dem Kamin zu sitzen und einfach nur ihren Vanilleduft zu inhalieren. Ihr dabei zuzusehen, wie sie mehr von diesen wahnsinnig guten Texten schrieb. Apropos ...

»Hast du eigentlich mal darüber nachgedacht, ob ich Alec deinen Text zeigen darf?«, wechselte ich das Thema und wusste selbst, dass ich das nicht nur tat, weil es eine Lösung für Suvis finanzielle Situation wäre, wenn sie ihre Texte vermarkten würde. Zum einen kam ich drum herum, mir weiter das Hirn über uns zu zermartern. Zum anderen würde das womöglich diese ganze Miriam-Tragödie zwischen Alec und mir etwas entschärfen, denn er war mir eindeutig einen Gefallen schuldig – mindestens.

Überrascht sah Suvi von ihrem Toast mit Avocado auf, dem sie sich inzwischen gewidmet hatte.

»Glaubst du denn wirklich, dass Alec ihn mögen könnte?«

»Machst du Witze? Er wird begeistert sein. Hundertprozentig.«

»Ich habe noch nie jemandem etwas von mir zu lesen gegeben.« Sie schob ein paar Brotkrümel auf ihrem Teller hin und her.

»Es fühlt sich komisch an. Irgendwie ... zu intim. Blöd, ich weiß.«

»Hey.« Über den Tisch hinweg griff ich einmal mehr nach ihrer Hand. »Das ist nicht blöd. Es sind deine Emotionen, die du da verarbeitest. Natürlich fühlt sich das intim an. Trotzdem glaube ich, du würdest viele Menschen damit berühren.«

Ein zögerliches Lächeln legte sich auf Suvis Lippen.

»Du kannst Alec ja mal fragen, ob er überhaupt Lust hat, sich meine Sachen mal anzusehen.«

Ich nickte. »Das mache ich.« Allerdings würde ich Alec keine wirkliche Wahl lassen, das war sicher.

»Möchtest du das noch essen?«, wechselte Suvi das Thema und schob mir ihren Teller entgegen.

»Klar. Bist du schon satt?«

»Bin ich«, bestätigte sie. Sie hatte nur die Hälfte des Brotes gegessen.

»Gut für mich«, grinste ich und biss herzhaft hinein.

Suvi

Puh. Streitende Männer waren eine ungemütliche Angelegenheit. Seit Alec die Schwelle zu Jos Haus übertreten hatte, waberte das Testosteron förmlich durch die Luft. Am liebsten hätte ich mich verkrümelt und die beiden sich selbst überlassen, aber da Jo vermutet hatte, dass es dann zu Handgreiflichkeiten gekommen wäre, hatte er mich gebeten zu bleiben. Und auch Alec schien glücklich darüber. Mehr als einen dankbaren Seitenblick hatte er mir schon zugeworfen. Sein schlechtes Gewissen, weil er mit Miriam im Bett gelandet war, als Jo sich bereits für sie interessiert hatte, war offensichtlich. Man sah es an seinem gequälten Gesichtsausdruck und er hatte sich schon zig Mal entschuldigt.

»Alter, es tut mir leid, okay?«, wiederholte Alec abermals seine Worte.

»Bisschen wenig, meinst du nicht?«, knurrte Jo.

»Was willst du denn von mir? Soll ich vor dir auf die Knie fallen? Meine Lieblingsgitarre verbrennen?«

»Du hättest gar nicht erst mit ihr vögeln sollen.«

O Mann, ob ich mich jemals mit diesem Wort anfreunden konnte? Mit einem anderen Menschen zu schlafen war für mich etwas Schönes. Ein Akt, der auf Vertrauen beruhte. Von mir aus war es Sex, wenn man es nicht Liebemachen nennen wollte. Aber wenn Jo und Alec übers Vögeln sprachen, dann klang das hart und gefühllos. Ich mochte das Wort nicht. Und das Gefühl, dass es vermittelte, erst recht nicht.

»Ich bin nicht stolz drauf. Es war eine beschissene Situation damals. Diese Blockade, der Druck. Alles hing von mir ab. Ich hatte zu viel getrunken an dem Abend und ...«

Mit erhobener Hand unterbrach ich ihn. »Benutz nicht den Alkohol als Ausrede, bitte. Dann wird es echt erbärmlich.«

»Aber ...«

»Nein, nichts aber. Ich dachte immer, es gäbe diesen Bro-Kodex, nachdem man die Finger von der Frau des Kumpels lässt.«

»Ihr wart zu der Zeit noch nicht zusammen.«

»Aber du wusstest, dass ich sie wollte.«

»Was ich nie verstanden habe ...«

»Ach, und deshalb bist dann *du* mit ihr ins Bett gegangen? Das ist total logisch«, gab Jo sarkastisch von sich.

»Hör zu, Jo. Keine Ahnung, was mich da geritten hat, okay? Es steht definitiv unter den Top Drei der bescheuertsten Dinge, die ich je getan habe.«

»*Was* dich geritten hat, weiß ich auch nicht. *Wer* vermutlich schon«, murmelte Jo und mir zog sich der Magen zusammen, denn augenblicklich hatte ich Bilder in meinem Kopf, die Miriam und Jo zeigten. In eindeutigen Posen. Und darauf konnte ich gut und gern verzichten. Sie war seine Ex und natürlich hatten sie miteinander geschlafen. Aber ich wollte mir das nicht vorstellen.

Als hätte Jo mein Unbehagen gespürt, griff er nach meiner Hand und drückte sie. Er formte ein lautloses »Sorry« mit den Lippen und lächelte knapp. Ich rechnete damit, dass er mich wieder losließ, aber er verflocht unsere Finger ineinander und legte sie auf seinem Oberschenkel ab.

Mein Herz machte einen Satz. Und einen weiteren, als Alec auf unsere Hände starrte.

»Ihr habt es echt hinbekommen!«, sagte er überrascht. »Oder habe ich gerade Halluzinationen?« Er deutete auf unsere Finger. »Du hast echt mit ihr geredet, Alter? Wow. Und es ist ganz offensichtlich kein Problem für dich, Suvi. Das ist toll.«

Verwirrt sah ich ihn an, dann hilfesuchend zu Jo, der Alec jetzt erst recht ansah, als wolle er ihn einen Kopf kürzer machen. Es fehlte nur, dass er mit dem Finger einmal an seiner Kehle entlangfuhr. Irgendwas hatte ich verpasst und es schien wichtig zu sein.

»Habe ich was Falsches gesagt?« Auch Alec wirkte irritiert. »Ich dachte, euer Händchenhalten –«

»Denk nicht so viel«, grätschte Jo dazwischen. »Und alles andere ist unsere Sache. Wir lassen es langsam angehen, oder?« Er sah mich fragend an und ich nickte zögerlich.

»Womit habe ich kein Problem?«, wollte ich von Alec wissen. Der lieferte sich allerdings immer noch ein Blickduell mit dem Mann, der neben mir auf dem Sofa saß.

»Nichts, schon gut«, wiegelte Alec schließlich ab. »Ich hatte Befürchtungen, dass dir die Entfernung zu groß wäre und dass

Jo jetzt berühmt ist.«

Meine Stirn legte sich in Falten. Als ob das wichtig war, wenn man jemanden liebte.

»Es war einfach nur Alecs kläglicher Versuch, von seinem Bockmist abzulenken, den er verzapft hat«, warf Jo ein. »Verwirrung stiften, damit er aus der Schusslinie ist. Hat aber nicht funktioniert, mein Freund.«

Auch diese Erklärung überzeugte mich nicht, ich hakte jedoch erstmal nicht weiter nach. Stattdessen fingen die beiden Männer wieder an, zu diskutieren.

Jo

»Hör zu, Jo, was ich gemacht habe, war dämlicher als dämlich und ich habe oft gedacht, dass ich es gern rückgängig machen würde. Ich war so down in der Zeit und habe nichts richtig auf die Reihe bekommen. Alle Texte, die ich geschrieben habe, klangen nach dem größten Schrott aller Zeiten. Eines Abends kam Miriam vorbei ...« Alec zuckte mit den Schultern und verzog das Gesicht. »Eine halbe Flasche Wein hatte ich da schon intus und im Verlauf des Abends kam noch mehr dazu. Irgendwie hat mir Miriams Zuwendung gutgetan. Sie war zur Abwechslung mal kein namenloses Groupie, sondern jemand, mit dem mich etwas verband. Für ein paar Stunden habe ich mich ein bisschen weniger verloren gefühlt. Am nächsten Morgen war das Gefühl vorbei. Ich konnte mir nicht mal im Spiegel in die Augen schauen, so schäbig kam ich mir vor. Aber es war passiert.«

Mein bester Freund ließ seinen Kopf zwischen die aufgestellten Arme fallen. Ich nahm ihm seine Reue ab. Er war kein Arsch. War er nie gewesen. Und nach der Nummer, die sein Vater in der Vergangenheit mit ihm abgezogen hatte, war ihm Aufrichtigkeit wichtig. Noch weniger verstand ich, warum er nicht den Mund aufgemacht hatte.

»Wieso hast du es nicht einfach gesagt?«, hakte ich nach. »Du pochst doch immer so auf Ehrlichkeit und Vertrauen.«

Zerknirscht sah er mich wieder an. »Ich weiß. Und ich war unzählige Male kurz davor, glaub mir. Aber ich hatte Schiss. Davor, dass ich die Band dann komplett ruinieren würde. Nicht nur, dass ich als Songschreiber und Frontmann unbrauchbar war, ich hätte auch noch unseren Drummer auf dem Gewissen gehabt. Hättest du hingeschmissen, wäre es meine Schuld gewesen. Der Gedanke war unerträglich. Die Band, ihr, das war alles, was ich hatte.«

»Du hättest es drauf ankommen lassen müssen, Alter. Nichts zu sagen war einfach kacke. Ist doch eigentlich klar, dass sowas immer irgendwie rauskommt.«

Er nickte. »Geschieht mir recht, schätze ich. Und ich könnte auch verstehen, wenn du mich hochkant aus deinem Haus schmeißt.«

Ich warf einen Blick aus dem Fenster und in den Helsinkier Novemberregen. »Verdient hättest du es.« Grinsend sah ich zu ihm zurück. Dann wurde ich wieder ernst. »Wir sind seit einer Ewigkeit beste Freunde. Was wir alles zusammen erlebt haben, reicht für zehn Leben. Ich bin sauer. Stinkig, um genau zu sein. Und wenn Suvi nicht neben mir sitzen würde, hätte ich dir vielleicht doch eine reingehauen. Aber unsere Freundschaft ist mir wichtig. Ich habe mich heute Morgen übrigens von Miriam getrennt.« Geräuschvoll atmete ich aus. »Und ich fürchte, wir müssen uns eine neue Managerin oder einen Manager suchen.«

Alecs Miene wechselte von begeistert zu besorgt.

»Miriam hat versucht, mich zu erpressen: Su oder der Erfolg

der Band. Aber ...«

»Du hast dich für die Freiheit und für Suvi entschieden, schon klar, Jo. Vollkommen verständlich.«

»Wir können es ohne sie schaffen, auch wenn sie das für ein Ding der Unmöglichkeit hält. Unser Erfolg darf nicht von einer Person abhängen, sondern lediglich von unserem Können.«

»Mich brauchst du nicht zu überzeugen, Jo. Ich sehe das genauso. Und ihr Verhalten zeigt nur, dass es längst Zeit gewesen wäre sie zu feuern. Sie ist und bleibt menschlich eine Vollkatastrophe.«

Diesmal konnte ich ihm nicht widersprechen, auch wenn ich sie in der Vergangenheit oft genug in Schutz genommen hatte. »So sieht es leider aus. Und ich bin froh, dass wir uns alle drei einig sind.«

»Du hast schon mit Nik gesprochen?«

»Ja«, gab ich zu. »Ihn habe ich gleich heute Morgen angerufen. Bei dir musste ich mich erst noch etwas abreagieren, nach den Offenbarungen.«

Alec stand auf und hielt mir seine Hand hin. »Es tut mir wirklich leid. Auch wenn sie eine Bitch ist, hatte ich kein Recht mit ihr ins Bett zu gehen, in dem Wissen, dass du sie wolltest.«

Ich erhob mich ebenfalls und erwiderte seinen Handschlag. »Vergessen wir es einfach. Ich sollte froh sein, dass ich sie los bin.«

»Stimmt.« Er grinste. »Was für eine Schnapsidee, diese Frau zu heiraten, nur weil ...«

Mit einem mörderischen Blick brachte ich ihn ein weiteres Mal zum Schweigen und zog ihn in eine Umarmung. »Klappe«, raunte ich so, dass nur er es hörte.

»Nur weil sie ganz passabel aussieht«, vollendete Alec seinen Satz. An seinem anschließenden Blick erkannte ich, wie er die Tatsache fand, dass ich bisher nicht offen mit Suvi gesprochen hatte.

So viel zum Thema Aufrichtigkeit und Ehrlichkeit.

So viel mehr

Vier Wochen später

Suvi

Vier Wochen waren vergangen. Vier. Und ich wohnte immer noch bei Jo in Helsinki. Nicht, dass ich mich beschwerte, ihn täglich um mich zu haben. Oft halbnackt. Aber im Ernst, das konnte keine Dauerlösung sein. Die Polizei vertröstete mich bei jedem Anruf, dass sie bald ein Ergebnis haben würden, und jedes weitere Mal hatten sie keines. Mein Vater mochte viel von seinem Verstand im Alkohol ertränkt haben, aber die Angst schien so groß zu sein, dass er nach wie vor die Klappe hielt. Dass er mich damit weiterhin in der Schusslinie ließ, war ihm dabei scheinbar schnurzpiepegal.

Warum auch hätte sich jetzt plötzlich irgendetwas ändern sollen? Weshalb sollte ihm mein Wohl nach einunddreißig Jahren auf einmal am Herzen liegen? Er hatte mich nur aufgesucht, weil er meine Hilfe brauchte und nicht, weil er sich aus einem anderen Grunde daran erinnert hatte, dass es seine Tochter gab. Aus Liebe zum Beispiel.

Apropos Liebe. Jeden Tag verliebte ich mich noch ein bisschen mehr in Jo. Mittlerweile musste ich mich nicht länger mit den Träumereien zufriedengeben. War nicht in die Vorstellung verliebt, die ich von ihm gehabt hatte, als er damals mein bester Freund gewesen war. Nein, jetzt lernte ich Tag für Tag auch all die Facetten kennen, die den Jo ausmachten, der er geworden war, seit er unsere Heimat verlassen hatte.

Natürlich hatten wir uns in den letzten Jahren immer mal wiedergesehen oder telefoniert, aber das war nicht dasselbe.

Hier mit ihm gemeinsam unter einem Dach, an seiner Seite und in seinem Bett ... mir wurde allein beim Gedanken an die Nächte furchtbar heiß. Jo war nicht nur ein hilfsbereiter und zuvorkommender Mann, der mir in jeder Minute das Gefühl gab, dass ich ihm wichtig war, er war außerdem ein wunderbarer Liebhaber und im Bett ziemlich ausdauernd. Vermutlich hatte ich – seit ich mit achtzehn von zu Hause ausgezogen war – nicht mehr so wenig geschlafen, wie in den letzten Wochen.

»Warum grinst du so?« Jo trat zu mir ans Waschbecken, an dem ich mich gerade fertigmachte, und begann sich die Haare zu stylen.

»Nichts weiter«, nuschelte ich. »Wann müssen wir los?«

Wir waren bei Alec und Lilly eingeladen. Das hieß, der Sänger der *Tangorillaz* hatte für seine Freundin eine Überraschungsparty zu ihrem dreißigsten Geburtstag organisiert.

»In einer halben Stunde, wenn wir pünktlich sein wollen.« Er warf mir über den Spiegel hinweg einen Blick zu. »Ich habe aber schon gemerkt, dass du das Thema gewechselt hast.«

Ertappt verzog ich das Gesicht.

»Waren die Gedanken so unanständig?« Jetzt war es Jo, der grinste. »Oder warum willst du sie mir nicht verraten?«

Weil wir in den letzten vier Wochen nie über unsere Gefühle gesprochen hatten und darüber, was genau das zwischen uns wirklich war. Man musste nicht allem einen Namen geben. Manches ergab sich einfach. Langsam wäre mir jedoch wohler, wenn ich wüsste, wie Jo das Ganze sah, und ob es etwas Ernstes für ihn war. Ein paar Mal hatte ich versucht, unsere Gespräche darauf zu lenken und mir fest vorgenommen, Jo meine Gefühle zu gestehen. Aber er wich dem Thema aus, wann immer wir uns diesem näherten. Den Gedanken, dass er das tat, um sich nicht festzulegen, schob ich regelmäßig beiseite, sobald er sich meldete.

Ich beschwerte mich nicht über erfüllenden Sex und die Zuwendungen, die Jo mir im Bett entgegenbrachte, nicht über die Dates, zu denen ich ausgeführt wurde – sie waren allesamt wundervoll – aber auf Dauer genügte mir dieser Schwebezustand nicht. Dieses »*Wir lassen es langsam angehen und schauen was passiert*«. Jetzt, da ich wusste, wie es war, mit Jo zusammen zu sein, wünschte ich mir einen offiziellen Beziehungsstatus. Ich wollte aus seinem Mund hören, dass wir ein Paar waren und dass er eine gemeinsame Zukunft für uns sah. Dass er ebenfalls in mich verliebt war.

»Ich habe an letzte Nacht gedacht«, antwortete ich ihm und hatte damit ja nicht mal gelogen.

»Mmh«, gab er vergnügt von sich, beugte sich zu mir herüber und küsste die empfindliche Haut meines Halses. Das Vibrieren seiner Lippen löste eine Gänsehaut aus, die sich von dieser Stelle rasend schnell ausbreitete. »Vielleicht sollten wir einfach hierbleiben. Wenn ich an letzte Nacht denke, fallen mir auch einige Dinge ein, die ich einer Party vorziehen würde.«

Seufzend schloss ich die Augen, kurz davor ihm zuzustimmen.

Stattdessen schob ich ihn mit sanfter Bestimmtheit zur Seite. »Nichts da. Es ist Lillys dreißigster Geburtstag. Den können wir nicht verpassen.«

»Da hast du recht. Dann verschieben wir es auf später.«

»Wir könnten später auch einfach mal reden ... über uns?«

»Reden? Heute Nacht?« Mit gespieltem Entsetzen riss Jo die Augen auf. »So war das aber nicht gedacht.«

»Wir werden sehen«, erwiderte ich und griff nach meiner Wimperntusche.

»Das werden wir.« Mit einem Klaps auf den Hintern ließ Jo mich wieder allein im Bad.

Ich nahm mir vor, später wirklich mit ihm zu sprechen. Die immer stärker werdende Unruhe in meinem Innern musste ein Ende haben. Egal, wie die Antwort ausfallen würde, ich wüsste dann zumindest Bescheid. Das sagte ich mir zigmal und versuchte damit, die Übelkeit zu verdrängen, die sich kontinuierlich verstärkte, seit ich diesen Entschluss gefasst hatte.

Jo

Ich wusste, dass es an der Zeit war, dass wir miteinander redeten. Über uns. Seit vier Wochen drückte ich mich jetzt davor. Weil ich egoistisch war und zu sehr genoss, wie es zwischen uns lief. Mit jedem Tag, den ich Suvi an meiner Seite hatte und einen Vorgeschmack auf ein *Für immer* bekam, fiel es mir schwerer, die Wahrheit zu sagen. Denn dann würde ein *never ever* daraus werden. Und den Gedanken ertrug ich nicht. Nicht mehr. Ich liebte Suvi und hatte Angst, sie wieder zu verlieren.

Als wir in Tobis Restaurant ankamen, lag alles im Dunkeln. Das war Teil des Plans. Lilly hasste Überraschungen und Alec hatte es sich in den letzten Monaten zur Aufgabe gemacht, ihr zu beweisen, dass sie damit auf dem Holzweg war. Ich schmunzelte. Die beiden ergänzten sich wirklich perfekt. Lillys ruhige und eher schüchterne Art, die Alec zwischendurch innehalten ließ, und Alecs Spontaneität, die Lilly immer wieder aus ihrem Schneckenhaus herausholte. Beide schienen verdammt glücklich und endlich dort angekommen, wo sie sein wollten. Beneidenswert.

»Hey ihr zwei«, wurden wir von Nik, Hanna und Tobi begrüßt. Im hinteren Teil des Restaurants entdeckte ich außerdem Alecs Mum, Ella und Matti, und noch ein paar weitere Leute, die im spärlichen Licht nicht zu erkennen waren. Aus den Augenwinkeln bekam ich mit, wie Hanna und Suvi sich umarmten und Hanna meiner Freundin etwas ins Ohr flüsterte.

Meiner Freundin ... Freundin im Sinne von *Freundin*.

»Alec müsste jeden Moment mit dem Geburtstagskind hier sein«, unterbrach Tobi meine Gedanken. »Er hat mir gerade eben eine Nachricht geschickt. Also, jeder in Position.«

Wir begaben uns zu den anderen und grüßten schnell in die Runde, bevor alle sich duckten, damit man uns nicht gleich sah, wenn die Tür aufging.

Ich war mir Suvis Nähe so sehr bewusst und erschauerte wohlig, als sie ihre Hand in meine schob und ihr Daumen über meinen Handrücken strich.

Schnell beugte ich mich zu ihr herüber und drückte ihr einen Kuss auf die Lippen. Jede Geste zwischen uns fühlte sich an, als müsse sie genauso sein. Wir fühlten uns richtig an. Echt.

Und dann öffnete sich die Tür, Licht erhellte das Restaurant, alle sprangen auf und brüllten laut: *Überraschung!*

Es war zum Schießen, wie Lilly guckte und wie sie Alec gegen den Oberarm boxte, bevor sie über das ganze Gesicht strahlte und freudig in die Hände klatschte.

Jetzt konnte man auch sehen, dass das Restaurant mit vielen Ballons und Lichterketten geschmückt war, dass jede Menge Vasen mit roten Rosen aufgestellt worden waren, und Tobi dabei war Kerzen auf den Tischen anzuzünden.

Im Hintergrund wartete ich bis zum Schluss, um Lilly nach allen anderen ebenfalls zu gratulieren.

»Danke, Jo.« Sie umarmte mich. »Wie geht's dir, Cousin?«,

fragte sie mit einem prüfenden Blick »Euch?«

»Gut.«

Ihre Augenbrauen zogen sich zusammen. »Gut, gut? Oder gut, ich weiß auch nicht so recht?«

Hätte sie jemand anderem die Frage gestellt, hätte ich gelacht. Stattdessen rollte ich mit den Augen und wollte mich zurückziehen. Aber Lilly hielt mit sanfter Bestimmtheit meinen Arm fest.

»Ich freue mich für euch, Jo. Und ich finde, ihr passt toll zusammen. Was auch immer dich zweifeln lässt, schaff es aus der Welt, okay?«

Verwirrt runzelte ich die Stirn.

»Wenn du Suvi anschaust, dann sehe ich, wie sehr du sie magst. Aber irgendwie habe ich das Gefühl, dass du nicht all in gehst. Aus Alec ist nichts rauszubekommen, so sehr ich es auch versucht habe. Aber ich hoffe inständig, du machst dir das nicht selbst kaputt. Ich habe dich lieb, Cousin, aber Suvi ist meine Freundin, und ich möchte nicht, dass sie verletzt wird.«

»Das habe ich nicht vor, Lilly. Wirklich nicht.« Ich fuhr mir mit der Hand über den Nacken. »Es ist nicht so einfach, weißt du?«

»Ich weiß vor allem, dass man um die große Liebe kämpfen sollte. Schau dir unsere Großeltern an.«

»Aber es gibt auch Dinge, gegen die sogar die Liebe machtlos ist.«

»Hey, Ihr zwei. Was macht ihr denn für ernste Gesichter?«, unterbrach Alec uns. »Das hier ist eine Party. Zeit, Spaß zu haben.«

Ich setzte ein Lächeln auf. »Du hast recht. Lass dich feiern, Cousinchen. Man wird nur einmal dreißig.«

Lilly erdolchte mich mit ihrem Blick, weil das Gespräch für

sie noch nicht beendet war, ließ sich jedoch von Alec zu den übrigen Gästen ziehen.

Für einen Moment blieb ich allein etwas abseits stehen und beobachtete Suvi, die sich mit Hanna unterhielt und über irgendetwas lachte, was die ihr erzählte.

Ich liebte diese Frau. So sehr, dass kaum Platz für ein anderes Gefühl war. Aber konnte meine Liebe ausreichen? Wir mussten wirklich dringend miteinander reden.

Suvi

Es war eine lustige Party und ich freute mich, all die Leute wiederzusehen, die ich in den letzten Monaten liebgewonnen hatte. Eine Weile hatte ich mich mit Ella unterhalten und mit Belustigung festgestellt, dass Jo mir nicht von der Seite gewichen war.

Bereits einige Minuten saß ich jetzt jedoch auf einem Stuhl, weil sich das flaue Gefühl von vorhin in meinem Magen verstärkt hatte und mir zusätzlich schwindelig geworden war.

Zu wenig gegessen, vermutlich, versuchte ich mich selbst zu beruhigen. Und die Aufregung. Mir schlug so etwas immer schnell auf den Magen.

»Hier, Süße.« Hanna reichte mir einen Teller, den sie vollgeladen hatte. »Pasta. Ich dachte, ein paar Kohlehydrate könnten nicht schaden. Ist irgendwas mit Lachs. Habe zwar noch nicht probiert aber Tobi hat geschworen, dass es gut ist.«

Ich nahm ihr das Essen ab. Eigentlich klang das total lecker und trotzdem sträubte sich alles in mir gegen den Gedanken, etwas davon in den Mund zu schieben. Als mir der leicht fischige Geruch in die Nase stieg, drehte sich mein Magen endgültig um. Ich musste würgen.

»Scheiße, Suvi! Alles in Ordnung?« Hastig nahm Hanna mir den Teller wieder ab. Ich schüttelte den Kopf, sprang hoch und rannte los in Richtung Toilette.

Gott, war mir schlecht. Und alles drehte sich. Gerade noch rechtzeitig beugte ich mich über eine der Keramikschüsseln.

Nur am Rande nahm ich wahr, dass sich die Tür öffnete und Schritte sich näherten.

»Suvi?« Das war Lillys Stimme, eindeutig. »Was ist denn los?«

Überfordert zuckte ich mit den Schultern und stützte mich matt auf dem Rand der Kloschüssel ab.

Gleich darauf hörte ich Hanna und spürte, wie sie mir die Haare nach hinten hielt. »Hast du dir mit irgendwas den Magen verdorben? Zu viel Alkohol kann es bei dir ja nicht sein.«

»Keine Ahnung«, brachte ich leise heraus. »Ich habe eigentlich nichts anderes gegessen als Jo. Und dem scheint es gut zu gehen«, überlegte ich. »Vielleicht ist es Aufregung ...«

Ich versuchte, mich aufzurichten, bereute es aber augenblicklich, weil mir wieder schlecht wurde.

»Übelkeit, Schwindel ...« Hanna zog die Augenbrauen hoch. »Also mir würde da ja außer einer Magenverstimmung und Stress noch etwas anderes einfallen.«

Aber bevor ich dazu kam zu fragen, was sie meinte, übergab ich mich erneut. Boah, war das eklig.

»Es tut mir leid, dass ich dir deine Party verderbe«, jammerte ich an Lilly gerichtet, aber die strich mir nur beruhigend über den Rücken.

»So ein Quatsch, Süße. Du bist meine Freundin. Wenn es dir schlecht geht, ist es doch wohl selbstverständlich, dass ich mich um dich kümmere. Die anderen sind mit gutem Essen und sich selbst genug beschäftigt.«

Unglücklich verzog ich das Gesicht und sah auf.

»Du siehst ziemlich kacke aus«, merkte Lilly an. »Ich hole mal ein nasses Tuch.«

Besagtes hielt sie mir kurze Zeit später an die Stirn und reichte mir ein weiteres, damit ich mir über den Mund wischen konnte.

»Danke«, murmelte ich.

»Geht es dir etwas besser?«

Ich nickte. Die Übelkeit ließ nach.

»Versuch mal, aufzustehen. Hanna, kannst du Suvi eine Cola holen und ein Stück trockenes Brot, bitte?«

»Klar.« Ihre Schritte entfernten sich und ich ließ mir von Lilly hochhelfen.

»Das ist mir so unangenehm«, stöhnte ich und lehnte mich an die Wand.

»Das muss es nicht. Hauptsache, es geht dir jetzt wieder etwas besser. Die Cola wird deinem Kreislauf sicher noch etwas auf die Sprünge helfen.«

Dankbar nahm ich das Glas von Hanna entgegen, als sie zurück in die Toilettenräume kam. Die kühle Flüssigkeit tat gut und ich war froh über den süßlichen Geschmack im Mund.

»Danke.« Ich sah zwischen meinen beiden Freundinnen hin und her.

»Na komm.« Lilly legte mir einen Arm um die Taille. »Lass uns mal wieder nach draußen gehen, so irre gemütlich ist es hier nicht.«

Da stimmte ich ihr zu. Und zum Glück machte mein Magen auch keine weiteren Anstalten mehr zu randalieren.

Jo

»Hast du eine Ahnung, wo Suvi ist?« Fragend sah ich Nik an.

»Ist deine Süße dir abgehauen?«, feixte er und ich verdrehte die Augen. Eine Weile hatte ich mich mit meinem Großvater unterhalten und währenddessen nicht mitbekommen, dass Suvi nicht mehr im Raum war.

»Entspann dich mal. Sie ist eine erwachsene Frau, die sich ja wohl nicht bei dir an- und abmelden muss, oder?«

»Natürlich nicht«, schnappte ich. Als ob ich Su in Ketten legen würde. Trotzdem konnte ich nichts gegen das ungute Gefühl in meinem Innern tun. Immerhin hatte es ein kranker Mafia-Clan auf sie abgesehen. Oder nutzte sie zumindest als Druckmittel. Da war es ja wohl legitim, dass ich nicht tiefenentspannt war.

»Die Polizei hat gesagt, sie soll nicht allein unterwegs sein, weil es zu gefährlich ist, solange sie nicht genau wissen, mit wem sie es zu tun haben. Dieser Ziegelstein, der durch die Scheibe geflogen ist, war das eine, aber was, wenn diese Typen es beim nächsten Mal auf Suvi abgesehen haben?«

»Scheiße, daran habe ich gar nicht mehr gedacht. Gibt es schon irgendwas Neues?«

»Immer noch keine Entwarnung. Keine Ahnung, warum die da so lange brauchen. Es kotzt mich an, dass Su nicht sicher ist.«

»Verstehe ich. Wenn ich mir vorstelle, es ginge um Hanna und Mia ...« Niks Gesichtsausdruck wurde grimmig. »Vielleicht weiß Alec, wo sie ist. Hey, Alec?«

Der kam geradewegs auf uns zu. »Was gibt's?«

»Weißt du, wo unsere Mädels sich verstecken?«

Jetzt wo Nik es aussprach, fiel mir erst auf, dass auch die anderen beiden Frauen nicht zu sehen waren.

»Suvi fühlte sich nicht gut. Sie ist fluchtartig aufs Klo verschwunden und Lilly und Hanna haben sie gerade mit Cola versorgt und kümmern sich um sie.«

»Fuck.« Warum hatte ich das nicht mitbekommen?

»Keine Panik, Jo. Soll vorkommen, dass man sich mal den Magen verdirbt oder sowas. Die drei bekommen das hin.«

Unzufrieden brummte ich.

»Vielleicht ist Suvi ja schwanger?«, überlegte Nik laut.

Entgeistert sah ich ihn an.

»Ich meine ja nur. Ich habe mich da mal eingelesen. So nach vier Wochen kann das anfangen mit der Übelkeit. Seit wann seid ihr jetzt zusammen?«

Ich erstarrte.

»Eingelesen, so so«, hörte ich Alec entfernt sagen. »Dann seid Ihr ja anscheinend bereits einen ganz schönen Schritt weitergekommen, Hanna und du. Bei Jo und Suvi bist du allerdings auf dem Holzweg, Kumpel.«

»Was? Warum denn? Glaub mir, das kann schneller gehen, als einem lieb ist.«

Ja, da sprach er natürlich aus Erfahrung, denn er hatte zwar – genau wie wir – beim Sex ein Kondom verwendet, aber irgendetwas war damit schiefgelaufen und das *Ergebnis* mittlerweile zehn Jahre alt.

Verdammt, Nik hatte keine Ahnung, was er mit seiner Äußerung in mir losgetreten hatte.

»Bei Jo und Suvi kann es trotzdem nicht sein, Nik. Lass gut sein.«

»Hä? Muss ich nicht verstehen, oder? Oder hatten die beiden etwa noch keinen ... Ach, du scheiße. Echt jetzt, Alter? Ihr wart noch nicht miteinander in der Kiste? Also ich mein noch kein Knickknack? Krass ...«

Ginge es hier nicht um Suvi und mich, hätte ich Niks verquere Theorie wahrscheinlich witzig gefunden.

»Nik, lass es jetzt gut sein«, wurde Alec eindringlicher. »Ob Jo und Suvi Sex haben, geht keinen außer die beiden etwas an. Und eine mögliche Schwangerschaft ebenso wenig.«

Nik wollte das nicht so hinnehmen, das sah ich ihm an, denn sein Mund ging schon wieder auf. Eine Stimme in meinem Rücken allerdings unterbrach uns.

»Jo?« Ich fuhr zu Suvi herum, die reichlich blass um die Nase war. Sie sah zwischen uns dreien hin und her und einen Augenblick zu lang blieb ihr Blick an Nik hängen. Mist, hatte sie seine Spekulationen etwa mitbekommen?

»Hey. Wie geht's dir?«, lenkte ich ihre Aufmerksamkeit auf mich und legte meine Hand an ihre Wange.

»Es geht mir schon wieder besser. Keine Ahnung, was da los war.«

»Schwanger«, hörte ich Nik noch einmal murmeln und hätte ihm am liebsten sein Maul gestopft.

»Können wir vielleicht nach Hause fahren?«

»Natürlich.« Ich zog Suvi an mich und umarmte sie. Sofort kuschelte sie sich in die Umarmung, presste das Gesicht gegen meine Brust, schlang ihrerseits die Arme um meine Mitte und ich drückte einen Kuss auf ihren Scheitel. »Ich hole unsere Jacken und dann fahren wir.« Dankbar blickte sie zu mir nach oben und ich atmete einige Male tief durch. Jetzt war ein Gespräch zwischen uns wirklich überfällig und unumgänglich und das nicht nur wegen Niks Bemerkungen.

Suvi

Ich sah Jo hinterher, der losgegangen war, um unsere Jacken zu holen. Mir ging es zwar besser und die Übelkeit war nicht zurückgekommen, aber seit ich Niks Überlegungen zu einer Schwangerschaft mitangehört hatte, wütete ein ganz anderer Sturm in meinem Innern. Panik, Hysterie und eine seltsame, nervöse Euphorie wechselten sich ab.

Vor etwa vier Wochen hatten Jo und ich das erste Mal miteinander geschlafen. Natürlich nicht, ohne ein Kondom zu benutzen, aber wer wusste schon, ob das immer so hundertprozentig sicher war. Als Beweis musste man ja nur Hanna und Nik nehmen, um zu sehen, dass dem nicht so war. Mir wurde heiß und kalt zugleich. Ich konnte mir mit Jo so ziemlich alles vorstellen. Aber jetzt schon ein Kind? Obwohl das ja auch ein Wink des Schicksals wäre, falls gleich zu Beginn ... Vollkommen unvernünftig und viel zu früh, weil das mit uns erst am Anfang stand und keiner wusste, wo genau das hinführen würde. Aber gleichzeitig erschreckte mich der Gedanke an ein Baby weniger, als er vermutlich sollte. Niemand fühlte sich als Vater richtiger an. Und für mich stand ohnehin fest, dass ich den Rest meines Lebens mit Jo verbringen wollte. Und das musste ich ihm endlich sagen. Sobald wir zuhause und allein waren, würde ich mit ihm sprechen. Es war höchste Zeit, dass er von meinen Gefühlen wusste. Knapp zwanzig Jahre des Schweigens waren definitiv zu lang gewesen, das wurde mir in diesem Moment so richtig bewusst.

»Warum habe ich nicht längst schon etwas gesagt?«, fragte ich mich selbst leise.

Jo kam mit meinem Mantel zurück und half mir hinein, bevor wir uns von den anderen verabschiedeten.

»Feier noch schön.« Ich drückte Lilly an mich. »Und sorry nochmal.«

»Na, jetzt hör aber auf. Es gibt nichts, wofür du dich entschuldigen musst. Sowas passiert. Kommt gut nach Hause und lass dich von Jo ein bisschen verwöhnen. Tee, Wärmflasche, Nacken kraulen ... das volle Programm.« Sie lächelte und wandte sich dann an Jo und umarmte ihn ebenfalls. »Kümmere dich gut um sie, Großer.«

Jo nickte. »Natürlich.«

Als Letztes stand ich vor Matti und drückte auch ihn. »Pass auf dich auf, Mädchen«, brummte er an mein Ohr und ich musste unweigerlich lächeln. »Und mach dir keine Gedanken wegen der Buchhandlung. Solange du hier bist, habe ich ein Auge drauf.«

»Danke.« Ich küsste seine faltige Wange.

»Und wenn wir sonst etwas für dich tun können, du weißt, unsere Tür steht dir immer offen.«

Ein Kloß bildete sich in meinem Hals und Tränen brannten augenblicklich in meinen Augen.

»Du gehörst zur Familie, Suvi. Vergiss das nie. Egal, was passiert.«

Ergriffen nickte ich, hakte mich bei Jo unter und wir verließen zusammen das Restaurant.

Die kalte Luft tat gut und gierig sog ich sie in meine Lungen. Hoffte, sie würde die Nervosität ein wenig lindern, die sich stetig verstärkte. Nur noch ein paar Minuten, bis ich Jo sagen würde, dass ich ihn liebte, ihn immer geliebt hatte, und ich betete inständig, dass er meine Gefühle genauso erwiderte. Hoffte, dass ich mich nicht getäuscht und alle Zeichen falsch gedeutet hatte.

Am Auto angekommen, hielt Jo mir die Tür auf, bevor er sich hinters Steuer setzte und den Motor startete. Das monotone Brummen umgab uns. Um mir meine Aufregung nicht anmerken zu lassen, lehnte ich den Kopf gegen das Fenster und sah hinaus in die dunklen Straßen der Stadt. Meine Finger spielten mit dem Reißverschluss meines Mantels.

Als Jos Hand sich auf meinen Oberschenkel legte, zuckte ich ein klein wenig zusammen, so sehr hatten mich die Gedanken gefangen gehalten. Gedanken an uns. An eine gemeinsame Zukunft. Die so viel besser werden würde, als die Vergangenheit es gewesen war.

Jo

»Ist alles in Ordnung mit dir, Su? Du bist schon seit einer Ewigkeit so still.« Ich warf ihr einen raschen Seitenblick zu, bevor ich mich wieder auf die Straße konzentrierte. Meine Hand lag auf ihrem Oberschenkel und sie hatte unsere Finger miteinander verwoben.

»Hm? Nein ... Ja ... alles okay«, antwortete sie, aber ihre Stimme klang eindeutig zu dünn.

»Und jetzt die Wahrheit? Ich merke doch, dass irgendwas nicht stimmt.« Aufmunternd drückte ich ihre Hand.

»Es ist nichts. Nur ...« Sie verstummte.

»Nur?« Ich wendete mich ihr zu, als wir an einer roten Ampel hielten.

»Eigentlich wollte ich erst zuhause mit dir darüber sprechen, aber ...«

»Aber?« Für einen Moment hielt ich die Luft an.

»Ich liebe dich, Jo. Das hier ist nicht unbedingt der richtige Ort für eine Liebeserklärung, das ist mir klar. Aber ...«

»Su. Hey«, unterbrach ich sie. »Der Ort ist scheißegal.« Ihre Worte hatten wie der sprichwörtliche Pfeil mein Herz getroffen und am liebsten hätte ich das Fenster geöffnet und in die Nacht hinausgeschrien, wie glücklich mich die Tatsache machte, dass sie so empfand. Weil es mir genauso ging.

»Ich liebe dich auch, Su.« Schnell beugte ich mich zu ihr

herüber, um ihre Lippen mit meinen zu verschließen und anschließend meine Stirn gegen ihre zu legen.

»Was, wenn Nik recht hat? Wenn ich tatsächlich schwanger bin?«, flüsterte sie in die entstandene Stille und plötzlich blieb mein Herz stehen. Sie hatte das Gespräch vorhin mitbekommen. Nik, dieser Idiot.

»Aber das kann doch gar nicht sein, Su«, versuchte ich sie zu beruhigen, merkte jedoch, wie angespannt und unsicher ich klang. Verdammt. Was hatte mein bester Kumpel da unwissentlich losgetreten? »Wir haben beim Sex nie auf ein Kondom verzichtet. Du bist nicht schwanger.«

Ihre Stirn legte sich in Falten. »Das hat Hanna damals vermutlich auch gedacht. Und?«

Hinter uns wurde gehupt, die Ampel war längst auf Grün gesprungen. Unzufrieden wendete ich mich nach vorn und trat aufs Gas.

»Du kannst doch Hannas Situation nicht mit unserer vergleichen, Su.«

»Warum denn nicht?« Ihre Stimme schraubte sich nach oben. »Wir haben miteinander geschlafen, Jo. Und da kann es nun mal sein, dass –«

»Es kann nicht sein«, unterbrach ich sie ruppiger als beabsichtigt.

Sie entzog mir ihre Hand und schlang die Arme um ihren Körper.

»Wir haben immer aufgepasst, Suvi. Ich war nie so kopflos, dass es mir nicht aufgefallen wäre, wenn etwas schiefgegangen wäre.« Was redete ich da bloß? Als ob ein verdammtes Kondom an der Tatsache schuld war, dass Suvi nicht schwanger sein konnte. Natürlich war das die Aufgabe dieser Dinger, aber wir hätten auch getrost darauf verzichten können, wenn Empfängnisverhütung der einzige Sinn der Latexhüllen wäre. Nur wusste Suvi immer noch nichts von meinem Problem. Weil ich ein feiges Arschloch war, das viel zu sehr genoss, was wir hatten, statt endlich mal Tacheles zu reden. Und jetzt steckten wir in diesem Schlamassel.

»Man kann sich nie sicher sein, Jo. Und die Übelkeit, der Schwindel ... es würde passen. Kannst du bitte bei einer Apotheke halten, die Notdienst hat?« Ich spürte ihre Aufregung.

»Nein.«

»Nein?«

»Wir brauchen keine Apotheke und auch keine Schwangerschaftstests, die du dort vermutlich kaufen willst.«

Meine Hände verkrampften sich um das Lenkrad, so, dass die Knöchel weiß hervortraten.

»Aber ...«, Suvi schluchzte auf und mein Kopf flog zu ihr herum. »Warum bist du nur so, Jo? Ich versteh dich nicht. Warum ...? Stell dir doch nur mal vor ...« Ihre Stimme bebte.

Ich sah die ersten Tränen, die ihre Wangen hinunterliefen. *Grundgütiger!* Zum Glück bog ich in diesem Moment in die Straße ein, in der mein Haus stand. Als ich den Motor abstellte, atmete ich einige Male tief durch und versuchte, mich zu beruhigen und für das zu wappnen, was jetzt unweigerlich bevorsteht. Dann stieg ich aus, lief um den Wagen herum und öffnete Suvis Tür.

»Komm.« Ich streckte ihr die Hand hin und war erleichtert, als sie sie ergriff. Der Blick in ihre Augen brachte mich dennoch beinahe um. Die Unsicherheit war greifbar und Angst schlug mir entgegen.

Schweigend liefen wir zur Haustür und ich hielt sie Suvi nur Sekunden später auf. Sie schlüpfte an mir vorbei ins Innere, hatte schneller die Schuhe abgeschüttelt, als ich gucken konnte, und wollte nach oben verschwinden. Gerade so bekam ich ihren Arm zu fassen, um sie zurückzuhalten.

Mit sanfter Bestimmtheit zog ich sie zu mir heran und wischte mit dem Daumen meiner freien Hand Tränen von ihren Wangen.

»Lauf nicht vor mir weg, okay?« Eindringlich sah ich sie an.

»Wollen wir uns setzen?« Ich deutete mit dem Kinn in Richtung Wohnbereich. Su nickte und wir fanden uns kurz darauf auf dem Sofa wieder.

»Ich mache den Kamin an«, murmelte ich und erhob mich ein weiteres Mal. Mir war klar, dass ich nur Zeit schinden wollte. Aber konnte man mir das wirklich verübeln?

Suvi

Ich beobachtete Jo dabei, wie er das Feuer im Kamin entzündete, betrachtete seinen breiten Rücken und die Oberarme, um die sich der Stoff seines Longsleeves spannte. Gott, ich liebte diesen Mann über alles, aber sein Verhalten in der letzten halben Stunde hatte mich vollkommen aus der Bahn geworfen. Wie konnte er eine Schwangerschaft so partout ausschließen? Natürlich wäre jetzt ein denkbar ungünstiger Moment, wir hatten immer noch nicht definiert, was das mit uns genau war. Wir schwebten in diesem Zustand zwischen Freundschaft und Beziehung. Aber manchmal überholte einen das Leben eben.

»Jo?« Der starrte schon einige Minuten einfach nur in die Flammen und machte keine Anstalten, sich vom Boden zu erheben. Erst beim Klang meiner Stimme schien wieder Bewegung in ihn zu kommen. Der Blick in seine Augen ließ mir das Herz in die Hose rutschen.

»Wir müssen reden, Suvi.« Er setzte sich neben mich.

Der Gedanke an eine Schwangerschaft hatte mir ehrlicherweise vorhin auch Angst eingejagt, aber Jos Worte lösten regelrecht Panik in mir aus. Ich hatte gewusst, es würde mich zerstören, wenn er das mit uns wieder beendete. Und genau danach sah das hier aus. Solche Situationen begannen mit diesen Worten. Situationen, in denen der anderen Person das Herz gebrochen wurde.

»Ich liebe dich, Jo. Bitte ...«, platzte es erneut aus mir heraus. Seine Kieferpartie verspannte sich und seine Hände verkrampften. Aber was hätte ich tun sollen? Tatenlos dabei zusehen, wie er das mit uns aufgab, bevor es überhaupt richtig angefangen hatte?

Für einen Moment schloss Jo die Augen. Als er sie wieder öffnete, lag Sanftheit darin.

»Ich empfinde auch wahnsinnig viel für dich, Su. Wir beide, das war schon immer besonders. Du bist eine wundervolle Frau. Ich kenne niemanden, der ist wie du. So verträumt, so großherzig ... und wunderschön.«

Er strich mir eine Strähne hinters Ohr. »Deshalb wollte ich auch immer nur das Beste für dich. Das musst du mir glauben. Ich wollte dich schon immer beschützen und habe den Gedanken nicht ertragen, dass dir jemand wehtut. Dass vermutlich ich jetzt der bin, der das tun wird, bringt mich um.«

»Dann tu es nicht«, presste ich mit erstickter Stimme heraus.

»Ich wünschte wirklich, das müsste ich nicht, Muru. Du ahnst nicht, wie sehr ich mich hierfür hasse.«

Meine Sicht auf ihn wurde von Tränen verschleiert. Warum tat er das, wenn es ihn selbst so quälte? Ich verstand ihn nicht.

»Das mit uns kann nicht funktionieren, Suvi. Gerade eben ist es mir so richtig klar geworden.«

Meine Augen liefen über und ein Schluchzen drängte sich in

meinen Hals und weiter nach oben, bis es den Mund verlassen hatte. »Wieso ...?«

»Deine Aufregung wegen der vermeintlichen Schwangerschaft ...« Er senkte für einen Moment den Blick und als er aufsah, entdeckte ich Schmerz darin. »Du willst das, Suvi. Und jetzt sag nicht, dass es nicht stimmt. Ich weiß, dass es so ist. Für dich wäre eine Schwangerschaft kein Unfall, so wie damals für Hanna und Nik. Du würdest dich darüber freuen.«

»Aber was ist schlecht daran? Wäre es dir lieber, ich würde das Kind nicht haben wollen?«

Er schüttelte den Kopf. »Nein, Su. So ist es nicht. Vielmehr ist es so, dass es kein Kind gibt.«

»Aber woher willst du das wissen? Verfügst du über hellseherische Fähigkeiten?« Verzweiflung bahnte sich ihren Weg hinein in meine Seele.

»Ich weiß es Suvi, weil es nicht möglich ist. Nicht mit mir. Selbst wenn ich wollte, ich kann dir keine Kinder schenken, weil ich keine zeugen kann.«

Ich war mir sicher, dass die Welt in diesem Moment aufhörte, sich zu drehen.

Geschockt und unfähig nur ein Wort zu sagen, starrte ich in Jos Gesicht und betete stumm, mich einfach nur verhört zu haben. Gleich aus diesem Albtraum zu erwachen und festzustellen, dass die letzten Minuten nur ein Missverständnis gewesen waren. Dass Jo mich in den Arm nahm und alles gut werden würde. Dass der Schmerz, der mich bei seinen Worten getroffen hatte, verblasste. Aber nichts dergleichen passierte.

Ich sah in die graublauen Augen, in denen das Meer noch mehr tobte als sonst. Auf die Lippen, die mich immer so sanft geküsst hatten und die jetzt zu einer harten Linie zusammengepresst waren. Es war, als hätte sich eine unsichtbare Mauer um

Jo herum gebildet. Ein Schutzwall. Eine Festung. Ein undurchdringlicher Glasschild. Ich erkannte es daran, wie er mich ansah. Zärtlich und doch so distanziert, wie ich es noch nie gesehen hatte.

Jo

Ihr Entsetzen war greifbar. Die weit aufgerissenen Augen. Der Blick. Der Mund, der ein paar Mal auf- und zuklappte und doch keine Silbe hervorbrachte. Vermutlich hatte ich genau deshalb bis jetzt geschwiegen. Aus Angst vor diesem Moment. Was sollte man auch auf eine solche Tatsache antworten? Mir wären in ihrer Situation wohl ebenfalls die Worte im Hals steckengeblieben.

»Aber ... warum? Also ich meine ...« Suvis Blick glitt unruhig über mein Gesicht und sie knetete ihre Hände im Schoß.

»Ein Sportunfall vor einigen Jahren. Die genaue Diagnose kann ich dir nicht wiedergeben. Diesen medizinischen Kram versteht ja kaum ein normaler Mensch. Genaueres steht in irgendwelchen Arztberichten, die wiederum in einem Ordner in meinem Schrank stehen. Entscheidend für mich war nur, was es für mich bedeutet. Und das ist leider nicht schöner zu beschreiben. Du wirst mit mir keine Kinder haben können, Su. Und abgesehen davon, dass wir nie darüber gesprochen haben, was das mit uns eigentlich genau ist, ist jetzt zumindest klar, was es nie sein kann.«

Sie schüttelte den Kopf und erneut sah ich die Tränen in ihren Augen schimmern.

»Du musst mir glauben, dass ich dich nie verletzten wollte, Su. Niemals. Ich habe mich die letzten Jahre gegen meine Gefühle gewehrt, weil ich wusste, dass wir irgendwann unweigerlich hier an diesen Punkt gelangen würden. Und es zerreißt mich, dass ich das jetzt tun muss.«

»Jo, bitte ...«

Ich ließ sie nicht aussprechen.

»Lass es mich einfach hinter mich bringen, okay? Es fällt mir ohnehin schon schwer genug. Ich will, dass du weißt, dass ich immer nur wollte, dass du glücklich bist.«

»Aber das bin ich doch. Mit dir.« Ihre Stimme war ein verzweifeltes Flüstern.

»Du verdienst alles, Su. Alles, was du dir wünschst. Und dazu gehören auch Kinder. Eine Familie. Ich will, dass deine Träume in Erfüllung gehen, verstehst du? Und deshalb muss ich dich gehen lassen. Du musst einen Mann finden, der sie dir erfüllen kann.«

»Ich will keinen anderen.«

Mein Herz schmerzte so sehr, dass ich es mir am liebsten aus der Brust reißen wollte. Niemals hätte ich es für möglich gehalten, dass das hier so verdammt wehtun würde. Falsch, ich hatte es nie für möglich gehalten, dass es überhaupt so weit kommen würde. Genau deshalb hatte ich mich doch all die Jahre zurückgehalten und in unverbindliche Affären gestürzt, weil ich da nicht Gefahr lief, derart zu leiden. Und eine andere Person auf diese Weise zu verletzen. Suvi zu verletzen.

Sie hatte gesagt, dass sie mich liebte. Und scheiße, ich liebte sie auch. Mehr als alles andere.

Aber wenn ich es nicht beendete, dann würden wir beide bis ans Ende unserer Tage unglücklich sein. Suvi, die auf etwas verzichten musste, dass sie sich von Herzen wünschte und ich, der sich jeden Tag daran erinnern würde, dass es seine Schuld war.

»Es tut mir leid, Su. Ich hätte es nie so weit kommen lassen dürfen. Der Gedanke, mit dir zusammen zu sein, hat mich für eine Weile schwach werden lassen. Hat mich glauben lassen, es gäbe diese Chance auf ein gemeinsames Leben. Aber ich hätte es besser wissen müssen. Wenn wir es jetzt beenden, dann kommen wir vielleicht beide noch einigermaßen unbeschadet aus der Sache raus.«

Für einen Moment starrte sie mich nur an. Stumme Tränen liefen unaufhörlich über ihre Wangen und zu gern hätte ich sie weggewischt. Oder besser noch weggeküsst. Aber es ging nicht.

»Aus dieser Sache?«, platzte sie heraus und ich zuckte zusammen. »War es das für dich? Eine Sache? Etwas, das man mal ausprobiert und wenn es nicht passt, einfach wieder beendet?«

»Su –«

»Nein, jetzt hörst du mir mal zu, Jo.« Sie holte tief Luft. »Du hast nicht mal ansatzweise eine Ahnung davon, was mir die letzten Wochen bedeutet haben. Ich liebe dich, das habe ich schon immer getan. Und genauso hatte ich schon immer eine Scheißangst davor, dich zu verlieren. Du warst eifersüchtig auf Erik. Du hast mich geküsst, Jo. Du hast dich von Miriam getrennt und mir signalisiert, dass es ein wir gibt. Du wolltest Dates. Und Sex. Und Kuscheln auf der Couch. Und mich in deiner Nähe. Nur, um jetzt zu kneifen? Um mich jetzt einfach wieder wegzuschicken und nicht einmal darüber zu reden, ob es irgendeine Lösung für uns gibt?«

Suvi

Ich hatte das Gefühl, mich jeden Moment wieder übergeben zu müssen. Mein ganzer Körper zitterte unkontrolliert und in meinen Ohren rauschte es. Das war es also gewesen. Die Übelkeit kam von der Aufregung – da hatte ich meine verdammte Erklärung.

»Suvi, ich ... ich wollte das nicht«, begann Jo erneut.

»Was wolltest du nicht? Mir Hoffnungen machen, dass mein sehnlichster Wunsch – mit dir zusammen zu sein – sich tatsächlich erfüllt? Dann hättest du es nicht tun dürfen, Jo.« Die Verzweiflung darüber, dass ich jetzt nicht nur das verlor, was wir die letzten Wochen gehabt hatten, sondern gleichzeitig meinen besten Freund, zwang mich beinahe in die Knie.

»Ich hätte dir schon viel früher sagen müssen, dass ich keine Kinder ...« Er verstummte. In seinem Gesicht war der Schmerz nur zu deutlich zu sehen. Seine Augen wirkten müde und traurig. Und auch wenn ich enttäuscht, unglücklich und wütend war: Er tat mir leid. Entsetzlich leid.

Seine Offenbarung hatte mich getroffen, aber wie musste diese Tatsache erst für ihn sein? Für einen Menschen, der sich selbst immer eine Familie gewünscht hatte?

Mir drehte sich der Kopf bei der Flut der Emotionen.

»Es war egoistisch von mir«, sprach er weiter. »Und ich hasse mich dafür, dass ich so ein feiges Arschloch war. Jeden Tag habe ich mir vorgenommen, mit dir zu sprechen und zurück auf Anfang zu gehen. Aber ich konnte es nicht. Das mit uns hat sich so perfekt angefühlt. Für ein paar Wochen hatte ich das Gefühl, ich könnte eben doch alles haben. Ich habe diese beschissene Diagnose so gut es ging ausgeblendet, und mich darauf konzentriert, wie wundervoll es mit dir ist. Bis heute Abend. Bis Nik mit einer möglichen Schwangerschaft angefangen hat. Vorhin im Auto ... deine Aufregung zu spüren. Diesen insgeheimen Wunsch, dass Nik vielleicht recht hat. Es hat mir den Boden unter den Füßen weggezogen, Su. Dir das nicht geben zu können. Nie. Selbst wenn ich es wollte. Weißt du, wie scheiße das ist? Wie machtlos man ist? Wie erbärmlich sich das anfühlt?«

»Es tut mir leid, Jo«, wisperte ich, aber er schüttelte den Kopf.

»Nein. Dir sollte überhaupt nichts leidtun. Du solltest mich anschreien, mir eine reinhauen, was weiß ich. Du hast jedes Recht, sauer auf mich zu sein.«

Das war ich. Aber vor allem überwog die Traurigkeit. Über seine Situation. Über uns. Und über mein gebrochenes Herz. Darüber, dass er gar nicht in Erwägung zog, dass es für uns trotzdem eine Chance geben konnte. Auch, wenn ich in diesem Augenblick selbst nicht wusste, wie die aussehen könnte.

»Vielleicht müssen wir keine Kinder haben, Jo. Vielleicht ...« Die Worte kamen mir nur zögernd über die Lippen, da ich meiner eigenen Stimme nicht so recht traute und weil mir dieser Gedanke gerade erst gekommen war. Ich hatte noch keine Zeit gehabt, mir das alles genauer zu überlegen und vorzustellen.

»Natürlich müssen wir das nicht. Aber was, wenn es zwischen uns steht? Was, wenn du mir irgendwann vorwirfst, dass du meinetwegen darauf verzichtet hast? Wenn du bereust, wie du dich entschieden hast?«

»Aber ich liebe dich doch«, antwortete ich verzweifelt.

Jo griff nach meinen Händen und umschloss sie mit seinen. Seine Finger zitterten ebenfalls und es schien, als klammerten wir uns beide aneinander fest.

»Ich liebe dich auch. Aber manchmal reicht es nicht, sich zu lieben, Su. Weil manchmal Liebe allein eben nicht glücklich macht. Und du wärest auf Dauer nicht glücklich.«

»Woher willst du das wissen? Niemand weiß, was in der Zukunft sein wird. Außerdem gibt es Möglichkeiten ...«

Sein Kopfschütteln ließ mich verstummen.

»Warum gibst du uns keine Chance, Jo? Warum gibst du mir keine? Warum suchen wir nicht gemeinsam nach einer Lösung?«

Erneut liefen Tränen aus meinen Augenwinkeln und mein Herz brach in weitere Teile.

»Weil ich nicht will, dass wir uns irgendwann hassen. Dann, wenn wir uns Vorwürfe machen. Wenn einer sich für den anderen verstellen und verzichten muss. Es würde mich zerstören, wenn ich dich irgendwann wieder gehen lassen muss, weil du feststellst, dass du dieses Leben mit mir so nicht leben kannst und willst.«

Mein Mund klappte ein paar Mal auf und zu, bevor ich endlich wieder etwas über die Lippen brachte.

»Weißt du, was ich glaube, Jo? Du schämst dich. Fühlst dich nicht männlich genug. Und soll ich dir was sagen, ich kann diese Gedanken sogar verstehen, auch wenn ich sie total bescheuert finde. Dass du allerdings total abblockst und einfach die Entscheidung ohne mich triffst, das verstehe ich nicht. Und das tut weh.« Ich verstummte.

Natürlich konnte ich Jo keine Garantie geben und hatte nicht sofort Antworten auf alle Fragen parat. Das Einzige, was ich sicher wusste, war, dass ich ihn liebte. Aber ganz offensichtlich reichte das nicht aus. Dabei hatte ich immer gedacht, dass wenn man sich wirklich liebte, alles andere egal war.

Jo

Das entstandene Schweigen zwischen uns war so laut, dass meine Ohren dröhnten. Aber was sollte ich noch sagen? Und was genau sollte es bringen, stundenlang nach Lösungen zu suchen, wenn es keine gab, die zu einem zufriedenstellenden Ergebnis führten. Es würde keine eigenen Kinder mit mir geben. Punkt.

Su mochte verletzt und traurig sein, aber sie würde merken,

dass ich recht hatte und es die richtige Entscheidung war, wenn wir nicht länger an etwas festhielten, was keine Zukunft hatte. Jetzt, da sie alles erfahren hatte, würde es ihr leichtfallen, mich zu vergessen. Die letzten vier Wochen würden eine schöne Erinnerung bleiben. Eine kurze Illusion. Suvi würde jemanden finden, mit dem sie ihre Familie gründen konnte. Vielleicht würde es ja doch Erik sein. Dann wusste ich zumindest, dass sie in guten Händen war. Auch wenn mir die Vorstellung der beiden zusammen Höllenqualen bescherte.

Und ich? Das mit Miriam war gründlich in die Hose gegangen und um ehrlich zu sein, war der Gedanke, wieder etwas mit ihr anzufangen, keine Option.

Wir würden einen neuen Manager finden und Miriam würde zurück nach Deutschland gehen. Vieles würde sich ändern. Und vielleicht war das auch für mich eine Chance auf einen Neuanfang. Eventuell würde irgendwann der Schmerz in meinem Herzen nachlassen, wenn ich die Konzentration auf etwas anderes lenken konnte.

Suvi entzog mir ihre Hände und es zerriss mich, dass sie nach wie vor weinte. Ich wollte sie in die Arme nehmen und gleichzeitig hatte ich Angst davor, dass ihre Nähe meine Standhaftigkeit ins Wanken bringen würde.

»Ich werde immer für dich da sein, Su«, sagte ich stattdessen und merkte selbst, dass es wie eine hohle Phrase klang. Nicht so schlimm wie: »*Wir können ja Freunde bleiben.*« Aber viel besser fühlte es sich auch nicht an.

So, wie Suvi das Gesicht verzog, schien sie dasselbe zu denken. »Das glaubst du doch nicht wirklich, oder?«, brachte sie zwischen zwei Schluchzern heraus. »Wir können nicht einfach wieder dahin zurück, wo wir mal waren, Jo. Nicht nach dem, was in den letzten Wochen war.«

»Wir könnten es wenigstens versuchen?«, probierte ich es.

»Und ich muss irgendwann mit ansehen, wie du wieder einer anderen Frau einen Heiratsantrag machen willst? Nein! Das ertrage ich nicht.«

»Auch du wirst irgendwann jemand anderen haben, Su. Einen Mann, den du noch mehr liebst und mit dem du –«

Su sprang vom Sofa auf und starrte mich mit tränenverschleiertem Blick an.

»Stellst du dir das wirklich so einfach vor? Wir lassen ein bisschen Gras über die Sache wachsen und dann ist alles vergessen? Alles, wie vorher? Die Gefühle der letzten zwanzig Jahre einfach ausgeschaltet? Verdammt, Jo!« Sie warf die Hände in die Höhe.

»Natürlich nicht. Aber –«

»Nein, nichts aber«, unterbrach sie mich erneut. »Du hast eine Entscheidung getroffen. Wie ich dazu stehe, ist dir vollkommen egal. Du ziehst es ja nicht einmal in Betracht, dass ich dich so sehr lieben könnte, dass mir alles andere nicht so wichtig ist. Für dich ist es sonnenklar, dass ich dir irgendwann Vorwürfe mache. Dass es nur einen Weg gibt, anstatt die vielen anderen Abzweigungen zu sehen. Du ... du ...« Sie schluchzte auf und nun stand ich doch schneller auf meinen Füßen, als mein Verstand mich davon abhalten konnte, und zog sie in die Arme.

»Sch ... So ist das nicht, Muru.«

»Nenn mich nicht so. Nie wieder, Jo. Und erst recht nicht, wenn du mir gerade das Herz brichst.«

Fuck, verdammte Scheiße. Was tat ich hier? Und warum fühlte sich diese Entscheidung, die ich vorhin für die einzig mögliche gehalten hatte, plötzlich so falsch an. Falscher, als mein Vorhaben Miriam zu heiraten. Und das wollte wirklich etwas heißen.

Suvi wand sich aus meinen Armen heraus. Mit einem verletzten und traurigen Blick sah sie mich an.

»Ich nehme an, du änderst deine Meinung nicht?«, fragte sie mit kratziger Stimme.

Überfordert zuckte ich mit den Schultern. Ich hatte keine Ahnung mehr, was ich sagen und tun sollte.

Bevor ich zu einer Reaktion kam, hatte Su mich stehen gelassen und verschwand nach oben.

Kurz überlegte ich, ihr nachzugehen, entschied dann jedoch an Ort und Stelle zu bleiben. Vielleicht war es gut, wenn wir beide erst einmal durchatmeten und die letzten Stunden sacken ließen. Morgen früh würden wir erneut darüber sprechen können. Dass es eine andere Lösung gab, bezweifelte ich allerdings. Und dass der Stein in meinem Magen leichter wurde ebenso.

Ruhe bekam ich in dieser Nacht so gut wie keine. Suvi hatte das Gästezimmer vorgezogen, anstatt in meinem Bett zu schlafen. Erst in den frühen Morgenstunden dämmerte ich weg und träumte wirres Zeug. Von Suvi und mir. Von Kindern, die ihre roten Locken hatten.

Als ich schweißgebadet aufwachte, hatte ich eine seltsame Vorahnung und Unruhe ergriff Besitz von mir. Hastig sprang ich aus dem Bett.

Einige Minuten später sank ich im Wohnzimmer auf dem Sofa zusammen. Das Haus war leer und gespenstisch still. Suvi war weg und mit ihr all ihre Sachen. Auf dem Couchtisch lag ein Zettel. Vermutlich herausgerissen aus ihrem Notizbuch, denn eine Seite war ausgefranst. Und das Buch lag daneben ... Ich griff nach dem Papier und verfluchte meine zitternde Hand.

*Lieber Jo,
du und ich, das ist so viel mehr!
Und wenn du bereit bist, es zu glauben, dann wirst du wissen, wo du mich findest. Weil du mich liebst, wie ich dich liebe.
Suvi*

Du und ich, das ist so viel mehr! Erst jetzt spürte ich die Tränen, die mir über die Wangen liefen.

Wenn du bereit bist

Suvi

Atmen, Suvi, ermahnte ich mich. Zum gefühlt einhundertsten Mal wischte ich mir die Tränen von den Wangen und zerrte meinen Koffer hinter mir her in Richtung Bahnhofsportal.

Das hier war nicht das Ende der Welt, auch wenn es sich seit letzter Nacht so anfühlte.

Stundenlang hatte ich in die Dunkelheit gestarrt und über das nachgedacht, was Jo mir offenbart hatte. Mit jeder Minute, die verstrichen war, hatte ich versucht, es zu begreifen. Und mit jeder weiteren Minute probiert herauszufinden, was es für mich bedeutete und wie ich damit umgehen konnte. *»Vielleicht müssen wir keine Kinder haben«*, hatte ich zu Jo gesagt. Und in dem Moment hatte es mir gleichzeitig das Herz gebrochen und mir Hoffnung gegeben, ihn nicht zu verlieren. Je länger ich in der Nacht darüber nachgedacht hatte, desto klarer war mir jedoch geworden, dass meine große Liebe zu verlieren, schlimmer wäre als alles andere.

»Suvi, hey.« Eine Stimme ließ mich innehalten. »Was machst du denn hier?« Ich entdeckte Erik, der über die Straße kam und vor mir stehen blieb. Seine Hand landete auf meinem Arm. »Was ist passiert? Du weinst ja?«

»Nichts«, schniefte ich und wischte mir schon wieder über die Augen. Eigentlich hatte ich nicht damit gerechnet, dass ich morgens früh um sechs Uhr ein bekanntes Gesicht treffen würde, dem ich meinen Zustand erklären musste.

»Nach nichts sieht das aber nicht aus.« Er musterte mich eindringlich. »Jo?«

Ich nickte und automatisch strömten die Tränen schneller. »Es ist vorbei.«

»Dafür werde ich ihn verprügeln«, grummelte Erik neben mir. »Echt jetzt. Wie kann er nur so bescheuert sein?«

»So ist es nicht«, wisperte ich, aber er schnaubte.

»Jetzt nimm ihn nicht auch noch in Schutz, Suvi. Wenn ich dich ansehe, dann hat er's so dermaßen verbockt.«

»Du bist zu streng. Es gibt einen Grund, warum Jo das mit uns beendet hat. Aber es steht mir nicht zu, darüber zu sprechen.« Eriks eindringlicher Blick ließ mich wegsehen. »Er hat mir das Herz gebrochen, aber ich kann ihn sogar irgendwie verstehen. Für ihn war das die einzige Lösung.«

»Was für eine kryptische Kacke, Suvi. Ihr zwei liebt euch doch. Was soll das sein, das ihn dieses Glück wegwerfen lässt?«

Ich blieb stumm. So sehr Jos Abweisung auch schmerzte, seine Zeugungsunfähigkeit würde ich sicher nicht ausplaudern, dazu hatte ich kein Recht.

Die ganze Nacht hatte ich wachgelegen. War unser Gespräch in Gedanken immer wieder durchgegangen und hatte versucht, mich in Jo hineinzuversetzen. Und um vier Uhr in der Früh war es mir ansatzweise gelungen. Verständlicherweise steckte man eine solche Diagnose nicht einfach so weg. Erst recht nicht, wenn eine eigene Familie das gewesen war, was man immer hatte haben wollen. Wenn man vorher nie angezweifelt hatte, dass Kinder zu bekommen zum Leben dazu gehörte.

Aber noch immer nahm ich es ihm übel, dass er nicht mit mir zusammen nach einer Lösung gesucht, sondern sie für uns beide getroffen hatte. Wenn einzig der Wunsch des eigenen Kindes im Vordergrund gestanden hätte, dann hätte ich mit einem anderen

Mann längst eine Familie gründen können. Wenn ich bereit gewesen wäre, auf diese große Liebe zu verzichten, die ich für Jo empfand. Aber allein beim Gedanken mit einem Mann zusammen zu sein, der nicht Jo war, drehte sich mir der Magen um. Ich wollte keinen außer ihn. Weil er meine Familie war. Er vervollständigte mich und ja, für ihn würde ich den Wunsch nach einem eigenen Kind hintenanstellen. Das war mir ebenfalls seit letzter Nacht klar. Es gab andere Möglichkeiten, aber Jo hatte sie nicht mal in Betracht gezogen und das musste er, damit wir eine Chance hatten. Er musste bereit sein, mit mir darüber zu sprechen und diesen Weg mit mir gemeinsam zu gehen – auch wenn er unbequem werden würde.

Ich hatte ihm mit meiner Nachricht eine Tür zu mir geöffnet und ich konnte nur hoffen, dass er sie irgendwann vollständig aufstoßen würde. Wenn er erkannte, dass unsere Liebe so viel mehr war. Dass *wir* so viel mehr waren. Er und ich, das war, was ich immer gewollt hatte. Weil er die Liebe meines Lebens war.

»Was hast du denn jetzt vor?« Durchbrach Erik die Stille des frühen Morgens erneut.

»Ich fahre erstmal nach Hause. Und dann ... mal sehen.«

»War da nicht irgendwas mit Typen, die es auf dich abgesehen haben?« Er runzelte die Stirn. »Ein Stein, der ins Schaufenster deines Ladens geflogen ist?«

»So schlimm wird es schon nicht sein. Die Polizei ist schließlich seit Wochen dran.«

Erik wirkte alles andere als überzeugt. Bevor er auf die Idee kam, mich von meinem Plan abzubringen, sprach ich weiter.

»Mir passiert schon nichts. Mach dir keine Gedanken. Was machst du überhaupt hier?«, lenkte ich von mir ab.

»Netter Versuch, Suvi«, antwortete er kopfschüttelnd. »Aber du willst jetzt nicht wirklich etwas über meinen One-Night-

Stand hören, oder?«

»Oh«, sagte ich wenig geistreich. »Ähm ... nein. Wohl eher nicht.«

Erik lachte heiser und zuckte mit den Schultern. »Dachte ich mir.«

»Ich muss dann jetzt auch los, mein Zug fährt in ein paar Minuten.« Rasch umarmte ich ihn. »Mach's gut. Es war schön, dich kennenzulernen.«

»Dito. Pass auf dich auf, Suvi. Sag Bescheid, wenn du gut zuhause angekommen bist, okay? Und wenn du mal wieder hier bist, kommst du dir ein Spiel angucken, in dem ich hoffentlich ein Tor schieße.«

»Das mache ich.«

Mit meinem Koffer im Schlepptau stolperte ich durch die schwere Tür des Bahnhofsgebäudes und steuerte auf das richtige Gleis zu. Dort angekommen, versuchte ich meinen Atem zu kontrollieren. Auch wenn ich es vor Erik abgetan hatte, natürlich machte ich mir Sorgen. Irgendwer hatte es auf mich abgesehen und deshalb hatte ich beschlossen, gar nicht lange in der Wohnung zu bleiben, sondern nur um neu zu packen. Ich würde mir endlich meinen Herzenswunsch erfüllen, denn es war an der Zeit, mein Leben in die Hand zu nehmen. Mit Jo oder ohne ihn. Bevor Panik Besitz von mir ergreifen konnte, atmete ich tief durch, kramte in der Tasche nach meinem Handy und schrieb erst eine Nachricht an Lilly und anschließend eine an Jos Schwester Finja.

Jo

Meine Arme brannten und der Schweiß lief mir in Strömen über den Körper. Ich wusste nicht, wann ich mich das letzte

Mal so ausgepowert hatte wie heute. Gefühlte Stunden hatte ich auf den Boxsack in meinem Fitnesskeller eingeprügelt und gehofft, dass die Wut auf mich selbst abnahm und die Verzweiflung endlich schwieg. Dass mich die Erleuchtung treffen und sich all meine Probleme in Luft auflösen würden. Aber nichts dergleichen war geschehen. Ich hasste mich. Nach wie vor. Oder sogar noch mehr als vorher. Schnaufend wickelte ich die Bandagen von den Händen und warf sie in eine Ecke. Danach verließ ich den Fitnessraum und stieg die Stufen nach oben in den Wohnbereich. Keine gute Idee, denn ich ertrug mein Haus nicht. *Ganz großartig.* Jeder Winkel erinnerte mich an Suvi. Überall hing ihr Duft nach Vanille und egal, wo ich hinsah, sah ich sie. Im Sessel sitzend, oder wie sie an der Küchenzeile lehnte. Auf der Treppe kam sie mir lachend entgegen. Und durch die Haustür sah ich sie ebenfalls kommen. Das war eindeutig die Vorstufe des Wahnsinns.

Es klingelte. Und nur Sekunden später bereute ich, mich nicht einfach tot gestellt zu haben.

»Erik? Was willst du denn hier?«

»Dir in die Fresse hauen«, antwortete mein Gegenüber ohne Begrüßung.

»Bitte?«

Statt einer weiteren Antwort boxte er mir gegen die Brust.

»Aua. Sag mal, bist du bescheuert? Was soll denn das?« Ich versetzte ihm meinerseits einen Schubs.

»Du hättest es so was von verdient, dass ich dich vermöbele«, herrschte er mich an. »Wie kannst du eine Frau wie Suvi abservieren?«

»Sie ... abservieren ...?«

»Ihr das Herz brechen.«

»Ihr Herz ...?«

»Hast du einen Papagei gefrühstückt? Ich habe sie heute Morgen zufällig getroffen und sie war völlig aufgelöst.«

»Du hast ...?« Ich verstummte. »Was ... hat sie gesagt?«

»Nichts. Zumindest nichts, das Sinn ergeben hätte. Die Frau hat eindeutig ein viel zu großes Herz, sie hat dich Wichser auch noch in Schutz genommen.«

»Sie hat ... ja, okay, schon gut.« Beschwichtigend hob ich die Hände. Alles zu wiederholen, was Erik sagte, war in der Tat seltsam. Aber um ehrlich zu sein, kam mein Verstand nicht nach.

»Wo hast du sie getroffen?«

»Am Bahnhof.« Mein Kumpel verschränkte die Arme vor der Brust und sah mich abschätzig an.

»Was wollte sie da?«

»Was will man wohl am Bahnhof? Mit dem Zug fahren.«

»Und wohin?«

»Nach Hause?«

»Nach ... warum hast du sie nicht aufgehalten, verdammt?«

»Warum *ich* sie nicht aufgehalten habe? Finde den Fehler.«

»Es ist viel zu gefährlich für sie, allein zurück in ihre Wohnung zu fahren.« Ich raufte mir die Haare. Insgeheim hatte ich gehofft, sie wäre zu Lilly oder in ein Hotel gegangen, dabei hätte ich es besser wissen müssen.

»Sie hat gesagt, dass ihr schon nichts passiert und dass sie weiß, was sie tut. Hierbleiben war ja ganz offensichtlich keine Option.« Provozierend sah er mich an.

»Fuck«, knurrte ich. »Was hätte ich denn machen sollen? Es war das Beste so. Vor allem für Su.«

»Ich mag zwar kein Beziehungsexperte sein, aber einer Frau das Herz zu brechen erscheint mir jetzt nicht zwingend als das Beste für sie. Korrigier mich.«

»Du hast recht, du hast keine Ahnung.«

»Dann erklär es mir, verdammt nochmal. Ich mag Suvi und ich hätte meine Chance genutzt, wenn ich auch nur einen Hauch davon gesehen hätte. Aber die Frau ist so dermaßen verliebt in dich, dass jeder Annäherungsversuch einfach an ihr abprallen würde.«

Meine Hände ballten sich zu Fäusten.

»Und du liebst sie doch auch, Alter. Wenn du dich sehen könntest. Eifersucht ist dir ja förmlich auf die Stirn geschrieben. Was soll der ganze Scheiß, den du da verzapfst?«

Ohne darüber nachzudenken, stürzte ich mich auf meinen Kumpel und packte ihn am Kragen. »Ich liebe sie. Mehr als alles andere. Aber ich würde sie nicht glücklich machen. Nicht auf Dauer. Und jetzt erzähl mir nicht nochmal, dass ich Scheiße verzapfe.«

Eriks Körperspannung hatte sich erhöht und seine Gesichtszüge waren angespannt. Es fehlte nicht viel und wir würden uns auf dem Boden vor der Haustür wälzen und prügeln.

»Was ist denn hier los?«, drang eine weitere Stimme an mein Ohr. Gleich darauf wurde ich von zwei Händen an den Schultern gepackt und nach hinten gezerrt.

»Seid ihr bescheuert, oder was?« Alec tauchte in meinem Blickfeld auf und stellte sich zwischen Erik und mich. Nur langsam beruhigte sich mein Puls etwas. Ein Blick zurück bestätigte die Vermutung – es war Nik, der mich festhielt.

»Und was wollt ihr jetzt hier?« Ich ließ die Arme nach unten sacken. Auf einmal war ich entsetzlich müde.

»Dafür sorgen, dass du nicht den Fehler deines Lebens machst!«

Suvi

Das monotone Rattern des Zuges lullte mich ein. Die finnische Landschaft flog an mir vorbei und alles sah so trist aus, wie es sich in meinem Innern anfühlte. Passend dazu hatte es aus dunklen Wolken angefangen zu regnen.

Als hätte jemand die Geschichte genauso geschrieben, kam es mir in den Sinn.

Mein Handy, das ich in der Hand hielt, begann zu vibrieren. Ich atmete tief durch. Wappnete mich.

»Finja, hey.«

»Suvi. Was ist passiert? Ich werde meinen großen Bruder umbringen.« Sie schnaufte in den Hörer.

»Das wirst du nicht tun«, versuchte ich ruhig zu antworten. Allerdings spürte ich die Tränen bereits wieder in meinen Augen.

»Ich dachte, er hätte es endlich kapiert«, jammerte sie. »Wirklich, das hat doch jeder schon seit Jahren gesehen, dass ihr zwei zusammengehört. Was um Himmels willen ist nur in ihn gefahren?«

»Er hat seine Gründe.« Mit den nächsten Worten erstickte ich ihren Protest. »Und ich verstehe sie sogar. Irgendwie. Ein bisschen zumindest. Jo hat das Gefühl, dass er mir mit dieser Entscheidung einen Gefallen tut. Dass er mich beschützt, so, wie er es immer getan hat.«

»Das ist doch total bescheuert. Niemand muss dich vor ihm beschützen. Mal im Ernst, Suvi, ich kenne keinen liebevolleren Mann als meinen Bruder. Keinen besseren Kerl. Also, was soll dieser Mist?«

»Darum geht es nicht, Finja.«

»Sondern?«

»Hör zu, ich ... ich kann dir das nicht sagen. Ich möchte Jo nicht in den Rücken fallen.«

»Boah, sei nicht so nett. Er hat sich scheiße verhalten, du musst ihn jetzt nicht auch noch in Watte packen.«

»Das tue ich nicht. Aber hier geht es nicht um irgendeine Laune oder einen quersitzenden Pups. Jo ... er ... es gibt etwas, das ihm sehr zu schaffen macht und was ihn glauben lässt, dass er mich nicht glücklich machen kann.«

Ich hörte Finja geräuschvoll ausatmen.

»Er ist aber nicht krank oder sowas?«, fragte sie leise. »Er stirbt nicht, oder so? Suvi, das würdest du mir doch sagen, oder?«

»Nein!«, sagte ich schnell. »Das ist es nicht. Es hat mit meinem Wunsch nach einer eigenen Familie zu tun ...«

»Aber die wollte er doch auch. Bis er mir vor einer Weile erzählt hat, dass er und diese Miriam keine Kinder wollen. Ich habe gedacht, mich trifft der Schlag.« Sie verstummte. »Aber mit dir ... ich dachte ... Er will wirklich keine?«

Es verwunderte mich nicht, dass es für Finja unvorstellbar war. Sie hatte bereits zwei Kinder, bekam das dritte. Sie und ihre Geschwister waren in einer liebevollen Familie groß geworden. Für sie war immer klar gewesen, wie ihr Leben aussehen würde. Wie bei Jo auch. Bis ... ja, bis zu diesem Unfall, der alles verändert hatte.

»Er würde sie wollen. Aber es geht nicht ... er kann nicht ...«, rutschte es mir heraus und ich biss mir auf die Zunge. »Hör zu, du musst mir schwören, dass du das für dich behältst. Finja, bitte.«

Sie schnappte nach Luft. »Ja. Natürlich. Du kannst dich auf mich verlassen.«

Für einen Moment sagte keiner etwas. Neben dem schlechten Gewissen, dass ich es ausgeplaudert hatte, spürte ich Erleichterung, mit jemandem darüber sprechen zu können.

»Scheiße«, flüsterte Finja in die entstandene Stille. »Und seit wann weiß er das?«

»Details kenne ich nicht. Aber es müssen schon einige Jahre sein.«

»Und deshalb wollte er diese Schnepfe heiraten? Jetzt ergibt das alles irgendwie Sinn. Ich habe mir wirklich Sorgen um seine geistige Zurechnungsfähigkeit gemacht. Diese Miriam passte doch in etwa so gut zu Jo wie ein rosa Tütü.«

Ob ich wollte oder nicht, bei dieser Vorstellung musste ich lachen.

»Suvi?«

»Hm?«

»Könntest du dir denn trotzdem ein Leben mit meinem Bruder vorstellen? Oder ist seine Angst berechtigt, dass du unglücklich wärest und es ihm womöglich irgendwann vorwirfst? Du würdest auf etwas ziemlich Entscheidendes verzichten.«

»Ich liebe ihn. Seit ich denken kann, tue ich das. Daran ändern auch diese neuen Tatsachen nichts. Deshalb ist er ja nicht plötzlich ein anderer Mensch für mich. Verstehst du? Schon immer wollte ich mit ihm zusammen sein. Er ist meine Familie. Ich habe den Gedanken gemocht, dass meine Kinder es einmal besser haben, als ich es hatte. Dass sie nie an meiner Liebe zweifeln müssen, dass sie eine glückliche und unbeschwerte Kindheit haben würden. Und ich könnte mir nichts Schöneres vorstellen, als diesen Weg gemeinsam mit Jo zu gehen.« Ich schluckte. »Wir ... könnten zum Beispiel über eine Adoption nachdenken. Stell dir nur mal vor, da draußen gibt es jede Menge Kinder, die von ihren Eltern nicht geliebt werden oder die sich in ausweglosen Situationen befinden. Wie schön wäre es, einem solchen Baby ein liebevolles Zuhause zu geben? Aber Jo scheint diese Alternativen nicht in Betracht zu ziehen.«

»Suvi?«

»Hm?«

»Hast du Jo das mal so gesagt?«

Einen Moment zögerte ich. »Nein. Gestern Abend waren wir beide wahnsinnig aufgewühlt. Jo hat mich kaum zu Wort kommen lassen und war gegen meine Argumente vollkommen immun. Er hatte eine Entscheidung getroffen und ist davon nicht mehr abgerückt, egal, was ich gesagt habe.«

Finja stöhnte leise. »Er kann manchmal so stur sein. So ... so ... Das ist doch zum aus der Haut fahren.«

»Ich hätte mir einfach gewünscht, dass er mit mir gemeinsam nach einer Lösung sucht. Seit Jahren wurden wir beide um unser Glück gebracht, weil ich zu feige war und er Distanz für das Richtige hielt.«

»Soll ich mal mit ihm reden? Wir haben einen guten Draht zueinander, das weißt du ja.«

»Nein! Wirklich nicht. Wenn Jo der Meinung sein sollte, dass es noch etwas zu besprechen gibt, dann muss er auf mich zukommen. Wenn er mich genauso liebt, wie ich ihn ...«

»Das tut er, da bin ich mir sicher«, beeilte Finja sich, zu sagen. »Aber hör mal, dass du jetzt ganz allein in deine Wohnung fährst, finde ich nicht besonders klug.« Sie klang besorgt.

»Ach, es wird schon nichts passieren«, versuchte ich, sie und mich gleichermaßen zu beruhigen. »Außerdem bleibe ich nicht lange.«

Finja horchte auf. »So? Was hast du vor?«

»Ich werde mir endlich einen Traum erfüllen.«

Jo

Ich blickte in die Gesichter meiner drei Freunde. Nach einer Dusche, einem halben Liter Wasser und einem Espresso fühlte ich mich zwar immer noch wie erschlagen, aber zumindest war ich halbwegs bereit Alec, Nik und Erik gegenüberzutreten.

»Hör zu, Jo«, begann Nik. »Es tut mir leid, dass ich da gestern mit meinen blöden Sprüchen etwas losgetreten habe. Ich hatte ja keine Ahnung ...«

Überrascht zog ich die Augenbrauen in die Stirn.

»Ich habs ihm erzählt, sorry«, kam es von Alec. »Aber wir machen uns Sorgen. Nicht nur um dich, sondern auch um Suvi.«

»Schon okay. Wahrscheinlich war es sogar gut so, denn jetzt sind die Karten endlich auf dem Tisch. Ich hätte längst den Mund aufmachen müssen, bevor mir das alles dermaßen um die Ohren fliegt.«

Alec nickte zwar, sagte aber nichts, wofür ich ihm wirklich dankbar war.

»Kann mich vielleicht auch mal jemand aufklären?« Erik sah zwischen uns hin und her.

Seufzend antwortete ich: »Es gibt einen Grund, warum ich das mit Suvi beendet habe. Sie wird mit mir keine eigenen Kinder haben können. Der Unfall beim Hockey damals, erinnerst du dich?« Ich verstummte.

Mein Kumpel riss die Augen auf. »Ach, du scheiße. Du musstest ins Krankenhaus, nachdem du auf dem Eis zusammengesackt warst, aber mir war nicht klar, dass es so schlimm war.«

»Weil ich es keinem erzählt habe«, antwortete ich ruhig. »Es war meine eigene Dummheit, ohne Ausrüstung zu spielen. Dass da was passieren kann, lernt man bereits als Kind.«

»Fuck«, murmelte Erik. »Sorry, Mann. Das tut mir leid.«

Ich nickte lediglich. Mitleid war immer das Letzte, was ich gewollt hatte. Noch ein Grund, für mein bisheriges Schweigen. Der Groll auf mich selbst hatte schon ausgereicht.

»Wer von uns war damals schuld, Jo?« Man sah Erik an, dass es ihn schockierte, dass ein lockeres Spiel unter Freunden zu so etwas geführt hatte.

»Ich allein war schuld daran. Keinem von euch mache ich einen Vorwurf.«

Mein Kumpel schüttelte zwar weiterhin bestürzt den Kopf, blieb jedoch stumm.

»Was würde es bringen, irgendeinen anderen Schuldigen zu suchen? Am Ergebnis ändert es nichts mehr. Damit muss ich so oder so klarkommen.«

»Okay. Und deshalb habt ihr euch also jetzt wieder getrennt?«, hakte Nik nochmal nach.

»Deshalb habe ich es beendet. Damit Su die Chance hat, jemanden zu finden, der besser zu ihr passt. Das ist deine Chance, Erik«, versuchte ich es mit Galgenhumor.

Mein Kumpel sah mich entgeistert an und schüttelte dann energischer den Kopf.

»Hat Suvi wirklich gesagt, dass unter diesen Voraussetzungen eine Beziehung für sie nicht in Frage kommt?«, schaltete Alec sich ein. »Das passt so gar nicht zu ihr.«

Mein Herz wurde schwer beim Gedanken an den gestrigen Abend. »Das musste sie nicht sagen, Alec. Ich weiß auch so, dass sie auf Dauer nicht damit leben könnte.«

»Weil du Hellseher bist?« Provokant sah er mich an.

»Weil es nur logisch ist. Schließlich möchte sie eigene Kinder.«

»Hast du sie gefragt, ob das immer noch ihr größter Wunsch ist?«

»Das brauche ich doch gar nicht.«

»Weil du auch hier die Antwort schon vorher weißt? Wenn das so ist, solltest du unbedingt für mich einen Lottoschein ausfüllen.«

Ich zeigte ihm den Mittelfinger.

»Ich liebe dich auch, mein Freund«, grinste er. »Aber jetzt mal ehrlich. Du hast einfach eine Entscheidung getroffen, weil du davon ausgehst, dass Suvi so denkt? Das ist ziemlich dämlich. Um nicht zu sagen, selten dämlich. Jo, ihr seid beide älter geworden. Suvi ist kein sechzehnjähriges Mädchen mehr, sondern eine Frau, die sich weiterentwickelt hat. Ja, vielleicht hat sie sich gewünscht, Kinder zu haben, und wollte, dass die es mal besser haben als sie selbst. Aber müssen das immer unbedingt eigene sein? Ich meine, diesen Wunsch schüttelte man natürlich nicht von heute auf morgen ab, man kann aber wenigstens darüber reden, ob es Alternativen gibt. Und glaubst du nicht, dass eine Liebe, die schon so viele Jahre zwischen euch besteht, mehr übersteht als diese Hürde?«

Du und ich, das ist so viel mehr! Suvis Worte kamen mir augenblicklich wieder in den Sinn.

»Und was, wenn nicht? Wenn sie irgendwann bereut, sich auf mich eingelassen zu haben?«

»Ganz ehrlich Kumpel, für eine solche Reue braucht es keinen unerfüllten Kinderwunsch. Niemand gibt dir eine Garantie, dass eine Beziehung für den Rest deines Lebens funktioniert. Vielleicht gehen ihr irgendwann auch deine Käsemauken oder dein Geschnarche auf den Geist. Beziehungen zerbrechen an viel banaleren Dingen. Und natürlich kann es sein, dass sie dann zurückblickt und etwas bereut. Aber es ist ihre Entscheidung, Jo. Lass sie die selbst treffen.«

»Und was mache ich jetzt eurer Meinung nach?«

»Mit ihr reden«, kam es von allen dreien gleichzeitig.

»Beweg deinen Arsch und fahr ihr nach. Dass du noch ruhig hier sitzen kannst, wo sie allein zurück nach Jyväskylä gefahren ist. Ich hatte ja eigentlich damit gerechnet, dass du das verhinderst«, knallte Nik mir vor den Latz.

Von ruhig konnte überhaupt nicht die Rede sein. Allerdings ...

»Ich habe keine Ahnung, was ich ihr sagen soll. Meine Kreativität reicht nicht aus, um ihr einen Song zu schreiben, wie du es für Lilly gemacht hast.« Ich sah Alec an. »Und ich bin auch niemand, der eine emotionale Rede vor der Presse hält.« Das war an Nik adressiert. »Ihr kennt mich, am liebsten rede ich gar nicht.«

»Dann zeig ihr, dass sie die Frau für dich ist. Mann, Jo. Für die große Liebe muss man schon mal über seinen Schatten springen.«

»Du kennst sie schon seit fast dreißig Jahren. Wenn jemand weiß, womit man Suvi seine Liebe beweisen kann, dann jawohl du.« Herausfordernd sah Erik mich an.

Wenn du bereit bist, es zu glauben, dann wirst du wissen, wo du mich findest.

»Ich muss zu ihr.« Die Gesichter meiner Freunde spiegelten Zufriedenheit wider, als ich auf die Füße sprang.

Ich war mir so sicher gewesen, dass es nur eine logische Konsequenz für unsere Situation geben konnte: Ich war nicht gut genug für Suvi, also mussten wir uns trennen. In diesem Tunnel hatte ich es nicht geschafft, mir ihre Sicht der Dinge anzuhören und zu schauen, ob es vielleicht doch einen anderen Weg gab, den wir gemeinsam gehen konnten.

Jetzt, nach dem Gespräch mit den drei Chaoten vor mir, war mir zumindest eine Sache absolut klar. Ein Leben ohne Suvi an meiner Seite war so sinnlos wie Korvapuusti ohne Zimt. Wie

Tage ohne Musik. Und wie Sommer ohne Sonne.

Sie war schon immer meine zweite Hälfte gewesen. Die Bessere, wie man so schön sagte. Mein Gegenstück. Partner in Crime. Seelenverwandte. Sie von mir wegzustoßen, war der größte Fehler gewesen, den ich hatte machen können und ich wollte sie zurück. Und dafür würde ich mein komplettes Leben auf den Kopf stellen, wenn es sein musste.

»Sollen wir dich mitnehmen? Hanna und ich wollen ohnehin zurück nach Jyväskylä.«

»Danke, aber ich nehme lieber meinen Wagen, falls ich ihn vor Ort brauche.«

»Okay. Aber Jo?«

»Hm?« Gedanklich ging ich schon durch, was ich noch organisieren musste.

»Fahr vorsichtig.«

Dankbar umarmte ich meine Freunde, bevor ich sie vor die Tür setzte und mich ans Packen machte.

Suvi

Als ich nach fünf Stunden endlich in Jyväskylä aus dem Zug stieg, hatte ich wackelige Knie und fühlte mich entsetzlich ausgelaugt. Die dicken grauen Wolken, die sich am Himmel auftürmten, passten perfekt zu meiner Gemütslage. Und als ich vor der Buchhandlung stand, und die Erinnerungen an den Tag vor meiner Abreise zurückkamen, merkte ich, wie wenig ich hier sein wollte. Nicht im Laden an sich, sondern vielmehr in diesem Leben, das mir Angst einjagte, seit ein Ziegelstein durchs Schaufenster geflogen war und ich herausgefunden hatte, dass mein Vater in illegales Glücksspiel verwickelt war. Dass die Polizei nach wie vor im Dunkeln tappte, setzte dem

Ganzen die Krone auf.

Ich wandte mich ab, schlüpfte durch das Tor in den Innenhof und steuerte mit meinem Gepäck auf die Haustür zu. Gerade als ich sie mit dem Schlüssel öffnen wollte, wurde sie von innen aufgezogen und ich zuckte erschrocken zusammen.

»Frau Kalttonen. Waren sie im Urlaub?« Mein Nachbar aus dem zweiten Stock stand mir gegenüber und musterte mich. »Was ist denn da eigentlich mit ihrem Laden passiert? Und warum schleicht hier ständig die Polizei herum?« Er wirkte missmutig.

»Jemand hat einen Stein durch die Scheibe geworfen«, antwortete ich so freundlich wie möglich und probierte, Atem und Puls zu beruhigen. »Die Polizei versucht, herauszufinden wer das war.«

Mein Gegenüber grummelte etwas vor sich hin, ließ mich vorbei und ich hievte den Koffer die Treppe nach oben, bis zu meiner Wohnung. Mit zittrigen Händen schloss ich die Tür auf.

Abgestandene Luft schlug mir entgegen, immerhin war ich mehr als vier Wochen nicht hier gewesen. Unglücklich verzog ich das Gesicht, als ich das Geschirr in der Küche entdeckte, dass wir nur schnell vom gröbsten Schmutz befreit hatten, im Glauben, ich würde bald wieder hier sein, um mich dann darum zu kümmern.

Meine Abreise kam mir wie eine Flucht vor und in gewisser Weise stimmte das ja auch. Hierzubleiben war nicht sicher gewesen. Ich lehnte mich an den Türrahmen und zog langsam den Schal von meinem Hals.

»Und was ist bitte schön jetzt anders?«, fragte ich in die Stille und beantwortete mir die Frage gleich darauf selbst: »Nichts.« Immer noch lief da draußen jemand herum, der es auf irgendeine Art und Weise auf mich abgesehen hatte. Ich sollte schleunigst zusehen, wieder von hier zu verschwinden.

Schnell hängte ich den Mantel an die Garderobe, packte alle Sachen aus dem Koffer und warf eine Waschmaschine an.

So lange ich meinen Händen etwas zu tun gab, würde die Panik sich in Schach halten lassen. Genau aus diesem Grund räumte ich gleich als Nächstes die Küche auf.

Ich gab mir keine Zeit, anzukommen, zu grübeln. Auch nicht dazu, alle fünf Minuten ans Fenster zu schleichen, um sicherzugehen, dass draußen wirklich niemand war, um mich zu beobachten. Und erst recht keine, um an Jo zu denken. Denn das würde nur dazu führen, dass ich wieder anfing zu weinen und so langsam fragte ich mich, wo diese Tränen überhaupt noch herkommen sollten.

Das Schlafzimmer hatte ich bis jetzt gemieden. Zu deutlich hatte ich die Bilder von ihm und mir in meinem Bett vor Augen. Zu klar waren die Erinnerungen daran, wie er mich gehalten und wie seine Wärme und Stärke mich beruhigt hatten. Das Gefühl, in seinem Arm einzuschlafen und mich an ihn zu schmiegen.

Schnell vertrieb ich die Gedanken, holte mein Handy aus der Tasche und suchte in den Playlisten nach Musik, die mich ablenken würde – ohne die *Tangorillaz*, war ja klar. Eine raue Stimme riet mir schon beim ersten Song, endlich loszulassen. Vielleicht war es wirklich Zeit für einen Neuanfang, die Wunden heilen zu lassen und nach vorn zu sehen. Ich war erst Anfang dreißig. Mehr als mein halbes Leben lag noch vor mir.

Und ob mit oder ohne Jo, ich hatte nur diese eine Chance auf ein Leben, das mich glücklich machte. Ich sollte sie verdammt nochmal nutzen. Es gab so viele Träume, die es zu erfüllen gab, und mit einem würde ich gleich heute beginnen.

Jetzt lief ich doch in Richtung Schlafzimmer. Im Türrahmen hielt ich kurz inne, starrte das Bett an, das noch durchwühlt war.

Mein Herz schmerzte und mit einem Kopfschütteln versuchte ich, die Geister der Erinnerung zu verscheuchen.

Als es an der Tür klingelte, zuckte ich zusammen. Wer konnte das sein? Außer Finja und Erik wusste niemand, dass ich wieder hier war. Und von keinem der drei erwartete ich in diesem Moment Besuch.

Beim letzten Mal hatte mein Vater vor der Tür gestanden und mit ihm ein Berg an Problemen.

Ich schlich zur Tür und spürte den kräftigen Herzschlag hinter den Rippen. Mein Mund war trocken und Anspannung lähmte mich. Es klingelte erneut, außerdem bollerte jetzt jemand an die Tür. Wer auch immer das war, stand schon vor der Wohnung.

Okay lieber Gott, betete ich stumm. *Eigentlich bin ich doch schon fast wieder weg. Du kannst mir nicht ernsthaft jetzt die Mafia auf den Hals hetzen, oder? Es sind nur noch ein paar Minuten, bis ich mich auf den Weg zum Bahnhof mache.*

So leise, wie es mir möglich war, schlich ich an die Tür und reckte mich dem Spion entgegen.

Jo

Es hatte viel länger gedauert als geplant, meine Tasche zu packen und all die Dinge zu besorgen, die ich mitnehmen wollte. Es war mitten in der Nacht, als ich endlich in Jyväskylä aus dem Auto sprang und hoch zu Suvis Wohnung starrte. Es brannte kein Licht, was um diese Uhrzeit nicht unbedingt verwunderlich war. Suvi war in aller Frühe aufgestanden und mit dem Zug hierhergefahren. Vermutlich war sie längst erschöpft eingeschlafen. Für einen Moment geriet der Vorsatz, jetzt sofort mit ihr zu sprechen, ins Wanken. Ich sollte sie schlafen lassen, in ein Hotel oder zu meinen Eltern fahren und morgen in Ruhe mit ihr reden. Dann rief ich mir jedoch in Erinnerung, dass es nicht länger warten konnte. Dass ich keinen Tag mehr ohne sie verbringen wollte und es mich in den Wahnsinn treiben würde, nicht zu wissen, wie es mit uns weiterging.

Also stürmte ich auf das Tor zu und drückte auf die Klingel.

Nichts rührte sich. Das Haus lag weiterhin dunkel und still da. Ich klingelte erneut. Diesmal gleich zweimal. Länger.

Immer noch nichts. Unruhe und Angst breiteten sich in meinem Innern aus. Verdammt. War Suvi überhaupt hier angekommen? Ich wusste es nicht. War irgendetwas passiert? Die Polizei hatte nicht ohne Grund gesagt, sie solle hier nicht allein sein. Oder saß sie womöglich in ihrer Wohnung, zusammengekauert auf dem Boden, und hatte eine Panikattacke? So, wie nach dem Überfall. Die Bilder hatte ich in den letzten Wochen erfolgreich verdrängt, weil Suvi in Helsinki viel gelöster gewesen war. Aber in diesem Moment waren sie präsenter denn je. Hektisch zog ich mein Handy hervor und wählte ihre Nummer, nur um es nach dem zigsten Klingeln wieder in die Tasche gleiten zu lassen.

Scheiße, was machte ich jetzt? Ich sah nur eine Möglichkeit und drückte auf alle Klingelknöpfe, die noch am Tor angebracht waren und hoffte, dass irgendwer mich mitten in der Nacht hineinließ.

Etwa eine halbe Stunde später, stand ich schwer atmend wieder auf dem Bürgersteig. Zwar hatte mich einer von Sus Nachbarn meckernd hereingelassen, aber ansonsten war ich keinen Schritt weiter. Denn sie hatte die Wohnungstür nicht geöffnet. Und ich hatte nicht erneut eine Tür eintreten wollen. Von drinnen war nichts zu hören gewesen, und besagter Nachbar war sich sicher, dass Suvi ihre Wohnung gegen Abend verlassen hatte, nachdem sie am frühen Nachmittag dorthin zurückgekommen war.

Ob sie allein oder in Begleitung gegangen war, hatte er allerdings nicht sagen können.

Wo war sie? Ausgegangen? Trotz Warnung der Polizei? Das passte überhaupt nicht zu Suvi. Aber was dann? Womöglich hatten diese Mafiatypen nur darauf gewartet, dass sie zurückkam, um ...

O Himmel, ich sah zu viele Thriller auf *Netflix*. Aber konnte man mir verübeln, dass ich nicht genau wusste, wie ich diese Situation einschätzen sollte? Bisher hatte ich zwar schon einiges erlebt, aber mit der Mafia hatte ich mich nicht angelegt.

Ich warf einen letzten Blick nach oben zu Sus Wohnung und betete stumm, dass es eine vollkommen harmlose Erklärung für all das gab, und dass ich sie möglichst schnell herausfand.

Mit dem Auto fuhr ich schließlich zu meinen Eltern. Allein in einem Hotelzimmer würde ich die Wände hochgehen, solange ich nicht wusste, was los war.

Zuhause würde es starken Schnaps und gute Ratschläge meiner Mutter geben. Eine Kombi, die ich definitiv bevorzugte.

»Jo?«, begrüßte sie mich wenig später, als sie im Morgenmantel die Treppe hinuntergeeilt kam. Sie sah erschrocken aus und augenblicklich bereute ich es, unangemeldet hier aufzutauchen. »Ist was passiert? Was machst du mitten in der Nacht hier? Ich dachte, du wärst ein Einbrecher.«

»Und deshalb kommst du im Morgenmantel die Treppe runter, ohne einen Baseballschläger?« Ich zog die Augenbrauen nach oben.

Meine Mutter schnaubte. »Also? Was ist los?« Sie bugsierte mich ins Wohnzimmer und drückte mich auf die Couch, was ich widerstandslos geschehen ließ.

»Ich wollte eigentlich zu Suvi. Aber sie war nicht da.«

»Zu Suvi? Ich dachte, die ist bei dir in Helsinki?«

Ich wand mich unter ihrem Blick. »War sie. Wir ... hatten ... es ... ist ... kompliziert.«

»Kompliziert? Was soll das denn schon wieder heißen? Ich dachte, es hätte sich endlich alles gefügt zwischen euch?«

»Ich hab's verbockt«, gab ich zerknirscht zu. »Aber ich will es geraderücken, wenn ich nur wüsste, wo sie ist.«

»Warst du in ihrer Wohnung?«

»Vor der Tür, ja. Aber sie hat nicht aufgemacht. Wo kann sie sein, mitten in der Nacht?«

»Hast du die Polizei angerufen?«

Alarmiert sah ich meine Mutter an. »Du glaubst also auch, dass ihr etwas passiert sein könnte?«

»Ich glaube gar nichts, aber wir können es auch nicht ausschließen, oder? Die Polizei sollte also Bescheid wissen.«

Schnell fischte ich das Handy aus meiner Hosentasche, um die Nummer zu wählen, bis ich innehielt.

Auf dem Display wurde eine Nachricht angezeigt. Ich hatte gar nicht bemerkt, dass sie eingegangen war.

›*Wir müssen reden, es geht um Suvi. Finja.*‹

Die SMS war erst ein paar Minuten alt und ich fragte mich, warum meine kleine Schwester noch wach war und was das alles zu bedeuten hatte. Schnell drückte ich auf Wählen.

Suvi

Eine weitere überwiegend schlaflose Nacht lag hinter mir, als der Zug am nächsten Morgen in Rovaniemi hielt und ich einmal mehr innerhalb von zwei Tagen Gepäck auf einen Bahnsteig hievte. Die kalte Luft prickelte auf meiner Haut und nahm mir für einen Moment den Atem. Es war dunkel. Um diese Jahreszeit war das hier am Polarkreis fast ein Dauerzustand.

Lediglich wenige Stunden dauerte der Tag zwischen Sonnenauf- und untergang.

Ich zog die Mütze tiefer ins Gesicht und den Schal höher, so dass nur meine Augen herausschauten. Die Hände steckten in dicken Handschuhen, mit denen ich den Koffer packte und in Richtung Ausgang zog.

Gestern Abend hatte – statt der Mafia – tatsächlich Finja vor der Tür gestanden, wir hatten gemeinsam den Koffer fertig gepackt und meine Freundin hatte mich zum Bahnhof gefahren. Wohin genau ich fuhr, hatte ich nicht verraten, nur, dass ich meine Ersparnisse zusammengekratzt hatte, um mir in Lappland eine Auszeit zu nehmen.

Ich wollte mich weder von der Angst in die Knie zwingen lassen, noch diesen kriminellen Typen in die Arme laufen. Da schien mir ein Glasiglu in der Nähe des Weihnachtsmannes ein perfekt geeigneter Ort, um durchzuatmen und zur Ruhe zu kommen. Hier oben gab es keine Probleme. Dafür Schnee in beachtlichen Mengen und im besten Fall würde sich mein Kindheitstraum erfüllen, und die Nordlichter würden über den Himmel tanzen.

Das Hotel lag einige Kilometer außerhalb von Rovaniemi an einem See, aber sie hatten mir am Telefon versichert, dass mich jemand abholen würde.

Müde ließ ich den Blick schweifen und tatsächlich, dort vorn stand ein Auto und ein Mann lehnte daneben.

»Sind Sie Suvi?«, rief er mir entgegen.

Ich versuchte, mich zu beeilen, ohne auf dem Schnee auszurutschen, der unter meinen Stiefeln knirschte.

»Ja. Suvi Kalttonen.«

Ich hatte den Mann erreicht, von dem außer seinen freundlichen Augen, nichts zu sehen war. Der Rest versteckte sich hinter einer riesigen Kapuze, dem Kragen seiner Jacke und dicker Thermokleidung.

»Ich bin Tommi. Willkommen in Rovaniemi und im Arctic Paradise. Ich bringe dich zum Hotel. Steig ruhig schon mal in den Wagen.«

Dankbar folgte ich seiner Aufforderung und Aufregung mischte sich in die Müdigkeit. Ich war wirklich hier.

Tommi hatte mein Gepäck bis ins Hotelzimmer gebracht, wobei *Zimmer* diesem Ort nicht gerecht wurde. Immer noch ungläubig drehte ich mich im Kreis, den Kopf in den Nacken gelegt und sah zu der gläsernen Kuppel nach oben. Draußen dämmerte es und etwa in einer halben Stunde würde die Sonne aufgehen. Ich konnte es kaum erwarten, all das hier im Licht des Tages zu sehen. Aber selbst jetzt liebte ich es schon und war vollkommen überwältigt. Die Wärme der Heizung kroch mir in die Glieder und glücklich wackelte ich mit den Zehen, die langsam auftauten. Mantel und Stiefel hatte ich im Eingangsbereich abgelegt und der Koffer stand unangetastet daneben.

Rücklings ließ ich mich auf das Doppelbett fallen. Der Gedanke, von hier aus dem Wunder der Polarlichter zusehen zu können, jagte mir ein Kribbeln durch den Körper.

Ich rollte mich auf die Seite, angelte nach meiner Handtasche, die ebenfalls auf der Tagesdecke lag, und zog das Handy heraus. Die Erinnerung an Jos Anruf letzte Nacht verdrängte ich und knipste stattdessen schnell ein Foto des Ausblicks und schickte es an Finja, zusammen mit der Nachricht, dass ich gut angekommen war.

Die blauen Häkchen zeigten mir, dass meine Freundin beides gesehen hatte, aber mehr als einen Daumen nach oben bekam ich nicht. Wahrscheinlich war sie mit den Kindern beschäftigt.

Einen kurzen Moment war die Versuchung da, mich unter die Decke zu kuscheln, die Augen zu schließen und zu schlafen. Aber dann fiel mir ein, dass ich noch gar nicht meine ganze Unterkunft angesehen hatte und außerdem den Sonnenaufgang nicht verpassen wollte.

Also erhob ich mich wieder und tapste auf Socken zu der Tür, die nicht nach draußen führte und öffnete sie.

Ein kleines Badezimmer kam zum Vorschein. Mit dunkelbrauner Holzvertäfelung an der Wand und ebenfalls dunklem Fußboden. Die helle Keramik hob sich davon ab, genauso wie die weißen Handtücher, die an Haken hingen.

Auch hier begannen die großen Glasfenster der Kuppel auf Kopfhöhe und der Gedanke, sogar von der Toilette aus einen Blick in den Himmel zu haben, um das Naturspektakel nicht zu verpassen, ließ mich leise lachen. Gefolgt von Tränen, die in meinen Augen brannten. Ich konnte immer noch nicht recht glauben, dass das hier für die nächsten Tage mein Reich war und ich all das erleben durfte.

Jo

Unruhig lief ich auf und ab und wartete darauf, dass Finja bei unseren Eltern auftauchte. Ihre karge Auskunft letzte Nacht hatte mir nur die Erleichterung gebracht, zu wissen, dass Suvi nicht der Mafia in die Hände gefallen war. Wo genau sie war und was meine Schwester damit zu tun hatte, wusste ich immer noch nicht.

Endlich hörte ich die Haustür und stürzte augenblicklich darauf zu.

»Wo ist Su?«, überfiel ich Finja ohne Begrüßung.

»Guten Morgen, großer Bruder.« Sie musterte mich. »Du

siehst verdammt scheiße aus.«

Ich schnaubte. »Kommt vor, wenn man zwei Nächte nicht geschlafen hat.«

Ihr eindringlicher Blick ging mir durch und durch. Wir hatten uns schon immer nahegestanden und uns verband ein engeres Verhältnis, als das zu unserer älteren Schwester Paula. Allerdings hieß das auch, dass es mir schwerfiel, Dinge vor Finja zu verheimlichen.

»Ganz ehrlich, Jo«, begann sie. »Was du da mit Suvi gemacht hast, war echt keine Glanzleistung. Dafür hättest du wirklich einen Tritt in den Allerwertesten verdient.«

»Ich weiß.« Mit den Händen fuhr ich mir über das Gesicht. »Aber deshalb will ich ja auch wissen, wo sie ist. Nur dann kann ich versuchen, es wiedergutzumachen.«

»Ist es das, was du wirklich willst?«

»Ja, verdammt«, brauste ich auf. »Ich liebe sie. Mehr als alles andere. Der Gedanke, dass ich sie verloren habe, bringt mich um, Finja. Wenn du also weißt, wo sie ist ...«

»Sie hat es mir nicht verraten, nur eine Andeutung gemacht. Aber ich hätte gern erstmal einen Kaffee.«

Okay, vermutlich hatte ich das verdient.

Sie machte sich an der Kaffeemaschine zu schaffen, als unsere Mutter zur Tür hereinkam.

»Guten Morgen, Schatz«, begrüßte sie meine Schwester und ich war kurz davor aus der Haut zu fahren, weil alle hier die Ruhe selbst zu sein schienen.

»Übrigens, Jo«, kam es wieder von Finja.

»Hm?« Ich sah von meinen Händen hoch, die vor mir auf dem Tisch lagen.

»Es tut mir sehr leid. Die Sache mit der Unfruchtbarkeit. Wir hatten ja keine Ahnung. Wenn ich es gewusst hätte, wäre ich in der Vergangenheit sensibler gewesen, wenn es ums Thema Kinder ging.«

Suvi hatte es ihr erzählt. Für einen Moment überlegte ich, ob es mich ärgerte. Aber schlussendlich überwog die Erleichterung, dass ich dieses Thema jetzt nicht mehr mit mir allein ausmachen musste.

»Schon okay.« Aus den Augenwinkeln sah ich das bestürzte Gesicht meiner Mutter.

Wortlos kam sie zu mir und umarmte mich fest. »Dieser Eishockeyunfall damals? Er ist nicht so glimpflich ausgegangen, wie du mir weismachen wolltest?«

Ich nickte und spürte, wie mir Tränen in die Augen stiegen. Verflixt. Mums Hand an meiner Wange und der liebevolle Blick, mit dem sie mich jetzt ansah, waren zu viel, um die starke Fassade aufrecht zu halten.

»Schon gut«, presste ich hervor und schluckte mit aller Macht den Kloß in meinem Hals hinunter. »Ich hatte Jahre Zeit, mich mit diesem Gedanken zu arrangieren. Jetzt ist etwas anderes wichtiger. Suvi und ich ... ich kann nicht zulassen, dass das mit uns vorbei ist, bevor es richtig angefangen hat. Nicht, wo wir nach all den Jahren endlich glücklich sein könnten.«

Ich sah Mum an, dass sie gern mehr gesagt hätte, stattdessen umarmte sie mich noch einmal und setzte sich mit uns an den Tisch. Die Unterstützung meiner Familie war mir sicher und es mir jetzt fast unbegreiflich, warum ich so lange gezögert hatte, ihnen die Wahrheit zu sagen.

»Du hast also endlich begriffen, dass Suvi die richtige Frau für dich ist?«, wollte Finja wissen.

Sofort nickte ich. »Sie oder keine.«

»Und wie willst du wiedergutmachen, dass du ihr das Herz gebrochen hast?«

»Kannst du mir nicht einfach sagen, wo ich sie finde, Finja? Bitte.«

Meine Schwester schüttelte entschieden den Kopf. »Suvi hat mir erzählt, dass sie dir einen Brief dagelassen hat, bevor sie abgereist ist.«

»Ein paar Zeilen. Brief ist vielleicht ein zu großes Wort dafür.«

»Erinnerst du dich daran, was drinstand?«

»Natürlich. An jedes einzelne Wort.«

Zufrieden nickte sie.

»Dann weißt du, was du zu tun hast, oder?«

Verwirrt runzelte ich die Stirn. ... *wenn du es auch glaubst, wirst du wissen, wo du mich findest ...*

»Jetzt sag mir nicht, du willst mir nicht verraten, wo sie ist. Scheiße, Finja, das kannst du nicht machen.«

»Beruhig dich mal, Großer. Ich habe keinen Bockmist gebaut, im Gegensatz zu dir. Und außerdem weiß ich es wirklich nicht. Suvi hat es mir nicht verraten, vermutlich, weil sie nicht wollte, dass ich es dir sage. Sie will, dass du von allein draufkommst.« Herausfordernd sah sie mich an.

»Fuck.« Ich war müde und die letzten zwei Tage zehrten an meinen Kräften. Rätselraten mit Schlafdefizit war echt scheiße. Aber anscheinend die einzige Chance.

»Mann, Jo. Wenn einer Sus Träume kennt, dann ja wohl du. Sie hat gesagt, dass sie sich jetzt endlich einen erfüllen möchte.«

»Träume ...?« Meine Augen weiteten sich. »Okay, ich muss los.« Hektisch sprang ich vom Stuhl, der gefährlich ins Wanken geriet. Scheiße, wie hieß nochmal dieses Hotel, von dem Suvi mir vor einigen Wochen erzählt hatte? Der Name fiel mir nicht ein. Aber ich hatte ja jetzt ein paar Stunden Zeit zu grübeln.

Ich drückte meiner Mutter und Finja einen Kuss auf die

Wange und stürmte nach draußen.

»Wo willst du denn jetzt hin?«, hörte ich Mum rufen, als ich im Flur war.

»Ich hole mir mein Mädchen zurück«, rief ich und war schon durch die Haustür. Auf dem Weg nach Lappland.

Rentiere, Stockbetten und die ganz große Liebe?

Suvi

Dick eingemummelt machte ich mich auf den Weg, um mir den Rest des Hotels anzusehen. Ich lief die vier Stufen vor dem Eingang des Glasiglus hinunter und stapfte auf das Hauptgebäude zu. Der frische Schnee knirschte unter meinen Stiefeln. Die Luft war klar und frostig.

Tommi hatte mir von einer Kapelle aus Eis erzählt, von einer Eisbar, einem Eisrestaurant und sogar Hotelzimmer komplett aus Eis gab es. Und ich wollte nichts davon auslassen. Außerdem knurrte mein Magen seit geraumer Zeit und eine Tasse Tee und ein Brötchen klangen geradezu himmlisch.

Eine nette Hotelangestellte zeigte mir, wo ich den Frühstücksraum fand und nach einer Stärkung, setzte ich die Erkundungstour fort. Allerdings merkte ich schnell, dass mein Orientierungssinn nicht der beste war und ich mich im Schnee verlaufen hatte, denn ich hatte weder die Kapelle noch die Bar gefunden.

Stattdessen entdeckte ich Rentiere, die mir neugierig ihre Köpfe entgegenstreckten, als ich näherkam.

»Wo habt ihr denn den Weihnachtsmann gelassen?«, fragte ich, befreite meine Hand vom Fäustling und streichelte einem besonders vorlauten Exemplar vorsichtig die weiche Nase und das raue Fell. Die dunklen Knopfaugen musterten mich interessiert.

»Der packt noch fleißig die Geschenke«, erklang eine Stimme hinter mir. Tommi grinste über das ganze Gesicht, als er sich näherte. »Du hast neue Freunde gefunden, wie ich sehe.«

Ich kicherte. »Scheint so.«

»Hast du schon alles gesehen, oder hast du Lust, dass ich dir ein bisschen die Gegend zeige?«

Unschlüssig kaute ich auf meiner Lippe.

»Ich habe Feierabend und nichts vor. Keine Angst, ich habe keine Hintergedanken, oder so. Um ehrlich zu sein, habe ich mich schon heute Morgen gefragt, wie es kommt, dass du so ganz allein unterwegs bist und ob ich dir anbieten soll, ein wenig den Fremdenführer zu spielen.«

»Das wäre ... nett«, antwortete ich immer noch zurückhaltend.

»Hey«, seine Hand legte sich auf meinen Arm. »Keine Sorge, ich ... stehe nicht auf Frauen. Vielleicht beruhigt dich das und nimmt dir die Zweifel. Es ist nur ein nett gemeintes Angebot und ich erwarte keine Gegenleistung oder Ähnliches.« Er zwinkerte und hielt mir seinen Arm hin, damit ich mich einhaken konnte. Dankbar nahm ich an, froh nicht länger allein herumlaufen zu müssen.

»Mein Freund arbeitet in einem anderen Hotel und unsere Schichten vertragen sich nicht besonders gut momentan, deshalb habe ich unheimlich viel Zeit, in der ich nicht ständig nur zuhause abhängen will«, erzählte mir Tommi, während wir zur Eiskapelle liefen. »Du wirktest heute Morgen irgendwie so verloren, als du am Bahnhof ankamst. Falls ich dir irgendwie helfen kann ...«

Unweigerlich musste ich lächeln.

»Du kennst mich doch gar nicht.«

»Und? Dann lerne ich dich kennen. Du machst auf mich einen interessanten und sympathischen Eindruck.«

»Danke. Das gebe ich gern zurück. Und danke auch, dass du mir alles zeigst. Ich hatte mich vorhin schon verlaufen«, gab ich kleinlaut zu.

»Das habe ich gemerkt.« Tommi lachte. »Bei den Fellnasen kommt man nicht zwangsläufig vorbei, wenn man sich im Hotel umsieht.«

»Wow«, stieß ich aus, als wir die Eiskapelle betraten. Die geschwungenen Wände liefen oben spitz zusammen, und circa fünfzehn Bankreihen aus Eis befanden sich auf beiden Seiten des von Kerzen erhellten Ganges. Ein Glasaltar im vorderen Bereich war ebenfalls beleuchtet. Hier drinnen herrschte eine absolut besondere Atmosphäre, ein vollkommen eigener Klang. Ehrfürchtig fuhr ich mit der Hand über die kunstvollen Schnitzereien und die glatten Oberflächen.

»Wusstest du, dass das Schneehotel und die Eisgebäude jedes Jahr neu geschnitzt werden? Immer individuell.«

»Wirklich?« Er nickte. »Wahnsinn. Es ist wunderschön hier. Ich bin froh, dass ich endlich hierhergekommen bin.«

»Dein erstes Mal in Lappland?«

»Ja. Bisher hat es sich nicht ergeben«, blieb ich vage und war dankbar, dass Tommi nicht weiter nachhakte.

»Dann solltest du unbedingt heute Abend am Feuer essen. Es gibt Flammlachs oder Rentierfleisch. Es ist ein wirklich tolles Erlebnis.«

»Danke, das werde ich machen.«

»Ich würde dir Gesellschaft leisten, aber ich sollte etwas zu Essen vorbereiten, um wenigstens später noch ein oder zwei Stunden mit Percy zu verbringen.«

»Percy ist dein Freund?«

Er nickte. »Seit drei Jahren. Er kam als Tourist hierher. Wir haben uns verliebt und er ist geblieben.« Das Grinsen auf seinem Gesicht sprach Bände. Er wirkte glücklich.

»Das hört sich schön an«, antwortete ich ehrlich. »Freut mich für euch.« Das tat es wirklich. Nur, weil ich Pech in der Liebe hatte, gönnte ich trotzdem jedem sein Glück, der es fand.

Erst als ich später allein in meinem Glasiglu im Bett lag, kam der Wunsch zurück, mich in Jos Arm zu kuscheln und mit ihm gemeinsam in den Sternenhimmel zu schauen. Ein irres Gefühl, das noch viel schöner wäre, wenn ich es mit dem Mann teilen könnte, den ich über alles liebte. Die Traurigkeit übermannte mich mit voller Wucht.

In den letzten Stunden hatte ich den Schmerz, das beklemmende Gefühl, meine große Liebe womöglich für immer verloren zu haben, mehr oder weniger erfolgreich verdrängt. Jetzt konnte ich jedoch nicht verhindern, dass mein Herz sich schmerzhaft zusammenzog und doch wieder Tränen aus den Augenwinkeln aufs Kissen tropften. Jo fehlte mir entsetzlich und wahrscheinlich war es ein riesen Fehler, aber ich hielt das Gefühl nicht aus, all das hier nicht mit ihm zu teilen. Also griff ich nach meinem Handy, schoss ein Foto von der Aussicht in den Himmel und öffnete die Kurzmitteilungen.

›*Unsere Träume können wahr werden. Du fehlst mir ...*‹

Für eine Weile starrte ich auf die versendete Nachricht und hoffte, dass Jo sie las. Plötzlich wollte ich, dass er genau wusste, wo er mich finden konnte. Ich sehnte mich nach ihm und wünschte mir, dass er uns noch eine Chance gab.

Aber die Häkchen an der Nachricht blieben grau.

Mit dem Gedanken an Jos starke Arme, die mich hielten, fiel

ich schließlich in einen traumlosen Schlaf, aus dem mich in dieser Nacht auch kein Nordlicht-Alarm weckte.

Jo

Es war schon wieder mitten in der Nacht, als ich mein nächstes Ziel erreichte. Ich hatte einige Pausen einlegen müssen, weil der wenige Schlaf sich bemerkbar gemacht hatte und ein Unfall die schlechtmöglichste Option gewesen wäre. Außerdem musste man auf den Straßen Lapplands höllisch aufpassen, dass einem kein Rentier vors Auto lief. Im Dunkeln erst recht. Dazu kam, dass die Strecken – je nördlicher ich kam – schneebedeckt waren.

Zu meinem Glück traf ich an der Rezeption des Hotels trotz der späten Stunde jemanden an. Der Name – Arctic Paradise – war mir etwa auf halber Strecke wieder eingefallen. Mitten in der Nacht sämtliche Unterkünfte hier in Rovaniemi abzuklappern, wäre aussichtslos gewesen und sie abzutelefonieren genauso, denn der Akku meines Handys hatte sich verabschiedet, kurz bevor ich angekommen war, und ich Depp hatte doch tatsächlich das Ladekabel vergessen.

»Kann ich Ihnen helfen?«, fragte der Rezeptionist.

»Ich brauche ein Zimmer.«

»Tut mir leid, aber unsere Zimmer sind zur Zeit alle belegt.«

Ich stöhnte auf. Auch das noch.

»Hören Sie«, versuchte ich es erneut. »Es ist wirklich wichtig. Meine Freundin ... Ex ... ach verdammt, die Frau, die ich liebe, hat ein Zimmer hier und ich muss sie dringend sprechen. Ich muss einfach hierbleiben, damit ...« Ich verstummte.

»Sie verstehen aber schon, dass ich Sie nicht einfach zu einem unserer weiblichen Gäste lassen darf?« Der Kerl hinter dem

Tresen sah mich streng an. »Da könnte ja jeder kommen.«

»Ja, natürlich«, seufzte ich. »Deshalb möchte ich ja auch bis morgen warten. Aber dafür brauche ich ein Zimmer.«

»Aber wir haben kein freies Zimmer mehr.«

»Ich nehme auch ein Sofa.«

Er schüttelte den Kopf.

»Einen Stuhl?«

Die Augenbrauen des Rezeptionisten zogen sich zusammen. »Keine Chance.«

Meine Schultern sackten nach unten.

»Das heißt ... es gäbe eine Möglichkeit.«

»Egal, was es ist, ich nehme es. Und wenn es die Besenkammer ist.«

Mein Gegenüber grinste. »Na ja, ganz so schlimm ist es nicht. Ein Stockbett in einem Mehrbettzimmer.«

Darin hatte ich zwar zuletzt als Teenager auf einer Klassenfahrt übernachtet, aber es war mir egal. Dieses Bett war mehr, als ich in den letzten Minuten zu hoffen gewagt hatte.

»Ich nehme es. Danke.«

»Alles klar. Dann füllen Sie mir bitte noch dieses Formular aus. Anschließend zeige ich Ihnen, wo sie hinmüssen.«

Dankbar nickte ich. Wahrscheinlich hätte ich heute Nacht sogar draußen im Schnee schlafen können, so müde war ich. Dagegen klangen ein paar schnarchende Zimmergenossen doch fast schon himmlisch.

Zu meiner Überraschung war ich im Zimmer jedoch allein.

»Das ist eigentlich nur die Ausweichmöglichkeit für die besonders Kälteempfindlichen. Diejenigen, denen es im Schneehotel zu kalt ist. Sie scheinen Glück zu haben, alle fühlen sich in ihren Schlafsäcken wohl.«

»Danke, für Ihre Hilfe.«

»Schon gut. Scheint Ihnen ja wirklich wichtig zu sein, diese Frau.«

»Das ist sie.«

»Dann drücke ich Ihnen die Daumen, dass Sie das mit ihr wieder geradebiegen können.«

Er wandte sich zum Gehen, als mir noch etwas einfiel.

»Ich bräuchte morgen Hilfe bei der Umsetzung meiner Versöhnungsidee«, rief ich ihm nach. »Und haben Sie vielleicht ein Ladekabel für dieses Handy?« Ich wedelte damit durch die Luft.

»Bring ich Ihnen gleich und dann können Sie mir auch von Ihrer Idee erzählen und ich schaue, was ich machen kann.«

Wenig später hing das Handy neben der Tür zum Laden an einer Steckdose und ich streckte mich auf der harten Matratze eines Stockbettes aus. Für meine fast zwei Meter war es definitiv nicht konzipiert, aber es war besser, als eine Nacht im Auto oder irgendwo, wo ich nicht in Sus Nähe gewesen wäre. Also beschwerte ich mich nicht, rückte das Kissen unter meinem Kopf zurecht und zog mir die Decke bis zur Nase. Die Müdigkeit legte sich bleiern über mich und nach wenigen Minuten schlief ich tief und fest. Ich träumte wirres Zeug von Klassenfahrten, vom Weihnachtsmann, von Suvi und davon, wie ein Rentier mich durch den Schnee jagte.

Als ich aufwachte, brauchte ich einen Moment, um mich zu orientieren. Kein aufdringliches Tier in der Nähe. Ich atmete auf und sortierte meine Gedanken. *Rovaniemi. Schneehotel. Suvi.* Dann machte ich mich auf die Suche nach einer Waschgelegenheit und einem Kaffee. Es war erst sieben Uhr, aber an Schlaf war ohnehin nicht mehr zu denken.

Suvi

Noch etwas benommen räkelte ich mich im Bett, als die Sonne gerade über den Horizont kroch. *So lange habe ich ewig nicht mehr geschlafen,* dachte ich und seufzte. Der Gedanke, den ganzen Tag liegenzubleiben, war verlockend. Es war irre gemütlich und irgendwie befand man sich mit diesem wahnsinnig tollen Ausblick ja fast in der Natur.

Außerdem klang *Schlafen* nach der perfekten Lösung, um nicht nachdenken zu müssen. Über mein gebrochenes Herz, zerplatzte Träume und darüber, wie eine Zukunft ohne Jo aussehen würde.

Ein paar weitere Minuten gönnte ich mir, dann stand ich doch auf, lief hinüber ins kleine Bad und duschte. Anschließend zog ich mich warm an und begab mich auf den Weg zum Frühstück.

»Suvi, guten Morgen. Ausgeschlafen?«

»Tommi, hey. Ja, danke. Und selbst?«

»Um vier ging der Wecker, also nein.« Er lachte. »Aber ich mag meinen Job, deshalb ist es nicht so tragisch. Was hast du heute vor?«

Ich zuckte mit den Schultern. Einen wirklichen Plan hatte ich nicht.

»Du könntest eine Schneeschuhwanderung machen. Oder Eisskulpturen schnitzen. Eisfischen ist auch immer sehr beliebt. Oder eine Tour mit den Schneemobilen.«

»Wow, da kann ich mich ja gar nicht entscheiden, bei der großen Auswahl. Ich werde es mir während des Frühstücks überlegen und dir anschließend Bescheid sagen.«

»Alles klar. Ich organisiere dir dann den Rest.«

Dankbar winkte ich ihm zu. Es klang verlockend, irgendetwas zu unternehmen, das mich von meinem Herzschmerz ablenkte und von der Enttäuschung, dass Jo nicht auf meine Nachricht reagiert hatte.

Das Frühstück war köstlich und ich genoss es, mich um rein gar nichts kümmern zu müssen. Nach einer weiteren Tasse Tee, machte ich mich wieder auf den Weg vor die Tür, wo ich erneut auf Tommi traf.

»Suvi, super, dass ich dich sehe. Ich habe eine Überraschung für dich.«

»Eine Überraschung? Für mich?«

Er grinste geheimnisvoll.

»Jep. Bist du warm genug angezogen für einen Ausflug?«

Ich sah an mir herunter und nickte. »Ich denke schon, ja.«

»Perfekt. Aber falls nicht, wird es auch Decken geben. So richtig schön kuschlig.«

Ich verstand nur Bahnhof.

»Na komm, ich zeig es dir.« Er legte mir seinen Arm um die Schulter und zog mich mit sich.

Nach einem kurzen Fußmarsch erreichten wir das Ziel und ich staunte nicht schlecht.

»Ist das die Überraschung?«

Begeistert nickte Tommi. »Eine Rentierschlittenfahrt. Romantik pur.«

Skeptisch runzelte ich die Stirn. Unter Romantik verstand ich etwas anderes. Ein Pärchen. Verliebte Blicke. Händchenhalten. Kuscheln. Knutschen.

»Was kostet das? Und wie lange dauert es?«, fragte ich, um mich von der Schwere abzulenken, die Besitz von meinem Herzen ergriff.

Warum sollte ich diese Tour eigentlich nicht machen? Nur weil der passende Mann nicht an meiner Seite sein wollte?

»Mach dir keine Gedanken. Es ist jemand abgesprungen und alles war schon vorbereitet. Du kannst einfach die Fahrt übernehmen. Bezahlt ist sie auch schon.«

Überrascht sah ich ihn an.

»Und die Dauer bestimmst du.«

»Okay. Dann ... danke.« Ich beugte mich vor und drückte einen Kuss auf seine kalte Wange.

»Dank mir lieber erst hinterher.« Sein Grinsen verrutschte etwas. Bevor ich dazu kam, weiter darüber nachzudenken, schob Tommi mich schon auf den Schlitten und drückte mich nach unten. Das Holz war mit Fell gegen die Kälte gepolstert und mehrere Decken lagen darauf, in die ich mich einwickeln konnte.

»Das da vorne neben dem Rentier ist übrigens Nalle. Er wird dich sicher durch den Schnee bringen. Wenn irgendetwas sein sollte, wende dich einfach an ihn.«

Zustimmend nickte ich und hob grüßend die Hand.

»Bis später, Suvi.« Tommi winkte mir zu, bevor er Nalle ein Zeichen gab und wieder durch den Schnee davon stapfte.

Mit einem leichten Schaukeln setzte sich der Schlitten in Bewegung. Ganz gemächlich bewegten wir uns ein paar Meter nach vorn. Der Schnee knirschte unter den Hufen der Rentiere und dem Gewicht des Gespanns.

Gerade als ich mein Handy aus der Manteltasche ziehen wollte, um ein Bild zu knipsen und es an meine Freundinnen zu schicken, fuhr ein kräftiger Ruck durch den Schlitten. Mein Kopf flog hoch und ich sah die große Gestalt, die neben mich gesprungen war. Was zur Hölle?

Als auch der Fremde den Kopf hob und ich einen Blick unter die Kapuze werfen konnte, erstarrte ich.

»Jo? Was ...?« Weiter kam ich nicht, denn er ließ sich bereits zu mir auf die Sitzfläche sinken und das Gespann setzte sich erneut in Bewegung, schneller diesmal. In einem gleichmäßigen Rhythmus glitt es durch den Schnee. »Können wir anhalten? Bitte?«, rief ich nach vorn. Aber Nalle machte keine Anstalten, stehen zu bleiben. Mit stoischer Ruhe führte er das Rentier weiter, während ein zweites hinter uns her lief. »Na toll«, murmelte ich und warf die Hände in die Luft. Versuchte, mich zu beruhigen und das Gefühl zu ergründen, das der Mann neben mir in meinem Inneren auslöste. Ein Schneesturm wäre nichts dagegen.

»Su?«, erklang Jos Stimme und seine Hände tasteten zögernd nach meinen. Der Schlitten war nicht groß und der Platz begrenzt. Jos Nähe ließ mein Herz schneller schlagen und die Hoffnung darin wachsen, dass er hierhergekommen war, weil er mich genauso vermisst hatte, wie ich ihn. Trotzdem wagte ich es nicht, ihn anzusehen. Hatte Angst vor dem vertrauten Blick in seine Augen und den Emotionen, die er in mir wachrief. Zittrig stieß ich den Atem aus.

»Bitte, Suvi.« Sein Tonfall wurde flehender.

Jo

Es hatte angefangen zu schneien, und die Schneeflocken stoben um uns herum, während der Schlitten in moderatem Tempo durch die Landschaft glitt.

Nachdem ich diesen Tommi heute Morgen am liebsten von Suvi weggezerrt hätte, als er sich mit ihr unterhalten hatte, war ich ihm jetzt dankbar, dass er mir geholfen hatte, sie zu dieser Schlittenfahrt zu überreden. Wobei ich mir sicher war, dass man Suvi dazu nicht lange hatte bequatschen müssen, schließlich hatte sie mir erst vor ein paar Monaten erzählt, dass sie sich genau das wünschte.

»Wie geht's dir?«, fragte ich in die Stille hinein, die lediglich von den dumpfen Tritten der Rentiere und dem Klingeln der Glöckchen an ihrem Geschirr durchbrochen wurde.

Suvi starrte weiterhin auf ihre Hände, die in dicken Handschuhen in ihrem Schoß lagen und schwieg. Und es machte mich verrückt, ihr nah zu sein, und sie dennoch nicht einfach in meine Arme schließen zu können.

Plötzlich ruckte ihr Kopf zu mir herum. In ihren Augen glitzerten Tränen mit den Schneeflocken um die Wette.

»Was machst du hier, Jo? Woher weißt du überhaupt, wo ich bin? Und warum ...?«

Ein Schmunzeln stahl sich auf meine Lippen. Aber ich verstand, dass sie Antworten brauchte. Dass ich ihr so viele schuldig war.

»Ich habe dich vermisst, Su.« Das musste sie wissen, bevor ich ihre Fragen beantwortete. »Als du weg warst ... es war, als hätte man mir den Grund zum Atmen genommen. Nach den letzten Wochen ... wir beide ...« Hastig befreite ich meine Hand aus dem Handschuh und strich mit dem Daumen eine Träne von Suvis Wange, die sich ihren Weg gebahnt hatte.

»Du hast gesagt, du willst mich nicht«, presste sie mühsam hervor.

Vehement schüttelte ich den Kopf. »Das habe ich nie gesagt. Ich will dich und wollte dich schon immer.«

»Aber du hast mich weggeschickt.« Der Schmerz in ihrer Stimme brachte mich schier um.

»Weil ich dachte, dass es das Richtige ist. Oder zumindest das Vernünftigste.«

»Und was denkst du jetzt?«

»Dass du einen besseren Kerl verdient hättest als mich. Vermutlich werde ich das für den Rest meines Lebens denken. Aber auch wenn es egoistisch ist, ich will *der Kerl* für dich sein, Suvi. Ich ertrage den Gedanken nicht, dass jemand anderes an deiner Seite ist.«

»Ich will doch gar keinen anderen«, hauchte sie erstickt und nur zu gern hätte ich sie geküsst.

Stattdessen griff ich wieder nach ihren Händen. »Es ist mir immer noch unbegreiflich, dass ich dieses verdammte Glück habe«, raunte ich. »Trotzdem hat sich an unserer Ausgangssituation nichts verändert, Su.« Forschend sah ich sie an. »Das Thema Familie ... Kinder ...«

Sie nickte. »Das weiß ich. Und natürlich tut der Gedanke weh, dass wir das nicht haben können. Aber wir beide, Jo, Du und ich, wir sind doch nicht nur potentielle Eltern. Wir sind wir. Zwei Menschen, die Gefühle füreinander haben. Ich liebe dich, seit ich weiß, dass es diese Art der Zuneigung für einen anderen Menschen gibt. Ich liebe dich für genau das, was du bist. Weil du bist, wer du bist. Daran ändert auch das neue Wissen nichts. Es sei denn, du kennst einen Schalter, mit dem man Gefühle einfach abstellen kann?«

Ich schüttelte den Kopf. Gäbe es diesen Schalter, dann hätte ich ihn vielleicht in den letzten fünfzehn Jahren gefunden und benutzt.

»Ich liebe dich auch, Suvi Kalttonen«, sagte ich lächelnd. »Mehr als irgendetwas sonst. Deine verträumte Art, deine grenzenlose Fantasie, dein großes Herz und jede einzelne deiner Sommersprossen.« Sie verzog das Gesicht. »Ich liebe es, mit dir zu lachen. Und zu schweigen. Dir beim Schlafen zuzusehen, genauso wie zu beobachten, wenn du deine Texte schreibst. Wenn du mit dem Finger gegen deine Nasenspitze tippst, weil du überlegst, ist genauso anbetungswürdig, wie dich morgens verschlafen das erste Mal anzusehen. Die letzten Wochen waren die besten meines Lebens. Weil du an meiner Seite warst. Weil du mich vervollständigst. Weil du mich sein lässt, wer ich bin – auch wenn ich ein schweigsamer, brummiger Drummer bin.«

Ein Lächeln hob ihre Mundwinkel. »Ich weiß nicht, ob ich dich schon jemals so viel am Stück hab reden hören«, wisperte sie.

»Für die große Liebe muss man über seinen Schatten springen, schätze ich«, erwiderte ich und Suvi lachte. Sie lachte. Himmel. Eigentlich müsste der Schnee um uns herum schmelzen, bei der Wärme, die mein Herz flutete.

»Jo?«

»Hm?«

»Wirst du mir glauben, dass meine Liebe für dich stärker ist, als alles andere? Und dass wir gemeinsam eine Lösung finden werden? Oder wirst du irgendwann wieder denken, dass du nicht gut genug für mich bist und gehen? Ein weiteres Mal würde ich das nicht durchstehen.«

Ich musste schlucken und mich mehrfach räuspern, weil der Kloß in meinem Hals das Sprechen verhinderte.

Suvi

Ich sah, dass dieses Gespräch Jo nicht leichtfiel. Aber wenn wir eine Zukunft haben wollten, dann mussten wir alles, was zwischen uns stand, aus dem Weg räumen. Alle Wenns. Alle Abers. Und alle noch so unbequemen Themen und Wahrheiten.

»Es fällt mir schwer, daran zu glauben, dass die Unfruchtbarkeit für dich kein Grund gegen ein uns ist«, gestand er. »Seit das damals passiert ist, hasse ich mich dafür, dass ich so leichtsinnig gehandelt habe. Dass ich die weitreichenden Konsequenzen nicht im Blick hatte.«

»Es tut mir leid, Jo«, begann ich vorsichtig. »Ich kann nur erahnen, wie schwer es erst für dich sein muss, damit zu leben. Aber wenn du mich lässt, dann versuche ich, dir zu helfen. Ich möchte an deiner Seite sein, egal, was das bedeutet.«

Ein gequälter Laut entwich ihm und als er mich wieder ansah, entdeckte ich Tränen, die seine Sicht verschleierten. Der starke Jo, der Mann, der mich mein Leben lang vor allem beschützt hatte, weinte.

Ohne darüber nachzudenken, rückte ich näher zu ihm heran und schloss ihn in meine Arme. Es war an der Zeit, dass auch er mal schwach sein konnte. Dass ich ihm den Halt gab, den er mir ein Leben lang gegeben hatte. Dass wir ihn uns gegenseitig gaben.

»Sorry«, murmelte er rau und zog sich ein Stück von mir zurück. Seine Augen waren gerötet, als er sich erneut räusperte.

»Wofür? Ganz ehrlich, Jo, es ist vollkommen nachvollziehbar, dass dich all das nicht unberührt lässt. Und wenn du mir jetzt sagst, dass man als Mann nicht weinen darf, dann muss ich dich leider aus dem Schlitten werfen. Das ist nämlich totaler Schwachsinn.«

»Gott, ich liebe Dich, Su.«

»Und ich liebe dich, Joakim Arlanda.«

Mit den Fingern zog er meinen Schal ein Stück nach unten und beugte sich mir entgegen. Unsere Atemwolken in der eisigen Luft, vermischten sich zu einer. Und endlich spürte ich seine Lippen auf meinen. Spürte das Kribbeln seines Barts auf meiner von der Kälte empfindlichen Haut. Ich spürte ihn. Meinen Jo. Mit allen Sinnen. Schmeckte ihn, roch ihn, fühlte ihn. Und ich wollte nie wieder etwas anderes tun.

Viel zu schnell löste er sich von mir und legte seine Stirn gegen meine. »Danke, Su«, murmelte er. »Ich hatte wirklich Angst, ich hätte es versaut.«

»Versprich mir einfach, dass du ab jetzt keine Entscheidungen mehr für uns beide triffst, sondern mit mir redest.«

»Versprochen. Und Su?«

Ich rückte ein Stück zurück und sah ihn an.

»In den letzten zwei Tagen hatte ich viele Stunden Zeit, um nachzudenken. Auf der Autofahrt nach Jyväskylä und dann hierher.«

»Du bist mit dem Auto bis nach Rovaniemi gefahren?«

»Ich wäre bis zum Nordpol gefahren, wenn es hätte sein müssen. Aber darum geht es gar nicht. Ich ... wenn du ein eigenes Kind haben möchtest, Su, dann ...«

Ich wollte ihn unterbrechen, aber er legte mir zwei Finger auf die Lippen und brachte mich zum Schweigen.

»Lass mich das loswerden, okay?«, bat er. »Der Wunsch, ein Kind zu bekommen, ist nichts, was man einfach so in eine Schublade packt, das weiß ich. Und ich verstehe, dass darauf zu verzichten, keine einfache Sache ist. Wenn du das also willst, Su, dann gibt es sicher Möglichkeiten. Eine anonyme Spende oder vielleicht auch von jemandem, den wir aussuchen. Ich ... würde damit klarkommen, wenn ich nicht der biologische Vater bin.« Er senkte den Blick und seine Schultern sackten nach unten. Das auszusprechen hatte ihn vermutlich mehr Überwindung gekostet, als ich mir je vorstellen konnte.

»Sieh mich an, Jo«, flüsterte ich mit tränenerstickter Stimme. Mein Herz war so voller Liebe für diesen Mann. Ich befreite beide Hände aus den Handschuhen und legte sie an seine Wangen, als er den Kopf hob.

»Ich muss kein eigenes Kind haben, um glücklich zu sein. Es gibt andere Optionen. Eine Adoption zum Beispiel. Wir werden darüber reden. Aber das muss nicht jetzt sein und wir müssen auch in diesem Moment keine Entscheidung treffen. Allein, dass du diese Worte gerade ausgesprochen hast, zeigt mir, dass ich genau den richtigen Mann liebe. Dass du der Mensch bist, mit dem ich den Rest meines Lebens verbringen will. Du bist meine Familie, Jo. Der Mensch, der mich vervollständigt. Mein Anker und der, der mich gleichzeitig fliegen lässt. Mit dir an meiner Seite fühle ich mich unbesiegbar, so, als könne nichts und niemand mir mehr etwas anhaben. »*Du und ich, wir sind so viel mehr*«, zitierte ich meine eigenen Worte. Und endlich entspannten sich Jos Gesichtszüge.

»Wir sind mehr als alles andere, Su. Ich will nicht mehr ohne dich sein. Nie wieder.«

»Und ich nicht ohne dich.«

Als mein Mund seinen erneut zu einem Kuss verschloss, trat alles andere in den Hintergrund. Kein Gedanke war wichtig genug, um ihn in diesem Augenblick zu denken. Kein Geräusch konnte bis zu uns durchdringen. Und auch die Kälte spürte ich nicht mehr. Stattdessen spürte ich Wärme, Liebe und Zuversicht.

Jo

Ich hatte mittlerweile die Decken über uns beiden ausgebreitet und der Schnee hatte sich daraufgelegt wie eine Puderzuckerschicht. Suvi hatte ihren Kopf gegen meine Schulter gelehnt und sich an meine Seite gekuschelt. Ich hielt sie im Arm und wäre so bis ans Ende der Welt mit ihr gefahren. Gott, war das kitschig, zum Glück konnte keiner meine Gedanken lesen. Schmunzelnd drückte ich ihr einen Kuss auf die Schläfe.

»Was hältst du von heißer Schokolade mit Marshmallows?«, fragte ich und sah im nächsten Augenblick in ein strahlendes Gesicht.

»Du bist wundervoll, weißt du das?« Suvi beugte sich vor und küsste meine Lippen.

»Irgendwann in der Zukunft werde ich dich daran erinnern«, neckte ich sie. »Dann, wenn du dich über die Socken aufregst, die ich herumliegen lasse. Oder wenn ich dich dazu verdonnere, den nächsten Actionstreifen mit mir zu gucken.«

Sie schnaubte. »Keine Chance, Jo. Wahrscheinlich werden wir uns gegenseitig immer mal wieder auf die Nerven gehen. Wir werden streiten. Aber deshalb liebe ich dich nicht weniger.«

Mit Nachdruck zog ich sie zurück an meine Seite.

Wir hatten uns bei Nalle bedankt, der schweigsam und verdammt ausdauernd mit seinen Rentieren und uns durch den Schnee gestapft war. Dann hatte ich im Restaurant nachgefragt, ob man uns heiße Schokolade aufs Zimmer bringen würde und Suvi zu ihrem Glasiglu begleitet.

Während ich nach dem Ablegen all unserer dicken Klamotten etwas unschlüssig an der Tür gestanden hatte, verlor Suvi keine Zeit mehr. Sie schmiegte sich an mich, schlang ihre Arme um meine Mitte und legte den Kopf gegen meine Brust.

»Ich bin so froh, dass du mich gefunden hast, Jo«, flüsterte sie, als sie zu mir nach oben sah.

»Um ehrlich zu sein, hatte ich ein bisschen Hilfe«, gab ich zu.

»Deine Schwester? Ich habe ihr doch gar nicht verraten, wo genau ich hinfahre«, überlegte ich.

Ich nickte. »Ja. Finja wusste aber, dass du dir einen Herzenswunsch erfüllen wolltest. Hier in Lappland. Und Alec, Nik und Erik ... Sie alle haben mir ordentlich den Kopf zurechtgerückt und mir mehr als deutlich zu verstehen gegeben, dass ich ein Vollidiot bin, wenn ich dich gehen lasse, dass man um die große Liebe kämpfen muss.«

»Da haben sie recht.« Suvi lächelte. »Wir haben viel zu lange aufeinander verzichtet.«

Da konnte ich ihr nicht widersprechen. Stattdessen beugte ich mich zu ihr hinunter und verschloss ihren Mund mit meinem zu einem zärtlichen Kuss. Bevor ich jedoch dazu kam ihn zu intensivieren, klopfte es an der Tür. Seufzend lösten wir uns voneinander und ich sah in Sus Augen die Sehnsucht, die ich in jeder meiner Zellen spürte.

»Gleich«, raunte ich ihr zwinkernd zu, bevor ich die Tür öffnete.

Draußen im Schnee stand Tommi und grinste uns an.

»Na, wie ich sehe, war die Mission erfolgreich. Das freut mich sehr für euch. Hach, vielleicht sollte ich für Amor arbeiten, anstatt für den Weihnachtsmann.«

Suvi und ich stimmten in sein Lachen ein.

»Eure heiße Schokolade«, er reichte mir ein Tablett mit zwei dampfenden Tassen. »Viel Spaß noch ihr zwei. Und tut nichts, was ich nicht auch tun würde.« Tommi winkte zum Abschied und schlug den Weg zum Hauptgebäude ein.

»Netter Typ«, stellte ich fest und Suvi stimmte mir zu. »Und apropos Weihnachtsmann ...« Ich sah sie an. »Bist du bereit, ihn morgen kennenzulernen?«

»Meinst du das ernst?«

»Natürlich«, schmunzelte ich. Ihre Aufregung war süß.

Sie klatschte in die Hände und hüpfte auf der Stelle. »So was von! O mein Gott, das ist so cool!«

Ich stellte das Tablett auf den kleinen Tisch, der neben zwei Sesseln stand. Als ich mich zu Suvi zurückdrehte, flog sie mir in die Arme und ich konnte gerade noch verhindern, dass ich mit ihr zusammen nach hinten fiel. »Hey, nicht so stürmisch.«

Sie schlang mir die Arme um den Nacken. »Aber ich will genau das«, hauchte sie an meine Lippen. »Stürmisch und langsam, zärtlich und rau, laut und leise. Einfach alles. Mit dir.«

Das war der Moment, in dem ich aufhörte zu denken und in dem die heiße Schokolade vergessen war, die auf uns wartete.

Ich hob Suvi hoch und wir fanden uns im nächsten Augenblick auf dem breiten Bett wieder, von dem aus man direkt in den Himmel schauen konnte. Zumindest dann, wenn man nicht damit beschäftigt war, den Körper seiner Freundin zu liebkosen und ihn auch noch aus den letzten Stücken Stoff zu schälen, die ihn verhüllten.

Die Magie der Nordlichter

Suvi

»Können wir bitte hierbleiben? Für immer? Einfach so liegenbleiben?«, seufzte ich und schmiegte mich nackt an Jos Seite. Draußen war es schon wieder dunkel und wir hatten nicht einmal mitbekommen, dass die Sonne untergegangen war.

»Aber dann fällt ja dein Date mit dem Weihnachtsmann aus.« Er küsste meine Stirn und lächelte breit.

»Für das hier wäre ich eventuell bereit, darauf zu verzichten«, murmelte ich, was Jo ein Lachen entlockte.

»Ich schätze, ich sollte mich geehrt fühlen.« Fältchen bildeten sich um seine Augen, als er den Mund zu einem Grinsen verzog. »Meine Freundin zieht mich dem Weihnachtsmann vor.«

»Du Spinner.« Kichernd knuffte ich ihm gegen die Brust. »Das hier ist einfach ...«

»Einfach?«

Ich sah ihn an. »Schön. Perfekt.«

»Das ist es«, stimmte er mir zu und streichelte mit den Fingerspitzen über meinen nackten Arm. »Hast du Hunger?« Wie zur Bestätigung knurrte mein Magen. Jo lachte erneut. »Das ist eindeutig. Ich rufe schnell an der Rezeption an und lasse uns etwas kommen.«

Er stieg aus dem Bett und ich konnte nicht anders, als ihm auf den nackten Hintern zu sehen, während er ins Bad verschwand.

Kurz darauf hatte er uns etwas zu essen bestellt und kam mit den beiden Tassen Kakao zurück zum Bett, die vorhin in Vergessenheit geraten waren.

»Möchtest du noch?« Er hielt mir einen Becher hin und ich nahm ihn entgegen.

Seinen eigenen stellte Jo auf das Nachttischchen, als er plötzlich innehielt. »Ich habe dir ja noch etwas mitgebracht!«, rief er und machte sich im nächsten Augenblick an seiner Tasche zu schaffen, die er beim Betreten des Zimmers nur achtlos fallen gelassen hatte.

Neugierig beobachtete ich ihn und als er eine kleine Pappschachtel herausholte, weiteten sich meine Augen. Ich kannte diese Boxen.

Jo betrachtete sie eingehend von allen Seiten und verzog leicht das Gesicht. »Sie hat den Transport in meiner Tasche nicht so gut überstanden«, sagte er entschuldigend und stellte sie vor mir auf die Bettdecke.

Vorsichtig löste ich den Deckel und linste hinein.

»Wow.« Gerührt sah ich Jo an und hob einen der Cupcakes aus der Box. Auf der hellen Sahnecrème lag ein Herz aus vielen kleinen Zuckerperlen in Rosa, Pink und Weiß.

»Das ist nur symbolisch.« Jo räusperte sich und setzte sich auf die Bettkante. »Ich schenke dir mein Herz, Su. Mein Herz und auch alles andere, was ich dir geben kann.«

»Ich werde gut darauf aufpassen.« Mit diesen Worten beugte ich mich zu ihm nach vorn und küsste sanft seine Lippen.

»Ich schreibe Finja schnell eine Nachricht, damit sie sich keine Sorgen macht. Und den Jungs«, sagte Jo einige Zeit später und angelte nach seinem Handy. Als er es wieder zur Seite legte, zog er mich erneut an sich und küsste meine Schläfe.

»Jo?«, fragte ich zaghaft.

»Hm?«

»Du hast mich vorhin deine Freundin genannt. Bin ich das? Also ... offiziell ... meine ich«, stammelte ich und hätte mich am liebsten unter der Bettdecke versteckt.

»Fragst du mich das gerade wirklich?« Jos Stirn legte sich in Falten.

»Ähm ... ja? Wir haben die letzten Wochen nie wirklich darüber gesprochen. Es gab irgendwie nie so etwas wie einen *Beziehungsstatus*«, gab ich zu bedenken.

Mit zwei Fingern umschloss Jo mein Kinn und hob es an. Dann drückte er seine Lippen auf meine.

»Ich wäre überglücklich, wenn du meine Freundin bist, Muru«, raunte er lächelnd in den Kuss hinein und sofort hoben sich auch meine Mundwinkel. »Und meinetwegen kann die ganze Welt davon wissen.«

»Und Miriam?«

Grummelnd zog er sich zurück.

»Was soll mit ihr sein?«

»Hast du nochmal von ihr gehört?«

»Nein! Und das ist auch gut so. Wie kommst du auf sie, Su?«

»Sorry«, murmelte ich. »Es war doof, das anzusprechen.«

Seine Gesichtszüge wurden sofort weicher.

»War es nicht«, sagte er nun sanfter. »Natürlich kannst du alles ansprechen, was dir auf dem Herzen liegt. Also? Wie kommst du ausgerechnet jetzt auf meine Ex?«

»Ihr Auftritt damals in deiner Küche. Denkst du, sie wird sich einfach so damit abfinden, dass du mich für sie eingetauscht hast?«

Jos entgeisterter Blick sprach Bände. »Ich habe dich nicht als Ersatz für sie eingetauscht, Su. Ich liebe dich. Und wäre ich in den letzten Jahren nicht so dermaßen auf dem Holzweg gewesen und hätte mich derart verrannt, hätte ich mit Sicherheit schon viel früher vor deiner Tür gestanden und dich geküsst.«

»Hättest du?«

»Ja! Du ahnst nicht, wie sehr ich das wollte, Su. Wie sehr ich dich wollte. Wie sehr mein Herz sich nach dir gesehnt hat.«

»Aber all die Groupies, deine Affären ...«

Jo stöhnte auf. »Waren meine Art, mich abzulenken. Eine unverbindliche Nacht im Hotel war einfacher, als mich mit meinen Dämonen auseinanderzusetzen. Ihnen musste ich nicht erklären, dass ein Eishockeyspiel meine Kronjuwelen unbrauchbar gemacht hat. Dass ich mich dafür hasse.« Bei den letzten Worten sah er mich nicht mehr an.

»Ich wünschte, du hättest schon viel früher mit mir darüber gesprochen«, wisperte ich.

Sein Kopf drehte sich zurück zu mir. »Glaub mir, Su, diese Tatsache der Frau zu erzählen, die man über alles liebt, fühlt sich beschissener an, als die Tatsache selbst. Ich fühle mich wie ein verdammter Loser.«

»Ich liebe dich, Jo. So sehr«, flüsterte ich und beugte mich vor, um ihn zu küssen. »Es gibt nichts, was du mir nicht sagen könntest. Und du bist der tollste Mann, den ich kenne, daran ändert sich nichts.«

»Gott, Su ...« Er eroberte meinen Mund, begrub mich unter sich und drückte mich in die Matratze. Mit den Fingern fuhr ich durch seine Haare und streichelte seinen Nacken.

Wir würden das schaffen. Weil wir, seit wir uns kannten, seelenverwandt waren.

Jo

Ich hatte keine Ahnung, wie spät es war. Seit Stunden lag Dunkelheit über Lappland. Suvi und ich hatten uns nicht einmal zum Essen aus dem Bett bewegt, das der Roomservice gebracht hatte. Meine Nase hatte ich in Sus Haaren vergraben und inhalierte ihren vertrauten Duft. Lauschte ihren gleichmäßigen Atemzügen. Schon vor einer Weile war sie eingeschlafen und nur zu gern wäre ich ihr gefolgt. Aber es funktionierte nicht, da unser Gespräch von vorhin mich wachhielt.

Immer noch hatte ich keinen Schimmer, womit ich die wundervolle Frau in meinem Arm verdient hatte, wie es sein konnte, dass sie mich trotz allem liebte. Dass sie für ein uns bereit war, auf einen so großen Wunsch zu verzichten, und stattdessen andere Wege mit mir gemeinsam zu gehen. Auf der Fahrt hierher hatte ich mir geschworen, dass wenn es eine Chance für uns gab, ich sie zu tausend Prozent nutzen würde. Dass ich alles in meiner Macht Stehende tun würde, um Suvi glücklich zu machen. Sie verdiente es, dass ich ihr die Welt zu Füßen legte und jeden verdammten Tag dafür sorgte, dass sie einen Grund zum Lächeln hatte. Ich kannte Suvis Träume und ich würde sie ihr erfüllen – alle!

Und noch etwas war mir klar geworden. Wenn ich zurück in Helsinki war, dann würde ich mir professionelle Hilfe suchen, um zu lernen mit der Tatsache umzugehen, dass wir keine eigenen Kinder haben konnten. Alles in mir sträubte sich dagegen, einem wildfremden Menschen davon zu erzählen. Ein Kerl wie ich landete nicht auf der Couch eines Seelenklempners. Schon gar nicht mit einem Thema wie meinem. Entwürdigend war da noch milde ausgedrückt. Aber ich war es Suvi schuldig, denn sonst würde ich vermutlich immer wieder daran zweifeln, gut genug für sie zu sein. Und ich war es mir selbst schuldig. Nach all den Jahren musste ich mich so annehmen, wie ich war und mir verzeihen, dass eine falsche Entscheidung mein gesamtes Leben verändert hatte. Und dass unsere Zukunft fantastisch werden konnte. Nein, würde!

Ich machte mir gedanklich eine Notiz, meinen Freund Rasmus anzurufen, von dem ich wusste, dass er ebenfalls schon einmal psychologische Hilfe in Anspruch genommen hatte.

Aber bis dahin würde ich Suvi hier in Lappland zumindest ein paar ihrer anderen Herzenswünsche erfüllen.

Aus den Augenwinkeln nahm ich durch die vielen Fenster über uns eine Bewegung am Himmel wahr. Und tatsächlich. Wow. Ein zaghafter türkisfarbener Schimmer durchzog das Schwarz.

»Suvi, hey.« Ich küsste ihren Scheitel. »Wach auf. Komm schon.«

Leise murrend bewegte sie sich in meinem Arm. »Lass mich schlafen. Ich habe gerade so schön geträumt.«

Schmunzelnd sah ich in ihr verschlafenes Gesicht.

»Warum bist du wach, Jo?«, grummelte sie weiter.

»Ich konnte nicht schlafen«, erwiderte ich. »Aber sieh mal.« Ich deutete nach oben.

Suvis Blick glitt zu den Fenstern und augenblicklich weiteten sich ihre Augen. »O mein Gott«, hauchte sie ehrfürchtig. »Polarlichter. Jo, das sind wirklich ...« Sie strahlte mich an und ich konnte nicht anders, als sie zu küssen.

Viel Zeit gab sie mir allerdings nicht. Su sprang aus dem Bett und sah sich hektisch um.

»Was zur Hölle ...?«, lachte ich. »Was tust du, Suvi?«

»Wo ist mein Pullover, Jo? Ich muss nach draußen. Mir das ansehen.«

»Dein Pullover liegt vermutlich da, wo auch meiner vor geraumer Zeit gelandet ist. Aber du kannst doch auch von hier aus gucken.« Ich verstand den Sinn nicht, warum wir uns den Arsch abfrieren sollten, wenn man extra ein Glasiglu gemietet hatte.

Just in dem Moment bimmelte der Aurora-Alarm los, was Suvi noch aufgeregter werden ließ. Sie quietschte vor Freude und hüpfte – ein Bein schon im Hosenbein, das andere in der Luft – durch den Raum.

Seufzend stieg ich ebenfalls aus dem Bett, schlüpfte in Hose und Pullover, anschließend in Schuhe und Jacke und ließ mich nach draußen ziehen.

Wir standen in der kalten Nacht und sahen in den Himmel. Mittlerweile tanzten intensiver gewordene türkise Schwaden am Firmament, Sterne funkelten überall und die Umgebung war in ein unwirkliches Licht getaucht. Suvi hatte den Kopf in den Nacken gelegt und breitete die Arme zu den Seiten aus, als wollte sie die Welt umarmen.

Ich trat hinter sie und schob meine Hände nach vorn auf ihren Bauch. Sofort lehnte sie sich zurück und drehte den Kopf zu mir. In ihren Augen schimmerten Tränen.

»Es ist atemberaubend, Jo«, flüsterte sie.

»Du bist atemberaubend.« Ich küsste zuerst ihre Nasenspitze und dann ihre Lippen. »Mindestens so atemberaubend wie dieses Naturspektakel.«

Ihr breites Lächeln wärmte mein Herz und als sie ihre Arme um meinen Hals legte, spürte ich die Magie, die dieser Moment innehatte.

»Heirate mich, Su«, raunte ich an ihr Ohr.

»Was?« Sie wollte sich von mir lösen, aber ich hielt sie fest an mich gepresst, vergrub die Nase an ihrem Hals.

»Heirate mich und mach mich zum glücklichsten Mann der Welt.« Mein Puls raste plötzlich und noch nie hatte ich mir ein »*Ja*« so sehr gewünscht wie in diesem Moment. Nie mehr Angst davor gehabt, was die gegenteilige Antwort in mir auslösen würde.

Ich küsste ihre Haut, bevor ich mich bereit fühlte, Suvi in die Augen zu sehen.

Suvi

Jos starke Arme hielten mich eng umschlungen. Seine Nase an meinem Hals, presste er mich an sich und nur langsam hob er den Kopf, um mir in die Augen zu sehen. Absolute Stille umgab uns und hätten die Polarlichter am Himmel sich nicht bewegt, hätte ich gesagt, dass jemand die Welt für einen Moment angehalten hatte.

Mein Herzschlag hatte sich binnen Sekunden verdreifacht und ich war mir nicht sicher, ob ich mir Jos Worte nicht nur eingebildet hatte.

Seine Daumen strichen über meine kalten Wangen, ich hatte gar nicht bemerkt, dass sich Tränen aus meinen Augenwinkeln gelöst hatten.

»Du willst, dass ich ... bist du sicher? So schnell?«, wisperte ich.

»Ich war mir noch nie mit etwas so sicher, Su«, sagte Jo mit leiser, aber fester Stimme. »In fünfzig Jahren möchte ich mit dir in einem Schaukelstuhl sitzen und deine Hand halten. Dich anschauen. Dich küssen. Dir den Himmel schenken.« Er sah hinauf zu den Sternen und den türkisfarbenen Lichtern. »Wenn du mich lässt.«

»Ich ... weiß gar nicht, was ich sagen soll ... ich ...« Meine Stimme brach.

»Du könntest *Ja* sagen?«

»Ich könnte ... O Gott ... Ja! Ja, natürlich.« Erleichterung breitete sich auf Jos Gesicht aus und mir wurde bewusst, dass ich ihn hatte zappeln lassen. »Tut mir leid, ich war nur so ...

wow. Ich meine ... wow.«

Ich fiel ihm um den Hals und seufzte wohlig, als unsere Lippen sich zu einem zärtlichen Kuss trafen.

»Danke«, raunte er, als wir uns voneinander lösten. »Dafür, dass du mich liebst.«

Mein Herz hatte sich nie so leicht angefühlt wie in diesem Moment. Schon immer war Jo mein Anker gewesen, mein Zufluchtsort. Jetzt endlich gab es eine gemeinsame Zukunft für uns.

»Natürlich tue ich das. Wie könnte ich nicht? Du und ich, Jo. Wir sind nicht nur mehr. Wir sind alles. Alles, was zählt.«

Und genau deshalb würde ich mich immer wieder für ihn entscheiden. Für ein Leben an seiner Seite. Ohne Jo hatte mir jahrelang etwas gefehlt. Ein Platz in meinem Herzen war kalt und dunkel gewesen und jetzt war er mit Wärme und Liebe gefüllt, mit Licht und Glück. Natürlich hatten wir einen langen und vermutlich holprigen Weg vor uns, aber Jo hatte mir gerade versprochen, dass wir ihn gemeinsam gehen würden. Hand in Hand. Für den Rest unseres Lebens.

Eng umschlungen standen wir noch eine Weile an Ort und Stelle und bestaunten schweigend den Himmel. Hielten uns. Küssten uns. Spürten die Magie der Nordlichter und genossen es, dass wir diesen Moment gemeinsam erlebten.

Erst als meine Zähne vor Kälte aufeinanderschlugen und die Finger taub waren, trug Jo mich wieder hinein in unser Glasiglu und schälte mich langsam aus meinen Kleidern. Streichelte und liebkoste jeden Zentimeter Haut, den er freilegte. Bis er mich schließlich im warmen Bett unter den tanzenden Polarlichtern ein weiteres Mal liebte.

Beim Aufwachen überlegte ich für einen winzigen Moment, ob alles nur ein schöner Traum gewesen war. Dann sah ich in Jos

Gesicht, in seine Augen, mit denen er mich voller Liebe ansah, und wusste, dass die letzten Stunden genau so passiert waren.

»Hast du gar nicht geschlafen?« Verwundert legte ich meine Hand an seine bärtige Wange.

»Ein bisschen.« Seine Mundwinkel verzogen sich zu einem Lächeln. »Ich war zu sehr damit beschäftigt, dich anzusehen.«

»Spinner. Ich habe doch einfach nur da gelegen.«

»Und? Du bist wunderschön, ob du nun wach bist oder schläfst.«

Meine Wangen wurden warm.

»Meine wunderschöne Verlobte.« Sein Lächeln wurde zu einem breiten Grinsen.

»Ich habe das also wirklich nicht geträumt?«

»Wenn es nach mir geht, definitiv nicht«, antwortete er. »Ich habe das ernst gemeint letzte Nacht, Suvi. Noch nie war ich mir mit etwas so sicher, wie damit, dass ich mit dir den Rest meines Lebens verbringen will. Der Antrag war zwar spontan, aber er fühlt sich absolut richtig an. Du fühlst dich richtig an. Wir. Ich weiß, dass wir Baustellen haben, dass es nicht immer einfach sein wird, aber ...«

Ich legte ihm zwei Finger auf die Lippen und brachte ihn zum Schweigen. »Aber wir schaffen das. Weil wir uns lieben und das ist das Wichtigste«, vollendete ich seinen Satz. »Es gibt für alles Lösungen, da glaube ich ganz fest dran. Solange wir zusammenhalten, miteinander reden und uns gegenseitig unterstützen.«

»Wenn ich zurück in Helsinki bin, dann werde ich an mir arbeiten, Su. Ich ... werde jemanden aufsuchen, der mir hilft, damit umzugehen.«

»Das ist gut, Jo. Ich bin sehr stolz auf dich. Und ich werde immer für dich da sein.«

Er legte seine Stirn gegen meine.

»Su?«, sagte er mit rauer Stimme.

»Ja?«

»Ich habe keinen Ring für dich.«

Verblüfft sah ich ihn an.

»Du hast dir einen Heiratsantrag am Polarkreis gewünscht. Aber der war nicht geplant. Wirklich nicht. Es fühlte sich in dem Moment einfach so perfekt an. Aber jetzt ...«

»Jo?«

»Hm?«

»Ich brauche keinen Ring«, sagte ich lächelnd.

»Natürlich brauchst du einen«, widersprach er mir. »Und du wirst einen bekommen. Den schönsten. Es wird nur noch ein paar Tage dauern.«

Kopfschüttelnd sah ich ihn an. »Du hast keine Ahnung, wie glücklich ich gerade bin, Jo. Dafür brauche ich kein Schmuckstück. Ich brauche dich. Mehr nicht.«

Mit einem leisen Stöhnen küsste mich Jo. »Und dennoch werde ich dir einen Ring kaufen. Und wenn es nur ist, um allen zu beweisen, dass diese atemberaubende Frau jetzt zu mir gehört. Vor allem den Männern.«

Ich knuffte ihn. »Du musst niemandem etwas beweisen. Solange du mich liebst.«

»Ich liebe dich mehr als mein Leben, Suvi.«

Jo

»Bereit?« Suvis leuchtenden Augen waren Antwort genug, als wir am nächsten Nachmittag im *Santa Claus Village* ankamen. Sie war zwar einunddreißig, in diesem Moment aber aufgeregt wie ein Kind. Wie jenes Kind, das sich immer gewünscht hatte, den Weihnachtsmann einmal persönlich zu treffen. Und auch wenn ich damit zwanzig Jahre zu spät dran war, freute ich mich, Suvi diesen Wunsch heute zu erfüllen.

»Siehst du, wie schön das alles beleuchtet ist?«, flüsterte sie verzückt, und ich musste lächeln. Sie hatte recht, die Atmosphäre war wirklich wunderschön. Ein bisschen zu kitschig für den harten Rockstar, für den mich alle hielten, aber wen interessierte das schon? Unzählige geschmückte und hell erleuchtete Weihnachtsbäume spickten das Gelände, die Giebel der einzelnen Gebäude zierten Lichterketten und Laternen leuchteten uns den Weg durch das tief verschneite Dorf.

»Siehst du diese Säulen?« Ich deutete nach vorn. »Sie markieren den Polarkreis. Er verläuft genau dort.«

Suvi steuerte augenblicklich darauf zu und zog mich mit sich. Lachend lief sie ein paar Mal zwischen den Pfeilern hindurch und hüpfte mit ausgestreckten Armen über den verschneiten Arctic Circle.

»Mach mit, Jo!«, rief sie und lachte.

»Ähm ... ich denke, eher nicht«, erwiderte ich glucksend und zog stattdessen mein Handy aus der Tasche, um ein paar Fotos von Su zu knipsen.

»Dürfen Rockstars keinen Spaß haben?«, neckte sie mich.

»Rockstars dürfen alles.« Mit ein paar schnellen Schritten war ich bei ihr und hob sie hoch und wirbelte sie einmal im Kreis. Sus Lachen wurde vom kalten Wind davongetragen und wäre ich nicht ohnehin schon bis über beide Ohren und unsterblich in sie verliebt, in diesem Moment hätte sie definitiv mein Herz erobert. Mit den geröteten Wangen, den funkelnden Augen und dem Strahlen auf dem Gesicht, war sie absolut wundervoll.

»Na komm!« Auffordernd streckte ich Suvi meine Hand entgegen. »Der Weihnachtsmann wartet.«

Ein dunkler Raum mit Holzboden empfing uns, als wir das Santa Claus Office betraten. Mit breiten Dielen, denen man ansah, dass abertausende von Füßen darüber gelaufen waren und von denen vermutlich dieser holzige Geruch ausging. Regale mit dicken Büchern befanden sich an den Wänden und eine Truhe, randvoll gefüllt mit Briefen, stand in einer Ecke. Und dann ... saß er da. Der wahrhaftige *Santa Claus*. Mit einem weißen Rauschebart, der ihm bis in den Schoß fiel, klobigen Stiefeln an den Füßen, die auf einem bunten Teppich standen, und der typisch roten Mütze auf dem Kopf. In einem schweren Holzsessel, vor dicken Samtvorhängen winkte er uns entgegen.

Ich spürte, wie Suvi meine Finger fester drückte und sah, dass sie lächelte. Ihre Nervosität war spürbar und total süß.

»Hallo. Wie geht es euch heute?«, fragte der Weihnachtsmann, gab jedem die Hand und sah zwischen uns hin und her.

»Ganz wunderbar«, antwortete Suvi und strahlte zuerst Santa und dann mich an. Und Himmel, mein Herz quoll über und in meinem Magen breitete sich ein Kribbeln aus.

»Setz dich doch.« Er deutete auf eine ebenfalls mit Samt bezogene Bank an seiner linken Seite. Zögernd tat Suvi genau das. Vermutlich konnte man so alt sein, wie man wollte, neben Santa Claus zu sitzen, brachte jeden aus dem Konzept.

Als der dann für ein Erinnerungsfoto einen Arm um Suvi legte, war es vollkommen um sie geschehen. An den glänzenden Augen erkannte ich, dass dies hier mehr als nur die Erfüllung eines Kindheitstraumes war.

Zum Abschied winkte der Weihnachtsmann uns noch einmal zu und wir verließen das Gebäude wieder.

Kaum draußen fiel Suvi mir um den Hals.

»Hoppla. Nicht so schnell«, lachte ich. »Geht's dir gut?«

»Machst du Witze? Das war ... unglaublich cool. Danke,

dass du mit mir hierher gefahren bist.« Sie drückte einen Kuss auf meine Lippen.

»Na, hör mal. Ich wollte mir doch nicht entgehen lassen, den Weihnachtsmann zu sehen.«

Suvi hakte sich kichernd bei mir unter und wir liefen eine Weile zwischen den mit Schnee bedeckten Bäumen und den beleuchteten Häuschen hin und her. Ich lauschte den vielen verzückten *Ohs*, die Sus Mund verließen, und konnte mich nicht sattsehen, an dem Glück, das sie ausstrahlte. Wir warfen einen Blick ins Postamt, wo sich tausende Briefe stapelten, die von den Weihnachtswichteln bearbeitet wurden, und ich erinnerte mich daran, dass auch wir als Kinder Wunschzettel hierhergeschickt hatten.

»Ich habe noch eine Überraschung für dich.« Wir waren vor einem der vielen Weihnachtsbäume stehengeblieben und ich zog Suvi in meine Arme.

»Noch eine Überraschung?« Mit großen Augen sah sie mich an. »Ich bin nicht sicher, ob ich das verkrafte.«

»Keine Sorge, es wird dir gefallen, da bin ich mir sicher.«

Hinter dem Santa Claus Office überquerten wir eine Straße und liefen auf ein rot angestrahltes Gebäude zu, dessen Turm mit einem spitzen Dach versehen war.

Auch hier säumten Weihnachtsbäume den Wegesrand und als wir vor der Tür ankamen, empfingen uns Weihnachtselfen.

»Herzlich willkommen bei Mrs Santa Claus«, wurden wir begrüßt. »Ihr kommt, um beim Lebkuchenbacken zu helfen?«

»Tun wir?« Fragend sah Su mich an.

»Wenn du Lust hast.« Ich zwinkerte ihr zu.

»O ja!«

»Dann kommt mal rein.« Die Elfen nahmen uns mit und für die nächsten zwei Stunden erlebte ich Suvi in einer Art Weihnachtsrausch. Da ich wusste, wie trostlos viele ihrer Weihnachtsfeste früher gewesen waren, konnte ich nur erahnen, wie sehr sie das hier genoss. Und ich liebte es, sie so gelöst und aufgeregt zu sehen.

Der Duft von Plätzchen erfüllte das gesamte Haus und überall wuselten die in Rot und mit einer Zipfelmütze gekleideten Elfen herum. Mrs Santa war eine kleine, untersetzte Frau in einem ebenfalls roten Kleid mit weißer Schürze, die eine kleine runde Brille auf der Nase trug. Mit ihrem ansteckenden Lachen verbreitete sie eine gemütliche und entspannte Atmosphäre. Immer wieder ertappte ich mich bei dem Gedanken, dass sich all das hier anfühlte, wie der wahrgewordenen Kindheitstraum.

Zwischendurch stahl ich mir den ein oder anderen Kuss, der von Mal zu Mal süßer schmeckte, weil Suvi immer wieder naschte. Und auch hier konnte ich nicht widerstehen, das ein oder andere Foto von ihr zu knipsen, damit sie später eine Erinnerung an dieses Erlebnis haben würde.

»Ich kann nicht fassen, dass ich mit der Frau des Weihnachtsmannes Kekse gebacken habe«, sagte Suvi später immer noch aufgeregt, als wir wieder zurück in unserem Glasiglu waren. »Das war alles so wundervoll und viel großartiger, als ich es mir vorgestellt habe.«

Meine Hände an ihrer Taille zogen sie zu mir heran und ich küsste ihre Stirn.

»In den letzten Stunden sind so viele Träume in Erfüllung gegangen. Ich bin gar nicht mehr sicher, ob das wirklich noch mein Leben ist.«

»Soll ich dich zwicken?« Ich kniff ihr in die Seite und Suvi quiekte.

»Das hier ist real, Su. Und du hast das alles mehr verdient, als jede andere.«

Sie schlang die Arme um meinen Nacken.

»Ich liebe dich, Jo«, flüsterte sie, bevor sie mich küsste.

Suvi

Die Tage in Lappland vergingen viel zu schnell und um ehrlich zu sein, wäre ich am liebsten hiergeblieben. Fernab von allen Problemen. Keine Band, Buchhandlung oder Polizeiermittlungen. Keine Termine oder Presse. Hier in unserem Glasiglu fühlte ich mich wie in einer Blase aus Glück und Liebe. Hier gab es nur Jo und mich.

»Dann wollen wir mal wieder nach Hause fahren.« Jo schnappte sich unser Gepäck und stand erwartungsvoll an der Tür. »Kommst du?«

»Klar«, antwortete ich, klang jedoch deutlich weniger überzeugt, als das Wort vermuten ließe.

»Was ist los, Su?« Unsere Taschen landeten wieder auf dem Fußboden.

»Ist es kindisch, dass ich gern hierbleiben würde?«

Jo grinste. »Wir können noch bleiben. Du hättest nur etwas sagen müssen, dann hätte ich die Buchung noch ein paar Tage verlängert.«

»Ich weiß, dass du das gemacht hättest, aber ...«

»Aber?«

Unzufrieden verzog ich das Gesicht.

»Jetzt sag mir nicht, es ist wegen des Geldes, Su?« Entgeistert sah er mich an. »Ich dachte, das Thema wäre jetzt endgültig durch, wo klar ist, dass wir eine gemeinsame Zukunft haben.«

»Du hast mich gefragt, ob ich dich heiraten möchte und –«

»Und du hast Ja gesagt«, unterbrach er mich.

»Was aber nicht gleichbedeutend damit ist, dass ich dann kein eigenes Geld mehr verdiene.«

Jo kam auf mich zu und zog mich in seine Arme. »Das habe ich auch nicht behauptet. Ich verstehe, dass du dein eigenes Geld verdienen willst. Das tue ich wirklich. Aber du musst dir deswegen keinen Stress machen. Und wenn ich einen Urlaub bezahle, dann erwarte ich nicht, dass du das ebenfalls tust. Okay?«

Zögernd nickte ich.

»Wir verdienen mit unserer Musik mehr Geld, als ich ausgeben kann, Su. Ich habe ein Haus, ein Auto und eine Geldanlage für später. All die spießigen Dinge sind erledigt. Den Rest möchte ich ausgeben. Für uns. Und damit meine ich dich genauso wie mich. Wenn du dir also wünschst, dass wir noch ein paar Tage hierbleiben, dann machen wir das.«

Ich reckte mich nach oben und küsste Jos Lippen. »Danke«, flüsterte ich und räusperte mich. »Aber ich denke, wir sollten zurückfahren. So gern ich hierbleiben möchte, es gibt einige Dinge, um die wir uns kümmern sollten.«

»Die da wären?«

»Zuerst einmal muss ich nach der Buchhandlung sehen. Und nach meiner Wohnung. Und du hast doch sicher auch Termine.«

»Nichts, was sich nicht verschieben lassen würde.« Er zuckte mit den Achseln. »Aber vermutlich sollten wir uns um einen neuen Manager kümmern und dafür muss ich mich mit Alec und Nik zusammensetzen.«

Ich schob meine Hand in seine. »Dann lass uns los.«

Wir verabschiedeten uns von Tommi, der uns das Versprechen abnahm, bald wieder nach Lappland zu kommen und dann auch Percy kennenzulernen, und machten uns auf den Weg. Sechseinhalb Stunden dauerte die Fahrt bis Jyväskylä, wovon ich vier verschlief. Wir passierten gerade die Stadtgrenze als Jos Telefon klingelte. Er stöhnte auf.

»Willst du nicht rangehen?«, fragte ich, als er keine Anstalten dazu unternahm.

»Um ehrlich zu sein, nein«, brummte er. »Ich bin müde und froh, wenn wir gleich erstmal angekommen sind. Und außerdem habe ich in den letzten Tagen mehr gesprochen, als in den letzten fünf Jahren zusammen.«

Kichernd knuffte ich ihn. »Scheint aber wichtig zu sein. Wer auch immer es ist, er ist ausdauernd.«

Jo nahm das Gespräch über die Freisprecheinrichtung an.

»Jo, altes Haus. Dich ans Telefon zu kriegen ist ja schwieriger, als eine Nummer Eins in den Charts zu landen«, erklang Alecs Stimme blechern aus den Lautsprechern.

»Alec, was gibt's?«

»Das wollte ich dich eigentlich fragen. Wie war die Liebesmission? Ich hoffe, deine Abwesenheit lässt sich damit erklären, dass du die letzten Tage nicht mit Suvi aus dem Bett gekommen bist.«

»Alter, du bist auf laut gestellt und Su hört mit. Reiß dich zusammen.«

Alec lachte. »Um so besser. Dann kann sie mir ja direkt selbst erzählen, wie du dich angestellt hast.«

»Das wird sie nicht und jetzt gib Ruhe. Willst du mich nur nerven, oder ist was Wichtiges? Wir sind nämlich gerade zuhause angekommen.«

»Von welchem Zuhause sprechen wir?«

»Suvis Wohnung. Hör mal Alec, können wir später telefonieren?«

Belustigt verfolgte ich den Schlagabtausch.

»Ne, jetzt warte mal. Es ist wirklich wichtig. Hast du nochmal was von Miriam gehört?«

»Hast du nicht gerade gesagt, dass es wichtig ist?«

»Ist es. Also hast du?«

»Nein, habe ich nicht. Und jetzt komm zum Punkt. Ich will mit meiner Verlobten ins Bett.«

»Mit deiner ...? Nicht dein Ernst! Ich fass es nicht. Du verarschst mich doch.«

»Tut er nicht«, mischte ich mich ein und schenkte Jo ein Lächeln. »Unter den Nordlichtern hat Jo mich gefragt und ich habe *Ja* gesagt.«

»Natürlich hast du das. Mensch, ich freu mich für euch. Glückwunsch.«

»Danke«, antwortete ich und wandte mich zurück an Jo. »Ich geh schon mal vor. Beredet in Ruhe, was ihr zu besprechen habt, okay? Ich lasse das Tor offen.«

Unzufrieden verzog mein Freund das Gesicht. Rasch küsste ich seinen Mundwinkel. »Bis gleich. Ich liebe dich.«

»Ich liebe dich auch.«

Schnell schlüpfte ich aus dem Wagen.

Jo

Die Autotür fiel hinter Suvi ins Schloss und für einen Moment sah ich ihr nach, wie sie auf den Hauseingang zulief und schließlich durchs Tor in den Innenhof verschwand. Die Dunkelheit des Autos umgab mich und eine seltsame Unruhe ergriff Besitz von mir.

»Du hast ihr wirklich einen Antrag gemacht? Wie geil bist du denn?«, unterbrach Alec meine Gedanken und lenkte die Aufmerksamkeit zurück auf das Telefonat.

»Warum noch mehr Zeit verlieren?«, antworte ich. »Sie ist

die Frau meines Lebens.«

»Ich freue mich sehr für euch. Wirklich. Und ich bin ziemlich erleichtert, dass ihr alles klären konntet. Konntet ihr doch, oder?«

»Wir haben viel geredet in den letzten Tagen. Und zusammen werden wir das hinbekommen. Ich habe das Gefühl, mit Su an meiner Seite kann ich alles schaffen. Kennst du das?«

Alec lachte leise. »Definitiv.«

»Es wird kein einfacher Weg, den wir gehen müssen, aber ihn nicht zu gehen, kommt mir unmöglich vor. Wenn ich Su im Arm halte, dann bin ich endlich angekommen. Gott, das klingt so kitschig.«

Alecs Lachen wurde lauter. »Tut es, Kumpel. Aber soll ich dir was sagen? Scheiß drauf. Ihr habt es beide verdient, endlich glücklich zu sein. Und sei mal ehrlich, die Karriere allein hat dafür doch nie ausgereicht, so geil der Erfolg auch ist.«

Da musste ich ihm recht geben.

»Apropos, Erfolg«, sprach Alec weiter. »Ich habe nicht ohne Grund vorhin nach Miriam gefragt. Sie ist komplett von der Bildfläche verschwunden. Letztlich sollte es gut sein, dass wir keinen Stress mit ihr haben, aber irgendwie habe ich im Gefühl, dass das dicke Ende noch kommt.«

»Wie meinst du das?«, fragte ich alarmiert.

»Na ja, kannst du dir wirklich vorstellen, dass diese Frau einfach so klein beigibt? Sie hat genauso für unserem Erfolg geackert und davon profitiert. Wir sollten zumindest so fair sein und das, was sie für uns getan hat, anerkennen. Ihren Job hat sie immer gut gemacht.«

»Stimmt schon«, gab ich unwirsch zu. »Mir wäre es trotzdem lieber, ich müsste ihr nicht mehr allzu oft über den Weg laufen. Und Suvi würde ich das auch gern ersparen.«

»Kann ich absolut verstehen. Deshalb habe ich mich auch schon mal umgehört und eventuell jemanden gefunden, der den Job übernehmen könnte.«

»Echt? Wen?«

»Lauri Järvinen. Schon mal gehört?«

»Machst du Witze? Natürlich. Aber ist der nicht der Manager von dieser Sängerin. Dieser ... Matleena?«

»War er. Jetzt ist er wieder auf dem Markt.«

»Wie kommt das?«

»Matleenas Vater hat sich anscheinend eingemischt und das Management selbst übernommen.«

»Hast du schon mit Lauri gesprochen?«

»Ich habe ihm eine Mail geschickt und nach seinen Konditionen und dem grundsätzlichen Interesse gefragt. Aber ich wollte natürlich zuerst mit Nik und dir sprechen.«

»Schlag ihm ein Treffen vor, wenn von seiner Seite Interesse besteht. Ich denke, wir sind nächste Woche wieder zurück in Helsinki.«

»Du bringst Suvi wieder mit her? Was ist mit ihrem Laden? Gibt's schon was Neues von der Polizei?«

»Nee, nichts. Nervt ziemlich. Aber solange sie den Laden nicht aufmacht, kann sie auch genauso gut bei mir wohnen.«

»Na, solange sie das auch so sieht.« In Alecs Stimme lag ein fettes Grinsen.

»Ich locke sie mit Cupcakes ins Bett. Und noch anderen Dingen ... ebenfalls im Bett.«

»Ja, okay, stopp. Keine Details über eure Schlafzimmeraktivitäten, bitte.«

Ein Lachen rumpelte in meinem Brustkorb. »Keine Sorge. Du würdest ohnehin nur vor Neid erblassen, Kumpel.«

»Davon träumst du.«

»Nein, ganz sicher nicht. Träumen tue ich von Su. Jede verdammte Nacht. Das ist echt total verrückt.«

»Das ist nicht verrückt. Das ist Liebe.«

Mein Lachen, das endgültig aus mir herausbrach, blieb mir im Hals stecken, als ich einen Blick durch die Windschutzscheibe nach draußen und in Richtung des Eingangstores warf.

»Fuck«, stieß ich aus.

»Komm schon, so schlimm ist die Liebe jetzt auch wieder nicht.«

»Ich muss Schluss machen, Alec.«

»Nee, jetzt warte doch mal. Gibt es irgendwelche Bedingungen, die ich Lauri im Vorfeld schon mal unterbreiten soll?«

»Ganz ehrlich, Alec, Lauri interessiert mich gerade kein bisschen.« Mit fahrigen Bewegungen schnallte ich mich ab.

»Was ist denn auf einmal los mit dir? Du klingst plötzlich total seltsam.«

»Da ist gerade jemand am Tor, Alec.«

»Am Tor? Du sprichst in Rätseln.«

»Am Eingangstor zum Innenhof von Suvis Haus.«

»Und?«

»Komplett schwarze Klamotten. Kapuze. Genauso wie am Tag, als der Anschlag verübt wurde«, brachte ich atemlos heraus.

»Scheiße. Du meinst ...? Das könnte jemand von diesen komischen Mafiatypen sein?«

»Keine Ahnung. Aber ich werde das jetzt herausfinden.«

»Mach keinen Scheiß, Jo!«, brüllte Alec. »Ruf die Polizei ...«

Da legte ich bereits auf und öffnete leise die Autotür.

Miststück

Suvi

Ich kam gerade von der Toilette, als es an der Tür klopfte.

»Das ging ja schneller als gedacht«, sagte ich und öffnete mit einem Lächeln. Selbiges gefror augenblicklich, als ich sah, dass nicht Jo vor der Wohnungstür stand, sondern eine schlanke großgewachsene Person, komplett in Schwarz gekleidet mit einer tief ins Gesicht gezogenen Kapuze. Ich erstarrte. Warum hatte ich mich nicht zuerst vergewissert, dass es auch wirklich Jo auf der anderen Seite der Tür war, wie ich es sonst tat?

Zuschlagen, Suvi, schrie ich gedanklich. *Schlag die verdammte Tür wieder zu.* Aber ich starrte nur und bewegte mich nicht.

Und dann hob die Person vor mir den Kopf und sah mich aus kalten Augen an. Mir blieb das Herz stehen.

»Miriam?«, keuchte ich. »Was ...?«

Weiter kam ich nicht, weil sie mir einen Schubs versetzte und ich nach hinten in die Wohnung stolperte. Die Tür fiel laut ins Schloss.

»Was hast du dir nur dabei gedacht?«, zischte sie.

»Was ... aber ...?«, stotterte ich und die Angst griff nach mir. Mein Instinkt sagte mir, dass das hier nicht nur der Besuch einer Frau war, die mich nicht sonderlich mochte und die wütend war. Ihre Aufmachung, ihr Tonfall und die Kälte in ihren Augen unterstrichen die Vermutung, schürten mein Unwohlsein und die böse Ahnung, dass das hier nicht glimpflich ablaufen würde. Für mich.

»Warum konntest du deine dreckigen Finger nicht von ihm lassen?« Miriams Stimme war schneidend. »Ständig Suvi hier und Suvi da. Ätzend«, spuckte sie mir entgegen und wischte sich die Kapuze vom Kopf. »Beste Freundin, dass ich nicht lache.« Sie lachte nicht.

»Wir lieben uns«, versuchte ich, selbstbewusst zu klingen, und sah mich möglichst unauffällig nach meiner Handtasche um, in der mein Handy steckte. Ich musste Jo Bescheid geben.

»Rührend. Wirklich. Aber glaubst du das tatsächlich? Dass ein Mann wie Jo mit dir glücklich sein kann?«

Ihre Worte waren verletzend, trotzdem nickte ich.

»Dann bist du echt noch dämlicher und naiver, als ich dachte«, ätzte sie. »Rockstars wie Jo, brauchen eine richtige Frau an ihrer Seite. Nicht so Mäuschen wie dich. Du weißt vermutlich nicht mal, was ein Blowjob ist. Und bei öffentlichen Terminen würdest du keine gute Figur abgeben! Sieh dich doch nur mal an. Die roten Haare und diese Klamotten.«

Entgeistert starrte ich sie an. Wenn ihre Definition einer perfekten Beziehung so aussah und ihre Werte so oberflächlich waren, konnte sie einem nur leidtun.

»Wie ich sehe, stimmst du mir zu«, sprach sie weiter und interpretierte mein Schweigen komplett falsch. »Dann bist du sicherlich auch einverstanden, dass dieses kurze Intermezzo zwischen euch jetzt vorbei ist, und wirst es beenden.«

»Das kann ich nicht.«

»Du kannst. Und du wirst.« Sie kam näher, das Gesicht eine starre Maske. »Ich lasse nicht zu, dass du meine Zukunft ruinierst.«

So wie ich das sah, tat sie das gerade höchstpersönlich selbst.

»Ich dachte, du hast ein neues Engagement aus Deutschland«, versuchte ich, möglichst sachlich zu klingen und Aufregung und Angst zu verbergen, die mein Herz bis in den Hals schlagen ließen. Jeder Muskel schien angespannt und das Atmen fiel mir schwer.

Miriam schnaubte. »Irgend solche Möchtegern-Musiksternchen. Als ob das ein Ersatz für diese Band wäre, die gerade wieder auf einer Erfolgswelle schwimmt.«

Sie hatte also nie vorgehabt zurückzugehen?

»Um die Managerin der *Tangorillaz* zu sein, musst du doch aber nicht unbedingt mit einem der Mitglieder liiert sein«, tastete ich mich vorsichtig weiter. Dachte ich zumindest. Miriams höhnisches Lachen belehrte mich eines Besseren.

»Du hast so recht«, säuselte sie. »Aber es macht alles so viel einfacher. Warum sollte ich nicht sämtliche Privilegien genießen, die diese Beziehung mit sich bringt?«

Mein Mund klappte auf. Niemals zuvor hatte ich etwas derart Berechnendes erlebt.

»Und genau aus diesem Grund wirst du dich von Jo fernhalten. Du wirst aus seinem Leben verschwinden, ein für alle Mal. Er gehört mir.«

Ich schnappte nach Luft. »Er gehört dir doch nicht. Man besitzt niemanden.« *Okay Suvi, das zu sagen war selten dämlich*, rügte ich mich stumm, aber es war mir rausgerutscht. Miriams Gesicht verzog sich zu einer hässlichen Fratze.

»Willst du mich gerade etwa belehren?«, keifte sie. »Du? Mich?«

Schnell schüttelte ich den Kopf und sah mich erneut nach meiner Handtasche um. Ich musste irgendwie an dieses Handy kommen. Just in dem Moment klingelte es und ich erkannte Jos Klingelton sofort.

»Denk gar nicht dran.« Miriam war mit einem Satz an meiner Tasche, zerrte das Telefon heraus und drückte den Anruf weg.

Was ich dachte, wollte sie ganz sicher nicht wissen. Denn dabei kam sie nicht gut weg. Ich hatte sie vorher schon nicht leiden können, aber das hier übertraf all meine bisherigen Vorbehalte gegen sie. Sie war egozentrisch, gefühllos und verrückt. Anders war ihr Verhalten nicht zu erklären. Um ihren Status zu behalten, war ihr jedes Mittel recht, sogar ... ein unglaublicher Verdacht keimte in mir auf.

Jo

Sie hatte mich weggedrückt. Scheiße.

Das Tor zum Innenhof war zu. Die in schwarz gekleidete Person musste es hinter sich geschlossen haben. Was, wenn es wirklich die gleiche war, die ich vor Wochen hier auf der Straße gesehen hatte, kurz nachdem der Ziegelstein durch die Schaufensterscheibe geflogen war? Das Handy ans Ohr gedrückt, verharrte ich wie versteinert und lauschte auf das Tuten. Mein Zeigefinger schwebte über dem Klingelknopf, aber irgendetwas hielt mich davon ab, ihn zu drücken. Was, wenn derjenige schon bei Suvi in der Wohnung war und dann gewarnt wäre? Wenn er etwas Unüberlegtes tat, weil er sich in die Enge getrieben fühlte? Ich konnte Suvi nicht in Gefahr bringen.

»Virtanen«, erklang endlich eine Stimme am anderen Ende.

»Joakim Arlanda hier«, presste ich heraus. »Der Freund von Suvi Kalttonen.«

»Herr Arlanda, wie kann ich Ihnen helfen? Sie klingen gestresst.«

»Ich habe gerade beobachtet, wie sich eine schwarz gekleidete Person Zutritt zum Haus meiner Freundin verschafft hat.

Ich habe noch im Auto gesessen und telefoniert.«

»Eine schwarz gekleidete Person? Können Sie das konkretisieren?«

»Nein, es war zu dunkel und ich ein Stück entfernt. Aber sie sah genauso aus, wie die vor einigen Wochen. Das kann ein Zufall sein und ein Nachbar hat sich einfach die Kapuze tief ins Gesicht gezogen. Aber ...«

»Wo sind Sie jetzt?«

»Ich stehe vor dem Tor.«

»Bleiben Sie, wo Sie sind. Wir sind in ein paar Minuten vor Ort.«

»Aber ich muss doch schon mal irgendetwas tun können? Vielleicht bei den Nachbarn klingeln ...« Ich hörte Rascheln, Murmeln und Schritte am anderen Ende.

»Es war gut, dass sie uns gleich angerufen haben. Versuchen Sie, ruhig zu bleiben, damit helfen Sie ihrer Freundin wahrscheinlich am meisten.«

»Wahrscheinlich? Und was, wenn nicht?« Panik erfasste mich in der Größe einer Tsunamiwelle. Was, wenn es exakt diese Minuten waren, die wir zu lange warteten, weil gerade ein Irrer in Suvis Wohnung war? Was, wenn ...? Jetzt, wo ich Suvi endlich an meiner Seite hatte, wir uns endlich unsere Liebe gestanden hatten und eine gemeinsame Zukunft planten, durfte ihr einfach nichts zustoßen.

»Herr Arlanda? Hören Sie mir genau zu, okay? Falls es sich bei dieser Person um jemanden handelt, der in diese Geschichte verwickelt ist, dann können wir kein unnötiges Risiko eingehen. Mit einer impulsiven Tat könnten Sie enormen Schaden anrichten. Also bleiben Sie bitte draußen.«

Ja, wo auch sonst. Das schwere Eisentor würde sich nicht auf gutes Zureden hin öffnen, eintreten kam in diesem Fall nicht in Frage, und über die Fähigkeit Schlösser zu knacken, verfügte ich nicht.

»Dann kann ich auf Sie zählen?«, hakte der Kommissar nochmal nach und im Hintergrund hörte ich das Starten eines Motors und das Zuschlagen einer Autotür.

»Ja. Ich werde hier warten«, erwiderte ich gequält.

Zermürbend lange Minuten stand ich da, starrte nach oben zu Suvis Wohnung und sah das Licht in ihrem Wohnzimmer brennen, aber sonst nichts, das mir verraten hätte, was dort vor sich ging. Hatte sich wirklich jemand Zutritt zu ihrer Wohnung verschafft? Warum hatte sie mich weggedrückt? Oder war sie das gar nicht gewesen?

Ich würde noch verrückt werden, wenn nicht endlich etwas passierte. Stumm betete ich, dass alles gut werden würde.

Als der Streifenwagen neben mir hielt, hatte ich die sprichwörtliche Furche in den Asphalt gelaufen und mir die Schulter am Eisentor geprellt, beim kläglichen Versuch, es doch zu öffnen. Wahrscheinlich hatte es sich totgelacht.

»Herr Arlanda.« Kommissar Virtanen reichte mir die Hand.

»Hallo. Können wir da jetzt bitte reingehen?«, fragte ich ungeduldig.

»Können wir«, antwortete ein anderer Mann, dem ich bis dahin keine Beachtung geschenkt hatte. Er hielt uns das Eisentor auf. Okay, ich wollte nicht wissen, wie er das innerhalb von ein paar Sekunden geöffnet hatte. Die Schulter hatte er sich dabei jedenfalls nicht gebrochen.

Ich rannte hindurch und auf die Haustür zu, die für mich das nächste unüberwindbare Hindernis darstellte. Sie war ebenfalls zu. Aber auch das überwanden wir mit Hilfe von Mister X mühelos.

»Bleiben Sie bitte hinter uns«, raunte der Polizist mir zu und als ich zur Seite trat, tauchten plötzlich weitere Beamte auf. Verwirrt und beeindruckt ließ ich ihnen den Vortritt. Von einem unauffälligen Auftritt schienen die eine ganze Menge zu verstehen, ich hatte nicht einmal bemerkt, dass sie vorgefahren waren.

Ich hastete ebenfalls die Treppe nach oben und versuchte, so wenig Lärm wie möglich zu machen. Das schien bei Missionen wie diesen offensichtlich wichtig zu sein.

Auf der anderen Seite der geschlossenen Wohnungstür waren Stimmen zu hören. Weibliche Stimmen. Suvis und eine weitere ...

»Kann es sein, dass Ihre Freundin einfach nur Besuch hat?«, wandte der Kommissar sich leise an mich.

Überfordert zuckte ich mit den Schultern. »Sie hat mir nicht erzählt, dass jemand vorbeikommen wollte. Wir sind erst vor einer halben Stunde hier angekommen. Niemand wusste, dass wir wieder da sind.«

»Das da drin klingt definitiv nicht nach einem Kampf und auch nicht nach einem Gangster.«

»Müssen das denn immer Männer sein?«, hielt ich dagegen.

»Natürlich nicht. Aber Männer sind eindeutig in der Überzahl. Zutritt verschaffen«, gab er die Anweisung an seinen Kollegen.

Als die Wohnungstür sich mit einem Klicken öffnete, erkannte ich die zweite Stimme und war mir sofort sicher, dass der Polizist diesmal in Bezug auf die Situation falschlag. Und eine weitere Erkenntnis traf mich: Miriam war die Person, die ich vor Suvis Buchhandlung gesehen hatte, als der Anschlag verübt worden war.

Suvi

Voller Panik starrte ich auf die Frau vor mir und auf die lange silberne Klinge, die sie auf mich gerichtet hatte. Meine Atmung ging flach und die Hände zitterten unkontrolliert. Ich versuchte, es vor Miriam zu verbergen. Sie durfte nicht merken, dass sie mich fast so weit hatte, allem zuzustimmen, was sie forderte, nur damit sie mich in Ruhe ließ. Sie durfte nicht gewinnen.

»Meinst du, wir verstehen uns jetzt?«, giftete Miriam mir entgegen und fuchtelte mit dem Messer. Automatisch zog ich den Kopf ein und nickte rasch.

Spätestens als sie dieses Teil aus der Tasche gezogen hatte, hatte ich gewusst, dass ich besser nicht mehr versuchte, vernünftig mit ihr zu sprechen. Sie war irrer, als ich bisher angenommen hatte, besessener und dazu eiskalt.

Langsam wich ich zurück und spürte nach zwei Schritten die Wand in meinem Rücken.

Miriams Grinsen sprach Bände. Sie wusste, dass sie gewonnen und eindeutig die überzeugenderen Argumente hatte. Wer konnte einem schon verdenken im Angesicht einer zehn Zentimeter Klinge einzuknicken?

»Okay«, antwortete ich mühsam. »Er gehört dir.« Was diese Worte in meinem Inneren anrichteten, war kaum zu beschreiben. Hoffentlich kam Jo bald. Er musste doch längst bemerkt haben, dass etwas nicht stimmte. *Beeil dich,* flehte ich stumm. *Bitte.*

»Ich wusste, du kommst zur Vernunft, wenn wir uns ein bisschen nett unterhalten.« Das selbstgefällige Lachen weckte den Wunsch in mir, Miriam anzuschreien. Ich biss mir auf die Zunge und ballte die Hände zu Fäusten. Gleichzeitig traten Tränen der Verzweiflung in meine Augen. »Und damit du unsere Vereinbarung nicht vergisst ...« Sie hielt mir das Messer unters Kinn.

»Werde ich nicht«, flüsterte ich heiser.

»Gut.« Zufrieden senkte sie die Klinge und trat einige Schritte nach hinten.

Als ich die Tür hörte, atmete ich erleichtert auf.

Mehrere Polizisten stürmten mein Wohnzimmer und umzingelten die überrumpelte Miriam. Irgendwo hinter ihnen vermutete ich Jo, spürte, dass er mich auch diesmal nicht im Stich gelassen hatte.

»Lassen Sie das Messer fallen«, erklang die erste Stimme und Miriam lachte hysterisch, den Griff umklammernd.

»Ich habe es mir nur von Suvi geliehen«, sagte sie schrill. »Es ist gar nicht meins.« Dann ließ sie es fallen.

»Das können Sie auf dem Revier alles zu Protokoll geben.« Ich erkannte Kommissar Virtanen.

»Sie können mich nicht einfach so mitnehmen.« Es war bewundernswert, wie selbstbewusst diese Frau war.

»Wir können. Es liegt der dringende Verdacht vor, dass Sie Frau Kalttonen gerade mit dem Messer bedroht haben. Welche sonstigen Taten wir Ihnen vorwerfen können, werden wir klären.«

»Das ist doch Unsinn. Wir haben uns nur nett unterhalten.« Ihr Blick fiel auf mich und durchbohrte mich. Es war eindeutig, was sie von mir wollte: eine Entlastung.

Ich räusperte mich und schlang die Arme um meinen Körper, um Halt zu suchen.

»Sie hat mich bedroht und mir das Messer an den Hals gehalten.«, sagte ich deutlich gefestigter, als ich mich fühlte.

Augenblicklich pressten sich Miriams Lippen zu einer festen Linie aufeinander und ich sah ihr an, dass sie sich am liebsten auf mich stürzen wollte. Nur die Sicherheit der Polizisten, ließ mich nicht den Verstand verlieren.

»Sie lügt!«, kreischte Miriam los. »Du lügst. Du Miststück!«

Ich schüttelte den Kopf und wandte den Blick ab. Er traf auf den von Jo, der hinter den Einsatzkräften im Flur aufgetaucht war und mich von der Tür aus anstarrte. In seinen Augen lag dieselbe Panik, die ich in den letzten Minuten empfunden hatte, gepaart mit Wut und Schuldgefühlen. Zaghaft lächelte ich ihn an.

»Erst hat sie mir meinen Freund ausgespannt und jetzt lügt sie auch noch«, keifte Miriam weiter.

Das war der Moment, in dem Jo sich seinen Weg an den Beamten vorbei ins Zimmer bahnte und sich vor ihr aufbaute.

»Jo«, jammerte Miriam. »Sie ist nicht die Richtige für dich. Das weißt du doch.«

»Aber du?«

»Natürlich. Denk doch nur daran, was wir miteinander hatten. Und was wir zusammen erreichen könnten.«

»Woran soll ich denn denken? An ein paar vollkommen emotionslose Wochen? An deine abfälligen Bemerkungen über meine Familie? Über meine Freunde? Über Suvi?« Er schnaubte. »Wir waren eine Farce, Miriam. Ich verabscheue mich dafür, dass ich mit dir zusammen war.«

Sie schnappte nach Luft. »Aber ich liebe dich doch«, heulte sie. »Ich habe das doch alles nur für uns getan.«

Ich horchte auf.

»Du liebst mich? Vor ein paar Wochen hast du mir noch gesagt, dass Liebe etwas für Schwachköpfe ist. Also mach die jetzt nicht lächerlich.«

»Ich war verletzt, weil du mich betrogen hattest. Da sagt man dumme Dinge. Aber ich wollte immer nur dich. Und du hättest mich auch gewollt, wenn dieses Miststück nicht immer wieder auf der Bildfläche aufgetaucht wäre. Ständig hast du von ihr gesprochen, als wir auf Tour waren. Das musste aufhören.«

Alle Anwesenden schienen die Luft anzuhalten. Und in meinem Kopf setzte sich ein weiteres Puzzlestück an die richtige Stelle.

Jo

Mein Kopf drohte zu platzen. Was war das hier für eine kranke Scheiße? Und wie hatte ich nur einen einzigen Tag mit dieser Frau zusammen sein können? Heiratspläne ... ernsthaft? Ich hätte mich am liebsten übergeben. Nein, das war nicht richtig. Am dringendsten wollte ich Suvi endlich in die Arme schließen und sie dann von hier wegbringen. Zuerst zu meinen Eltern und anschließend nach Helsinki, um mich davon zu überzeugen, dass es ihr gut ging und sie unversehrt war. Jeder verdammte Zentimeter ihres Körpers und vor allem ihre Seele.

Ich überbrückte die letzte Distanz zwischen uns und zog sie an mich. Versuchte, all die Menschen im Raum zu ignorieren und mich nur darauf zu konzentrieren, dass ich Suvi halten konnte. Darauf, den vertrauten Duft zu inhalieren und sie in Sicherheit zu wissen.

»Ich dachte, so eine kleine Warnung würde reichen, um das Mäuschen einzuschüchtern. Und mit der Mafia wäre sie erstmal genug beschäftigt«, holte Miriam mich auf den Boden der bitteren Realität zurück.

»Was?«, fragte ich entgeistert und wandte mich ihr wieder zu, ließ Su jedoch nicht mehr los.

»Warum musstest du auch ausgerechnet länger in diesem Kaff bleiben und genau in dem Moment hier auftauchen? Der Plan war gut. Und du hast alles kaputt gemacht.«

»Ich habe alles kaputt gemacht? Hörst du dir zu? Du hast sie doch nicht alle!«, brüllte ich Miriam an.

»Nur damit ich das richtig verstehe«, mischte sich Kommissar Virtanen ein. »Sie haben diesen Stein durchs Fenster geworfen? Und Sie haben auch Herrn Kalttonen dazu angestiftet, beim Glücksspiel zu verlieren?«

»Natürlich nicht«, echauffierte sich Miriam. »Der alte Säufer hat auch so erzählt, was ich ihm gesagt habe. Ich wollte einfach, dass diese Person da sich aus unserem Leben raushält und mit ihrem eigenen genug zu tun hat.«

»Womit haben Sie ihn erpresst, dass er Sie bis jetzt nicht verraten hat?« Der Kommissar schien ehrlich verblüfft.

Miriam schnaubte. »Erpresst, das ist ein hässliches Wort. Er wollte einfach nur kein Risiko eingehen, dass seinem Töchterchen etwas zustößt.«

Suvi keuchte auf. Diese Situation hier war weiß Gott der abgefuckteste Mist ever, aber er brachte ans Tageslicht, dass ihr Vater sich um sie gesorgt hatte. Und das war zumindest ein winziges bisschen versöhnlich.

»Sie haben aber immer noch nicht die Frage nach der Schaufensterscheibe beantwortet. Waren Sie das? Oder hatten Sie dafür auch einen Handlanger?«

Miriam schwieg. Anscheinend war ihr bewusst geworden, dass sie sich ohnehin schon genug belastet hatte. Stattdessen sagte sie: »Hören Sie, ich wollte nur meine Beziehung schützen. Dabei habe ich vielleicht ein klein wenig überreagiert. Das können wir doch sicherlich aus der Welt schaffen.« Sie schenkte Virtanen einen filmreifen Augenaufschlag.

Der verdrehte seinerseits nur angewidert die Augen.

»Eine großzügige Spende für die Kaffeekasse vielleicht?«, wurde ihr Tonfall flehender.

»Schafft sie hier raus«, war alles, was Virtanen darauf erwiderte.

»Das werdet ihr bereuen«, schrie Miriam, als die Beamten sie abführten. »Jo!«

Ihre Stimme wurde im Treppenhaus leiser und als auch der letzte Polizist die Wohnung verlassen hatte, erlaubte ich es mir, durchzuatmen. Zog Suvi wieder enger an mich und vergrub das Gesicht an ihrem Hals. Ihr Körper bebte in der Umarmung und ihre Hände krallten sich in den Stoff meines Hoodies.

»Ich hatte solche Angst«, flüsterte sie und mein Herz schmerzte bei ihren Worten.

»Es tut mir so leid«, presste ich mühsam hervor. »Es ...« Meine Stimme versagte.

Sie löste sich ein Stück und hob den Kopf. »Es ist doch nicht deine Schuld, Jo«, sagte sie leise. »Du hast ihr schließlich nicht gesagt, dass sie das tun soll.«

»Aber ich war mit ihr zusammen. Sie war unsere Managerin. Meinetwegen ...«

Suvi legte mir ihre Finger auf die Lippen und hinderte mich am Weitersprechen. »*Ihretwegen*. Sie hat all das nur für sich selbst getan. Sie hat mir gesagt, dass sie die Privilegien dieser Beziehung nicht aufgeben will. Es ging ihr einzig und allein um den Status. Um Ansehen. Um Geld.«

Ich nickte. Und mit so jemandem war ich zusammen gewesen.

»Du wusstest nicht, dass sie zu solchen Mitteln greifen würde. Also mach dir bitte keine Vorwürfe.«

Sanft küsste ich Suvis Fingerspitzen.

»Trotzdem fühlt es sich beschissen an, dass ich ausgerechnet sie für die richtige gehalten habe, um meinen Plan von einer gut organisierten Zukunft umzusetzen. Hätte ich auf Alec und Nik und ihre Warnungen gehört, dass sie eine menschliche Vollkatastrophe ist ...«

Suvi lächelte zaghaft. »Dann hätten wir vielleicht nie zueinandergefunden.«

Verblüfft sah ich sie an. »Wie meinst du das?«

Suvi

Die Angst verließ langsam meinen Körper und mit ihr das Adrenalin und all die anderen Hormone, die in den letzten Minuten zu einem wilden Cocktail zusammengeflossen waren. Jos Nähe war beruhigend. Seine Arme, die mich umschlossen wie ein schützender Kokon und seine Stimme, die mir wie jedes Mal unter die Haut ging.

Dass er sich Vorwürfe machte, war allerdings nicht nur unnötig, sondern vollkommen unangebracht. Denn wenn mir eins mit voller Intensität klargeworden war: Ich wollte nie wieder ohne ihn sein. Und diese ganze Aktion in all ihrer Bescheidenheit, hatte dazu geführt, dass wir jetzt da waren, wo wir waren. Zusammen.

»Na, überleg doch mal«, antwortete ich ihm. »Wäre dieser Stein nicht durchs Fenster geflogen und mein Vater nicht hier aufgetaucht, hättest du mich nie mit nach Helsinki genommen. Wir hätten nicht so viel Zeit miteinander verbracht. Ich wäre nicht mit Erik ausgegangen ...«

Gequält verzog Jo das Gesicht.

»Vielleicht hat uns Miriam am Ende sogar einen Gefallen getan«, beendete ich die Ausführungen.

Jos Lippen landeten auf meinen. »Nur du schaffst es, einer solchen Sache auch noch etwas Positives abzugewinnen, Su«, antwortete er kurz darauf atemlos.

»Aber es stimmt doch. Irgendwie scheint es fast, Schicksal gewesen zu sein. Vielleicht hätten wir ansonsten nie den Mut gehabt, endlich einen Schritt nach vorn zu machen.«

Seine Hände umschlossen mein Gesicht. »Ich liebe dich. Du hast keine Ahnung wie sehr. Ich hatte eine Scheißangst um dich, vorhin.«

»Ich hatte auch Angst«, gab ich zu, streckte mich und küsste seine Lippen erneut. »Und ich liebe dich auch.«

Ein Räuspern von der Tür ließ uns innehalten.

»Nur ganz kurz.« Kommissar Virtanen stand in der Tür. »Geht es Ihnen gut? Brauchen Sie einen Rettungswagen? Psychologen? Irgendetwas?«

»Danke, aber es geht schon.« Ich würde meine Psychologin in den nächsten Tagen kontaktieren, das war ohnehin überfällig. Jetzt brauchte ich nur Jo und etwas Ruhe.

Er nickte. »Sie müssten eine Aussage machen. Können Sie morgen aufs Revier kommen?«

»Ja, natürlich.«

»Von Ihnen bräuchte ich ebenfalls eine«, wandte er sich an Jo und auch der sicherte ihm zu, dass er zur Verfügung stehen würde, wann immer es nötig war. »Versuchen Sie, zur Ruhe zu kommen. Wir sehen uns dann morgen«, verabschiedete der Kommissar sich.

»Herr Virtanen?«, hielt ich ihn auf.

»Ja?«

»Mein Vater ... was ... also, ich meine ...«

»Er hat sich strafbar gemacht. Auch, wenn ihn die Sorge um Sie dazu angetrieben hat. Das wird auf jeden Fall Konsequenzen für ihn haben.«

»Verstehe.« Ich nickte. »Und meine Mutter? Wissen Sie, wie es ihr geht?«

»Sie ist in einer Klinik, soweit ich weiß. Aber ich kann gern noch einmal nachhaken, wenn Sie wollen.«

»Das wäre nett, danke. Vielleicht könnten Sie mir die Kontaktdaten besorgen?«

Er nickte, verabschiedete sich erneut und ließ uns endgültig allein.

Jo stieß geräuschvoll die Luft aus.

»Vielleicht hatte das Ganze dann wirklich mehr Gutes, als man auf den ersten Blick denken könnte«, sagte ich nachdenklich in die Stille.

»Du meinst, dass deine Mutter endlich Hilfe bekommt?«

»Ja.« Ich sah ihn an und ein dicker Kloß klemmte in meinem Hals. »Und weil ich jetzt weiß, dass ich meinem Vater nicht so völlig egal bin, wie ich immer dachte.«

Jo küsste meine Stirn und schloss mich wieder in seine Arme. »Bist du bereit, nach Hause zu fahren?«, fragte er.

»Nach Hause? Aber das hier ist doch ...« Ich verstummte.

»Zu unserer Familie, Su.« Er sah mir in die Augen. »Ich rufe meine Mutter an und sage ihr, dass wir kommen. Sie werden alle überglücklich sein.«

Tränen drängten an die Oberfläche, die ich wegzublinzeln versuchte.

»Du hast schon immer dazu gehört, Muru«, sprach Jo weiter. »Aber jetzt ... jetzt will ich es ganz offiziell machen.«

Er verschloss meinen Mund mit einem Kuss. Ich wäre ohnehin nicht imstande gewesen, etwas darauf zu erwidern. Und widersprochen hätte ich auch nicht. Weil sich alles endlich so fügte, wie ich es mir immer gewünscht hatte.

Als wir eine knappe Stunde später vor Jos Elternhaus hielten, wurden wir bereits erwartet. Ein ganzes Empfangskomitee hatte sich vor der Eingangstür versammelt.

Jo schüttelte lachend den Kopf, beim Anblick seiner Familie. Ich hingegen rutschte nervös auf dem Sitz hin und her. Jo stellte den Motor ab, drehte sich zur mir und drückte meine Hand, die er in seine genommen hatte.

Er beugte sich vor und platzierte einen Kuss auf meinen Mundwinkel. »Sie lieben dich, vergiss das nicht, okay?«

Mit einem Blick zur Haustür nickte ich.

»Dann lass uns gehen. Ich weiß, dass es dort drinnen heiße Schokolade mit Marshmallows gibt, und ein ziemlich gemütliches Bett.« Er zwinkerte mir zu.

»Suvi!« Kaum war ich aus dem Auto gestiegen, kam mir Jos Mutter entgegengelaufen und drückte mich fest an sich.

»Hallo Ylva«, krächzte ich durch die Tränen, die endgültig über meine Wangen liefen.

»Nicht weinen, Süße. Es ist alles gut. Und genauso, wie es immer sein sollte.«

Jo

Es war genauso gekommen, wie ich es vermutet hatte. Meine Familie hatte Suvi komplett vereinnahmt, nachdem wir ihnen von den Geschehnissen erzählt hatten. Mum hatte einen Eintopf aufgewärmt, obwohl wir beide beteuert hatten, nach der ganzen Aufregung keinen Hunger zu haben. Anschließend gab es heiße Schokolade – mit Schuss für mich, ohne für Su, dafür mit jeder Menge Marshmallows. Die Sorge war meiner Mutter ins Gesicht geschrieben und immer wieder beobachtete ich sie dabei, wie sie Suvi musterte. Genauso, wie sie uns Kinder angesehen hatte, wenn jemand Kummer gehabt hatte oder irgendetwas vorgefallen war.

Zum Glück schien Suvi sich im Kreise der Familie immer mehr zu entspannen. Sie lachte über Mattis Witze und ihre Hand hatte eine ganze Weile ruhig auf meinem Oberschenkel gelegen.

Jetzt lehnte sie ihren Kopf gegen meine Schulter und gähnte. Die Müdigkeit, die vom Adrenalin verdrängt worden war, kämpfte sich auch bei mir an die Oberfläche.

»Lass uns schlafen gehen«, sagte ich deshalb zu ihr und hielt ihr die Hand hin, um sie vom Sofa auf die Füße zu ziehen. Dankbar sah sie mich an und lächelte.

»Suvi, Schatz, brauchst du noch etwas?«, kam es prompt von Mum, die meinen Ich-kümmere-mich-schon-Blick geflissentlich übersah.

»Danke Ylva, aber außer einem Bett brauche ich wirklich nichts.« Suvi und sie umarmten sich und ich sah, wie meine Mutter ihr etwas ins Ohr flüsterte. Ein feuchter Glanz legte sich in Sus Augen.

Schnell schlang ich einen Arm um ihre Schultern, wir verabschiedeten uns von allen und stiegen gemeinsam die Treppe nach oben. Zielstrebig steuerte ich das Zimmer an, in dem wir heute Nacht schlafen würden.

In der Tür zögerte Suvi.

»Was ist los?« Verwundert sah ich sie an.

»Dieses Zimmer ...« Sie stockte, dann lächelte sie breit.

»Denkst du an früher?«

»Wie oft haben wir hier Zeit zusammen verbracht, unzählige Stunden. Filme geguckt, gelernt, gequatscht. Ich ... habe sogar hier übernachtet.« Ihr Blick fiel auf das Bett, das tatsächlich noch dasselbe war. Lediglich die Matratze hatten meine Eltern ausgetauscht.

»Klar erinnere ich mich.« Ich zog sie zu mir heran und genoss die Nähe zwischen uns. »Was hätte ich als Teenager darum gegeben, so mit dir hier zu stehen«, gab ich zu.

»Und wie sehr habe ich mir gewünscht, dass du mich küsst«, erwiderte sie.

»So?« Ich beugte mich nach unten und legte meine Lippen federleicht auf ihre.

Sie schüttelte den Kopf.

»Nicht?«

»Nein.« Sie reckte sich mir entgegen und schlang die Arme um meinen Nacken. »So.« Dann presste sie ihren Mund mit Nachdruck auf meinen. Ein leises Stöhnen entwich mir. Gott, wie ich mich ebenfalls genau danach gesehnt hatte.

Nach Luft ringend lösten wir uns voneinander.

»Lass uns schlafen gehen«, raunte ich und schob Suvi in Richtung Bett. Meine Hände hatte ich unter ihren Pullover und auf die nackte weiche Haut geschoben. Sie war so verführerisch.

Als ich Suvi auf die Matratze drückte und mich über sie beugte, protestierte sie leise. »Wir können das nicht tun, Jo.«

»Können wir nicht?« Verwirrt runzelte ich die Stirn. Dann erstarrte ich. »Es tut mir leid, Su. Nach dem, was heute passiert ist, war es total unpassend. Ich ... wir werden einfach schlafen.« Hektisch zog ich meine Hände unter dem Stoff hervor und rollte mich auf die andere Seite des Bettes.

Ein leises Glucksen entwich Suvi. »Das meinte ich gar nicht. Aber es ist total süß, dass du das gesagt hast.«

Verwirrt stützte ich mich auf einen Ellbogen ab und sah sie an. »Was meintest du dann?«

»Na ja, wir sind in deinem Elternhaus, in deinem alten Zimmer – auch wenn das jetzt ein Gästezimmer ist. Was, wenn uns jemand hören würde? Ich könnte deiner Familie nie wieder in die Augen sehen.« Sie wurde ein bisschen rot, nur beim bloßen Gedanken an diese Situation.

Ich strich ihr eine Haarsträhne hinters Ohr. »Mir ist es zwar vollkommen egal, ob irgendwer irgendwas hört oder nicht, aber es ist trotzdem okay. Wir tun nichts, womit du dich nicht wohlfühlst. Mir reicht es, dich im Arm zu halten.«

»Wir könnten noch ein bisschen knutschen.« Su kicherte leise.

»Könnten wir«, stimmte ich zu. »Und ein bisschen fummeln?«

»Ein bisschen vielleicht.« Ihr Kichern wurde lauter, als ich meine Hand wieder unter ihren Pullover gleiten ließ.

»Den solltest du ohnehin zum Schlafen ausziehen«, merkte ich an und schob den Stoff nach oben.

»Sollte ich ...« Sie hob die Arme und half mir, das Kleidungsstück über ihren Kopf zu streifen. »Und was ist mit dir?«, wollte sie wissen. »Soweit ich weiß, trägst du zum Schlafen normalerweise auch weniger ...«

Mit einer fließenden Bewegung landete mein Pullover ebenfalls auf dem Fußboden.

»Besser?«

»Viel besser.« Sie lächelte.

»Du bist wunderschön, weißt du das?«, raunte ich und beugte mich vor, um ihr einen Kuss auf die nackte Schulter zu drücken, und mich von dort zu ihrem Schlüsselbein vorzuarbeiten. »Ich liebe dich.«

Suvi

Jos Bart kitzelte auf meiner Haut und sorgte dafür, dass jeder Zentimeter augenblicklich in Flammen stand. Er gab mir das Gefühl, schön und begehrenswert zu sein und nur zu gern hätte ich mich ihm hingegeben, auf die bestmögliche Art und Weise seine Nähe genossen. Ihn genossen. Aber der Gedanke an unsere Familie, die im Wohnzimmer saß, bremste mich aus. Die Hände in seinen Haaren vergraben, spürte ich die Küsse, die er auf meinem Körper verteilte. Und mit jedem Einzelnen schien eine der vielen Wunden auf meiner Seele zu heilen, die die vergangenen Jahre hinterlassen hatten. Ich vergaß unter seinen Berührungen all die Demütigungen, die Angst, die so häufig nach mir gegriffen hatte, und auch die Erlebnisse des heutigen Tages rückten komplett in den Hintergrund. Bei Jo konnte ich mich fallen lassen und hatte das Gefühl, sicher und geborgen zu sein. Beschützt und geliebt.

»Jo ...«, hauchte ich und sein Gesicht tauchte vor meinem auf.

»Hm?«

Meine Hände legten sich an seine Wangen. »Ich liebe dich.« Ich zog ihn zu mir, um seine Lippen zu küssen.

Jo ließ sich zur Seite fallen und zog mich mit sich. Unsere nackte Haut traf aufeinander und kurz bereute ich meine Entscheidung, keinen Sex mit ihm zu haben.

»Wir sollten schlafen«, brummte Jo und unterbrach den Kuss. »Wenn wir das hier fortsetzen, dann will ich mich nicht mehr zurückhalten.« Er drückte mir sein Becken entgegen und ich wusste genau, was er meinte.

Ich hauchte einen letzten Kuss auf seine nackte Brust. »Dann gehe ich kurz ins Bad, okay?«

»Natürlich.« Er nickte und ich erhob mich.

Rasch zog ich ein Shirt über und verschwand im Flur.

Als ich zurückkam, hatte Jo sich bis auf seine Shorts entkleidet und stand mit dem Rücken zu mir. Sein Blick aus dem Fenster in die Dunkelheit gerichtet. Für einen Moment betrachtete ich ihn stumm und sog das Bild in mir auf. Das, des Mannes mit den vielen Tattoos, dem breiten Kreuz und den Muskeln.

»Alles okay?« Ich trat näher und küsste sein Schulterblatt.

Er drehte sich zu mir herum.

»Das sollte ich wohl eher dich fragen. Immerhin hat meine

Ex dich heute mit einem Messer bedroht, nachdem sie vor ein paar Wochen einen Anschlag auf deinen Laden verübt hat.«

»Hey ...« Ich griff nach seiner Hand. »Mir geht es gut. Wirklich. Wenn ich in deiner Nähe bin, fühle ich mich immer sicher. Und außerdem haben sie Miriam erstmal weggesperrt.«

Seufzend umarmte er mich und nickte.

»Du hast grüblerisch gewirkt, als ich reinkam. Was ist los?«

»Ich habe nur darüber nachgedacht, wie sich alles entwickelt hat. Mein Leben. Das mit uns«, antwortete Jo.

»Und?«

»Es fühlt sich irgendwie unwirklich an.« Er lächelte. »Auf den Scheiß mit Miriam hätte ich echt verzichten sollen. Aber ... ich habe einen Job, der mir Spaß macht, eine wundervolle Familie, tolle Freunde und die Frau, die ich liebe an meiner Seite. Ich bin ziemlich glücklich.«

»Das bin ich auch«, antwortete ich und meinte es genauso. Mit Hanna, Lilly und Finja hatte ich wunderbare Freundinnen, die mir zur Seite standen. Und Jos Freunde mochten und akzeptierten mich. Seine Familie behandelte mich, wie ein echtes Familienmitglied und die Buchhandlung konnte ich jetzt ebenfalls wieder öffnen. Allerdings ...

»Wie wird das eigentlich werden in Zukunft? Ich meine, wenn ich den Laden wieder aufmache und du in Helsinki bist?«

Jo küsste meine Stirn. »Auch dafür finden wir eine Lösung. Vielleicht nicht mehr heute Nacht, aber in der nächsten Zeit.«

»Wir schaffen das, oder?«

»Natürlich tun wir das.«

Als ich mich wenig später im Bett wieder an ihn kuschelte, erlaubte ich mir, genau das zu glauben. Es lag ein Weg vor uns, der nicht immer gerade verlaufen würde. Und ich würde vermutlich Hilfe brauchen, um das Erlebte zu verarbeiten. Aber ich wusste, dass unsere Liebe stark war. Er und ich, wir waren mehr. Wir waren alles, was zählte.

Now and forever

Jo

»Hallo, mein Junge. Kannst du auch nicht schlafen? Bei mir ist es die senile Bettflucht. Was ist deine Entschuldigung dafür, dass du morgens um fünf Uhr nicht neben deiner großen Liebe im Bett liegst?«

Mein Großvater schlurfte in die Küche und setzte sich zu mir an den Tisch. Müde lächelte ich ihn an.

»Und jetzt komm mir bitte nicht mit Zweifeln«, sprach er weiter. »Mit denen hast du dich lange genug rumgequält.«

»Woher weißt du denn von meinen Gefühlen?« Wollte ich verwirrt wissen. Die hatte ich doch sorgsam weggeschlossen die letzten Jahre.

»Ich mag alt sein, Jo, aber was Liebe ist, habe ich in meinen achtzig Lenzen gelernt. Du vergisst, dass wir euch haben aufwachsen sehen. Suvi und dich. Und auch wenn ihr beide dachtet, dass keiner etwas mitbekommt, hat man euch angesehen, dass der jeweils andere das perfekte Gegenstück ist. Aus eurer anfänglichen Freundschaft und Zuneigung ist irgendwann klammheimlich mehr geworden und plötzlich war es Liebe. Sowas passiert, wenn zwei Menschen füreinander bestimmt sind. Ich habe mich nur all die Jahre gefragt, worauf du wartest. Warum du das Glück wegstößt, anstatt es festzuhalten.«

Ich fuhr mir mit den Händen über das Gesicht.

»Ganz so war es nicht«, murmelte ich.

»Sondern?«

»Ich hatte das Gefühl, nicht gut genug für sie zu sein. Die Last, die Suvi getragen hat, war so groß. Ich konnte es nicht ertragen, ihr noch mehr Probleme zu machen. Und was, wenn ich ihr meine Gefühle gestanden und sie sie nicht erwidert hätte? Dann wäre unsere Freundschaft auch noch den Bach runter gegangen.«

»Dazu wäre es nie gekommen. Das Mädchen hat dich angebetet, Jo.«

»Ich habe es nicht geschnallt.«

»Ja, und ich mache mir Vorwürfe, dass ich nicht schon eher mit dir darüber gesprochen habe. Aber nach der Sache damals mit Ella ...« Er seufzte. »Ich hielt mich nicht für den besten Berater in Liebesdingen.«

Ich lächelte. »Wir Arlandas scheinen einen Hang zu komplizierten Liebesgeschichten zu haben.«

»Scheint so.« Er zuckte mit den Schultern. »Nur dein Vater hat es besser hinbekommen und hat deine Mutter gleich vom Fleck weg geheiratet. Er wusste sofort, dass es sie oder keine ist.« Leise lachte er. »Aber mal im Ernst, hättest du Anstalten gemacht, fünfzig Jahre zu brauchen, so wie Ella und ich, dann hätte ich dir ganz bald in deinen Hintern getreten. Und zwar mit Anlauf.«

Jetzt war es an mir zu lachen. »Mit Anlauf? Echt?«

»Jap. Ein paar Meter hätte ich genommen. Suvi ist eine Frau zum Heiraten. Warte nicht.«

»Das hab ich nicht vor«, antwortete ich grinsend. »Ich habe ihr vor ein paar Tagen spontan einen Antrag gemacht. Unter den tanzenden Nordlichtern.«

»Na, Donnerwetter.« Matti schlug mit der Faust auf den Tisch. »Das gefällt mir. Und sie hat ihn angenommen, nehme ich an?«

»Hat sie.« Mein Grinsen wurde breiter.

»Alles andere hätte mich auch überrascht. Und, wann soll es so weit sein?«

»Wenn es nach mir ginge, morgen«, sagte ich lachend. »Aber wir haben bis jetzt nicht darüber gesprochen. Zuerst muss ich einen Ring besorgen.«

»Du hattest keinen Ring?«

»Ja, wie denn? Wir waren am Polarkreis. Ich bin Suvi völlig überstürzt hinterhergefahren. Wo hätte ich einen hernehmen sollen?«

Mein Großvater verdrehte die Augen. »Die jungen Leute. Dann improvisiert man wenigstens: das Silberpapier eines Kaugummis, der Verschluss einer Coladose ... muss ich dir wirklich diese alten Tricks verraten?«

Erstaunt sah ich ihn an. »Bin ich nicht draufgekommen. Ich bin halt nicht der superkreative Kerl. Aber sie hat gesagt, dass es nicht schlimm ist. Sie heiratet mich auch ohne Verlobungsring.«

Matti schnaufte. »Ja, natürlich tut sie das. Weil sie dich liebt. Aber das ist ja nicht der Punkt. Oder willst du etwa nicht, dass sie deinen Ring trägt?«

»Und ob ich das will! Sobald ich wieder in Helsinki bin, werde ich den schönsten kaufen, den die ganze Stadt zu bieten hat.«

»In Helsinki ... pfff ...« Er erhob sich. »Warte kurz hier, ich bin gleich zurück.«

Ich nickte und sah ihm verwirrt nach, als er den Raum verließ.

Es vergingen nur wenige Minuten, bis er zurückkam und sich wieder auf den Stuhl sinken ließ. Die Hände hatte er vor mir auf den Tisch gelegt und als er sie wegnahm, kam ein kleines schwarzes Schmuckkästchen zum Vorschein.

»Was ist das?«

»Sieh nach.« Er machte eine auffordernde Kopfbewegung.

Vorsichtig klappte ich den Deckel auf. »Wow. Okay ...«, staunend starrte ich den Inhalt an. »Wem gehört der?«

Zum Vorschein war ein wunderschöner Silberring gekommen, auf dem ein Brillant saß.

»Er gehört dir, wenn du ihn Suvi an den Finger steckst.«

»Was? Aber ... der sieht verdammt wertvoll aus. Und ... alt ...«

»Das ist er. Beides. Der Ring ist ein altes Familienerbstück. Er hat deiner Uroma gehört und die hat ihn wiederum von ihrer großen Liebe bekommen. Er hat mehrere Kriege überstanden und die Liebe der beiden bis zum Schluss besiegelt. Ich finde, das wäre ein gutes Omen für euch.«

»Wie meinst du das?«

»Er ist ein Sinnbild dafür, dass man mit dem richtigen Menschen an seiner Seite alles schaffen kann. Auch wenn mal Stürme aufziehen oder man Schlachten überstehen muss. Ich weiß nicht im Detail, welche Sorgen euch plagen, mein Junge, aber wenn man zusammenhält, dann umschifft man auch die schärfsten Klippen. Ich wünsche euch von Herzen, dass ihr ein langes und glückliches Leben zusammen haben werdet.«

Ich kämpfte gegen einen dicken Kloß im Hals an.

»Danke«, brachte ich mühsam heraus. »Aber warum hast du ihn nicht Papa gegeben? Paula? Finja? Es gab doch schon Gelegenheiten. Oder Ella ... was ist mit ihr?«

»Glaub mir, Ella und ich brauchen keinen Ring mehr. Wir wissen auch so, dass wir die letzten Jahre, die uns bleiben, noch Hand in Hand gehen. Ich hatte einfach das Gefühl, dass der richtige Moment, ihn an jemanden zu übergeben, noch nicht gekommen war. Nimm es als Zeichen, dass er einfach für euch bestimmt ist.«

Ich schluckte und betrachtete den Ring erneut. »Okay«, sagte ich schließlich. »Danke.«

»Mach sie glücklich, Junge. Und ich meine so ein richtig strahlendes, allumfassendes Glücklichsein.« Damit stand Matti auf und schlurfte zur Tür.

»Das werde ich«, rief ich ihm nach und meinte es verdammt ernst.

Suvi

Jo wirkte den gesamten nächsten Tag seltsam nervös und wollte mir partout nicht sagen warum. Egal wie oft ich ihn fragte, er zuckte bloß mit den Schultern.

Wir hatten unsere Aussagen bei der Polizei gemacht, aber auch im Anschluss daran, wurde er nicht entspannter.

Als es am späten Nachmittag an der Tür klingelte, sprang Jo förmlich vom Sofa auf und ließ mich verwirrt zurück.

Hilfesuchend warf ich Ylva einen Blick zu, die im Sessel saß und strickte. Sie lächelte nur und machte ein völlig ahnungsloses Gesicht.

»Willst du gar nicht nachsehen gehen, wer es ist?«, fragte sie beiläufig.

»Ich?« Irritiert runzelte ich die Stirn. »Es hat an *eurer* Tür geklingelt.«

Sie sah mich an. »Das hier ist auch dein Zuhause, Suvi. Vergiss das nicht.« Aufmunternd nickte sie. »Und das ist nicht der Tatsache geschuldet, dass ihr endlich ein Paar seid. Wir alle hier lieben dich, Süße.«

Hektisch wischte ich mir über die Augen. Ich wollte nicht anfangen zu weinen, aber Ylvas Worte trafen mich mitten ins Herz. Wärme breitete sich rasend schnell in meinem Innern aus.

»Und jetzt geh nachsehen, wer zu Besuch gekommen ist.« Sie zwinkerte mir zu.

Ich erhob mich und lief in den Flur, aus dem Stimmen zu hören waren. Mein Gefühl sagte mir, dass Ylva genau wusste, was, beziehungsweise wer mich erwartete.

Staunend blieb ich stehen. »Was macht ihr denn alle hier?«, fragte ich perplex.

»Überraschung!«, riefen Lilly und Hanna im Chor und lachten. »Dein Gesicht ist herrlich.«

Beide kamen angestürmt und umarmten mich fest.

Mein Blick fiel erneut auf den Eingang, wo Jo mit Alec und Nik stand und sich den Nacken rieb. Ein schiefes Grinsen lag auf seinen Lippen.

»Was ist hier wirklich los?«, wollte ich wissen und sah von einem zum anderen. Ich kannte Jo zu gut und sah ihm an, dass er immer noch angespannt war.

»Na, das nenn ich mal eine Begrüßung«, unkte Nik. »Deine Freundin scheint sich mächtig zu freuen, dass wir hier sind.«

Ich wurde rot. »Das stimmt nicht«, sagte ich schnell und umarmte die beiden Männer. »Natürlich freue ich mich. Ich bin nur etwas ... irritiert.«

Dass Jo mit seinen Freunden telefoniert hatte, um ihnen von den neuesten Entwicklungen zu erzählen, wusste ich. Damit, dass sie gleich hier auftauchen würden, hatte ich allerdings nicht gerechnet.

»Wenn du mich fragst, den Zustand solltest du unbedingt ausnutzen«, witzelte Nik an Jo gewandt weiter.

»Klappe, du Idiot«, murmelte der. »Aber du hast recht, wir sollten direkt loslegen, ansonsten könnte es sein, dass ich meinen Verstand verliere.«

Nik und Alec brachen in Gelächter aus.

»Immer mit der Ruhe.« Alec klopfte Jo auf die Schulter. »Wo müssen wir hin?«

»Garage.« Er öffnete die Tür.

In dem Moment hakten sich Lilly und Hanna bei mir unter.

»Dann mal los!«, riefen sie aufgeregt.

»Ähm ...«, versuchte ich etwas einzuwenden. »Was genau wird das?«

»Das wirst du gleich sehen«, sagte Lilly zu meiner linken, und schon setzten sich alle in Bewegung, inklusive mir, auch wenn ich keinen Schimmer hatte, was als Nächstes passieren würde.

In der geräumigen Garage blieben wir stehen und ich staunte nicht schlecht. Wo normalerweise die Autos der Familie standen und allerhand Zeug aufbewahrt wurde, war jetzt Jos Schlagzeug aufgebaut. Nik hängte sich seine Gitarre um und Alec schnappte sich ein Mikrofon.

»Wo kommt das denn alles her?«, murmelte ich. Doch, als hätte man mich noch nicht genug aus dem Konzept gebracht, leuchteten plötzlich überall um uns herum Lichterketten auf. Als ich mich umsah, entdeckte ich den Rest der Familie draußen vor der Garage stehen: Ylva, Jasper, Ella, Matti, Finja und Paula ... wo kamen die denn auf einmal alle her?

»Okay, ich schätze, bevor Suvi schreiend wegläuft, weil wir sie überfordern, sollte ich vielleicht etwas dazu sagen.« Jo kam auf mich zu und nahm meine zittrigen Hände in seine. Ich verlor mich in seinen Augen und für einen winzigen Moment vergaß ich alles um uns herum. Blendete mein wild klopfendes Herz und die vielen neugierigen Augenpaare aus, die auf uns gerichtet waren.

Jo räusperte sich. »Vor einigen Tagen habe ich dich gefragt, ob du mich heiraten möchtest, Su. Vollkommen spontan, weil ich keinen Tag mehr ohne dich sein will. Allerdings auch so spontan, dass ich dir keinen Ring an den Finger stecken konnte, wie es hätte sein sollen.«

»Ich brauche keinen, das habe ich dir doch gesagt«, warf ich ein.

»Das weiß ich. Aber ich habe schon so viel verbockt in den letzten Jahren. Ich will es wenigstens jetzt richtig machen, verstehst du?«

Um ehrlich zu sein, verstand ich überwiegend Bahnhof und war froh, dass Jo gleich weitersprach.

»Zuerst habe ich aber noch eine Überraschung für dich.« Er sah sich zu seinen beiden Freunden um, die über das ganze Gesicht grinsten. »Wir, meine ich natürlich. Bleib genau hier stehen, okay? Und hör zu. Ich meine, hör genau hin. Also ... ich sollte aufhören zu quatschen.«

Er ließ mich los und lief zu seinem Schlagzeug.

Mit den Drumsticks zählte er ein und begann einen ruhigen Rhythmus zu spielen, in den Nik mit der Gitarre einstieg. Und dann fing Alec an zu singen.

Bereits bei den ersten Zeilen stockte mir der Atem. Ich kannte jedes Wort. Weil ich den Songtext geschrieben hatte.

Now and forever

It seems like yesterday
the moment when we first met
but love it's been some years
and none of them I can regret

We are more, we are real, we are everything, I reached for
We are more, we are real we are everything, I prayed for

You and me – now and forever
Hold my hand – now and forever

*Why can't you just see me
the dreams, the pain, the yearning
Please take my heart and heal me
tears and love and burning*

*We are more, we are real, we are everything, I reached for
We are more, we are real we are everything, I prayed for*

*You and me – now and forever
Hold my hand – now and forever*

Jo

Kurz bevor wir aus Lappland abgereist waren, hatte Alec mir diesen Song geschickt. Den Song, den er zu Suvis Text komponiert hatte. Jene Zeilen, die sie damals auf meinem Sofa verfasst hatte. Alec hatte sie ins Englische übersetzt und eine wunderschöne Komposition dazu ausgearbeitet. Ich bewunderte ihn für dieses Talent, genauso wie ich Suvi dafür bewunderte, solche Texte zu kreieren.

Während des gesamten Songs ließ ich sie nicht aus den Augen. Sah die Tränen, die über ihre Wangen liefen, und musste mich beherrschen, nicht aufzuspringen und sie wegzuwischen. Beim letzten Refrain hielt ich es hinter den Drums nicht mehr aus. Alec und Nik schafften den Rest auch allein.

Suvi flog praktisch in meine Arme, als ich vor ihr stand. Mit den Daumen wischte ich die Tränen von ihren Wangen, was ein aussichtsloses Unterfangen war, da immer wieder neue aus ihren Augenwinkeln tropften.

Gemeinsam sahen wir meinen Bandjungs zu, die den Song

zu Ende spielten. Hielten uns fest. Eng umschlungen.

Über die leisen Gitarrenklänge hinweg, richtete Alec das Wort an Suvi: »Ich hoffe, du bist Jo nicht böse, dass er mir deine Texte gezeigt hat, Su. Um ehrlich zu sein, frage ich mich, warum ich sie nicht schon viel früher zu sehen bekommen habe. Meine Schaffenskrise im letzten Jahr hätte keine Sau interessiert.« Er lachte. »Du bist unglaublich gut, ich hoffe, das weißt du. Und wenn du nichts dagegen hast, würde ich dich gern in unser Songschreiber-Team aufnehmen. Wir müssten nicht alle Texte ins Englische übersetzen, sondern könnten sie auch finnischen Künstlern anbieten. Um dir die Entscheidung etwas schmackhafter zu machen, du wirst natürlich genauso viel daran verdienen, wie wir anderen auch.«

Ich sah Suvi an, deren Augen sich geweitet hatten. »Wow«, krächzte sie heiser. »Ich weiß gar nicht ... dieser Song, das war ... wow.«

»Ich fühle mich geehrt, wenn dir unsere Interpretation gefallen hat.« Alec lächelte. »Und zu meinem Angebot musst du erstmal gar nichts sagen. Überleg es dir in Ruhe. Ich wollte nur sichergehen, dass ich der Erste bin, der es dir macht. Ich glaube wirklich an dich, das war nicht nur so daher gesagt. Aber jetzt hat Jo dir noch etwas viel Wichtigeres zu sagen.«

Ich räusperte mich und war mir aller Blicke auf uns nur zu deutlich bewusst.

»Su ...«, ich griff nach ihren Händen. »Du kennst mich am besten und weißt, dass ich kein Mensch großer Worte bin. Hier erwarten jetzt womöglich alle eine wahnsinnig große und lange Rede, aber ...« Ich zuckte mit den Schultern und grinste schief. Erleichtert sah ich, dass sich auf Suvis Gesicht ein Lächeln ausbreitete. »Du hast meinen Antrag bereits angenommen, was mich wirklich sehr glücklich macht. Allerdings fehlt noch etwas ganz Wichtiges ...« Um in meine Hosentasche zu fassen, ließ ich ihre Hand los. Das kleine schwarze Kästchen wartete seit Stunden auf seinen Einsatz. Am liebsten hätte ich Su den Ring schon heute Morgen an den Finger gesteckt, aber das schien mir dem Moment nicht gerecht zu werden.

Nik hatte die Melodie von *Now and forever* wieder aufgenommen und Alec setzte ebenfalls leise mit den Lyrics ein, als ich die Schmuckschatulle öffnete und Suvi den Ring meiner Urgroßmutter das erste Mal sah.

Ihr entwich ein Keuchen und ihr Blick flog zwischen dem Schmuckstück und meinem Gesicht hin und her. Erneut glänzten Tränen in ihren Augen.

»Wow, ist der schön«, hauchte sie.

»Er hat meiner Uroma gehört«, erklärte ich.

»Deiner Uroma? Aber ... das ... geht doch nicht ...«

»Der einzige Grund, weshalb etwas gegen diesen Ring an deinem Finger sprechen würde, wäre, dass du es dir anders überlegt hast und du mich nicht mehr heiraten willst, Su.«

»Was?« Sie riss die Augen auf. »Nein! Natürlich möchte ich dich immer noch heiraten. Nichts und niemand könnte mich davon abbringen.«

»Wenn das so ist, dann würde ich ihn dir jetzt gerne anstecken.« Ich nahm den Silberring mit dem funkelnden Stein aus der Schachtel und hob Suvis Hand an. In dem Moment, als er über ihren Finger glitt, schien die Welt die Luft anzuhalten. Die Menschen um uns herum. Und ich. Alles verblasste für einen Augenblick. Alles, bis auf Suvi, die jetzt meinen Ring trug und mit dem Brillanten um die Wette strahlte, die weinte und gleichzeitig lachte.

Mein Herz quoll über vor Glück und Liebe, die ich endlich zuließ und die ich in jeder Zelle spürte.

Alecs Gesang und Niks Gitarrenspiel wurden lauter und der Rest der Familie brach in Jubel aus.

Suvi schlang ihre Arme um meinen Hals und ich zog sie zu mir heran.

»Ich liebe dich«, raunte ich an ihre Lippen, bevor ich sie mit einem zärtlichen Kuss verschloss.

Suvi

Noch immer konnte ich kaum fassen, dass Alec aus einem meiner Texte einen Song komponiert hatte, ein wunderschönes und gefühlvolles Liebeslied. Eines, das in jeder Zeile Sehnsucht transportierte und von meiner Liebe zu Jo erzählte. Es hätte mir peinlich sein können, dass die Worte nicht länger geheim waren, dass so viele Menschen sie gehört hatten. Aber ich fühlte mich nur leicht und glücklich. Endlich musste ich meine Gefühle für Jo nicht mehr verstecken.

Und als wäre die Tatsache nicht schon verrückt genug, dass sie in einem Song steckten, fand Alec die Texte auch noch so gut, dass er mit mir zusammenarbeiten wollte. Ein aufgeregtes Kribbeln breitete sich in meinem Bauch aus. Ich würde schreiben. Und andere würden es lesen, hören, fühlen.

Mein Blick glitt zu dem atemberaubenden Ring an meinem Finger, den Jo mir angesteckt hatte. Ein Familienerbstück und somit besonders kostbar, weil er eine tiefe Bedeutung hatte. Und größer hätte ein Symbol für mich wohl kaum sein können, denn ich war endlich Teil dieser wundervollen Familie, genauso, wie ich es mir immer gewünscht hatte.

»Können wir jetzt zur Verlobung gratulieren und dann wieder reingehen? Es ist arschkalt hier draußen«, hörte ich Finja hinter uns fragen und musste lachen.

Auch der Rest der Familie schien von dieser Idee eine Menge zu halten, denn im Gegensatz zu uns standen sie alle vor der Garage im Freien, wo es begonnen hatte zu schneien.

»Es wurde wirklich Zeit mit euch«, brummte Matti in mein Ohr. »Ihr werdet das schaffen, egal, was es ist, wenn ihr zusammenhaltet und immer offen und ehrlich zueinander seid.«

»Zu lieben bedeutet auch, füreinander und miteinander zu kämpfen.« Ella war die Nächste, die mich an sich drückte.

Gefolgt von Ylva. »Wir stehen jederzeit hinter euch und euren Entscheidungen. Und wir sind immer für euch da. Lasst euch durch niemanden von eurem gemeinsamen Weg abbringen.«

»Es ist schön, euch so glücklich zu sehen.« Finja drückte mir einen Kuss auf die Wange. »Und für alles Weitere gibt es auch Lösungen. Der Anfang ist gemacht.«

Lilly und Hanna fielen mir gleichzeitig um den Hals und quietschten freudig.

Einer nach dem anderen umarmte und beglückwünschte uns dazu, dass wir zueinandergefunden hatten. Beste Freunde waren wir schon fast unser ganzes Leben lang gewesen. Seelenverwandt. Und jetzt endlich durfte es Liebe sein.

Schwindelig vor Glück und absolut überwältigt, verlor ich mich in einem weiteren Kuss. Genoss das Gefühl der Geborgenheit in Jos Armen.

Vor knapp drei Monaten hatte Jo in meinem Wohnzimmer gestanden und mir mit dem Vorhaben, eine andere Frau heiraten zu wollen, den Boden unter den Füßen weggezogen. Was seitdem passiert war, hatte mein gesamtes Leben so dermaßen auf den Kopf gestellt, dass ich mir immer wieder in Erinnerung rufen musste, dass es noch mein eigenes war und nicht eine Geschichte aus einem meiner Bücher.

Eine verrückte Ex, ein Überfall, Zwangsurlaub in Jos Haus,

ein Date mit seinem besten Freund, unsere erste gemeinsame Nacht, Lillys dreißigster Geburtstag, der große Krach und die vielen Geständnisse. Die Flucht nach Lappland, die Aussprache, Polarlichter und die Erfüllung meiner Träume.

»Ich liebe dich«, flüsterte ich, als wir den Kuss unterbrachen und Jo seine Stirn gegen meine lehnte. »Jetzt und für immer.«

»Now and forever.« Er lächelte breit.

Epilog

3 Jahre später ...

Alec

»Lilly! Bist du fertig?«, brüllte ich durchs Haus nach oben. »Wir müssen jetzt wirklich los.« Etwas genervt verdrehte ich die Augen. Es konnte doch nicht sein, dass sie eine geschlagene Stunde brauchte, um sich ein bisschen Mascara auf die Wimpern zu malen.

Wir waren bei Jo und Suvi eingeladen. Ihre Tochter Lumi feierte heute ihren ersten Geburtstag. Ein ganzer Berg an rosa eingepackten Päckchen stand neben dem Eingang und wartete darauf, dass ich sie gleich in meinem Sportwagen unterbrachte. Um ehrlich zu sein, hatte ich nicht so recht verstanden, was eine Einjährige mit all diesen Geschenken sollte, aber Lilly war bei ihrer Shoppingtour mit Hanna nicht zu bremsen gewesen. Bei Babys wurde scheinbar irgendein Ur-Instinkt ausgelöst, so hatte es mir meine Mutter am Telefon erklärt. Dass der meine Kreditkarte zum Glühen brachte, hatte die Evolution allerdings sicher nicht vorgesehen.

Kopfschüttelnd klemmte ich mir die ersten Pakete unter den Arm und trug sie zum Auto. Der Kofferraum platzte aus allen Nähten, als ich sie hineingelegt hatte. Mein Blick fiel zum Hauseingang wo – ich zählte schnell durch – fünf weitere Geschenke standen.

Das Handy in meiner Hosentasche vibrierte und ich musste lachen, als ich die Nachricht öffnete, die Jo in unseren Chat geschickt hatte. Ein Foto von ihm und Lumi. Beide trugen ein fast identisches T-Shirt: Auf Jos prangte die Aufschrift ›*Daddys little Princess*‹ und ein Pfeil zeigte auf seine Tochter und auf Lumis wies ein Pfeil auf ihren Dad mit den Worten ›*Little Princess' Daddy*‹. Vater und Tochter grinsten breit, und ich tat es ihnen beim Betrachten des Bildes gleich. Es freute mich, meinen Freund und Bandkollegen so glücklich zu sehen. Endlich. Denn der Weg bis zu diesem Foto war holprig gewesen. Lange Zeit hatte Jo damit zu kämpfen gehabt, dass er und Suvi keine eigenen Kinder haben konnten und er daran schuld war. Erst eine Therapeutin hatte ihnen helfen können, dass diese Tatsache weniger Gewicht erhielt. Dass Jo die Wut auf sich selbst in den Griff bekam. Einige Monate nach der Hochzeit hatten er und Suvi sich schließlich für eine Adoption entschieden. Und vor einem Jahr war dann Lumi bei den beiden eingezogen. Ich erinnerte mich genau daran, wie stolz Jo sie uns präsentiert hatte. Vom ersten Moment an war sie *seine* Tochter gewesen und er liebte sie abgöttisch, genauso wie Suvi.

Apropos, ich liebte meine Freundin auch abgöttisch. Aber so langsam ging mir diese Warterei auf den Senkel. Ich warf den Autoschlüssel auf den Esstisch und machte mich auf den Weg ins Obergeschoss.

»Bist du ins Klo gefallen?«, rief ich durch den Flur, bekam jedoch immer noch keine Antwort. »Echt jetzt?«, grummelte ich und steuerte das Bad an.

Leer.

»Lilly?« Die Tür des Schlafzimmers war die nächste, die ich öffnete.

Bingo.

»Was machst du denn so lange hier oben? Wir kommen zu spät.«

Als sie den Kopf hob, setzte mein Herz für einen Schlag aus. Ihre Wimperntusche war verschmiert und Tränen liefen über ihr schönes Gesicht.

Mit wenigen Schritten war ich bei ihr und ging vor ihr in die Hocke.

»Hey, Babe, was ist los? Ist was passiert?«

Beinahe panisch starrte sie mich an. Schüttelte den Kopf. Dann nickte sie, nur um abschließend mit den Schultern zu zucken. Das war keine Hilfe.

Ich umschloss ihr Gesicht mit meinen Händen und wischte die Tränen beiseite. Irgendetwas Entscheidendes hatte ich in den letzten sechzig Minuten verpasst, denn vorher war alles in bester Ordnung gewesen. Lilly hatte etwas nervös gewirkt, aber nichts hatte darauf hingedeutet, dass sie jetzt vollkommen aufgelöst auf unserem Bett sitzen würde. Es lief super zwischen uns. Wir verstanden uns blind, vertrauten uns, hatten ein erfülltes Sexleben. Ja okay, ab und an flogen die Fetzen, aber bei welchem Paar passierte das nicht? Liebe bedeutete nicht immer nur rosa Wolken und Zuckerguss. Manchmal war sie eben eher Gewitter und kalte Dosenravioli. Trotzdem hatte ich mit dieser Frau die Liebe meines Lebens gefunden.

Gerade stand ich jedoch gewaltig auf dem Schlauch.

»Rede mit mir, Babe. Was ist passiert? Ist irgendwas mit Ella?« Das wäre denkbar, denn Lillys Großmutter war mittlerweile über achtzig.

Hektisch schüttelte meine Freundin den Kopf und ich atmete durch.

»Okay. Was ist es dann?«

»Ich ... Ich ...«, schluchzte sie.

»Du?« Mit meinen Händen griff ich nach ihren und drückte sie, um Lilly zu ermutigen, es endlich auszusprechen. Frauen, die weinten, waren per se schon nichts, womit ich umgehen konnte, aber bei meiner Freundin war ich gänzlich überfordert.

»Ich ...« Sie holte ein Mal tief Luft und starrte auf unsere Hände. Dann entzog sie mir eine und griff hinter sich, nach etwas, das auf dem Bett lag. Auf der ausgestreckten Handfläche hielt sie mir das *Etwas* entgegen. »Ich bin schwanger, Alec.«

Lilly

Erneut brach ich in Tränen aus und der Blick auf meinen Freund wurde verschleiert. Das Herz klopfte mir unnormal schnell bis in den Hals und schon wieder packte mich die Panik. Ein Baby. Heilige Scheiße.

Ein dumpfes Geräusch ließ mich hektisch blinzeln und den Kopf heben. Okay, er war nicht in Ohnmacht gefallen, sondern lediglich auf seine Knie nach vorn gesackt.

Mit einem seltsamen Ausdruck im Gesicht starrte er auf den Schwangerschaftstest, den ich ihm hingehalten und den er aus meiner Hand genommen hatte.

»Alec?«, flüsterte ich heiser.

Er hob den Kopf. Räusperte sich. Und gleich nochmal.

Dann verzog sich sein Mund zu einem breiten Grinsen.

»Wir bekommen echt ein Baby?«, vergewisserte er sich. »Ich werde wirklich Vater?«

Zögernd nickte ich. »Wenn nicht alle vierzehn Tests falsch sind, die ich heute Morgen in der Apotheke gekauft habe ... ja.«

Er lachte leise. »Vierzehn Tests hast du gemacht?« Dann zog er die Unterlippe hoch. »Warum durfte ich nicht dabei sein? Wenigstens bei einem?«

»Ich hatte keine Ahnung, wie du das findest«, gab ich kleinlaut zu. Meine Panik war mir irgendwie peinlich. »Wir haben immer gesagt, wir lassen uns noch Zeit. Es läuft gerade so gut bei dir, du bist viel unterwegs, arbeitest mit tollen Künstlern. Und bald wollt ihr wieder an neuen Songs für die Band schreiben. Ich hatte das Gefühl, es passt nicht so richtig ...«

Entgeistert sah Alec mich an. »Das ist unser Baby, Lilly. Ich pfeif auf die Jobs. Und wir haben doch bei Nik und Jo gesehen, dass die Band auch mit einem Winzling funktioniert. Natürlich bekommen wir das hin.«

Er beugte sich vor, schloss mich in seine Arme und dankbar schlang ich meine um seine Mitte.

»Ich liebe dich, Lilly«, raunte er mir ins Ohr und kurz darauf verschlossen seine Lippen meine mit einem zärtlichen Kuss. »Wir werden eine kleine Familie sein«, sagte er ehrfürchtig, als wir uns gelöst hatten und er seine Stirn gegen meine legte. »Du und ich und ein Mini-Alec.«

»Oder eine Mini-Lilly«, hielt ich dagegen.

Liebevoll sah er mich an und strich mir über die Wange. »Es ist vollkommen egal, Babe. Es wird wundervoll.«

»Ich liebe dich, Alec.« Wir küssten uns erneut. »Und Alec?«

»Hm?«

»Ich habe noch einen Test übrig. Nur für den Fall, dass ...«

Sein Lachen erfüllte den Raum. »Fünfzehn Tests? Echt jetzt?«

Entschuldigend zuckte ich mit den Schultern. »Na ja, man hört schon mal, dass die Dinger nicht zuverlässig sind.«

»Aber meinst du nicht, dass nach dem dritten oder vierten die Sache normalerweise eindeutig ist?« Alec grinste.

»Es könnte vielleicht sein, dass ich etwas irrational war?«

Erneut lachte er. Dann hielt er mir seine Hand hin. Verwirrt sah ich ihn an.

»Na, jetzt machen wir den letzten auch noch.« Seine Mundwinkel zuckten schon wieder.

Der fünfzehnte Test sagte es ebenfalls eindeutig: Schwanger.

Alec wirbelte mich durchs Badezimmer und johlte. Wie hatte ich nur einen Moment daran zweifeln können, dass er sich freuen würde?

Wir führten eine glückliche Beziehung, stritten ab und an. Genossen die Versöhnungen, unterstützten uns gegenseitig und liebten uns. Bereits vor knapp zwei Jahren hatte Alec mir einen Heiratsantrag gemacht, allerdings stand die Hochzeit noch aus. Irgendwas war immer dazwischengekommen. Zuerst die Band, die Hochzeit von Suvi und Jo, dann die Geburt von Leevi, der Hannas und Niks Familie vervollständigt hatte. Und schließlich die Adoption der kleinen Lumi, die uns alle auf Trab gehalten und emotional gepackt hatte. Außerdem Alecs Tätigkeit als Songschreiber, die er neben der Band ausübte. Meine Selbstständigkeit. Unser Leben war ausgefüllt gewesen, auch ohne Hochzeitsplanungen.

Alec legte seine Hände auf meinen Bauch und sah mich über den Spiegel hinweg an.

»Wir werden endlich heiraten, Lilly«, sagte er heiser. »Werde meine Frau.«

Ich drehte mich zu ihm herum und schlang die Arme um seinen Nacken. »Ich habe doch schon längst ja gesagt«, wisperte ich und hauchte einen Kuss auf seine Lippen.

»Und ich habe viel zu viel Zeit verplempert, das in die Tat umzusetzen«, erwiderte er zerknirscht. »Das wird sich jetzt ändern. Morgen schauen wir endlich nach einem Termin, das verspreche ich dir.«

Ich lächelte. »Das wäre schön.«
Wir versanken in einen zärtlichen Kuss.

Nik

»Könntest du aufhören, mit deinem fast nackten Hintern vor mir herumzuwackeln?« Mit hochgezogenen Augenbrauen sah ich meiner Freundin dabei zu, wie sie – nur mit einem Höschen und einem Top bekleidet – den Koffer durchwühlte, um ein passendes Outfit zu finden. Ich fragte mich ernsthaft, was genau sie da tat, schließlich gingen wir auf einen Kindergeburtstag und nicht zu einem Galadinner. Und außerdem war Hanna für mich auch in Jeans und Hoodie die allerschönste Frau von allen.

Empört schnaufend drehte sie sich zu mir um. »Echt jetzt?«, schnappte sie. »Du starrst mir auf den Arsch, während ich hier am Verzweifeln bin? Nicht sehr hilfreich, Nik.«

Ein Lachen drängte in meiner Brust nach oben und ich konnte es nicht zurückhalten. Glucksend stand ich auf und trat auf sie zu.

Abwehrend hob sie die Hände und streckte sie mir entgegen. »Nein! Komm gar nicht auf dumme Gedanken. Dann werde ich nie fertig.«

»Also ich finde meine Gedanken gar nicht so übel.« Anzüglich grinste ich.

»Bleib, wo du bist«, quietschte sie und versuchte, mich mit den Handflächen von sich zu schieben. Für einen Moment ließ ich sie in dem Glauben, dass sie es schaffen würde. Dann schnappte ich mir ihre Handgelenke und zog Hanna mit einem Ruck an mich.

»Du bist sexy wie die Hölle, Frau. Wie soll ich da nicht auf *dumme Gedanken* kommen, wie du es nennst«, raunte ich an ihr

Ohr und legte beide Hände auf ihren Hintern. »Mmh«, seufzte ich genüsslich.

Ja, ich war ein Macho. Den hatte ich nie ablegen können. Aber Hanna wusste genau, wie sie das aufzufassen hatte. Kein Wort, das ich sagte, war in irgendeiner Weise abwertend gemeint. Und ihr Körper machte mich an, da gab es nichts dran zu rütteln. Und sie genoss es sichtlich, wenn ich ihren herrlichen Rundungen Aufmerksamkeit schenkte. Auch diesmal wurde sie binnen Sekunden zu Wachs in meinen Händen, schmiegte sich an mich und drängte mir ihre Lippen entgegen.

Das Outfit war vergessen, und wenn es nach mir ginge, würde sie in den kommenden Stunden keines brauchen.

»Nik.« Abrupt löste sich Hanna von mir und sah mich atemlos an. »Das geht nicht.«

Meine Stirn legte sich in Falten. »Bitte?« Mein Denkvermögen war noch nicht vollständig wiederhergestellt. Wie immer reichte ein leidenschaftlicher Kuss, und mein Kopf war leer. Dafür fühlte ich umso mehr, und damit meinte ich neben der Erektion in meiner Hose auch ein Kribbeln im ganzen Körper und unsere Liebe, verdammt viel Liebe.

»Die Tochter deines besten Freundes feiert heute ihren ersten Geburtstag. Wir können diese Party nicht verpassen. Zu spät sind wir ohnehin schon.«

Nur zu gern wollte ich protestieren, aber Hanna hatte recht.

Ich wusste, wie viel Jo die kleine Lumi bedeutete, und an ihrem ersten Geburtstag nicht mitzufeiern, war keine Option. Mit Suvi und Jo hatte das Mädchen nicht nur die besten Eltern, die es sich wünschen konnte, sondern sie hatte mit Alec, Lilly, Hanna und mir gleich zwei Onkel und Tanten dazu bekommen. Das hatte von Beginn an außer Frage gestanden. Und wann immer Hanna und ich in Helsinki waren, statteten wir den dreien einen Besuch ab und sahen es als unsere Pflicht an, die Kleine maßlos zu verwöhnen.

Hanna drehte sich erneut zum Koffer um, der auf dem Bett stand und ich konnte nicht widerstehen ihre nackte Schulter zu küssen. »Ich liebe dich«, raunte ich an ihr Ohr und wollte mich zurückziehen, da wirbelte sie noch einmal zu mir herum, schlang die Arme um meinen Hals.

»Ich liebe dich auch, Nik«, sagte sie lächelnd. »Und später habe ich nichts gegen all deine *dummen* Gedanken.« Sie zwinkerte mir zu.

»Gut zu wissen«, lachte ich und gab ihr einen Klaps auf den Hintern. »Ich finde übrigens die dunkle Jeans und dieser graue Wickelpullover stehen dir super.«

Überrascht hob sie die Augenbrauen, wandte sich zurück und zog besagte Teile hervor. Einen Augenblick musterte sie beides. Dann strahlte sie mich an. »Danke.«

Ich küsste ihre Lippen. »Immer gern, Baby.«

Das war der Moment, in dem ein lauter Schrei aus dem Babybettchen ertönte.

»Ich geh schon. Mach dich in Ruhe fertig.« Noch einmal küsste ich Hanna.

»Ich liebe dich!«, rief sie mir nach und mit einem breiten Lächeln auf dem Gesicht machte ich mich auf den Weg zu Leevi, der ganz offensichtlich Hunger oder eine volle Windel hatte. Oder beides. Oder aber, er wollte nur ein bisschen auf meinem Arm geschaukelt werden. Was auch immer es war, wir würden es lösen.

Ich war ein Dad, wer hätte das vor drei Jahren gedacht. Ein Vater für Mia – die mittlerweile in der Pubertät war – und für den Hosenscheißer auf meinem Arm. Ich hatte eine Familie, die ich über alles liebte.

Der Kleine sah mich aus müden Augen an. »Papapapapa«, plapperte er. Und mein Herz sprang mir fast aus der Brust.

Hanna

»Mia, Schatz. Hey, wie geht's dir?« Ich presste mir das Handy ans Ohr, während ich versuchte, Socken anzuziehen. »Bist du schon bei Clara?«

Beim Hochschauen traf mein Blick auf Niks. Auch in drei Jahren hatte sich an seiner Abneigung gegenüber Daavid nichts geändert, dem Vater von Mias bester Freundin. Ich erkannte es daran, wie mein Freund die Augenbrauen zusammenzog und die Lippen aufeinanderpresste.

»Nein, Opa fährt mich gleich«, antwortete unsere Tochter mir. Sie klang aufgeregt und ich musste schmunzeln. Ihre erste richtige Party. Eine mit Jungs. Mit einem, der Mia besonders gut gefiel. Auch, wenn Nik das überhaupt nicht gern hörte, unser Mädchen war ein Teenager und zum allerersten Mal verliebt. Heimlich, wie sie dachte, aber ich hatte es trotzdem mitbekommen.

»Habt viel Spaß, Schatz«, sagte ich. »Und du weißt, was wir besprochen haben?«

»Ja, Mama.« Ich hörte den genervten Unterton heraus. »Kein Alkohol, keine Drogen und keinen Mist bauen. Immer schön auf Daavid hören und spätestens um elf holt Opa mich wieder ab«, betete sie herunter.

»Wir haben dich lieb, Süße.«

»Ich euch auch.«

»Möchtest du noch mit deinem Vater sprechen?«

»Klar!«

Lächelnd stand ich auf und ging zu Nik herüber. Das Verhältnis zwischen den beiden war eng. Von Beginn an hatte Mia ihn geliebt und nahm es ihm zum Glück nicht übel, dass er viele Jahre ihres Lebens nicht da gewesen war.

Ich hob Leevi von Niks Arm und gab ihm im Gegenzug das Handy.

»Hey, Prinzessin«, hörte ich Nik sagen und lächelte. Es wärmte mein Herz, dass nach all den Jahren der Zweifel und des Alleinseins eine wundervolle Familie aus uns geworden war.

Ich betrachtete Leevi auf meinem Arm, der Nik noch viel ähnlicher sah, als es Mia im Babyalter getan hatte. Wenn das so blieb, dann würde er später den Mädchen reihenweise den Kopf verdrehen, da war ich sicher.

»Wer zur Hölle ist Miika?«, unterbrach Niks Knurren meine Gedanken und rasch sah ich ihn an. Er tigerte hin und her und fuhr sich mehrfach mit der freien Hand durch die Haare. »Wie alt ist dieser Miika? ... Fünfzehn? Hör zu Mia«, sprach er weiter. »Du solltest dich besser von ihm ...« Ich warf ihm einen mahnenden Blick zu und schüttelte den Kopf. »... fernhalten«, beendete er seinen Satz. »Nein, ich bin nicht doof. Ich bin ein weiser Mann, der selbst mal fünfzehn war und weiß, wie das läuft. Habt ihr nicht sonst bei Clara immer Indianer gespielt oder sowas?«

Krampfhaft versuchte ich, ein Lachen herunterzuschlucken, aber es gelang mir nicht.

»Uncool? Seit wann ist das uncool? Wir bauen doch zuhause auch an unserem Floß, oder ... Das ist was anderes? Warum ist das was anderes?« Nik warf mir einen hilfesuchenden Blick zu und mein Lachen verstärkte sich.

»Nein, Mia, jetzt warte doch mal. Ja, okay. Grüß Opa von uns und gib Joker ein Extra-Leckerli. Und spätestens um zehn bist du zuhause. Elf hat Mama gesagt? Oh. Ja, ich habe dich auch lieb, Prinzessin.«

Mit gerunzelter Stirn nahm er das Handy vom Ohr und starrte mich an.

»Sie hat einen Freund? Echt jetzt?« Er legte das Telefon auf die Kücheninsel und kam zu mir herüber.

Ich tätschelte seine Brust. »Sie ist verknallt in ihn, aber soweit ich weiß, ist das alles.«

»Das ist alles?« Entgeistert sah er mich an. »Sie ist noch ein Kind, Hanna.«

»Sie ist dreizehn, Nik. Beruhig dich, okay? Es ist völlig normal, dass da die ersten Schwärmereien kommen.«

»Sie ist ein Baby«, erwiderte er weinerlich, und als hätte er sich angesprochen gefühlt, fing Leevi auf meinem Arm an zu krähen.

»Dein Sohn ist ein Baby, Nik. Mia ist ein Teenager. Sie wird Jungs kennenlernen und sich in sie verlieben, ob du das willst oder nicht.« Ich hob meine Hand an seine Wange. »Und wenn sie auch in dem Punkt nach dir kommt ....« Ich zwinkerte ihm zu und Nik verließ ein gequältes Stöhnen.

»Sag doch sowas nicht«, presste er heraus.

»Kannst du dich beruhigen, Papa Bär? Bitte? Mia ist ein vernünftiges Mädchen, das weißt du so gut wie ich.«

»Hast du schon ... also ich meine ... mit ihr gesprochen ... in Bezug auf ...« Er räusperte sich.

»In Bezug auf?«

»Na ja, Sex und so.« Er verzog das Gesicht. Der Gedanke, dass sein kleines Mädchen sich für das andere Geschlecht zu interessieren begann, schien ihm wirklich zu schaffen zu machen.

»Ich dachte, du würdest das eventuell übernehmen wollen«, sagte ich.

»Ich?« Schockiert schüttelte Nik den Kopf und wieder war

es um mich geschehen und ich musste lachen.

»Das ist nicht witzig«, grummelte er.

Besänftigend küsste ich seine Lippen. »Ich weiß. Tut mir leid. Und um dich zu beruhigen, ich habe mit ihr gesprochen. Deshalb weiß ich auch, dass Mia überhaupt noch kein Interesse daran hat, mit diesem Jungen auf Tuchfühlung zu gehen. Sie findet ihn süß, Nik. Mehr nicht. Es sind die ersten Schmetterlinge im Bauch. Gönn ihr das.«

Komplett überzeugt schien er immer noch nicht, nickte jedoch. »Werde ich mich jemals an diese Achterbahn der Gefühle gewöhnen?«

Ich zuckte mit den Schultern. »Vermutlich nicht«, sagte ich leichthin. »So ist das, wenn man Kinder hat. Frag mal deinen Vater.«

Nik zog mich an der Hüfte zu sich heran und schloss Leevi und mich in eine Umarmung.

»Zum Glück habe ich dich an meiner Seite.« Er küsste meine Stirn. »Ich liebe dich, Hanna.«

»Und ich liebe dich. Für immer.«

»Für immer.«

Jo

»Bitte recht freundlich.« Ich grinste in die Kamera des Smartphones und schoss das vermutlich hundertste Selfie an diesem Tag. Also, natürlich nicht nur von mir, ich war nicht selbstverliebt. Es waren Fotos von mir und meiner Tochter. Meine. Tochter. Zwei Worte, die meine Welt komplett aus den Angeln hoben, jedes Mal, wenn ich sie dachte oder aussprach. Lumi Arlanda, ein Jahr alt. Gott, ich musste echt aufpassen, nicht in Tränen auszubrechen, sobald mir mal wieder bewusst wurde, was für ein großartiges Leben ich hatte. Wie glücklich ich war.

Als man uns im letzten Jahr kontaktiert und gesagt hatte, dass man uns ein Baby vermitteln könnte, hatte ich vor lauter Aufregung, Respekt und Schiss eine ganze Nacht lang nicht geschlafen. Am nächsten Tag waren wir in die Klinik gefahren, man hatte uns Lumi das erste Mal gezeigt und ich hatte von dieser Sekunde an gewusst – sie war unser Mädchen. Ein kleines, hilfloses Wesen mit einem denkbar ungünstigen Start ins Leben und ohne Chance, denn seine Mutter konnte und wollte es nicht behalten. Ganz im Gegensatz zu uns.

Eines der Gästezimmer im Obergeschoss unseres Hauses war zum Kinderzimmer geworden. Das hieß, in diesem Raum standen das Kinderbett, eine Wickelkommode, ein Schrank mit Kleidung, einer mit Spielsachen, eine Kommode ... Dort hing ein Mobile von der Decke, es gab eine Spieluhr und Kuscheltiere. Und im übrigen Haus? Da lag überall Spielzeug verstreut, verteilten sich weitere Kuscheltiere und Bücher. Vor allem Bücher. Denn wenn es eines in unserem Haus mittlerweile im Überfluss gab, dann waren es die. Mit Prinzessinnen und Drachen, Feen und Elfen, aber auch mit Tieren, Baggern oder Feuerwehrautos. Von jedem Ausflug in die Stadt brachte Suvi ein weiteres mit.

»Na ihr zwei.« Prompt tauchte meine Frau neben mir auf, wie so oft, wenn ich an sie dachte. Lächelnd drückte ich ihr einen Kuss auf die Stirn. »Bereit für deine erste große Party, Schätzchen?« Sie strich Lumi über den Kopf.

Die Kleine wippte auf meinem Arm hin und her und reckte ihre Arme in die Luft.

»Ich schätze, das ist ein: Ich kann es nicht erwarten«, antwortete ich grinsend.

»Kannst du nochmal nachsehen, ob genug Getränke kalt

gestellt sind? Und was ist mit dem Grill? Bist du sicher, es war eine gute Idee, im Januar zu grillen? Und wann bringt Tobi das übrige Essen?«

»Beruhig dich, okay. Es ist alles perfekt organisiert. Und es sind unsere Freunde, die zur Feier kommen. Nicht der finnische Präsident.«

Suvi streckte mir die Zunge raus. »Ich will nur, dass es schön ist. Ein erster Geburtstag, den unsere Tochter nie vergisst.«

»Muru, du machst jeden Tag unserer Tochter zu einem unvergesslichen.« Ich beugte mich vor und küsste Suvis Lippen. »Und weißt du, warum? Weil sie an jedem einzelnen mit Liebe überschüttet wird. Ihr geht es gut bei uns, Su.«

»Ich weiß«, sagte sie leise. »Es ist nur ... ich möchte es einfach besser machen.«

»Und das tust du. Immer. Du bist die tollste Mama, die sich ein Kind wünschen kann. Die Einzige, die ich mir für meine Kinder je gewünscht habe.«

»Kinder? Mehrzahl?«

Ich zuckte mit den Schultern. »Warum nicht? Was meinst du Lumi, so ein kleiner Bruder oder eine kleine Schwester?« Sie quietschte fröhlich und zappelte. »Ich würde sagen, das ist ein Ja. Was denkst du?«

»Ich liebe dich.« Suvi schmiegte sich an mich.

»Und ich dich. Und unsere Kinder – wie viele es auch immer werden.«

Das Klingeln an der Tür unterbrach den darauffolgenden Kuss.

»Dann wollen wir mal deine ersten Gäste empfangen, hm?«

Wir machten uns auf den Weg zum Eingang.

»Lilly. Alec. Hey, schön, dass ihr da seid. Kommt rein.«

»Würde ich ja, aber wir haben noch eine ganze Ladung

Geschenke im Auto.« Alec zeigte auf seinen Sportwagen.

Irritiert sah ich auf das Päckchen in Lillys Händen. »Aber ...« Ich deutete darauf.

»Ach, das habe ich nur schon mal mitgebracht.« Sie lächelte.

»Alter, kannst du mir tragen helfen? Sonst renne ich dreimal.«

»Klar. Kannst du Lumi so lange nehmen?« Ich hielt sie Lilly hin.

Ihr *»Ja, natürlich«* kollidierte mit einem lautstarken *»Nein!«* von Alec, den wir beide irritiert ansahen.

Verlegen kratzte er sich am Kopf. »Ist das nicht ... zu schwer?«, stammelte er. »Du sollst doch jetzt nicht mehr schwer heben, oder?«

Meine Verwirrung wurde noch größer, bis Suvi neben uns auftauchte und mir die Erleuchtung brachte. »Bist du etwa schwanger?«, quietschte sie.

Lilly verdrehte die Augen, lachte jedoch. »Ja, aber noch ganz am Anfang, denke ich. Wir waren ja noch nicht einmal beim Arzt. Eigentlich behält man das da noch für sich.«

»Ich mach mir eben Sorgen.« Alec zuckte mit den Achseln.

»Das sind ja mal Neuigkeiten. Glückwunsch.« Fest klopfte ich ihm auf die Schulter.

»Wieso beglückwünschst du Alec, ich denke, deine Tochter hat heute Geburtstag?« Nik und Hanna kamen gerade an.

»Wir haben gleich doppelt Grund zu feiern. Es wird ein weiteres *Tangorillaz-Baby* geben«, grinste ich. »Und auch wir könnten uns vorstellen, noch ein weiteres Baby zu uns zu holen.«

»Wir sollten über einen Band-Kindergarten nachdenken«, feixte Nik, der den kleinen Leevi auf dem Arm hatte, während Hanna Lilly und Suvi um den Hals fiel.

»Und da kommt auch schon der Kindergärtner«, unkte ich und deutete auf unseren Manager Lauri, der in diesem Moment durchs Tor lief und auf uns zukam. Seit drei Jahren war er mittlerweile für alle Belange der Band verantwortlich und wir fragten uns täglich, wie wir je ohne ihn ausgekommen waren.

»Wenn du damit euch Chaoten meinst, definitiv«, konterte er.

»Also, was ist jetzt? Lass uns die Geschenke ausladen und dann feiern wir.« Auffordernd sah Alec mich an.

Zustimmend nickte ich. »Ich komme sofort.«

Bevor ich Lumi an Suvi übergab, beugte ich mich herunter und küsste die Lippen meiner Frau.

»Danke«, raunte ich.

»Wofür?«

»Für uns. Für deine Liebe. Für ein wundervolles Leben.«

Suvi

Sprachlos sah ich Jo nach, der hinter Alec herhechtete, um ihm beim Ausräumen des Wagens zu helfen.

Die letzten drei Jahre waren nicht immer ein Zuckerschlecken gewesen. Gerade zu Beginn kämpfte Jo oft mit seinen Selbstvorwürfen und dem Gefühl, kein ganzer Mann zu sein. Was natürlich Quatsch war, denn es gab keinen besseren für mich. Aber wer, wenn nicht ich, hätte ihn verstanden? Schließlich hatte auch ich mit den Dämonen meiner Vergangenheit mehr zu tun, als mir lieb war. Aber gemeinsam hatten wir uns den Herausforderungen gestellt. Und ich hatte immer gewusst, dass ich mit Jo den Menschen an meiner Seite hatte, mit dem ich alles schaffen konnte. An besonders schlimmen Tagen hatte er mich einfach nur gehalten und mir versichert, dass er niemals wieder gehen würde. Dass ich in ihm immer den besten Freund und die Stütze hatte, die ich brauchte. Meinen Beschützer. Und an den guten Tagen hatten wir Pläne geschmiedet. Pläne, die wir jetzt in die Realität umsetzten. Gemeinsam. Und ohne die Schatten der Vergangenheit.

Wenn er meine Hand hielt, dann wusste ich, dass ich genau dort angekommen war, wo ich hingehörte. Und ihm ging es umgekehrt genauso.

»Mama, Mama, Mama«, brabbelte Lumi auf meinem Arm und schlang mir ihre kleinen Ärmchen um den Hals.

»Ja, mein Schatz. Mama ist hier.« Ich küsste ihre Wange und inhalierte den Duft ihrer Haut. Tränen der Dankbarkeit traten mir in Augen. Dafür, dass ich diesem süßen Mädchen meine Liebe schenken durfte.

»Wo bleibt denn das Geburtstagskind?«, rief Nik aus dem Wohnbereich.

»Schon unterwegs«, antwortete ich und lachte. Wer hätte gedacht, dass Nik sich zu einem solchen Familienmensch entwickeln würde?

Ich stellte Lumi auf die Füße und hielt sie an den Händen. Auf wackligen Beinen lief sie vorwärts.

»Dann zeigen wir den anderen mal, was du schon kannst, oder?«

Fröhlich krähend tapste sie weiter und umklammerte dabei meine Zeigefinger.

»Wow, du großes Mädchen!«, rief Hanna, die Leevi auf dem Schoß hatte, der augenblicklich auf den Boden wollte, sobald er Lumi erblickte. Er war ein kleines bisschen älter als unsere Tochter und hatte definitiv das Temperament seines Vaters geerbt.

Beide Kinder setzten sich auf dem Boden nebeneinander und waren an Niedlichkeit nicht zu übertreffen.

»Kann ich euch etwas zu trinken bringen?«, fragte ich in die Runde.

»Warte, ich helfe dir«, sagte Lilly, als alle ihre Wünsche geäußert hatten, und folgte mir in die Küche.

»Wie geht's dir, Süße?«, fragte ich, als wir allein waren.

»Gut. Zum Glück noch keine Übelkeit und so. Und jetzt, wo ich mit Alec darüber gesprochen habe, ist auch die Panik weg.«

»Er freut sich, oder?«

»Ja, das tut er.«

»Ich freue mich sehr für euch, ihr werdet eine tolle Familie.«

Lilly hielt in ihrer Bewegung inne und sah mich eindringlich an.

»Ist es okay für dich?«, fragte sie vorsichtig. »Also, ich meine ... erst Hanna und jetzt ich. Weil ihr ...« Sie verstummte.

Schnell stellte ich die Flaschen ab, die ich in der Hand hielt und umarmte sie.

»Natürlich ist es das. Ich habe mich für Jo und unsere Liebe entschieden. Mit allen Konsequenzen. Und ich bin glücklich. Ich habe eine wundervolle kleine Tochter, die ich über alles liebe. Und ... wir haben vorhin darüber gesprochen, dass wir gern noch ein weiteres Kind adoptieren möchten. Es wäre schön gewesen, eigene Kinder zu haben, mit dem Mann, den ich über alles liebe. Aber das Schicksal hatte einen anderen Plan für uns. Warum sollte ich hadern, wenn ich stattdessen vor lauter Glück die Welt umarmen könnte?«

Lilly wischte sich über die Augen und schniefte. »Gott, ich bin so emotional in letzter Zeit, aber hey ... das hast du wunderschön gesagt, und du hast so recht. Und schau dir nur diesen verrückten Haufen an.« Sie deutete in den Wohnbereich, wo Nik irgendwelche Verrenkungen machte, um die Kinder zu bespaßen, wo Jo mit Alec im Schlepptau zu den anderen stieß und wo Hanna aus vollem Herzen lachte.

»Wir sind so viel mehr als nur Freunde. Wir sind eine große, bunte, laute Familie.«

Lilly nickte. »Die beste.«

– ENDE –

Jos Ich-schenke-dir-mein-Herz-Cupcakes

Zutaten für ca. 12 Stück:

Teig:
200 g Mehl
2 TL Backpulver
20 g Kakaopulver
150 g Zucker
1 Päckchen Vanillezucker
125 g weiche Butter
2 Eier
3 EL Milch

Creme:
40 g Zucker
1 Päckchen Sahnesteif
100 g Joghurt
400 g Mascarpone

Verzierung:
100 g Modelliermarzipan (rot)
Zuckerperlen

Zubereitung:
Für den Teig das Mehl mit Backpulver mischen. Die übrigen Zutaten nach und nach dazugeben und unterrühren. Den Teig in

eine gefettete Muffinform oder in Papierförmchen füllen. Auf der mittleren Schiene des vorgeheizten Backofens (180° Oder-/Unterhitze) etwa dreißig Minuten backen.

Zubereitung Topping:
Zucker mit Sahnesteif, Joghurt und Mascarpone verrühren. In einen Spritzbeutel mit Sterntülle (12 mm) füllen und die Masse auf die abgekühlten Muffins spritzen.

Zuckerperlen-Herz
Das Modelliermarzipan zwischen Frischhaltefolie oder einem aufgeschnittenen Gefrierbeutel dünn ausrollen und anschließend Herzen ausstechen. Diese dann in die Zuckerperlen drücken und vor dem Servieren auf die Cupcakes legen.

Danksagung

Time to say bye-bye ... Das war sie, die wundervolle Zeit in Finnland mit den *Tangorillaz*. Für mich und hoffentlich auch für euch.

Ich bin so dankbar, dass die drei Geschichten – gerade in dieser schwierigen Zeit, die wir alle durchleben – immer wieder eine Möglichkeit waren, in den hohen Norden zu reisen.

Mit einem lachenden und einem weinenden Auge sitze ich nun hier und beende die Trilogie.

Ich lache, weil mich das Schreiben so glücklich gemacht hat. Weil ich es geschafft habe, drei Bücher zu schreiben, die mir die Welt bedeuten. Und weil es ein Happy End gibt.

Und ich weine, weil ich mich von Alec, Nik, Jo, Lilly, Hanna und Suvi verabschieden muss. Weil ich sie vermissen und weil ich schreckliches Fernweh haben werde.

Mein größter Dank an dieser Stelle gilt Euch, die ihr mir diese Reise überhaupt ermöglicht habt. Ich danke Euch fürs Lesen, Rezensieren, Bilder teilen, Motivieren und Mitfiebern.
You rock!

Aber natürlich bin ich auch dankbar für die Unterstützung, die ich beim Finale der Reihe bekommen habe:

Von meinen Testleserinnen Kathi, Lena, Mel und Kate.

Von meiner Lektorin Katharina.

Von meiner Korrektorin Nina.

Von meiner wundervollen Kollegin Lenia.

Von Anna zu meinen Finnisch-Fragen.

Von meiner Schreibgruppe.
Von Freundinnen und Freunden und meiner Familie.

Und auch diesmal gilt der letzte Dank dem Mann, der mich mit Ruhe und Vertrauen *mein Ding* machen lässt. Danke für deine Unterstützung.

EIN ROADTRIP, SOMMER IN FINNLAND, EIN ROCKSTAR ZUM VERLIEBEN – UND JEDE MENGE ZWEITE CHANCEN?

Lilly ist fast dreißig, als sie feststellt, dass ihr Leben in einer Sackgasse steckt. Sie arbeitet zu viel, hat kaum Freunde, und Zeit für eine Beziehung hat sie auch nicht. Beherzt ergreift sie die Chance, die sich ihr bietet, und nimmt sich eine Auszeit. Aber anstatt wie andere in den sonnigen Süden abzuhauen, macht sich Lilly auf den Weg nach Finnland, um dort die Jugendliebe ihrer Großmutter Ella zu suchen. Auf der Reise durch das Land im hohen Norden findet Lilly nicht nur neue Freunde und verliert ihr Herz an einen unverschämt gutaussehenden Typen, der nicht der ist, für den er sich ausgibt. Nein, sie findet auch heraus, was damals vor mehr als fünfzig Jahren zwischen Oma Ella und ihrem Matti wirklich gewesen ist. Und plötzlich ist ihr Leben nicht mehr, wie es vorher war.

Stimmt es, dass mit Mut die schönsten Geschichten anfangen? Und ist Finnland das Land für zweite Chancen?

VERLETZTE GEFÜHLE, EIN ROCKSTAR ZUM VERLIEBEN, BLAUBEERKUCHEN – UND EIN HAPPY END?

Hanna möchte nur eins: Mit ihrer Tochter Mia ein ruhiges Leben in Finnland führen. Niklas Ketonen, gefeierter Gitarrist der Band Tangorillaz, will hingegen etwas ganz anderes: Seine Freiheiten auskosten. Für eine feste Beziehung oder gar Familie ist er nicht geeignet, glaubt er.
Nach einer gemeinsamen Nacht vor zehn Jahren stehen sich beide jetzt plötzlich wieder gegenüber und versuchen, die erneut aufkeimenden Gefühle füreinander zu verdrängen. Doch je mehr Zeit Hanna und Nik miteinander verbringen, desto deutlicher erkennen sie, dass sie sich nicht gegen die Anziehung zueinander wehren können.
Bis sich die Ereignisse überschlagen und beide auf eine harte Probe gestellt werden ...

**Heilt Zeit tatsächlich alte Wunden?
Und bekommt die Liebe eine zweite Chance?**

Impressum:
Saskia Renner
Esmarchstraße 13
40223 Düsseldorf